网络文学名家名作导读丛书
第五辑

解语与《盛世帝王妃》

乌兰其木格 著

肖惊鸿 主编

作家出版社

网络文学名家名作导读丛书

主　　编：肖惊鸿

第五辑编委：肖惊鸿　马　季　汤　俏　乌兰其木格
　　　　　　禹建湘　陈　海　马艳霞　段仁利
　　　　　　王丽楠　孙晓龙

序

20世纪90年代以来,文学与这个伟大的时代一道,经历了巨大的发展变化,其中一个标志性的现象,就是网络文学的兴起。以通俗大众文学之魂,托互联网与媒介新革命之体,网络文学如同一个婴儿,转眼已成为青年。网络作家们朝气勃发,具有汪洋恣肆的创造力,架构了种种可能的和不可能的世界。科技与商业裹挟着巨大变革中释放的青春、激情和梦想奔腾向前。时至今日,作者是有的,作者群体大到过千万人;作品是有的,作品总量已逾两千万部;读者就更多了,读者群体数以亿计。

网络文学是新生事物,也是一片充满活力的文化热土,是中国特色社会主义文学生机勃勃的组成部分。习近平总书记高度重视包括网络文学在内的网络文艺的发展,勉励广大网络作家加强精品创作,以充沛的正能量满足人民群众特别是青年一代对美好精神文化生活的新期待。

所以,这套《网络文学名家名作导读丛书》生逢其时,它将有助于探索网络文学艺术规律,凸显网络文学的艺术价值和社会价值,推动网络文学的主流化、精品化;同时,它也是精确的导航,通过这套丛书,我们将能够比较清晰地认识网络文学的重要作家和重要作品,比较准确地把握网络文学的发展历程和发展前景。

这套书的入选作者是目前公认的网络文学名家,入选作品是经过一段时间检验的代表作，而导读部分由目前活跃的网络文学评论家群体担纲。预计这套丛书的体量将达到10辑至20辑、全套50册至100册。无疑，这是一项浩大的工程，但也是值得耐心地、持续地做下去的工作。网络文学必须证明自己不是即时的快消品，它需要沉淀、甄别、整理，需要积累经验，逐步形成自身的传统谱系，需要展开自身的经典化过程。这套丛书就是向着经典化做出的努力。

这套丛书的主编肖惊鸿长期从事网络文学相关的研究和组织工作，她的眼光和能力值得信赖。尽管网络文学的理论建设近年来已经取得重大进展，但是，将理论落实为面对作品的、具体的分析和判断，实际上仍然是艰巨的课题，也是网络文学理论评论工作的薄弱环节。希望肖惊鸿和其他评论家们深入学习贯彻习近平新时代中国特色社会主义思想，以习近平总书记关于文艺工作和网络文艺的重要论述为指导，自觉运用历史的、人民的、艺术的、美学的观点评判和鉴赏作品，向现在的读者，也向未来的读者交出一份令人信服的答卷。

李敬泽
2019年3月7日
于北京

目录

导读

第一章　解语其人及其文学写作　　＼3
第二章　爱情到处流传　　＼12
第三章　群雄逐鹿的激荡岁月　　＼19
第四章　女性的天空　　＼26
第五章　男性的世界　　＼33
第六章　俗世的日常　　＼40
第七章　人性的幽微　　＼47
第八章　正义的伸张　　＼54

选文

第一章　西楚　　＼63
第二章　南昭覆灭　　＼67
第三章　棋子　　＼70
第四章　满城尽屠　　＼73
第五章　北周来使　　＼77
第六章　拒绝　　＼81
第七章　夏月　　＼84
第八章　东方溯　　＼88
第九章　火药　　＼92
第十章　禁苑如牢　　＼95

第十一章	箭在弦	\99
第十二章	天机卫	\103
第十三章	十七	\106
第十四章	一入神机，回头无岸	\110
第十五章	中计	\114
第十六章	空手而归	\118
第十七章	连环计	\122
第十八章	山阴村	\126
第十九章	神机营	\130
第二十章	会合	\133
第二十一章	取道东境	\136
第二十二章	万象殿	\140
第二十三章	相随	\144
第二十四章	十九	\147
第二十五章	劝说	\151
第二十六章	阴魂不散	\155
第二十七章	南昭囚犯	\159
第二十八章	露面	\163
第二十九章	埋伏	\167
第三十章	无情杀戮	\171
第三十一章	生死博弈	\175
第三十二章	祠堂要挟	\179
第三十三章	宁为玉碎	\183
第三十四章	一败涂地	\187
第三十五章	两次私纵	\191
第三十六章	归来之日	\195
第三十七章	江越	\199
第三十八章	帝王心术	\203
第三十九章	旧事	\207
第四十章	易容变声	\210

第四十一章	三月为限	\214
第四十二章	金陵城	\218
第四十三章	兄妹重逢	\222
第四十四章	周帝	\226
第四十五章	真正的帝王心	\229
第四十六章	失落的利刃	\233
第四十七章	起疑	\237
第四十八章	绿衣	\241
第四十九章	陈太妃	\245
第五十章	反对	\249
第五十一章	避不过	\253
第五十二章	鸟尽弓藏	\257
第五十三章	惊人记忆	\260
第五十四章	东院	\264
第五十五章	借人	\268
第五十六章	流水无情	\272
第五十七章	池边夜语	\275
第五十八章	沉水居	\279
第五十九章	撒钱开路	\283
第六十章	昌荣宗姬	\287
第六十一章	攻心战	\291
第六十二章	圣寿	\295
第六十三章	卫太后	\299
第六十四章	寿礼	\303
第六十五章	宴上讥讽	\306
第六十六章	出气	\310
第六十七章	卫氏一族	\314
第六十八章	大雨	\318
第六十九章	深情亦无情	\322
第七十章	怒其不争	\326

第七十一章	半年之约	\330
第七十二章	传旨召见	\334
第七十三章	失望	\338
第七十四章	料算人心	\342
第七十五章	惊闻	\346
第七十六章	诸王遇刺	\350
第七十七章	绝不会是	\354
第七十八章	信王	\358
第七十九章	东方泽	\362
第八十章	倚翠阁	\365
第八十一章	赶出府去	\369
第八十二章	伤人伤己	\373
第八十三章	真正拥有者	\377
第八十四章	阮娘	\381
第八十五章	京兆府尹	\385
第八十六章	猜疑	\389
第八十七章	王良	\393
第八十八章	牛头山	\397
第八十九章	撤走	\401
第九十章	藏身之处	\405
第九十一章	金陵某处	\409
第九十二章	东凌杀手	\413
第九十三章	千代本樱	\417
第九十四章	神秘人	\421
第九十五章	尊者	\425
第九十六章	旧事	\429
第九十七章	残酷真相	\432

导读

第一章
解语其人及其文学写作

在《开元天宝遗事》中，据作者王仁裕所载，当唐明皇痴恋杨贵妃时，曾在大宴群臣共赏白莲的欢乐时刻，将杨贵妃比作胜于白莲的解语花。此后，"解语花"成为美丽聪慧女人的代名词，在历代文人墨客的诗词中频繁出现。例如，"多情月照花间露，解语花摇月下风。"（唐寅《花月吟效连珠体》）又如，"一个娇娃解语花，绮窗亲课秋宵读。"（赵翼《题女史骆佩香秋灯课女图》）等。在这些诗词中，"解语花"的比附将女性的娇俏美好表露无遗。许是对"解语花"般女性的青睐与期许，当"80后"的谢芳进入网络文学写作时，她为自己取名解语。而且，在她的作品《清宫宛妃传》中，解语慷慨大方地将自己的笔名"借给"了一个虽然美丽痴情却被冤打入冷宫的嫔妃。小说中，解语更曾深情赋诗——"君心莫挽长相知，皆道人间逍遥好。若教解语应倾国，任是无情也动人。"由此可见，作家对解语这一笔名的喜好与重视。

而今，在网络文学古言类作家中，从事网文写作十多年的解语已经成长为网络大神，是掌阅文学炙手可热的签约作家。不仅其作品点击率直线攀升，而且拥有越来越多的读者粉丝。据统计，解语目前已经完成了《清宫熹妃传》《清宫宛妃传》《盛世帝王妃》《盛世帝女》《沉鱼策》等作品的写作。其中，《清宫熹妃传》影视拍摄已经完成，《盛世帝女》由腾讯和博纳联合筹拍，《盛世帝王妃》曾获得2016年度IP分享盛典最受期待影视IP，《沉鱼策》在第二届网络文学周中入选2018年中国网络小说排行榜作品、2019年优秀原创作品等。

骄人成绩的背后,潜隐着作家的辛勤劳作与独异的创作"密码"。在接下来的篇章中,让我们走进解语及解语所建构的文学园地中,欣赏和追踪她所培植出来的文学之花。

第一节 解语与她的古言作品

如果追更过解语的作品,便会知晓她与读者的互动是非常亲切坦诚的。这些互动除了作品的探讨外,解语也会将个体生活经历娓娓呈现在读者面前。

——最近几天为了能让大家多看点,只要一有空就写文,一上网就码字更新,实在有点累了,请大家容我休息几天,调整一下,我不想把写文变成一种痛苦,最迟下礼拜二会来更新,请大家多多包涵。

——非常抱歉让大家久等,宝宝生病,搞得我自己生活也乱了,每天回到我妈家看宝宝已经很晚了,然后要等她睡了才有时间码字,宝宝还一直吐,唉,幸好我妈妈在照顾,不然我一个人肯定吃不消。

——明天要带娃去看医生,又得一天时间,所以明天只能两更,大概会放在晚上,请大家见谅。另外谢谢大家的关心,娃好多了,不过还在咳嗽和流鼻涕,偶尔还会吐,所以医生还要看哪。

——二月河的《雍正王朝》是我很喜欢的书,电视剧更加喜欢,所以本书借鉴了雍正王朝某些地方,尤其是郑春华部分,至于为啥连名字也不改一个就直接名为郑春华,呃,我能否说是因为我很喜欢这个名字。

——我个人的经历对于塑造小说中的人物会有一定影响,大家都知道我是一位单亲母亲,所以我离婚之后写的小说中的女主总是坚强而独立的。

从这些文字中,我们可以更全面立体地了解作者解语。作为网络作家，面对读者的催更，解语表达了自己的歉意和更文的疲累；作为母亲，面对生病的孩子，她是那么地心疼与无奈；作为读者，解语表达了她对历史作家二月河所著《雍正王朝》的喜爱；作为女性，她直言不讳地表达出对坚强独立女性的青睐与佩服。

据作者所言，2007年创作的《清宫宛妃传》为她的第一部小说。写这部作品时，解语并没有专职写作的打算。她只是在看完《金枝欲孽》这部被誉为"宫斗剧的鼻祖"的电视剧后，产生了跃跃欲试的写作欲望。当然，今天看来，《金枝欲孽》的热播对解语的写作来说不过是机缘巧合下的外部刺激，深埋在内心的创作欲望，对历史题材的偏好，以及对女性生命的探察与体恤等这些内部因素才是支撑解语坚持不懈进行创作的力量所在。

《清宫宛妃传》讲述了顺治皇帝与赫舍里清如之间短暂然而又波诡云谲的爱恨情仇。作为清朝重臣索尼之女，清如在入宫之前便邂逅了少年天子福临，原本互有好感的两人却因为一封信件而产生了误会。此后，顺治皇帝专宠董鄂香澜，对选秀入宫的清如充满厌恶。直到董鄂香澜被嫉恨她的佟妃害死之后，顺治将一心爱慕她的清如视为董鄂香澜的替身，封清如为宛妃，对其宠爱有加。但在后宫嫔妃的无尽争斗中，清如屡次被顺治皇帝误会。最终，当她得知自己不过是董鄂香澜的替身后，彻底绝望，在自毁容颜之后，服毒自尽。更可悲的是，失去清如之后，顺治皇帝才发现原来自己也是爱着清如的。但他从来没有真正谛视内心的情感，以至于在误会和错误的道路上最终伤人伤己。

除了叙写男女主人公的虐恋之外，在写作之初，解语便呈现出对女性生命情状的格外关注。在《清宫宛妃传》中，作者充满无限叹惋地写道："紫禁城里究竟埋葬了多少女人的血与泪，没有人能算得清，只知道这里每一寸地每一块砖的下面都是暗红的土！再重的檀香也掩盖不住那刺鼻的血腥，再多的佛经也度化不了那深埋于地下的孤魂野鬼！后宫女子千万，能得善终者不过寥寥数人而已，更多的不是在尊荣尽享时不明不白地死去，就是在失宠无依的凄凉中老去……"（解语《清宫宛妃传》）

《清宫宛妃传》的成功，给解语带来了莫大的惊喜，循此创作路径,解语又为读者贡献出《清宫熹妃传》这一力作。在这部长达两千多章的、篇幅巨大的小说中,解语娓娓讲述了钮祜禄凌若从王府格格到雍正朝的贵妃最后再到乾隆朝的太后所走过的完整生命历程及其所经历的艰难岁月。少女时的凌若,原本有青梅竹马的恋人,她最初的构想,是与所爱之人相守到白头,平平安安地度过尘世中的岁月。然而,父亲因为工作的原因得罪了太子妃的父亲,心胸狭窄的太子妃之父挟私报复,使得钮祜禄家族处于岌岌可危的情势之中。为了保全家中父老兄妹,凌若决定牺牲个人的情感,毅然决然地走向紫禁城。命运波折中,凌若成了四王爷胤禛的侍妾,虽然胤禛此时已经有了钟爱之人,但令人欣慰的是,凌若和四王爷在日常的相处中逐渐迸发出真情。胤禛带着凌若下江南,一起面对惊心动魄的夺嫡斗争,在阴谋遍布的朝堂和后宫中互相守望。雍正去世之后,痛失所爱的凌若痛不欲生。此后余生,她守护着雍正的儿女和大清的江山,在思念和回忆中重温昔日的美好。

《清宫熹妃传》在读者间引起了巨大反响,同时得到了商业资本的青睐。接连的成功,极大地激发了解语的创作热情,她从开始的兼职写作变成了专职写作。勤谨的付出,获得了丰厚的回报。《沉鱼策》《盛世帝王妃》和《盛世帝女》接连诞生,并且都取得了令人刮目相看的成绩。渐入佳境的解语迎来了自己的创作丰收期。

基于此,我们有理由相信,在未来,在古言文学世界里,解语会带给读者更多的作品和更大的惊喜。

第二节　解语的心音体感——解语访谈录

作家访谈录是聆听作家、了解作家和走进作家最为稳妥的路径之一。在随性而谈中,作家的艺术旨趣和个体生活得以有血有肉地铺展开来,从而为读者、也为文学史保留下带有体温的鲜活印记。

1. 解语老师好!非常高兴你能接受这次采访。请问你是什么时候开始写作的?

你好,我大概是从2002年开始创作,距离现在已经过去十二年,正好是一个轮回。

2. 你曾从事过的职业是什么？过往的职业经历对你的写作有何影响？

我曾在政府部门从事窗口工作，比较细致琐碎，必须要静下心来认真仔细地对待，而这也恰恰是创作所需要的。

3. 什么原因让你选择当一名网络作家？如此长时间地坚持网络写作的动力是什么？

不是每一个人都能将兴趣转化为职业，而我很幸运，蓬勃发展的网络文学赋予了我这个机会。我想还是兴趣吧，每次我想停下来歇一歇的时候，创作的渴望都会从脑海中冒出来。

4. 最开始写作就是古言类小说吗？有没有尝试过其他题材的小说写作？

最开始写的是古言类同人文，后来也曾尝试写过现代文，但自己最感兴趣的始终还是古言小说。

5. 纵观你现有的创作，发现你特别喜欢书写古代帝王的妃嫔们，如《清宫熹妃传》《清宫宛妃传》等，为什么会关注这些女性？

在古代，妃嫔作为帝王身边的女子，被锁在朱红宫墙之中，一生都难得离开宫廷，其生活与情感无人知晓，让人很是好奇；但她们能在史书中留下的，往往只有一个姓氏，所以我就想写一写她们的故事，通过现代的文字，叙述几百年前可能发生过的故事。

6. 在你的创作中，如何处理虚构与实有史料间的关系？

创作的时候，会采用虚实结合的写法，但最终还是会尊重历史，回到原有的点，譬如《清宫宛妃传》中，顺治最终还是选择了出家，而女主赫舍里清如也以一个合理的解释在历史中消失，只留下董鄂妃的传说。

7. 你的个体生活阅历对创作有影响吗？

这些年随着阅历与年龄的增长，心态与想法都在慢慢变化，包括对人性的探究。

8. 平时喜欢阅读哪种类型的书？最喜欢的作家是谁？最喜欢的作品是哪一部？

我在阅读方面比较博爱，历史、武侠、古言都有，很多作者都是我所欣赏的，最近在陪我儿看《鲁滨逊漂流记》。

9. 你平时的写作习惯是怎样的？在创作前会有详细的大纲还是一边写一边展开？

一般在创作之前会列出总体小说的脉络，然后再根据这个去添枝加叶，详细创作，其间偶尔会有一些细节偏离原有设定，但最后还是会回到原点。

10. 写作环境对你有影响吗？

有的，在安静的环境中更容易集中精神，展开创作。

11. 你觉得爱情重要吗？在爱情、亲情和友情中，你的排序是？

爱情无疑是重要的，但并不是唯一，亲情、友情同样可贵。以我自己为例，每一个年龄段对爱情、亲情、友情的理解都是不一样的。

12. 在《盛世帝王妃》的写作中，为什么要突出慕千雪"多智近妖"的特质？

历代王朝争权夺霸，大多集中在男性身上，女性所占的比例少之又少，所以我在创作之初便想到如果这时候出现一个多智近妖、能够辅佐帝王的女子，一定会很有趣，也会有更多的戏剧冲突。

13. 你是一个恪守传统女性伦理观的人吗？譬如在《盛世帝王妃》中，为什么要突出慕千雪的处子之身？在你的理念中，什么样的女性是你所欣赏和心仪的？

我自己是很欣赏从一而终、至死不渝的爱情，就像木心先生在《从前慢》这首诗中写的那样"在以前，车马很慢，书信很远，一生只够爱一个人"。

至于慕千雪，她是我蛮喜欢的一个角色，所以私心里还是希望给她一个最美好的爱情模样，从灵魂到身体。

我比较欣赏独立自主又爱憎分明的女性，所以我塑造的女性角色也大多带有这个特征，看过我书的读者应该都能感觉得到。

14. 在迄今为止的写作中，遇到的最大阻碍是什么？有没有灵感全无的时候呢？

最大的阻碍应该就是没有灵感的时候吧，对着电脑两三个小时也写不出几个字来。

15. 你在创作作品之初是否有特定的读者定位？读者的意见会影响到你的创作吗？你与读者经常交流吗？会反复修改你的作品吗？

不会有特定的读者定位，但会经常跟读者交流，从而找出小说中写得不尽如人意的地方，进行适当的修改。

16. 据悉，你的《清宫熹妃传》已经完成了影视拍摄。作为原著作者，如何看待影视改编与文学原创之间的关系？

文学与影视是一个既相互影响又相对独立的关系；影视向文学借力，攀登更高的艺术高度；文学原创则借助影视改编的力量，获得更广泛的影响力。

17. 在你的小说中，有许多人物的性格随着故事的发展而发生了较大的改变，这是否与你对人性的理解有关？在你的作品中，你是否像福斯特那样把"扁平人物"与"圆形人物"区别开？

我一般不会刻意去区分，也不会把书中人物的思想行为固定在某一个圈子里面，而是会让他们在书中慢慢成长。很多时候，不是我在书写他们的故事，而是他们在告诉我关于自己的故事，而我只是一个记录者。我们在成长，书中的人物也在成长。

18. 你的作品中也有宫斗的部分，你在写宫斗的时候，想要彰显的是什么？想要鞭挞的又是什么？

每一个女性个体都有独立的价值，但是因为古代一夫一妻多妾制的存在，使得她们的人生只能围绕着一个男人转，所做所想都是为了赢得这个男人的欢心，可悲可叹。

19. 你与同时代的网络作家交流多吗？你会阅读其他网络作家的作品吗？与网络作家在一起时，有没有群体感？

会经常与他们交流，也会经常阅读他们的作品，和他们在一起的时候，会特别亲切，有一种归属感，也会有很多的共同语言。

20. 你对网络文学同质化现象怎么看？在你的作品中，有没有自我重复的状况存在？

同质化并不是原罪，而是类型演进中的必然现象，但是过度的同质化会严重影响网络文学的进步，也会严重阻碍作者个人的成长与进步。我自己也在尽量避免同质化。

21. 你觉得你与其他古言类作家作品最大的区别是什么？

每一位作家都有着自己独特的风格与长处，我的写作应该是在故事架构处理方面，书中的每一个故事既独立又与整体有着千丝万缕的关系，保持着小说整体的新鲜感。

22. 有没有过创作力衰竭的隐忧？你打算写作到什么时候？

如果可以，我想一直写下去，继续为读者带来一个个精彩的故事，直至敲不动键盘的那一天。

23. 有过断更的时候吗？有没有因点击率与金钱实利方面的考量而无法潜心进行创作的困扰？

外在因素固然有一定的影响，最重要的还是对文学本身的喜爱，就像我前面说的，兴趣永远是最好的动力。

24. 你怎么定义传统文学与网络文学之间的关系？

传统文学与网络文学虽然载体不同，但殊途同归，都是属于文学大类。

25. 在已经完成的作品中，你最满意的是哪一部作品？为什么？

每一本书在创作时，都倾注了我全部的心血，所以要说最满意哪一部，实在说不上来。

26. 你的女儿知道你是一位网络作家吗？你会让她阅读你的作品吗？你觉得母亲的身份与你的创作有什么关系吗？

我女儿知道她妈妈是一位网络作家，不过她才八岁，还不太看得懂我的书，对她来说，新奇更多一些。自己做了母亲之后，在描写书中父母与孩子的关系时会更深刻一些。

27. 你觉得作品获奖重要吗？你是否关注媒体和批评家对你作品的评价？

获奖是对我作品的一种肯定，但并不是一切，无论得奖与否，我都会坚持一直以来的初心，努力创作出更多更好的作品。

28. 目前正在创作中的新作与以往作品最大的不同点在哪里？预计用多长时间完成创作？

相比以往大多将笔墨放在帝王身边的女人身上，这一次讲述的是一个民间女子的故事,按照通俗的说法,要更接地气一些,预计明年完成。

29. 你认为文学网站对作家和作品的影响有多大?你在选择网站的时候最为看重的是哪几个方面?

一个稳定并且重视原创的网站对作家与作品来说,是至关重要的,而这也是我所看重的。

30. 除了写小说,你在生活中最喜欢做什么?

工作之余,我一般会听听音乐、看看书,或者约上朋友去旅游,保持一个良好的心情。

第二章
爱情到处流传

迄今为止，我们可以发现解语的所有作品都会涉及爱情。可以毫不夸张地说，爱情在解语所建构的古典言情小说中是当之无愧的主角。言情小说古已有之，包括唐传奇、宋元话本及以《红楼梦》和《醒世姻缘传》等为代表的明清小说。晚清时期，随着近代报刊业的蓬勃发展，言情小说作为市民阶层的消遣性读物得到了进一步的发扬光大。此时期，李涵秋的《广陵潮》、徐枕亚的《玉梨魂》、张恨水的《金粉世家》、刘云若的《红杏出墙记》等风靡一时，引得无数痴男怨女为小说中的凄美爱情啼笑交加，并争相阅读。

言情小说作为文脉在中华人民共和国的文学史中迁延流变，尤其是网络文学兴起后，言情小说因其创作者众多，作品质量较高，读者群体庞大而再度风光无限。作为网络女性作家以及职业的"讲故事的人"，解语的一系列作品一以贯之地讲述着各式各样的传奇爱情故事，以满足现代读者的阅读品位与情感诉求。这其中，尤以其近作长篇小说《盛世帝王妃》最为突出。

第一节　患难中的真情

《盛世帝王妃》甫一开篇便营造出一种剑拔弩张的紧张情势。具有"倾城之貌、惊世之才"之称的西楚皇后慕千雪得知出兵伐燕的楚帝萧若傲提前回宫，不明真相的她在面见楚帝的路上意外听闻楚帝剿灭的并不是原定目标燕国，而是她的母国南昭国，更为惨烈的是，在攻破南昭国都城时,楚帝萧若傲下达了屠城的命令。作为南昭国的公主,听闻此消息的慕千雪异常震惊,在与楚帝面对面的对质中,她才肯相信听闻到的消息。

国破家亡的慕千雪直到此时才知晓她在楚帝萧若傲心中不过是一枚棋子。原来,早在四年前,萧若傲远赴南昭国求婚到婚后的嘘寒问暖,都是楚帝刻意营造出来的假象。这一切,均出于楚帝过度膨胀的政治野心。而且,为了防止对慕千雪产生情感,萧若傲不仅不与慕千雪肌肤相亲,更是在暗中给她下慢性毒药,致使慕千雪在四年的时间中一直病患缠身。

然而,毫不知情的慕千雪却一心一意地爱恋着萧若傲。被炽烈爱情包裹的她全情投入。在慕千雪的出谋划策之下,楚国的老皇帝废嫡长子太子之位,改立庶妃所生的萧若傲为太子。老皇帝驾崩后,萧若傲顺利继位,成为新的楚帝。在慕千雪的辅佐之下,楚国国力愈加强盛,生活中的一切似乎都在喻示着美好。沉浸在爱情幻梦中的慕千雪完全没有料到自己从一开始便陷入到一场精心策划的政治阴谋中。

萧若傲在利用完慕千雪后,便暴露出狰狞的面目。因忌惮慕千雪的才智,决定除之而后快。就在慕千雪面临必死绝境时,北周的皇子东方溯及时出现。原来,慕千雪的三哥慕临风因外出打猎侥幸逃过杀戮,他逃到北周,投靠好友东方溯,并恳求他说服周帝东方洄派遣使者到楚国救出慕千雪。

东方溯对慕千雪并不陌生,在好友慕临风的口中,他得以了解慕千雪,并且在求婚之前,他曾亲眼见过慕千雪断案的机智。早已情根深种的他与诸国皇子一道去南昭国求娶慕千雪。但因为他的少言寡语,慕千雪最终选择了萧若傲为夫。失败后的东方溯非但没有怪罪慕千雪,反而将这份感情深藏内心,矢志不移地爱慕着她。多年来,他拒绝别的女子对他的示好,也屡次避过周帝和太后让其成婚的话题。与萧若傲面热心冷、虚伪狡诈不同,东方溯是面冷心热、深情专一之人。

因此,当听说慕千雪面临性命之忧时,万分焦急的东方溯不仅让周帝派遣使者江越到楚国游说,更是不顾个人安危亲自到楚国皇宫救人。更令人感动的是,为保慕千雪性命,东方溯甚至动用了父皇秘密留给他的神机营。在他的努力劝说下，慕千雪放弃了与仇人萧若傲同归于尽的想法，决定跟随东方溯到北周与三哥慕临风会合。

经过惊心动魄的较量，在神机营的拼死保卫下，慕千雪和东方溯终于冲破了楚帝层层的追捕，回到了同样危机四伏的北周。此后，在波诡云谲的政治风波中，在共同面对重重考验的岁月中，慕千雪得以全面了解东方溯，也明白了他对自己的一腔深情。原本万念俱灰，不想再动真情的慕千雪没能控制住感情而爱上了东方溯。患难中的情感是最可宝贵的，这一次，慕千雪终于觅得终身爱侣。自从认定了东方溯，慕千雪便再无犹疑。为了他，她殚精竭虑地筹谋，将他遇到的危机扫除净尽，并帮助东方溯实现了统一天下的宏愿。

而东方溯对慕千雪则始终深情专一，在他的坚持与征伐下，终于剿灭了西楚，为慕千雪报了国破家亡的血海深仇，兑现了当初他对她的承诺。他们之间的爱情虽历经波折，但却痴情不移，在两情相悦中相守一生，这样的情感无疑是美好和令人心向往之的。

第二节　单恋的哀愁

《盛世帝王妃》是一部深具"女性向"特征的历史言情小说。女主慕千雪不仅拥有倾国倾城的美貌，而且还具有帝师之才。在诸国争霸的社会背景下，流传着"得此女者得天下"的传言。恰是因为这一传言，北周、东凌、齐国、燕国、西楚国的皇子们纷纷赶往南昭求娶公主慕千雪。毋庸讳言，这些追求者大多出于政治目的考量，其中不乏如萧若傲般冷酷无情的人。但也有一些皇子在见到慕千雪后逐渐抛却了曾经的政治图谋，只愿能够得到慕千雪的垂青，从此一生一世一双人，在余生的岁月中拥有"执子之手，与子偕老"的福气。这其中的典型代表为东凌的四皇子张启凌。

张启凌是天机老人的爱徒。作为东凌国师的天机老人足智多谋，他终其一生的理想是帮助张启凌打败其他皇子，辅佐他顺利登上东凌的国君之位。而且，在诸国中散播璇玑公主慕千雪惊才绝艳之名的人正是东凌皇帝和天机老人的计谋，其目的就是为了制造动乱，令五国自相残杀，东凌则坐收渔翁之利。

  原来，萧若傲去南昭国求亲，慕千雪选择萧若傲为夫君以及萧若傲剿灭南昭国等一系列事件无一不是东凌国的计谋。在天机老人和东凌皇帝的眼中，慕千雪只是他们手中可供利用的工具。但是，千算万算中，他们没有料到寄予无限希望的皇子张启凌在不知不觉中爱上了慕千雪。为了守护慕千雪，张启凌不仅放弃了可以当上东凌皇帝的宝贵机会，而且在护送慕千雪返回北周的过程中，他将生的希望留给慕千雪，坦然面对刺客的诛杀。更令人感动的是，为了守护慕千雪，经历九死一生侥幸活下来的张启凌决定留在北周，他毫无怨言地臣服于东方溯，将自己的聪明才智和一身本领发挥到极致。由此可见，张启凌对慕千雪的爱，是更高意义上的精神之爱和成全之爱。

  除此之外，解语在《盛世帝王妃》中叙写出了世间男女令人叹惋的单方面痴恋的故事。比如天机老人对张启凌之母沈鸾的爱恋，即便沈鸾已经去世二十年，他依然没有忘情于她。然而，沈鸾从未爱上天机老人，直到死亡之时，她的心中只有视她为敝屣的东凌皇帝。天机老人、沈鸾和凌帝之间错综复杂的关系令人叹惋，作者借此写出了情感的诡谲与复杂。

  又如神机营里的十五对十九隐忍的爱慕，因为神机营的特殊规定，十五从未明白地对十九表露出爱意。他将他的深情，表现在执行任务时掩护十九所犯下的错误，并对她的行为进行善意的提醒。十五的爱情注定是一场没有结果的单恋，一切仿佛静水微澜，悄悄地开始，又悄悄地结束。

  解语以其善感的心性，用哀伤而婉曲的笔触描摹出红尘俗世中男女们欲说还休的种种情感关系。下到奴仆，上到帝王，沉浸在爱情世界中的他们在体验到爱情悸动的同时还要饱受爱而不得的折磨。在命运的阴差阳错中，哀伤而孤独地品味爱情这杯酒。

第三节 爱的异化与变形

  婚姻恋爱是文学作品中常谈不衰的主题，而在人类的现实生活中，婚恋是绝大多数人的人生要义。在内心的祈愿中，人们大多希望拥有稳妥而又美满的爱情生活。但在两性的世界中，复杂的情感和幽微的人性令爱情充满了变数，唯美浪漫的爱情总是不易收获，而被误会、辜负和落寞的情感则俯拾即是。在爱而不得的痛苦下，人性往往会发生畸变，从而酿出种种人间悲剧。

解语的《盛世帝王妃》不仅描述了两情相悦的甜美爱情，同时也深入细致地呈现出爱的扭曲、异化和变形。

当东方溯还是睿王的时候，赵平清便爱上了他。但心思深沉的她明白东方溯钟情慕千雪，而且，深爱东方溯的昌荣宗姬沈惜君在卫太后的赐婚下也马上要变成睿王妃。面对两个强劲的对手，赵平清决定主动出击。她先是将太后打算赐婚的消息告知了睿王爷，紧接着故意激起沈惜君的妒意，引得后者对其进行打击报复，并在东方溯面前摆出受迫害者的委屈模样，从而得到他的怜惜和达到败坏沈惜君的目的。在赵平清的精心布局下，她终于得偿所愿，成功嫁入睿王府，成为东方溯的女人。

然而，在陪伴东方溯的日子里，她发现无论怎么努力，依然得不到他的心。为了争得更多的宠爱，也为了获得更大的权势，赵平清戴着虚伪的面具，采用阴险的计谋，一方面迷惑着东方溯，另一方面则屡屡陷害慕千雪和沈惜君，意图将她们除之而后快。被嫉妒与贪婪掌控的她早已失去了爱的能力。此后，赵平清将爱与情感功利化，只为了世俗的利益而生活。

与之相似的还有张启凌的贴身侍女胭脂。胭脂与张启凌一起长大，她的心中眼中只有张启凌一人。当她以女性的敏感发现张启凌爱上慕千雪后，她的内心是极端痛苦的。她固执地认定，慕千雪是危险而不祥的，爱上她的张启凌会因之遭受灭顶之灾。为保所爱之人的性命，胭脂屡次违抗主人张启凌的命令。忍无可忍的张启凌最后将其赶了出去。对张启凌疯狂的爱和对慕千雪极度的恨，使得胭脂理智全无，为了重新回到张启凌的身边，她不得不沦为大皇子张廷霄和千代本樱手中的工具。回到王府的胭脂在忍辱负重中寻找除去慕千雪的机会，当她终于下毒成功后，陷入癫狂状态的胭脂希望张启凌亲手杀了她，以此达到让心爱之人永远记得她的目的。

应该说，胭脂并不是十恶不赦的坏人。她的黑化、疯狂和固执，皆因深情。她所做的一切，都是出于忠心和爱慕。为此，她可以不顾她人性命，也可以接受死亡的结局。卑微而偏执的爱，让原本年轻美好的胭脂逐渐走向毁灭。她短暂的一生，既可怜又可悲。

解语在《盛世帝王妃》中探讨爱情在人生中的重要地位。红尘中的痴男怨女在爱情的海洋中游弋泅渡。面对爱情的挫折和风暴时，每个个体都会作出自己的选择——有的人会接受不完美的现实，有的人则因之而异化和扭曲。也许，在作家解语看来，学会爱和理解爱并不是一件简单的事情，而对爱情的多维书写，则是作家反映世相、描摹人心以及窥测人性的有效探测器。

第四节　爱情信仰的确立

长达二百多万字的《盛世帝王妃》通过慕千雪和东方溯这对 CP 波折但不失甜宠的爱情故事宣扬了理想爱情的模样。作为女性网络作家，解语在这部小说中热烈歌咏了浪漫的爱情，爱以及爱所具有的救赎力量是小说中极为重要的主题思想。

到目前为止，我们可以发现解语小说中爱情的书写具有模式化的设定，即男女主人公的爱情总是充满了磨难与波折。例如《清宫宛妃传》中清如与福临至死方休的误解之恋，《清宫熹妃传》中凌若、雍正与纳兰湄儿之间的复杂虐恋，《盛世帝王妃》中慕千雪与东方溯错过后又重新开启的甜宠之恋等。

在《盛世帝王妃》的开篇设定中，慕千雪遭遇到所爱之人彻底而冷酷的背叛。所谓一朝被蛇咬，十年怕井绳，饱受爱情之殇的慕千雪从此不敢轻易触碰情感。面对东方溯的款款深情，她步步后退，甚至力劝他另娶她人。但是，她终究不是铁石心肠之人，而且在与东方溯密切的接触中，她确认了他的善良仁义与炽热的情感。最终，她听从了内心的声音，勇敢地与东方溯牵手共度余生。对慕千雪来说，东方溯的爱，不仅将她从绝望的深渊中拯救出来，而且更修复了她残破的身心，重建起关于爱与幸福生活的信念。

如果说慕千雪和东方溯是错过又重新开启的爱，那么十九与张启凌的爱，则是在互相了解的基础上惺惺相惜的爱。有意味的是，十九最初爱恋的对象是东方溯，而张启凌爱慕的对象则是慕千雪。十九与张启凌都经历过痛苦而隐忍的单恋岁月。为了爱情，十九甘受任何惩罚，而张启凌则丢掉了成为皇帝的机会。而且，他们都明白所爱之人心有所属，注定不会与他们在一起，但他们依然愿意以殉道者的姿态守护爱情。

爱情至上主义使得十九和张启凌灵魂相通。在为北周效力的岁月里，十九与张启凌一起出生入死，共同面对危机。在互相的信任与照拂下，他们逐渐产生了感情，并在兜兜转转中发现新的爱情萌芽滋长出来。于是，他们放弃了无望的单恋，转而珍惜身边的那个人，从而幸福地生活在一起。

值得注意的是，解语的小说虽有大量宫斗的情节，但她的文学写作没有延续宫斗文作者普遍持有的解构主义和悲观主义。她不忍也不愿笔下的美好人物陷入到黑暗的深渊，在绝望、虚无和破败中归于寂灭。相反，无论是悲剧结局还是喜剧结局，解语的作品都坚信爱情所具有的救赎力量，相信人心人性会在爱情的温暖中复归美好与纯净。

胡兰成在《中国文学史话》中说："中国的文学是知性的风吹水流花开，生命的光明喜乐顽皮，而都是正经，所以虽写忧患疾苦亦有个解脱，只觉天地与人事的大信都在眼前。这才是开太平之世的文学。"在解语的小说中，尽管她笔下青年男女们的爱情道路并不平顺，但难能可贵的是，艰难险阻与磨难坎坷并未销蚀掉这些人物对真爱的信念与追求。因为心中坚信爱的存在，所以他们能够毫不畏惧地迎接爱情世界中的风疾雨骤，在不断的摧折和洗礼中谛视内心，倾听爱情的召唤，拥抱人间的美好与温情。

第三章
群雄逐鹿的激荡岁月

《盛世帝王妃》虽为架空文,但小说中的社会历史并非完全向壁虚构,作者解语称其遵循的时代背景为隋末唐初的动荡历史,而女主慕千雪的原型则为唐高祖皇后窦氏的传奇人生。

对这段王纲解纽、列国纷争历史的选择,表露出解语期望在重新叙述中洞察时代秘密或彰显某种精神的情感诉求。无疑,解语的古言小说是站在时代浪潮里回望、挖掘以及思考往昔的激荡历史,并由此找到叙述古代历史的思想资源和想象未来的可能性。

第一节 谁主沉浮的争逐

《盛世帝王妃》具有宏大的历史架构。小说首先交代了中原大陆六国相争的社会现实,并根据其国力强盛依次排序为:北周、齐国、东凌、南昭、西楚、燕国。作者从西楚血腥剿灭南昭的故事写起,将六国互相牵制的平衡打破,新的变动,引发了新的异动和竞争。剩余五国纷纷采取行动,或合纵或连横,摆荡在各种策略间,力图在纷乱杂陈、众声喧哗的时代中实现利益的最大化,并最终能够统一天下,成为中原大陆上唯一的发号施令者。

一个不容忽视的事实是,动荡之世往往也是大争之世。解语在小说中为读者描绘出一种活力四射、充满激情和勇气的人物群像以及时代精神。在群雄逐鹿的动荡岁月中,理想、野性、活力、权谋成为时代的关键词。《盛世帝王妃》以宏阔的视角描摹出列国争雄时代,不同国家、不同民族、不同地域、不同文化间激烈的矛盾与碰撞。

为了实现统一天下的宏愿，各国君臣在政治风波中纵横捭阖、各显其能。尤其引人注意的是，彼时，不仅实力强劲的北周、齐国、东凌显示出问鼎中原、当仁不让的霸气，即便国力并不强盛，处于劣势的西楚和燕国也存有热切的政治野心，西楚国不仅敢于幻想，并敢于瞅准机会，果决地采取行动。而实力最弱的燕国虽然在各国的环伺下小心翼翼地生活，但燕国皇帝在自己的宫殿中，通过龙椅等器物的设计，一厢情愿地做着统一天下的美梦。

小说通过慕千雪的生命历程和活动轨迹，将各国风起云涌的政治事件串联在一起，详细地书写了各国君臣在天下逐鹿时代中的行为表现。其中，令人印象最为深刻的是西楚皇帝萧若傲。为了实现政治利益的最大化，萧若傲戴着虚伪的面具周旋在朝堂和家庭中。为了登上皇帝的宝座，他可以牺牲掉青梅竹马的爱情，远赴南昭国求娶慕千雪。为了剿灭南昭国，迈出统一天下的第一步，他步步为营，严密封锁消息。对外，他利用与慕千雪的婚姻关系麻痹南昭国对他的防范；对内，为了不引起慕千雪等人的怀疑，他表面上制造出兵燕国的假象，实际上秘密地取道南昭国。直到剿灭南昭国后，萧若傲才以胜利者的姿态告诉慕千雪之所以这样做的原因——"燕国国力虽然不如我们西楚，但相差并不多，且燕国距离我们西楚足有千里之遥，又位处山城，易守难攻，长途跋涉之下，想要攻破燕国的防守，谈何容易，就算勉强攻破，也是杀敌一千自损八百的结局，这不是朕想要的；可南昭不同，与我西楚毗邻而居，虽然城墙高耸，兵力也要略胜我们一筹，但在他们毫无防备之下，取胜的可能性比远征燕国要大许多，结果……朕果然赢了！"

萧若傲的野心勃勃和冷酷无情由此可见一斑。但沾沾自喜的萧若傲无论如何也没有料到他所做的一切都落入东凌国的计谋中。他最为倚重的宰相曹炳成其实是东凌国的奸细，他能够成功与南昭国联姻也是东凌国的国师天机老人暗中相助所致。

总之，在天下未定的征伐时代，每一个国家都在凶险的棋局中厮杀搏斗。分分合合里，不到最后一刻，谁也无法预料国家未来的命运究竟如何。在统一天下的热望中，在不断地历险或抗争中，迎来成王败寇的命定结局。

第二节 阴谋与权谋

毫不夸张地说，《盛世帝王妃》是一部阴谋和权谋的集大成之作。从始至终，小说中的各个国家和人物均或主动或被动地裹挟进连绵不绝的斗争里。阴谋与算计犹如无处不在的空气般弥散——大到国与国之间的外交政令，小到家庭内部的上位争宠，都可窥见阴谋的面影。读者跟随着作者的文字，遇见一个又一个充满悬念的事件，然后又逐一见证事件的破解平息。然而，当天下没有统一之时，国与国的争斗就不会停止，同样，在偌大的后宫，围绕着权力、财富以及情爱的争夺也不会终结。

《盛世帝王妃》用宏阔的视角揭示出国与国之间至死方休的阴谋算计。例如，西楚国对南昭国的麻痹剿杀，东凌国利用慕千雪布下的精巧陷阱，齐国利用奸细对东凌国太子的毒害等；而在宫廷内部，君臣、父子、兄弟、夫妻、主仆间也会存在无止无休的算计和迫害。在权力的掌控下，曾经互相信任的君臣反目成仇，曾经亲密无间的兄弟刀兵相见，曾经恩爱的夫妻互相伤害。权力与财富的巨大诱惑使得美好的情感芳踪难觅，人心在贪欲中扭曲和变形，而无处不在的狠毒与阴谋则是人性崩坏的证明。

值得注意的是，解语在书写阴谋与权谋之时，并没有如大多数宫斗文作者一样陷入单纯展示阴谋奇观的叙述快感中，她对奇观化和狂欢化的叙事路径保持着必要的疏离和难得的清醒。无处不在的阴谋诡计令人惊惧，这样的社会历史氛围并不值得歌咏和赞赏，相反，作者对陷阱处处的世界是持批驳和反对意见的。在解语看来，阴谋不仅让许多人物因之失掉了宝贵的生命，而且会将人世间美好的亲情、爱情与友情伤害损毁，唯剩下虚无和荒凉的无限哀伤。更可怕的是，抽离了爱的世界从此变得冰冷麻木，人性也在不知不觉间向没有光亮的地方一路滑行。文本中解语无数次直言不讳地议论到皇权的无情和冷酷，与此同时，作家对那些因权势而异化的人物充满了鄙夷和叹惋，并为这些人物安排了非死即伤的结局。而那些能够在丛林法则中保持初心和良善的人物，作者都满怀深情，并尽量赋予他们大团圆的终局。

有意味的是，对于阴谋和权谋的恣肆泛滥，解语并没有用非黑即白的方式作出粗暴简单的回答。更多的时候，她写出了人物的情非得已。譬如，作为《盛世帝王妃》的绝对主角，慕千雪无疑是作者所欣赏和热爱的女性。为此，解语不仅极力突出她的惊世容颜，还夸张地凸显其犹如诸葛亮般"多智近妖"的特殊才智。但即便是这样一个近乎完美的女性，当她在全心全意帮助萧若傲进行夺嫡斗争时，为了得到老皇帝的另眼相看，她劝说萧若傲接下屠杀患有疫症百姓的秘密任务。患病的无辜百姓非但没有得到救治，反而全部被杀死焚尸，王权的冷血与酷烈令人不寒而栗。而且，美好如慕千雪也是这场杀戮行动的参与者。

当然，作者通过慕千雪之口，详细交代了疫症的凶险以及国家利益与个体利益的冲突悖论，从而为慕千雪的选择以及萧若傲的血腥杀戮找到了不得不如此的借口。小说中，类似的事例不胜枚举。为了胜利，许多善良和正面的人物也不得不在情势所迫下做出不那么光彩的事情。说到底，乱世中逐利的人们都会面临伦理道德和权势实利的悖论，在成王败寇的现实和权力逻辑的无情催逼下为成"大事"而不顾"小节"，从而凸显出人生的某种无奈与无解之痛。

第三节　无穷的战斗

喜读武侠小说的解语在《盛世帝王妃》中用大量的笔墨展现了战争的场景。从小说的开篇直到终结，皇皇百万言的篇幅中既有动辄几十万战士的大规模战役厮杀，也有小规模的数个武林高手各为其主的打斗比拼，难能可贵的是，作者将大大小小的战斗比拼场景描写得摇曳多姿，绝少雷同，或出其不意速战速决；或两军交战难分胜负；或高手对决你来我往，或采用火攻、水淹或枪炮的威力来取得胜利，从而充分展示出战争的多样性与复杂性。在网络言情小说中，也许没有哪个女性作家像解语一样，对战争及其残酷性做过如此淋漓尽致的描写。

《盛世帝王妃》描写战争的时候，特别突出智谋的巨大作用。慕千雪虽然不会武功，有时候甚至并不亲临战场，但她运用超凡的智慧运筹帷幄，决胜千里。可以说，她的智慧是北周军队战无不胜、攻无不克的制胜法宝，东方溯的节节胜利，都是听从了慕千雪的战略决策。比如在东方溯还是睿王的时候，面对齐国对北周的大举进犯，东方溯在战场上采用了慕千雪殚精竭虑研习出的三才阵来克敌制胜，从而令北周取得了保卫战的胜利。而在西楚攻打燕国之时，慕千雪算准了萧若傲的计谋，上演了一出"围魏救赵"的好戏，将西楚皇城应天攻破，实现了剿灭西楚的既定目标。总之，在列国争雄的战争岁月，慕千雪用自己的智慧，化解无数危机，挽狂澜于既倒，取得一次又一次的胜利，以实际行动确证了"得璇玑公主者得天下"的传言。

此外，解语在摹写战争的时候，也凸显了先进武器对战争胜负的重要作用。小说浓墨重彩地塑造了一位带有技术宅男气质的机关术大师古逸臣。在他的痴迷钻研下，诞生出可以自由飞翔的机关鸟，可以不停奔跑转动的木头狗，还有一坐上去便可能会发射弩箭的机关椅，以及可以自动运送粮草的木牛等令人惊奇的发明。在古逸臣发明的一系列作品中，最厉害的当数火枪和火炮，在冷兵器时代，古逸臣的机关术使得北周的军备力量实力大增。先进技术的掌握，使得古逸臣一人之力，可以胜过千军万马。当楚帝萧若傲得到古逸臣后，便利用其发明的火枪远征燕国，仅用区区五千士兵便让整个燕国陷入濒临灭绝的危机中。

在波澜壮阔、气势恢宏的战争叙事中，小说依据以时间为序的线性流程，主次分明并有条不紊地将数不胜数的战争描摹出来。战争的胜负，不仅取决于各国军事实力的强弱，而且还与错综复杂的政治和智慧武器相关。小说中的慕千雪犹如智慧的化身，她不仅通晓天文地理，而且善于谋略。她的一生，是战斗和谋略的一生，而她的惊人智慧和绝世才能在战争中发挥得淋漓尽致。更重要的是，《盛世帝王妃》在战争叙事中赞美了智慧的力量，同时也将男性主宰的战场赋予了女性。慕千雪以女性的身份面貌活跃在政治和战场中，而不必如花木兰一般只能通过易装的方式才能获得进入战场和朝堂的权力。

第四节　弱者的哀歌

天下逐鹿时代，意味着国家的纷争和无尽的征伐，这样的社会历史背景决定了上到贵族王公、下到黎民百姓生活的动荡和生命的消逝。解语在倾情书写列国的政治斗争与皇宫贵族们的后宫生活时，也以体恤同情的目光注视动乱社会下的普通民众。通过大历史中普通民众的生命故事和苦难人生折射出作者的民本思想和文化立场。

在第一百三十四章《人命如蝼蚁》中，卫太后为了掩饰侄儿卫文斌的贪墨行为，便决定将知晓卫文斌贪污腐化的聚火教众人炸死。在实施这个计划时，她明知火药威力巨大，会因之让许多无辜百姓丧失性命，但为了达到个人的目的，卫太后根本不理会底层民众的生命。在她眼里，普通民众是生是死无关紧要。她的轻民、残民思想由此可见一斑。正是因为卫太后母子的奸诈、残忍，毫无惜民、爱民之心，才促使他们最终走向灭亡。

在《盛世帝王妃》中，解语塑造了一系列性格迥异的奴仆形象，并用无限哀婉的文字交代了这些人物充满辛酸的人生。例如绝对服从东方溯的神机营就是组建者从民间收罗的孤儿组成。因为年纪小，他们中的大多数人并不记得自己的父母和姓氏。进入神机营后，他们要根据各自的禀赋接受残酷的训练。终其一生，他们活着的唯一目标是无条件地效忠主子，执行主子交代的任务。他们没有姓名，不允许有私情，死去后他们的数字编号会迅速被别人替代。作为工具人，神机营的所有人被刻意训练成冷血、无情、唯命是从、不惧死亡的死士状态。他们微末异化的一生令读者无限唏嘘。

除此之外，小说更以忧愤痛惜的笔触书写了忠心耿耿的奴仆们因主人们权力的争夺而被荼毒的悲惨命运。譬如张廷霄为了逼迫张启凌的管家说出慕千雪的藏身之地，竟然当着管家的面一片片割下他孙儿身上的肉，致使忠心耿耿的管家精神崩溃，不得不说出慕千雪的下落；又如陈太妃的奴婢冬梅为了保住主子的性命和先帝的遗诏，受到了非人的折磨。冬梅被冠上谋乱的大罪,罪及三族。不论男女老幼,均被押赴刑场,等待处斩。令人发指的是,为了让冬梅说出秘密,卫太后让刽子手每隔一个时辰当着她的面杀死她的一个亲人。出于对主子的忠心和对卫太后狠毒心性的了解,冬梅至死也没有屈服。她和她无辜的亲人们被当街屠戮,成为王权斗争下的冤魂。

  李建军在《"公共性"与中国文学经验》中曾说:"同情民众,关注民瘼,是中国文学的另一个伟大的'公共性'品质。以士君子为主体的优秀的中国诗人和中国作家,无论居庙堂之高,还是处江湖之远,皆以天下苍生为念,而中国文学中的'公共性',也就体现为对'民生''黎元''国家''社稷''天下''乾坤'等'公共事象'的关注,体现为对同情底层大众的'哀'和'忧'的情感表达。"某种程度上说,解语的小说也具有"公共性"的品格。在《盛世帝王妃》的写作中,表明了她对弱小无辜生命惨遭杀害的哀忧。她在无数底层民众的生命悲剧中,建立起以忠义为核心的诗学正义。与此同时,解语同情弱小、站在被侮辱与被损害者的立场上发声的姿态清晰可见。

第四章
女性的天空

在一千零四十四章的超长篇幅中，《盛世帝王妃》为读者贡献出一大批有血有肉的个人化女性人物群像。解语不仅善于叙写传奇性的故事，而且也长于塑造各具特色的女性形象。

纵观解语的创作，可以发现她对中国古典小说人物塑造法的继承和创新。与《三国演义》《水浒传》等人物形象的类型化、夸张化相似，解语也经常突出甚至夸大笔下人物的主要性格特征，并在文本中多角度、多层次地加以强化和深化；而与古典小说不同的是，解语不愿她笔下的人物一出场便被定了型，而是随着故事情节的演进，随着人物社会境遇的变迁，写出了人物性格的变化性和丰富性，力图给读者以鲜明深刻的阅读印象。

第一节　美貌与智慧的化身

近代小说《儿女英雄传》的作者文康认为，传统小说的缺憾在于，无法在赞颂侠烈英雄本色的同时，表述儿女情长的重要；或反过来说，不能在细描缠绵情意的同时，凸显英雄气概的无可或缺。《儿女英雄传》的写作目的便在于推动侠义和言情小说的合流，创作出既有儿女情长又兼具英雄侠义的作品。

而解语的《盛世帝王妃》也具有言情和侠义小说合流的特色，最为典型地体现这一特色的是慕千雪这一人物形象的精心塑造。作为小说中的绝对主角，慕千雪的出身、容貌、才情无不符合佳人的设定。

她的惊人美貌和高贵出身，引得各国才俊疯狂求娶。东方溯终其一生对慕千雪宠爱如初、深情不减；张启凌因为痴恋慕千雪，居然抛却可以成为皇帝的机会而归顺北周，只为守候在她的身边；萧若傲在舍弃慕千雪后万分后悔，为了让慕千雪重新回到他的身边，居然可以不顾安危地潜入北周。除了这些主要人物对慕千雪的恋慕外，小说还叙写了许多次要人物如卫文斌、古逸臣、张启夜等人对慕千雪的或贪占或倾慕的情愫。

慕千雪的爱情之路虽然因重重的阴谋而充满波折，但她最终还是收获了甜蜜的爱情，拥有了尊贵的身份，实现了报仇雪恨的目的。解语用细腻温情的文字描绘着慕千雪的爱情传奇，将男女两性的复杂情感悉数呈现。在感情的世界中，慕千雪无疑是人生赢家。她的一生，既有东方溯"六宫粉黛无颜色"的专宠，也有张启凌"冲冠一怒为红颜"的深情守护。

除了惊人的美貌，解语极力凸显了慕千雪"多智近妖"的超凡智慧。慕千雪并不满足于安富尊荣的后宫生活。作为一名具有帝师之才的超凡女子，慕千雪的生活目标不再局限于拥有爱情与守护爱情，居于她人生中核心位置的，是在天下逐鹿时代，通过她的智慧和抗争，与忠厚正义的男性一起，实现报仇雪恨和拯救天下万民于危难之中的高远理想。

由此，《盛世帝王妃》突破了言情小说的拘囿，原本甜宠的爱情故事在家国情怀的融入下被重新敞开。随着慕千雪的历险和游历，广阔世界与黎民百姓的生命安危渐次铺展开来。面对接踵而至的政治阴谋和困局，慕千雪选择毫无惧意地面对。在她的惊人智慧和运筹帷幄之下，她首先斗倒了东方泂和卫氏一族，帮助东方溯登上了北周皇帝的宝座。然后，慕千雪将东凌的政坛搅得天翻地覆，让其陷入内乱而国力削弱，无法再与北周一决高下。再然后，她与东方溯一起劝降燕国，打败西楚和齐国，实现了逐鹿中原、统一天下的宏愿。

在"甜宠"的爱情设定下，解语着重刻画了慕千雪纵横捭阖的政治谋略和救民于水火的侠义行为。慕千雪的一生，可谓女性理想的生活样本——既有情投意合、白首不相离的知心爱人，又能实现拯救天下、建立清平世界的宏大理想。解语在《盛世帝王妃》中，通过慕千雪的现身说法，阐明了女性只要具有矢志不移的毅力和果决的行动力，就可以在爱情和事业间找到平衡点，从而在某种程度上舒缓了现代女性在家庭与事业间疲于奔命的情状，为沉浸于故事之中的读者提供可以暂时安眠的桃源胜地。

第二节 被权力异化的人生

《盛世帝王妃》在热烈歌咏慕千雪、十九、夏月等美好女性形象时，也以冷静、客观的笔触，塑造了狠毒、嫉妒、虚伪和贪婪的女性群像。在尔虞我诈的后宫里，处处潜伏着阴谋和陷阱。这些生活在帝王身边的女人，费尽心思地博得君王的垂青。为了上位争宠，她们掐尖斗狠，步步为营，如乌眼鸡一般斗得你死我活。而她们的争宠手段也是花样百出，无所不用其极，甚至将人命视如儿戏，踩着别人的尸体爬上自己想要的高位。在后宫无休止的争宠斗争中，绝大部分女性从肉体到精神都处在压抑之中，而她们的悲惨人生也在不动声色中得以呈现和彰显。

小说中，东方溯身边的赵平清和梁秀英便是极为典型的反面角色。作为东方溯的妃嫔，一开始，她们都曾对东方溯产生过真正的感情。但面对强劲的对手，被忽略、被冷落的处境促使她们产生了疯狂的恨意。为了保住锦衣玉食的生活，为了父母亲族的荣耀，更为了各自儿女的前程出路，不甘心失败的她们采取了卑劣的手段打击对手，在垂死的挣扎中做着胜利的幻梦。此时，她们完全被权力所扭曲和异化，不仅失去了爱人的能力，更失掉了女性自身的尊严和价值。在非人的道路上越走越远，终至大错铸成，无法回头。

被权力扭曲和异化的不独有爱情，还包括血缘亲情。人世间，母子之间的情感原本该是最为厚密的。但在冷酷的权力逻辑之下，东方溯和他的母亲陈太后却反目成仇。当陈太后还是陈太妃之时，她对自己唯一的儿子充满了呵护和关心。为了东方溯，她可以做小伏低，时时处处巴结东方泂和卫太后。当危机来临之时，她宁可舍弃自己的性命,也绝不说出先帝遗诏的存放之地,并始终保守先帝将神机营留给东方溯的秘密。总之,在艰难的岁月里,陈太后与东方溯母慈子孝,他们之间彼此信任,彼此维护,毫无嫌隙。

随着境遇的改变和小人的拨弄,陈太后的心态和性格逐渐发生了改变。她从隐忍温柔的母亲,变成了迷恋权力、冷酷无情的贪婪老太婆。为了长久地掌控北周的朝堂政治,陈太后竟然与敌国派来的奸细狼狈为奸。她先是怂恿大皇子争夺太子之位,在计谋失败时又派人在太子的饮食中下了使太子痴傻的毒药,从而使其不能承继大统。她的如意算盘是从宗室中过继一个幼童并将其推上皇帝的宝座,然后她挟天子以令诸侯,成为北周实际的掌权者。陈太后的黑化令人震惊,为了掌握权力,她不顾儿子东方溯的感受,毒杀自己的孙儿,在北周掀起政变的闹剧。陈太后的疯狂,恰好说明了权力的巨大魔力。在权力的掌控下,陈太后上演出一幕幕令人齿寒心冷的人伦惨剧。

通过女性形象的畸变和扭曲,解语深入父权制和皇权制的内核,揭示出这种文化对女性的戕害和异化。也许,作家笔下的历史言情故事只是引子,其真正的目的是促使我们深入勘查和思考权力文化的吊诡,还有极端境遇下"黑暗之心"的养成和泛滥。

第三节 女子的仕与恋

刘慧英在《揭示被隐埋的女性历史的主题》中曾论述道:"众所周知,整部人类文明史是一部以男权文化为中心、以男权立场和话语描述的'历史',女性在这一历史文本中作为'盲点'而被遮蔽和隐埋历时几千年,即使是在今天——世界性的'女权话语'理论已经逐渐形成,对男权文化历史的批判已经'初见成效'的时候,男权中心的文化尺度依然是各种现实社会形态的主导和主流,所谓的'女权话语'其实还处于咿呀学语的稚童状态,它始终被主流文化视为一种边缘乃至幼稚可笑,因而不断重提被隐埋了的女性历史的话题便成为一种可能或必要。"

很长的时段内,女性必须面对没有历史的尴尬。令人欣慰的是,在媒介变革和文学转型的互联网时代，女性较之前辈作家拥有了更多表达自我和书写女性历史的路径。互联网的开放性和自由性奠定了网络文学的兴旺与发达，而书写女性自我的历史，将被遮蔽的女性历史在男权文化的积压下重新探勘并梳理成一部公正、客观的文明史便成为女性作家的共识。《盛世帝王妃》虽为架空文，但解语通过想象和共情，将古代社会中被淹没的女性群体和女性历史呈现在读者眼前，提示女性在人类文明史中的巨大作用和所作出的贡献。

作为当代女性作家，解语在作品中有意识地将现代女性意识赋予她所书写的女性人物。无论是作者衷心礼赞的正面人物慕千雪，还是持批驳态度的反面人物卫太后和陈太后等女性，她们都不是传统社会中安于后宫生活的贤妻良母型女性，而是渴望深度参与政权和拥有权力的"事业型"女性。

《盛世帝王妃》从始至终描绘出慕千雪在诸国争霸中至关重要的作用，彰显出大争之世时女性不让须眉的风骨气度。可以毫不夸张地说，天下气运皆系于慕千雪一人，她才是普天之下实际的掌控者和操盘手。

而作为与慕千雪角力的卫太后和陈太后等人也毫无掩饰地表露出对权力的渴望和占用。当东方洄为北周皇帝时，时时可见卫太后对朝堂大事的指点和决策。她的心机与远见，超过许多男子，甚至连北周的老皇帝也败下阵来，不得不遵照她的意见传位给自己并不心仪的皇子东方洄。扶持自己的儿子上位后，卫太后凭借智慧和铁腕手段在北周的朝堂和后宫中拥有绝对的权威。如果不是慕千雪的出现，卫太后及其家族对北周江山的控制则无人撼动。

与卫太后一样，陈太后也是一位野心勃勃的阴谋家。当她实力还不足以与卫氏母子抗衡的时候，她懂得示弱与隐忍。待她登上太后的宝座后，对权力的欲望便极度膨胀起来。为了实现对国家政权的实际掌控，她可以冷下心肠算计一切，包括人间最珍贵的血缘亲情。对卫太后和陈太后来说，她们的人生价值是在朝堂政治中发挥个人不可或缺的作用，为了实现这一理想，她们不择手段至死方休。

《盛世帝王妃》中的女性除了在男性主导的政治领域中大显身手外，还在个人情感生活中具有一定程度的自主权。譬如慕千雪原本是西楚国的皇后，在发现萧若傲的真面目后，她完全彻底地剔除了对他的爱。逃到北周的她在波折和患难中接受了东方溯的爱，破除了女性必须从一而终的陈腐理念。无独有偶，神机营出身的十九在个人情感的处理上也颇为现代。一开始，她默默地喜欢东方溯，后来，在与张启凌的密切接触中，她又爱上了已然失去皇子身份的张启凌。在个人情爱世界中，这些女性敢于破除成见，与心仪的男性相恋相爱相守，用实际行动证明了女子所具备的独立人格和自主精神。

第四节　姐妹情谊

作为一部后宫言情小说，《盛世帝王妃》无可避免地书写了众多女性之间似乎永远不能止息的争斗。为了获得皇帝的恩宠和垂青，这些后宫女子采用各种手段上位争宠。而女性与女性之间，匮乏的是互相的体恤和同情，甚至到了每一句言语都可能暗含讥讽，每一次互相走动都可能包藏祸心，每一次见面都可能酝酿阴谋的程度。这些女性终其一生的事业便是将生命中宝贵的时间和聪明才智都耗费在邀宠献媚，不遗余力地打击对手的阴谋之中。为了个人利益的最大化，这些女性将人性恶的方面无限放大，而人间最可珍重的自由、平等、尊严、亲情等等全被放逐和抛弃。

值得注意的是，女性与女性之间的争斗并不是《盛世帝王妃》书写的重点，更不是所有女性的共同特质，作者通过慕千雪、沈惜君、十九、夏月等人互相信任、互相体恤、互相照拂的真挚情谊驳斥了女人之间只有一地鸡毛式的宫斗。在波诡云谲的政治风波和阴谋密布的后宫生活里，她们组成了一个由"情"字来维系的女子团体。女性与女性之间，也拥有类似于《水浒传》式的兄弟情义一样。当然，她们之间情谊的缔结并不是那么容易的，在相见之初，沈惜君和十九因为喜欢东方溯，对慕千雪的出现是怀有深深敌意的。

沈惜君单恋东方溯，当她得知东方溯钟情慕千雪后，疯狂的嫉妒让她对慕千雪及慕千雪的忠仆夏月充满恨意。为此，她屡屡寻找机会羞辱和挑衅慕千雪主仆，试图将她们赶出北周，不让她们出现在东方溯的周围。与之相较，十九的恨则主要源自她对慕千雪的误解。当东方溯为营救慕千雪而亲自犯险时，十九固执地认为慕千雪会威胁到东方溯的性命。为此，她不仅两次私纵追捕慕千雪的天机卫首座闫重山，更曾易容装扮成店小二，欲图毒杀慕千雪和夏月。

冰雪聪明的慕千雪对沈惜君和十九的种种作为没有恼怒，更不曾产生报复心理。相反，她用以德报怨的行动证明了自己的善意和真诚。当沈惜君被赵平清和陈太后先后设局陷入危机的时候，是慕千雪不计前嫌，不怕危险，用智慧和耐心揭示真相，证明了沈惜君的清白，保住了她的性命及皇后的位置。对十九的毒杀，慕千雪虽勘破了她的计谋，但却没有在东方溯面前揭穿她。反而对她信任有加，将东方溯即将面临杀身之祸的秘密悉数告知。在一系列的事实面前，十九终于理解了慕千雪的情谊，从此对她敞开心扉，建立起亲密的关系。

在《盛世帝王妃》中，解语笔下的女性既有掐尖斗狠、阴险恶毒的女性群体，同时也有豪迈洒脱、具有鲲鹏之志的女性集团。两种女性汇集在诸国争霸的大历史背景中，在后宫与庙堂间往来穿插，搅动起时代的潜流和旋涡。作为情感细腻的女作家，解语以善感的心性深入女性的世界。她对女性的生存境遇、生命理想、婚恋心理和灵魂世界进行了深度的呈现和揭示，让读者在阅读中体会女性人性中的幽微与复杂、光明与阴暗。

第五章
男性的世界

《盛世帝王妃》带有典型的网络大女主特质。但在书写慕千雪的传奇故事和政治谋略的时候,同样塑造和摹写了性格各异的男性群像。如果说描绘或美好或狠毒的女性是解语小说的叙事核心的话,那么,足智多谋、深情无限的帝王君子和卑鄙恶劣、薄情寡义的君主臣子则构成烘托"核心形象"不可或缺的衬托性人物。在风起云涌的历史舞台上,在个体的情感世界里,这些男性形象同样散发出熠熠光辉。

女性与男性的双重视野使得解语的古典言情小说写作呈现出健全而豁达的精神气质,同时也贡献了值得重视的两性观和方法论。在她的《盛世帝王妃》这部小说中,男性形象与女性形象一样立体而丰满。作为命定的共同体,女性与男性之间既有剑拔弩张的紧张态势,亦不乏温情缱绻的信任依赖。在王朝的更迭中,在日常的生活里,男女两性共同谱写了人类的文明史与斗争史。

第一节 江山与美人

因为对情感的关注和体察,在解语的小说里,她笔下那些美好的男性形象普遍具有深情和重情的特质。小说里浓墨重彩地凸显了正面人物东方溯和张启凌对所爱之人的万千呵护。东方溯和张启凌是主情主义的。痴情、钟情与纯情构成了这些男性的性格基调。在这些男性眼中,世界是有情世界,人生是有情人生,"情"与生俱来并且始终伴随着生命的进程。在充满残酷斗争的帝王家族,东方溯、张启凌自小体验到权力的无情和人情的冷暖。缺少温情的生活环境让他们痛苦难言，深埋于心的则是对真挚情感的渴慕期盼。长大成人后，他们在凶险的政治旋涡中希冀着爱情的自由与个性的伸展。当见到心仪的"窈窕淑女"时，他们表现出了"情不知所起，一往而深"。为了心爱的女人，他们可以舍弃江山甚至性命，只求与所爱之人白首不相离。

作为北周尊贵的皇子，东方溯深爱着慕千雪。即便慕千雪最初并没有选择他为夫君，但东方溯却不改初衷。当慕千雪落魄时，他拼着性命救她出虎口。而对慕千雪的废后身份，他毫不在意，一心想娶她为正妻。更重要的是，东方溯不仅在情感上真挚地爱着慕千雪，而且还以如师如兄的角色担当起照拂培养慕千雪的职责。某种程度上说，正是东方溯的真情守候和信赖支持，才使得慕千雪的政治才能有了用武之地，确保她能够从无数的政治旋涡中泅渡出来，一步步成长为杰出的政治家。基于此，解语的网络大女主写作并没有贬低和矮化男性形象。相反，作者肯定了男性在女性成长岁月中的政治赋权。慕千雪从东方溯那里得到参与朝堂政治以及持续的情感支持力量，所以才能充分发挥超人的才能，实现了为母国报仇雪恨的目的。

在东方溯和慕千雪的关系中，男性不再是女性进入庙堂、掌握权力的异己力量，相反，《盛世帝王妃》中的男女两性在一种乐观、浪漫的关系中通力合作，共同开创北周王朝的繁荣盛世。

张启凌对慕千雪的爱，则是一种宁愿舍弃江山，也要守护心上人的牺牲成全之爱。为了慕千雪，他放弃了趁北周内乱剿灭敌国的原定计划，舍弃了登上东凌皇位的机会；到了东凌，同样是因为慕千雪，他彻底失去了老皇帝的信任，被迫离开了自己的国家；而在护送慕千雪回北周的途中，又遭遇九死一生的追杀和谋害。危急关头，他甚至愿意舍弃性命换来慕千雪活命的机会。与爱情相遇后，原本野心勃勃的张启凌完全变了模样。爱上慕千雪之前，他是睿智精明的东凌四皇子，拥有热切的功名心；爱上慕千雪之后，在张启凌的眼中，皇位、江山、财富甚至生命都可以为所爱之人舍弃。

解语浓墨重彩地突出了张启凌的痴情行为。他的一生，犹如贾宝玉一般珍视女性，守护爱情。但张启凌对慕千雪的爱注定是悲哀和无望的，慕千雪虽然感念张启凌对自己的一腔深情，但她的心中早已爱上了东方溯。承受爱情折磨的张启凌孤独而落寞。在感情的世界中，张启凌和普通人一样要遭逢苦难的迎头痛击，要面对理想的幻灭，承受爱而不得的痛苦。许是因为对张启凌的惜重和敬慕，解语最后让张启凌和十九走到了一起，从此过上宁静幸福的生活。

第二节　帝王们的理想与幻梦

《盛世帝王妃》用宏大的视角描写了列国争雄时代各国在统一天下的理想目标之下所进行的政治斗争和军事斗争。小说以一种全知全能的叙事，将视点定位到各国的帝王君臣、宫廷生活乃至纵横捭阖的政治斗争中，以一种气势恢宏的开阔视角将各个国家的国势与命运纳入文本脉络，以一种大远景的镜头呈现方式奠定叙事格局，大处着眼，小处落笔，通过慕千雪的漫游关联起小说中的各国人物以及每个国家的际遇变幻和王朝兴衰，摹写了一幅封建王国逐鹿中原的恢宏图卷。

小说中，解语对各国的帝王们进行了精心的描摹。通过对各个国家皇帝们或详细或简略的描写，将各国的政治国情和帝王心术进行了艺术化的塑形，同时，作者也在不动声色中交代出各国国力的强弱兴衰与帝王们的胸襟才能和政治谋略联系甚深。

在帝王形象序列中，解语详实地描写了北周三代帝王的政治生活和性情禀赋。东方溯的父亲承帝是一位具有雄才大略的帝王。小说通过慕千雪之口赞颂了他的政绩："在大周近十代君王中，论政绩，承帝当在前列。"（解语《盛世帝王妃》）在他的统治下，北周的综合国力一直居于各国之首。也是他，认定东方洄并不是北周君主的理想人选，所以他以极其隐蔽的方式培养和锻造东方溯，逐渐将其培养成文韬武略的全才型帝王。

事实证明，承帝是颇具识人慧眼的。东方溯不仅具有杰出的政治才能，更保持着纯良的禀性。不论是从前的睿王时期，还是后来的帝王时代，他都以大局为重，顾念兄弟亲情，心怀天下苍生，不屑也不愿用卑劣的手段谋求权力。在政治风波和尔虞我诈的环境中始终保持着人性的高贵和善良。他的仁善和重情重义为他赢得了民心，在他周围聚拢了一批忠臣良将。此后，君臣同心的北周国力越来越强，终于或消灭或招降了其余各国，完成了统一中原的夙愿。而东方溯的继任者东方予恒则继承了乃父的风范，成为盛世江山的守护者。

与之相较，楚帝萧若傲和凌帝则反其道而行之。他们都是被皇权异化和扭曲的人。在他们身上，人性的善好消失殆尽，人伦亲情也被无情弃置，取而代之的是卑劣狡诈的人性和冷酷暴力的行事方式。如他们都曾辜负过深爱他们的女性，在骨子里视女性为工具，可以弃之如敝屣；他们对身边的臣子，也毫无情感，一旦发现对方有可能危及自己的权威和统治时，立即杀之而后快；更重要的是，作为皇帝，他们的心中根本没有百姓。为了实现统一天下的目标，完全不顾平民百姓的死活，肆意的杀戮成为常态，从而导致了民心尽失的结局。因此，楚帝和凌帝的失败其实早已注定，国破家亡也是他们无法规避的必然。

此外，解语也用精简凝练的文字描绘出燕帝的懦弱无能和苟且偷生。燕帝在国力贫弱的情况下没有任何励精图治的实际行动，反而躲在自己的宫殿中做着统一天下的幻梦。当兵临城下之时，他不顾国家的危亡，只顾保全自己的性命。在朝政大事上，他同样昏聩无能，一味听凭奸臣的摆布和愚弄。正是他的愚昧无能，导致了燕国的落后，最终不得不接受投降的命运。

第三节　父与子

父辈与子辈的血缘伦理关系构成了人类生存最深刻、最复杂的部分，它往往体现出生命密码的传递和文化基因的传承。在大多数家族历史小说中，"父亲"形象与"儿子"形象，父权制文化与子辈的"审父"冲动往往是绕不过去的话题。解语的小说《盛世帝王妃》中也描写了多对"父与子"的关系。小说中的"父亲"们通常代表着权力和既定的秩序，而"儿子"们则出于个体的理想和对权势的渴望，对"父亲"们处于既尊崇讨好又背离斗争的错综纠葛中。

在中国古代独特的血缘群体私有制下，"以父尊子卑为经，以夫尊妻卑为纬"编织而成的父权制家族构成整个社会的基石。在此之上，则是我们所熟知的"以家庭为本位"的国家——一种"以君尊民卑为经，以男尊女卑为纬"编织而成的君主专制社会金字塔式的体系。而在解语笔下父亲的形象是合二为一的——他们既是天下万民的君主，又是家庭内部具有绝对权威的父亲。由此，他们与儿子们的关系也兼具两面性，除了血缘亲情，还有君臣关系的规范。在权谋遍布的皇宫大院，父子关系注定面临更为严酷的考验，也会经历更为复杂和严重的冲突。

例如，张启凌和其父亲张炎宗的关系令读者读来无限唏嘘。作为东凌国的皇帝，张炎宗心心念念的便是统一天下。为此，他费尽心机地进行谋划，建立起强大的情报网，派得力的干将混入敌国刺探国情。为了早日实现统一大业，他鼓励儿子们各显其能，并承诺哪一个儿子能够颠覆北周，便将皇位传给他。但当他得知张启凌没有趁金陵之乱完成占领北周的计划后，立即勃然大怒，欲将张启凌赶出襄月城，永远地发配边疆。因为"对于凌帝而言，能够担起'统一中原'重任的皇子才有资格得到他的注目，余者……死不足惜！"（解语《盛世帝王妃》），由此可见凌帝的冷血与无情。

对张启凌而言，他在凌帝这个血缘父亲那里，完全没有体会到父爱和家庭的温暖。在他的成长历程中，幼小的他与母亲相依为命。直到母亲去世后，五岁的他才被带回皇宫。然而凌帝并没有对这个失而复得的儿子施以关爱，在凌帝眼中，张启凌的母亲只是一个无关紧要的生育工具；而张启凌则是一个有望助他实现逐鹿中原的政治工具。所以，当凌帝又一次发现张启凌不堪重用时，他动用阴谋诡计，让张启凌和天机老人一步步走向他布好的陷阱，在自以为万无一失的时候毫不留情地下达了诛杀儿子的命令。作为一个被皇权完全异化的人，凌帝对张启凌始终是冷酷而无情的，从而导致了父子间的彻底失和，终于在你死我活的斗争中落下帷幕。

与之相较，男主角东方溯与父亲承帝的父子关系则感人至深。在东方溯的记忆中，他是不受父亲宠爱的儿子。承帝总是对他格外严格、格外苛刻，似乎时时处处对他表示着不满和厌弃。但承帝逝世前，却将代表皇帝权威的神机营留给了东方溯。直到慕千雪到来后，才洞察了承帝对东方溯深沉如山的父爱。原来，承帝真正喜欢的正是东方溯，但他无力撼动卫氏一族对江山的掌控。为了保护东方溯，他故意做出不待见这个儿子的举动。当东方溯明白父亲的苦心时，承帝早已不在人间。正常的人伦情感在天子之家是如此荒凉。解语用无比哀婉的笔调表达出帝王父子亲情被皇权所噬的悲哀，从而凸显出权力的无情和冷酷。

第四节　血缘兄弟与异姓兄弟

如果说，《盛世帝王妃》中的父子代际关系主要揭示的是权力对血缘亲情的异化和绞杀，那么解语在同代人的情感关系描写中则更为复杂多元——一方面突出权力逻辑的无情，另一方面又强调和凸显出情谊的重要。文中用较多的笔墨描写了血缘兄弟和异姓兄弟之间生死相依、荣辱与共的情谊。解语以赞赏的态度和诗意的方式细细书写了东方溯与东方泽、东方予恒与东方予怀、东方溯与张启凌之间真挚而坦荡的兄弟情谊。在争权夺利而又遍布阴谋诡计的动荡岁月中，这些禀性纯良的男性们始终没有被权力完全异化和扭曲，在他们的心中，爱和信任的力量是恒久的。

总而言之，解语不忍也不愿她笔下那些美好的人物完全被异化和失去爱的能力。恰是这一艺术坚守，使得《盛世帝王妃》的写作充满了温情主义的辉光。如此，历史不再是虚无和荒凉的，人性不全是异化和扭曲的，人与人之间是可以信任的，人间也是可珍重的。

作为小说中的男性主人公，东方溯重情重义，终其一生，他不仅对慕千雪恩爱不移，对东方泽和张启凌也信任有加。当他还是睿王时，善良的他被东方洄母子蒙蔽，对他们毫不设防，充满敬重。当他在慕千雪的提醒下，逐渐认识到卫氏母子的伪善面目时，他依然不肯听从慕千雪取而代之的建议。直到他所看重的兄弟东方泽面临死亡的危局时，他才肯迈出夺嫡的步伐。而且，当他继承大统的时候，也不忍对屡屡加害于他的卫氏母子痛下杀手，只是逼其退位禅让，依然给他们母子尊荣和富贵。可以说，东方泽是促使东方溯夺取皇权的重要推动因素，为了保住他的性命，他甘于冒险和牺牲，由此可见东方泽这个弟弟在他心目中的重要分量。

此外，东方溯对张启凌的信任和情谊更加令人钦佩。张启凌作为东凌的皇子，曾经潜入北周施行颠覆北周江山的险恶计划，而且，张启凌还曾是东方溯的情敌。东方溯完全知晓张启凌对慕千雪的爱慕和痴恋，他身边别有用心的妃嫔们也时时拿张启凌掳走慕千雪的事实来刺激他。但是，当张启凌用实际行动证明了自己归顺北周的决心后，东方溯放下了心防和疑虑，从此对张启凌再无怀疑。而且，当北周遇到重大疑难问题时，东方溯总会与张启凌一起商量对策，对他委以重任，并将自己的儿子托付给张启凌，让他亲自教导。东方溯的坦荡胸襟和用人不疑令人钦敬，也正是这样的行事方式和人格胸襟为北周聚拢了忠臣良将，从而开创了北周的太平盛世。

东方溯的风骨气度，也被子辈所效仿和承继。作为同父异母的兄弟，东方予恒与东方予怀并没有为了皇位继承权而陷入你死我活的斗争。即便在祖母陈太后的刻意挑唆和环琅阁以入主东宫相诱惑的时候，东方予恒也不肯陷害弟弟。在他心中，太子之位根本不及家人与亲情重要。与之相似，东方予怀对哥哥无限信任，从小到大，他都将哥哥视为生命中重要的亲人，始终真心相待。解语通过对兄弟情谊的赞颂，张扬了人性的温度和情谊的无价，令读者在感动之余再次确认了爱的力量。

第六章
俗世的日常

从某种意义上来说,《盛世帝王妃》既携带着《三国志演义》这类历史小说的面影,又接续了《金瓶梅》《红楼梦》这种世情小说的写作脉络。小说用大量的篇幅描写了家庭的纠纷和情感婚姻的变奏,将世间饮食男女的传奇故事与人情纠葛悉纳笔底,令小说在沉重动荡的大历史背景下,又浸润在家长里短的蔼然风情里。

以北周的后宫生活为立足点,解语在小说中精心建构了一个根植于中国人生活空间的世情社会。在作家的文字中,她让笔下的帝王妃嫔走下神坛,将他们的吃喝拉撒、爱欲生死一一复现,从而描刻并体悟世情男女在庸常日子中生生不息的生命情状和精神肌理。

第一节 食与茶的描刻

饮食男女原是文学写之不尽的关目。作为一部深度摹写世情的小说,解语在《盛世帝王妃》中细致而精细地描写了时人的食物与茶饮。台湾地区小说家张大春认为,小说是"人民大众的起居注",对饮食器具、衣装服饰、音容语貌的细节描写,填充了某一时空中人们的生活内容,为历史和人物保持了肉身,使他们具有世俗烟火的味道。

饮食文化是中华民俗文化中一个非常重要的组成部分。中国自古以"食不厌精,脍不厌细"名动天下。解语在《盛世帝王妃》中书写的是皇宫贵族的日常生活,书中关于饮食生活的内容散见于各章各节,对食物的描摹至繁至细,给人以炊金馔玉之感,显示出王公贵女们养尊处优的生活方式和日常生活情状。小说中涉及的食物不仅品种繁多，而且花样时常翻新。除了御膳房中的各色菜品，宫中的太后、皇后、贵妃等主子都在自己的住处设立小厨房，侍女姑姑们甚或主子们亲自动手，制作出各色精致的粥品、点心或菜肴。而且，为了凸显皇宫贵族的金尊玉贵，小说中多次叙写了民间难得一见的名贵食材，例如鲜红透亮的血燕、须发皆全的野山参、形如凤尾的虾、中原难得一见的葡萄酒、倒挂垂柳模样的枇杷等等。总之，皇宫中的食物不仅仅用作果腹充饥之欲，还要具备色、香、味、形、奇和珍的特质，满足王公贵族对食物精巧与典雅的审美需要。

在饮食上，作家不厌其烦地交代了一些新奇美食的具体做法。如在第四十章中，就对"无火鸡"的制作方法进行了细细的交代——"先选取大小适合的母鸡，煺毛掏净内脏后，将腌雪菜填入腹中，然后用姜、葱、花椒、高粱酒等拌腌半小时；然后用大猪网油和烫软的荷叶将鸡包起来，用小麻绳捆好，将鸡向上埋入生粗壶的灰堆里，浇水后灰堆立即散发出热气，取一个鸭蛋塞入灰中，熟后再放第二个，连续三次，等三个鸭蛋都熟了之后，就可以取出来的，剥开荷叶，里面的鸡已经熟透了，因为所有鲜叶还有香气都被牢牢锁在荷叶里，所以远比用一般方法烧制的鸡肉更加鲜美醇香。"（解语《盛世帝王妃》）"无火鸡"烹调手段的繁复和绝妙令人拍案叫绝。

除了食物的繁复描写，小说对茶的描写数不胜数，大有将我国的茶类品种和茶文化进行全面介绍和全景化扫描的意图。例如，小说详写了慕千雪与陈太妃初次见面时的情景——慕千雪甫一落座，便有宫人端上清茶，刚一揭开，便能闻到阵阵六安瓜片独有的清香，入口鲜醇回甘。还未放下茶盏，便有陈氏的声音传来："公主可尝得出，这茶产自何处？"慕千雪看着清澈透亮的茶汤以及底下一片片舒展开来犹如瓜子一般的茶叶，微笑道："六安瓜片，只产于安徽六安府，其中又分内山与外山好几个地方，最正宗也最稀少的，当数内山的蝙蝠洞附近，娘娘这些，应该就是出自那里。"通过这段对话，可以发现陈太妃对饮茶的讲究，以及慕千雪对珍稀茶叶的熟悉和了解。此外，解语在小说中还涉及了普洱茶、碧螺春、龙井茶、茉莉花茶、菊花茶等。

《盛世帝王妃》中饮食文化的叙写极大地丰富了小说的内容，有助于揭示人物性格身份，深化小说的主题。更重要的是，食与茶的描刻，还是推动小说情节发展的重要动因，蕴含着深刻的人性内涵。

第二节　服饰与景色的细描

《盛世帝王妃》书写人生，描摹生活，举凡衣食住行种种细节皆囊括其中。与饮食的精雕细刻一样，解语在小说中对衣饰与景色的描写也极为细腻，大量关于衣饰与景色的文字被编织进文学作品的有机整体之中。

小说对帝王及后宫嫔妃的服饰进行了相当细致的描写，这些人物的衣着不仅名贵华美，而且品类浩繁、色彩丰富，文本中关于人物服饰的描写触目可见。如"赵平清今日穿了一身鹅黄撒花银线滚边锦衣，披帛上用金线绣着一枝长长的折枝玉兰，在灯光下折射出细微的金光，为她添了几分贵气。"又如，"一位盛装丽人不知何时站在了檐下，她穿了一袭织金鸟衔瑞花旋云纹直领锦衣，边幅滚以莲叶纹，虽并不奢华但在万道霞光之下异常夺目，远远望去，雍容华贵。"再如，"垂花门口响起一阵脚步声，继而一道明丽的身影在众目之下走了进来，光艳如流霞的锦衣下是一袭水蓝望仙长裙，徐徐曳过青石地面，裙摆上缀着细碎的晶石，在秋阳下闪烁着耀眼的光芒，令人不敢直视。"

从这些描写中，读者可以窥见宫廷女性对姿容的重视，对服饰华美的追求以及对奢靡享乐生活的耽溺。通过服饰的精描细刻，再现古代贵族女性在日常生活中的生动情态，展现出幽古中国鲜活寻常的面貌以及服饰文化的源远流长。

为了全面、细部地填充历史的血肉，呈现"耳目之内，日用起居"的俗世日常，解语将目光投向了花园楼台和殿宇园林的描摹中，从而让故事环境从缥缈奇幻向现实寻常的回归。

作为一部人物众多、情节驳杂、篇幅浩瀚的长篇言情小说，解语尽量使作品的叙事主题具有多元性和广阔性。随着主人公游历的步伐，解语将周遭环境嵌入其中，景与情、人与物的穿插描写如画卷般徐徐展开，读者的视线不再局限于单一封闭的空间，而是随着环境场景的变化而发生变化，犹如游览者一般步步为景、目不暇接。

　　例如小说在开篇中便用唯美的抒情文字叙写了慕千雪在西楚皇宫中欣赏大好春光的情景——"永德宫的杏花与往年一样，如期开放，一树挨着一树，繁密茂盛，无数犹如冰绡鲛绫一般的杏花在灿烂若金的阳光下盛开，晶莹剔透之余又透着一抹浅红，如少女颊边的那一抹绯色；在另一边是同样开得如火如荼的合欢花。'叽叽喳喳！'两只燕子自远处飞来，在杏树与合欢树间穿梭，仿佛是在捉迷藏，每当翅膀划过那一簇簇似锦繁花时，花朵便会簌簌而下，铺落满地。"（解语《盛世帝王妃》）但当听闻到南昭国被萧若傲剿灭的惊天消息后，祥和静美的画面被打碎，惊险刺激的逃亡行动随之展开。当慕千雪终于抵达北周入住睿王府后，她眼中的王府后花园是如此幽静美好："花园内假山流水，怪石林立，莲池水榭，廊回路转，虽不大，但布局精致，园中景致千变万化，甚至可以说是一步一景，单论布局之妙，并不比昔日的西楚皇宫逊色。如今是盛夏时分，满池莲花尽皆盛开，轻浮于碧绿的荷叶上，夜风过处，荷叶曲卷，月色银辉下，有着日间不得见的静幽美好。"（解语《盛世帝王妃》）当慕千雪成为东方溯的妃子后，她曾被安排到皇家园林畅春园内安胎静养，"畅春园是照着江南景色建的，怪石林立，遍种珍奇花卉，此时又正逢春时，百花齐放，欣欣向荣，不时能够看到孔雀、白鹿等等。"对慕千雪来说，畅春园里的小住，代表了东方溯对她的格外垂青；而对陈太后、梁昭仪等人来说，迁居畅春园则是她们被东方溯厌弃的表征。迁出皇宫的她们为此充满怨恨，并在畅春园里酝酿恶毒的阴谋，进行疯狂的报复。由此可见，地点的变换成为故事发生的引线，而空间的转换带动了情节的变化。

　　服饰和景色的细描，不仅极大地丰满了小说的血肉，而且对叙事节奏和情感力度有着很好的调控。

第三节　人世的珍重

　　在《盛世帝王妃》中，权谋与宫斗中的恶都是在场的，为了权力金钱及争宠上位，人性在扭曲中发生了畸变。但作家在深入挖掘人性之恶的同时也相信人世间爱与善的存在。在俗世的生活中，在生命与生命的遇合里，写出了人在现世生活中所拥有的康健与喜悦，从而使其作品升腾起希望和肯定性的力量。

《盛世帝王妃》重点描写了东方溯和慕千雪之间波折横生然而真情不改的爱情传奇。虽为帝王公主，虽然曾经错过，但他们一旦认定彼此就再无移易，而且随着岁月的流逝，他们之间的情感历久弥坚。日常生活中，他们与凡俗中所有真纯爱恋的夫妇一样互诉衷肠，恩爱缠绵——他定定看着慕千雪，眼底情意深深，"朕最想陪的人是你，最想看到的人也是你。"慕千雪嫣然一笑，轻吟道："时光静好，与君语；细水流年，与君乐；繁花落尽，与君老。"东方溯唇角泛起一缕温暖明亮的笑容，抚过她姣好的脸庞，"好一句与君老，能与你一同老去，是朕此生最大的幸福。"他倾身，额头与慕千雪轻轻相触，近乎喃语地道："陪着朕，生生世世陪着朕，永远不要离开。"慕千雪闭目感受着额头的温暖与缠绵，"结发为夫妻，生死两不移。"（解语《盛世帝王妃》）美好的文字编织出美好的情境，夫妻间的深情动人心扉，动荡暴虐的时代因这样的情感而成为有情又可珍重的人间。

作为东凌的四皇子，张启凌的童年生活可谓辛酸难言。他的父亲凌帝是一位冷血无情的君主，母亲作为罪臣之女在张启凌五岁时抑郁而亡。回到东凌皇宫中的张启凌饱受兄弟们的欺凌，不幸中的万幸是，他得到了师傅天机老人的悉心栽培和无私的爱。天机老人为了扶持张启凌上位可谓殚精竭虑，当他们的计划失败后，天机老人毅然决然地将生的希望留给了张启凌，而他则坦然地面对死亡的来临。除了天机老人，在东凌皇宫中，张启凌的祖母许太后是唯一一个给予他亲情温暖的人。许太后怜惜张启凌小小年纪就没了生母，所以将张启凌接到身边亲自抚养。当张启凌成婚之时，许太后不仅赏赐许多奇珍异宝，更是不顾年迈亲自到王府中主婚。许太后的慈祥和仁爱，在一定程度上弥补了张启凌缺失的亲情之爱，在冷漠诡谲的皇宫中用慈善可亲的仁爱温暖着张启凌的内心。正是因为天机老人和许太后的慈祥宽爱，才使得张启凌认识到爱和善的可贵，没有如他的父兄一样彻底沦为权力的奴隶，没有成为冷冰冰的毫无人性的权谋者。

爱的滋润让张启凌对人世充满信任和希望。所以，当他可以按照计划颠覆北周的时候，为了慕千雪，他没有完全冷下心肠。回到东凌后，也是因为维护慕千雪，他犯下了在凌帝看来完全不可饶恕的错误。爱上慕千雪后，曾经绝顶聪明、决绝果断的张启凌变成了一个只羡鸳鸯不羡仙的至情之人。在他眼中，一生一世一双人远比江山富贵重要得多。当他协助东方溯统一天下后，便与患难与共的辛月一起避世归隐，在纵情山水中平安终老。

第四节　真实的欲求

《盛世帝王妃》以宏阔的视角展现天下未定时代各国的政治斗争与军事斗争，但作者又以白描的手法，描绘了世俗生活中帝王将相、后宫嫔妃及臣工仆妇们的爱欲生死。这些人物如市井常人一样要面对人情世故的纠葛、柴米油盐的琐屑。他们在大时代的喧嚣中追逐权钱实利和风情缱绻，在这一过程中，这些立于时代潮头的人在兴奋中带着贪婪，耽溺中却又充满怅惘。这种车马喧哗、张致感伤，既有皇宫的淫逸艳熟的势派，又有市井众生及时享乐玩世的姿态。

小说中陈太后身边的太监冯川原本是齐帝安排的细作，他的使命是瞅准机会加害北周的储君，挑唆陈太后和东方溯的母子关系，让北周陷入内乱。但当知晓他身份的奸细万三死去后，冯川决心真正归顺陈太后，不再替齐帝卖命。解语详细交代了促使冯川作出改变的原因："他跟了陈太后那么多年，见惯了宫中奢靡的生活，早就不想再回到以前近乎苦行僧一样的生活，只是以前齐帝安排的细作都在，又有万三这个知道他身份的人，所以再不愿也只能继续为齐帝卖命。可现在不一样了，万三死了，齐帝又忙于应战，迟迟没有派人来跟自己接头；如果能趁这个机会，助陈太后掌控朝政，甚至辅佐新帝登基，那他就是一人之下、万万人之上的大功臣，荣华富贵，权倾朝野，根本不在话下。"（解语《盛世帝王妃》）小说解析人物的内心世界，精确地把握住冯川性格发展的必然逻辑，并根据对人性和世情的了然，揭示出

"一个人的情理"。

不独冯川,小说中的绝大多数男性人物都对权势与金钱具有贪婪的欲求,前者如东方洄、萧若傲、齐帝、凌帝、张廷霄等,后者如江叙、梁承栋、卫文斌、赵佶等。为了权势金钱,他们可以不顾亲情、爱情,可以大开杀戒,并将平民百姓的生命视如草芥。譬如江叙贪污了一千多万两银子,致使扬州城中盐价贵如黄金,百姓因为买不起盐而只能吃无盐的饭菜,弄得身体虚肿、四肢无力,为了吃上盐,甚至有人不得不卖儿卖女。但江叙对此并不愧疚,他心心念念的就是如何占有更多的金钱。对金钱过度的贪占心理让他泯灭了人性,在祸国殃民的道路上越走越远,终至无法回头。

与男性相较,《盛世帝王妃》中的绝大多数女性人物则对爱情婚姻充满了憧憬,并坦荡而果决地采取行动。在这些敢爱敢恨的女性人物身上,奔涌着一股反对假道学、强调抒真情的思潮特质。如小说中的阿玉与郑三在两情相悦的情况下可以不经过父母之命、媒妁之言私订终身;江湖女子琴清见到心仪的男性可以主动而大胆地表白心迹,试图抛下一切与之相伴相守;夏月与宫中的侍卫张良因邂逅相遇而互生情愫,但当夏月知道张良是卫太后派来接近她的奸细时,便强忍痛苦与之虚与委蛇,直到对方露出马脚,一举粉碎了对方的阴谋诡计。

由此可见,《盛世帝王妃》做到了"极摹人情世态之歧,备写悲欢离合之致",世人常情的欲求通过一个个人物的语言行动和心理世界的活动刻画出来。解语以体察理解的心态写出了一个可信的人间世,令读者产生历历如实有其事之感,而小说中的人情人性也因之具有了真实动人的艺术美感。

第七章
人性的幽微

一部好的小说必定有作家对人生的独到发现,而这种发现又离不开对人心与人性的洞察。毋庸置疑,人性是幽微复杂的,在人类的内心深处,善恶往往交织在一起。人世间,没有十全十美的人,因为人的灵魂天生就被分裂为各不相让的两极。从善到恶,或者说从天使到魔鬼的距离也许仅有一步之遥。

在《盛世帝王妃》中,作者给读者展示了人物心灵世界的阔大和幽深,探析了人性善与恶的发展与转化。小说中那种无处不在的对人性的追问和叙写,既严肃深沉,又充满心灵的冒险。解语通过对人物内心世界的勘探,试图深入理解人性的幽微与复杂,并通过善恶得报的方式在权谋遍地的社会中慰安心灵和救赎人世。

第一节 人性的异化

文学是人学,文学艺术本质上就是写人。事实上作家对人的认识和人性的体悟,直接决定和影响着她笔下对于人的艺术表现。一部有深度的文学作品在将人性引向真善美、歌颂人的觉醒的同时,也不能无视现实社会对人性的压抑以及在这种压抑之下产生的扭曲和变异。《盛世帝王妃》之所以吸引读者的注意,除了作者讲述了一个个扣人心弦、充满悬念的故事外,还在于它对人和人性的描写和思考达到了一定的高度。可以毫不夸张地说,整部小说是从权力财色四字入手来探究人生、解剖人性。

解语在小说中揭示出人性被皇权富贵所扭曲的事实,感叹着权力对人性的腐蚀和轰毁。在文本中,作家多次通过人物之口明白无误地表达了这一认知:"权力才是这个世界上最可怕的东西,只要一沾上它,就会深陷其中,让人忘了自己的本性,甚至……六亲不认。"(解语《盛世帝王妃》)小说中的萧若傲、凌帝、齐帝、东方洄、卫太后、陈太后、赵平清、梁昭仪等等人物都是被权力异化和扭曲的人物。更令人惊心的是,不仅上层帝王贵族疯狂追求权力,即便是下层普通百姓也鄙陋贪婪,小说用冷静峻急的笔触写出了人人逐利时代世道人心的异变,并对此进行了深刻的批驳。

《盛世帝王妃》中的梁昭仪就是一个人性被扭曲的可怜之人。当她一出场时,解语写出了这个女性身上的美好——眉宇间透着几分英气,行事做派也磊落光明。在李美人因污蔑慕千雪所生的孩子非皇室血脉被东方溯罚去暴室的时候,只有她敢于在暴怒的皇帝面前替李美人求情。但在赵平清和陈太后的挑唆和利用下,又因父亲和弟弟相继惨死,梁昭仪开始了彻底黑化。她一改从前对权位荣华并不贪恋的态度,转而疯狂地谋求权力。对权力的过度贪恋腐蚀了她的人性。为了成为北周皇权的实际掌控者,也为了完成报仇雪恨的心愿,梁氏变得如赵平清一般阴险、毒辣和不择手段。为了让自己的儿子当上东宫太子,她囚禁东方溯并强行灌下能使他痴傻的毒药,目的是让东方溯写下罪己诏和改立太子的诏书。当毒计遭到东方溯的拼命反抗时,她以上千两银子相诱,请来临摹古人字画卖钱的先生,令其模仿东方溯的笔迹仿造了圣旨。在一批叛军的支持下,自觉一切尽在掌握的梁昭仪上演了逼宫的闹剧。

当然,人性的扭曲不仅止于权势,还有财、色、气、酒等诸多人性弱点的诱发以及来自社会的因素。对此,解语在小说中也进行了全面的揭示。例如东方溯的贴身内侍孙兴之所以屡次为赵平清通风报信,就是因为赵平清暗中给予他大量钱财。齐国奸细万三能够成功混入北周并搅起朝政风波也多半靠钱财开路。而酒色也是人性走向暗黑不可小觑的因素。小说中的负面形象多半伴有对酒色的耽溺。如东凌的皇子张启夜为霸占人妇居然闹出了人命,让整个皇室为之蒙羞,也让凌帝愈发厌恶这个不成器的儿子。在《盛世帝王妃》中，解语生动地描绘了上到皇亲国戚、下到市井细民对权势金钱的心态及权势金钱对人性的异化和扭曲的事实。

第二节 人性的觉醒

《盛世帝王妃》中的人物之所以鲜明生动，不仅仅在于作者细腻严肃地暴露了古代封建社会中人性的扭曲和变态，而且也以睿智的眼光捕捉到了在令人窒息压抑的环境中人的自我意识的觉醒，以及人性复苏的现象。

作为一部古典言情小说，解语在文本中塑造了形形色色的女性形象。读者可以在她们身上看到某种朦胧的、带有女性主义色彩的自我觉醒。在历史的风云动荡中，在男权文化具有压倒性优势的时候，女性开始意识到自身的价值，正视情感的需要，将自己视为一个有血有肉、有情有欲的"人"，而不是任人摆布、仅供男性玩弄的政治棋子和物品。这些女性在力所能及的范围内和自己的水平线上进行了各自的追求甚至反抗。虽然这种追求和反抗往往是原始和盲目的，其结局也不尽如人意，但它毕竟透露了新的气息和新的观念，值得读者去思考和感怀。

作为小说中的主人公，慕千雪对自身所具备的美貌和才能充满自信。身为女性，她不甘帝师之才的湮没无闻，也不想只做君王背后、闭锁深宫的寻常女子。当她还是南昭国的公主之时，便跟随先生读书学习，见识与心胸早已超越了同代人中的一般女子。在婚恋上，她自择婚配，当知晓真心错付时，便干脆利落地结束错误的情感并立下讨还血债的誓言。面对东方溯的一往情深，她不惧周围人的嫉妒与闲言碎语，以废后的身份接受新的情感，光明磊落地追求美好的婚姻生活。抗争的结果是挣脱了从一而终的守旧观念而得到了一个视她为珍宝般的灵魂伴侣。在事业理想上，慕千雪也收获了成功。当她是萧若傲的妻子时，在她的谋划下，可以让并不受宠的萧若傲战胜东宫太子，成为皇位的继承人；当她跟随东方溯来到北周后，在她的倾力辅佐下，又将东方溯扶上了皇位,并与所爱之人并肩携手,统一了天下,开创了大周王朝的新纪元。

慕千雪是生活的强者,是凶险政治阴谋和后宫斗争中的胜利者。解语在塑造这一人物时,把她作为一个超凡脱俗的人物来加以肯定和赞颂。这样的人设,清楚地表明了作者内心深处对女性觉醒的肯定,对理想人生和人性的深切召唤。

小说中的其他女性如容氏、梁氏等人的宫斗之路也含蕴着人性觉醒的萌芽。容氏容貌美丽,聪明伶俐,她对赵平清的臣服和对慕千雪的嫉妒都来源于对东方溯的情爱渴求。为了得到东方溯的宠爱,她费尽了心机,为了保持体态肌肤的美好,她努力地用珍珠粉保养。甚至,她敢于用药物和肉体迷惑东方溯。

容氏的大胆行为,从当时的社会秩序和道德标准来看,无疑是不能容忍的,她所采取的手段也是畸形和见不得光的,但这何尝不是一种情爱压抑下的悲哀反抗?何尝不是一种对于个人幸福的执着追求?说到底,她是一个正常的女性,她有着作为人都具有的七情六欲,她也需要男性的关爱和呵护。但是,在偌大的后宫中,她的正常欲求得不到纾解,只能凭借阴谋诡计来达到目的。容氏实质上是后宫制度和男权文化钳制下无辜的牺牲者,她的悲惨遭遇和悲剧命运均肇始于此,因此,她的反抗和主动出击也带有人性觉醒的特质。

第三节　人性的压抑

"将仲子兮,无逾我里,无折我树杞。岂敢爱之?畏我父母。仲可怀也,父母之言亦可畏也。"《诗经》中的这首民歌生动地表现出古代社会中青年男女恋情受到压抑的情状。在整个封建社会里,历代统治者和主导文化不遗余力地宣扬清静自守、安贫乐道、向善止淫等思想,故整个社会的主导思想便是对于人欲的压抑。

《盛世帝王妃》以冷峻的笔触,对人欲的压抑进行了精心的描刻。作者用体恤之心写出了在封建王宫中后宫女子被冷落、被弃置的命运,并且揭示出她们因欲望和情感得不到纾解而酿成的人性悲剧。社会文化的规范、封闭寂寞的深宫、单调贫乏的生活迫使绝大部分女性将获得帝王的宠爱当成毕生的追求。在这一目标设定下,女性被挤压得只剩人生最低层次的追求。她们在勾心斗角和争风吃醋的潜流与旋涡中变得心狠手辣,乃至丧失人性,六亲不认,最后,一个个因这样或那样的罪行而葬送年轻宝贵的生命。

例如,小说中的赵平清可以说是一个奸诈狡猾的女人。她的一生,似乎时时刻刻都在算计别人,成全自己。她原本是沈惜君的闺中密友,但她却背叛了友谊,利用沈惜君的信任和飞扬跋扈的性格,她得以成功嫁入睿王府,成为东方溯的女人。而对于情敌慕千雪,她更是恨之入骨,屡次动用阴谋诡计,欲彻底除掉慕千雪。最后,赵平清及其父亲赵佶的罪行被公之于众,父女二人均得到了应有的报应。但小说在对赵平清贬斥之时,也以叹惋的态度交代了导致她异化的原因。在后宫这一非人的环境中,赵平清所做的一切无非是为了东方溯的垂青和呵护。她希望得到所爱之人爱的回应。她不想独守空房,想将东方溯和自己的儿子留在身边,一家人能够共享天伦。但她基于人性的愿望却不能实现,东方溯宠爱慕千雪,心里根本没有赵平清的位置;她年幼的儿子又被无子的沈惜君夺走抚养,赵平清多次讨要均失败而归。在令人窒息的生存环境中,赵平清扭曲了心性,人性恶的方面无限膨胀。她后来将权力的获得当成了生命的原动力,并以此去撞击和反抗别人对她的掌控,但在撞击中则彻底步入了邪恶,终至无法回头,付出生命的惨重代价。

此外,小说在对神机营众人的塑造中也潜隐着深切的同情。解语极写了神机营在维护封建皇权、保卫皇帝和刺探情报方面的巨大作用。但这些人却不能拥有正常人的情感,因为神机营的人从进入这个神秘的组织后便被告知"断绝七情,摒弃六欲;不问对错,唯主之命是从"。违反这个规定的人都要遭受严酷的惩罚。然而,人毕竟是人,无论怎么规训和教导,也不能如机器一般完全断绝七情六欲。小说中的十九和十五都在明知规定的情况下动了情。十五对十九的爱深沉隐忍,他一直在默默地关爱着十九,始终没有对心上人说出自己的爱恋。十九则先后对东方溯和张启凌动情,按照神机营严苛的规定,十九必须要接受惩罚。但念在她忠心追随之功，东方溯用一种另类的方式"处死"了十九，让她用辛月的名字开启了崭新的生活并最终与所爱之人喜结连理。解语在《盛世帝王妃》中通过十九和十五这两个典型人物对爱情的追求，说明了人欲的正当和不可压制，重申了人的欲望的合理合法。

第四节　人性的变奏

一部有深度的小说必定有作家对人生的独到发现，而这种发现又离不开对人性内部风景的深入发掘与省思。昆德拉曾说，小说的精神是复杂性的精神，而小说的价值便是"发现唯有小说才能发现的东西，乃是小说唯一的存在理由。一部小说若不发现一点在当时还未知的存在，那它就是一部不道德的小说"。作为一部努力探究人性的小说，如何认识人和表现人无疑是极为关键的问题。

不可否认，人是复杂的，人的心灵世界和精神世界犹如海洋般广袤深邃，不可穷尽。一个越来越被认可的论断是——人性中一半是天使，一半是魔鬼，兽性与理性往往成为人性的二元，而且人性中的每一半都有充分的理由支持自己的立场，因为他们均植根于生命中最内在、最深刻的生存需求。在中国古典小说谱系中，作者对笔下人物人性的书写往往是单一简化的。鲁迅在《中国小说的历史的变迁》中曾批评中国古典小说《三国志演义》在塑造人物时的弊端："写好的人，简直一点坏处都没有；写不好的人，又是一点好处都没有"，在这些小说中，似乎找不到正常的、具有七情六欲的普通人。人物只是某种理念的图解，某种意志的筹码，而人性也停留在浅表的层面，毫无深度可言。在《盛世帝王妃》中，解语通过对沈惜君、陈太后等人物的立体刻画和多色调塑造，规避了古典小说中人物性情的扁平书写，揭示出人性的多维和丰富。

解语的小说《盛世帝王妃》对幽微人性保持着深度掘进的热情，在她叙写的故事里，人物在善与恶的交叉地带蹒跚前行，将人性的高贵和卑劣表露出来。小说中的沈惜君是一个复杂而蕴含丰富人性的人物。沈惜君的父亲是北周五大异姓王沈谦，母亲是卫太后的幼妹，作为平阳王的嫡长女，沈惜君身份尊贵显赫，被封为昌荣宗姬。少女时代的沈惜君骄纵无比，曾做出当街鞭打平民和在闹市中撒钱开路纵马狂奔的荒唐举动。但事事如意的沈惜君却在感情的世界里吃尽了苦头——她真心喜欢东方溯，但东方溯却并不喜欢她。她的执着追求令东方溯不胜其烦，而她对慕千雪的挑衅难为更让东方溯反感厌恶。即便在卫太后和陈太后的联合施压下，东方溯不得不将之娶进门，却依然不给她爱与疼惜。而且，随着卫氏一族的倒台，沈惜君被陈太后和赵平清等人陷害诬陷，屡次置于险地。历尽风波和劫难的沈惜君终于意识到自身的缺陷，也开始反思自己的行为。她认识到闺密赵平清的口蜜腹剑，也感受到了慕千雪释放出来的温暖与善意。对屡屡救她走出险境的慕千雪充满了感激。

　　此后，沈惜君彻底放下了对慕千雪的妒忌和恨意，当九死一生的慕千雪从东凌回到北周皇宫时，沈惜君真心欢迎慕千雪的回归。当她听说东方溯为庆祝慕千雪回归作了盛大周到的安排时，她动情地对慕千雪说："我会羡慕你，但千雪，请你相信，我再不会有任何嫉妒；因为我永远都记得，你救过我，也是这宫里头，第一个对我好的人。"放下嫉妒之心的沈惜君与慕千雪携起手来共同治理后宫，在漫长的一生中她们互相信任，互相照拂，再无纷争和争斗。

　　如果说沈惜君是从恶到善的典型，那么陈太后就是从善到恶的典型。她从一个温婉、隐忍、疼爱儿子又信任慕千雪的慈祥母亲，变成了冷酷、疯狂、工于心计和只求权势的狠毒之人。升格为陈太后的她彻底迷失了人性，堕落成为唯权力马首是瞻的空心人，人性的善美消失殆尽，呈现出令人惊惧的人性畸变。

第八章
正义的伸张

《盛世帝王妃》以北周为中心，在各国错综复杂的政治斗争和宫廷斗争的描摹中，表露出对仁君贤臣的渴慕赞颂以及对奸君贼臣的贬斥痛恨。综合来看，小说作者以儒家的政治道德观念为核心，在政治上重"仁政"，在人格上尊道德，在才能上重智谋。在宏大的架构中，在超长的篇幅里，解语通过人物判然有别的结局设定，宣扬了"善有善报，恶有恶报"的天道循环真理，彰显了对正义伦理的守护和坚持。

第一节 仁君贤臣的礼赞

当古代先贤孟子精心设计出一套"仁政王道"的社会政治蓝图后，历代的士人知识分子们一直为之奋斗不已。从屈原的"亦余心之所善兮，虽九死其犹未悔"，到曹植的"捐躯赴国难，视死忽如归"，再到杜甫的"穷年忧黎元，叹息肠内热"，这种民胞物与的家国情怀正是我们民族的灵魂和传统文化的精髓。

在北周、齐国、东凌、南昭、西楚、燕国六国争雄的大背景下，解语以北周为中心，把北周的皇帝东方溯塑造成一个仁君的典范。当东方溯还是睿王时，就无怨无悔地为北周朝廷效力。为了百姓的安居乐业，也为了北周的长治久安，他多次亲临战场，无数次面临生死的考验，只为了实现保卫国家、护卫苍生的理想信念。尤其值得注意的是，与其他皇子不同，东方溯最初完全没有争夺帝位的意念。他用仁义善良的眼光看待一切，认为东方洄是北周的好皇帝，卫太后是值得尊重的好母后。哪怕慕千雪勘破了真相，揭露出卫氏母子的狡诈虚伪，东方溯还是不愿投入到夺取帝位的斗争中，而且他力劝东方泽放弃夺位的计划。他坦荡而诚恳地说出了自己内心的想法，认为卫氏母子"终归是我的长辈与兄长，再者，一旦老九夺位，大周必定内乱，到时候东凌与齐国趁我们内政不稳之时，乘虚而入，大周百年基业就会毁于一旦；来日九泉之下，还有何颜面去见大周的列祖列宗"。由此可见他的忠诚宽厚。

当他迫于形势，终于登上皇帝宝座的时候，依然坚持仁政爱民的理想信念，以责任意识和担当精神，为北周的国富民强努力奋斗。特别是他微服私访陵阳金矿，发现曾经的鱼米之乡惨变成田地荒芜、百姓纷纷逃离的恐怖之地时决定追查到底。为了查清事实，他不顾个人安危，深入金矿中当起了苦力，当他终于查清事实，掌握了京城和地方的贪官污吏的诸种罪行后，决定一一铲除，绝不姑息。同时，小说中也写出了他对百姓遭遇的同情和愧疚。作为皇帝，他根本不知道在自己的国家中百姓生活在水深火热里，这让推行仁政的他，感到了深深的内疚和不安。

东方溯爱民如子，同时也以宽厚诚信的态度对待北周的贤臣良将。正是他的仁厚，能够让张启凌、东方泽、江越、张远、古逸臣等能人义士终生追随。君臣间肝胆相照，上下一心，为北周繁盛局面的开创奠定了坚实的基础。如果说东方溯是作者理想中的明君代表，那么他统领下的大臣官员就是君子的典型。

倘若深而究之，《盛世帝王妃》所书写的贤臣风范主要体现在对情感的"诚"与对天下苍生的"仁"。此种风范，恰是传统礼制文化的精髓所在。无论是张启凌，还是古逸臣，他们对功名利禄的追求并不热切。他们真正在意的，则是为一知己之人贡献出生命的热情和全部的才能。在他们眼中，功名利禄并不重要，他们愿意追随贤君明主，实现护佑天下苍生的神圣使命。

第二节　奸君贼臣的批驳

与东方溯两相对照的是，解语在小说中又塑造了一个冷酷阴险的奸君萧若傲。客观来说，萧若傲并不是一个愚蠢的草包，在乱世中，他不失为一个奸雄。论外貌，他是一个相貌堂堂、风度翩翩的美男子；论智谋，他满腹韬略，善于谋划；论情感，他也曾专情一人，恩爱不移；论意志力，他可以坐拥美人而不乱。因此，他能得到慕千雪的青睐，在强国的虎视眈眈中纵横捭阖，直到其余各国均被北周挫败收罗后才独立难支，彻底失去翻盘的机会。

但萧若傲的过度贪婪和视民众生命如草芥的做法注定了他的败局。在小说中，解语借东方泽之口，指出了萧若傲的残暴卑劣："老天爷要是有眼，第一个就收了你。圣人云：为君王者，当爱民如子；你可倒好，满手血腥，屠城，偷袭，疫病，真是什么恶事都干尽了，就算是整条渭河，也洗不去你手上的血腥。"（解语《盛世帝王妃》）在萧若傲的心中，上万名百姓的生命犹如蝼蚁一样微不可提。他终身信奉的人生哲学是"宁使我负天下人，休教天下人负我"。对爱他如性命的慕千雪，他在利用完她的聪明才智后弃之如敝屣。不仅剿灭了慕千雪的母国，更是将慕氏一族诛杀净尽。当他知道丞相曹炳成是东凌派到西楚的奸细时，他不顾从小和他一起长大的曹皇后的死活，下旨处死了曹氏满门。而且，他不顾成千上万无辜百姓的宝贵生命，将疫症病毒投到百姓饮用的河水中，让大量百姓为此丢掉了性命。他不相信任何臣子，连贴身护卫他的天机卫首座也不能取得他的完全信任。一旦原定计划出现纰漏，他会下意识地怀疑身边的臣子，仅凭一点怀疑，他便可以施以严酷的惩罚，甚至痛下杀手。

在国与国的交往中，萧若傲工于权谋，毫无信义可言。如他在西楚亡国的时候逃往齐国，用火枪和可以沉浮自如的船只图纸诓骗了齐国二十万大军。为了让这些人效忠自己，萧若傲又故技重施，用毒药控制他们。只要这些人不为他效命，就会失去性命。他的心狠手辣和残忍冷酷令人发指，是一个宛如魔鬼般的人物。

除了对狡诈帝王的鄙薄，解语也贬斥了乱臣贼子的残民之举。典型的如赵平清的父亲，作为北周的臣子，他为了实现暴富的目的，居然不顾国家法令和百姓的身体健康私自售卖禁药"五石散"。上瘾的人花费大量的银子去购买这种有损人身体的禁药，当朝廷有所察觉禁毁毒药时，瘾君子们与朝廷发生了激烈的对峙，差点引起危害国家的暴乱。

与此相类的，还有梁承栋、江叙、王谦、曹炳成等乱臣贼子的兴风作浪。这些人虽然没有萧若傲那样的诡谲计谋，却与他一样为了个人利益的最大化而残害百姓，荼毒人命，因此他们也必然会走向无可挽回的灭亡，遭受人民的唾弃。

第三节 忠义英雄的赞歌

《盛世帝王妃》在人格建构上的价值取向，是恪守以忠义为核心的伦理道德规范。解语写人论事都是以此来判定高下，不论人物出身贵贱，也不论男女性别，只要践行忠义的行事方式，都一律加以褒扬。

在古典小说的创作中，网络作家对奴婢这一古代特殊的人群给予了特别的注意，对描写形形色色的奴婢倾注了异乎寻常的热情。与此相似，解语在《盛世帝王妃》的写作中塑造了一系列忠仆形象，这些人虽然身份低微，但他们都具有"竭尽忠诚，至死方休"的美好品格。这类形象虽为奴婢身份，但他们却有着不为这种身份所能束缚的美好精神内涵——既有鲜明的忠义人格，又具有浓厚的忠臣风范。忠仆身上的这些特质，既有深远的历史文化积淀的因素，又与古代社会特殊的时代思潮相关，从而赋予这些义仆形象深广的社会性与文化性。

譬如慕千雪身边的夏月就是忠仆的典型，她感念慕千雪对她的救命之恩。当慕千雪在西楚落难时，她为了救出主子，决定献出自己的生命。与慕千雪一起逃亡时，她将自己的身家性命弃诸脑后，竭尽全力照顾好慕千雪的生活起居。慕千雪被张启凌带到东凌后，夏月苦苦等候主子的归来。此后，无论处于什么境况，无论受到何种暗算，她都对慕千雪忠贞不贰，毕生跟随在慕千雪的身边，主仆间真诚相待，如同家人般产生了深厚的情感。

作为奴婢，夏月的结局堪称完满。但小说中也叙写了许多不得善终、惨烈而死的忠仆。孟子曾说"生,亦我所欲也;义,亦我所欲也;二者不可得兼,舍生而取义者也"。对于奴仆来说,他们的"义"体现在当主子面临险境时,他们绝不出卖主子和甘愿付出牺牲的代价来维护主子。

例如陈太后身边的冬梅和慕千雪身边的花蕊都是忠仆中的典型代表。当东方泂和东方溯为争夺皇位而大打出手时,陈太后身边的冬梅也被牵连其中。为了找到先帝留下的遗诏,卫太后对冬梅百般威逼利诱。当一切手段都不能奏效时,狠毒的卫太后将冬梅的亲族全部抓了起来,并当着她的面将她的三代族人杀戮净尽。即便这样,也没有让冬梅屈服,反而激起了她反抗的决心。她在痛陈卫氏母子的"凉薄无情,阴狠毒辣"后,抱着尚在襁褓中的侄儿侄女触柱身亡。为了凸显冬梅蒙受的冤屈和悲壮的行为,作家用盛夏飞雪的情节来表彰她忠不顾死的高尚行为。与冬梅一样,慕千雪身边的花蕊为了保护太子东方予怀也遭受了非人的折磨,但直到生命的最后一刻,她依然没有妥协,而是拼尽全力想要唤醒被蒙蔽的太子,将他从危险的境地中挽救出来。

值得注意的是,花蕊和冬梅的慷慨赴死不仅仅是对主子的尽忠,同时也体现出她们维护国家社稷的忠诚大义。她们的选择和操守实际上很接近古代对忠臣良将的期待和要求。因而,对她们的歌颂,便从个体的忠义上升到民族国家的大义,人物的悲剧也具有了更为深广的意蕴。

此外,除了对忠仆的礼赞,小说对忠臣的描写也是不遗余力。张启凌、东方泽、江越、张远等人物均是作者衷心礼赞的贤臣良将。尤其值得一提的是小说中关于梁忠的论断。梁忠原本是西楚派到北周的卧底。但他在追随东方溯的日子里,逐渐认同了东方溯,所以当危险来临之时,他用自己的牺牲换取了东方溯的性命,并被追封为"忠勇侯"。虽然后来梁忠的真实身份被揭穿,但慕千雪认为他的行为足可以当得起忠勇侯的封号。通过梁忠这一人物的塑造,解语强调了贤臣择主而事的思想,表明了忠义并不是从一而终的愚忠,而是具有灵活性和开放性的。

第四节　正义伦理的守护

《盛世帝王妃》把北周的东方溯、慕千雪、张启凌、东方泽等君臣作为理想中的政治道德观念的化身，他们分别是有道仁君和贤相良将的典范，而把西楚、东凌和齐国作为推行暴政和阴险狡诈的国家代表，至于一起笔就被灭国的南诏和归顺北周的燕国则是陪衬而已。解语从儒家的政治道德观念出发，融合了民间大众对于明君贤臣的热切呼唤，把北周君臣作为美好理想的寄托，表现了作者对传统文化精神的追寻和守护。

小说中具有明显的拥护北周反对西楚的倾向。究其原因，主要是北周的皇帝东方溯是仁君的典范，他宽厚诚挚，视民如子。当国家伦理与个体伦理发生矛盾的时候，他毅然选择以大局为重，一次次舍弃个人私利。例如，当北周万千百姓被瘟疫病毒感染时，萧若傲以百姓的生命为要挟，要带走慕千雪。东方溯知晓萧若傲的阴险狡诈，明白慕千雪会身陷险境，但如果他不答应萧若傲的条件，北周的百姓就会失去性命。在强烈的政治责任感和庄严的君主使命感下，他终于被迫答应了萧若傲的要求。但小说也如实交代了东方溯的痛苦难言，他伤感地对慕千雪说："朕现在最反感听到的，就是以大局为重；为了大局，你与朕都牺牲得太多太多，有时候真想不顾一切地放纵一回。"（解语《盛世帝王妃》）

令人欣慰的是，虽然东方溯和慕千雪等人历尽磨难，九死一生。但在他们的共同努力下，北周终于统一了各国，成为中原大地上唯一的强国。东方溯实现了北周历代先祖为之奋斗的目标，慕千雪也完成了向萧若傲讨还血债的凤愿。而且，小说中那些仁善诚恳之人都得到了妥善的安置，那些兴风作浪的奸诈之徒则一一得到惩罚。

与之相较，小说中的萧若傲是一个与东方溯完全不同的帝王。他残忍无情，诡计多端，视百姓如蝼蚁，残民害命不计其数。例如他默认军队对西楚百姓的洗劫，百姓稍有异动便大开杀戒。甚至，为了激起军队的斗志，他明着去救被北周俘虏的屠战，实则却是派人去刺杀屠战。对为他卖命、同时又喜欢他的乔初和九画等女性，他也全无真心,不过是用花言巧语来哄骗她们为自己死心塌地地做事。在他的暴力统治下,不仅南诏国的百姓屡次发动反抗战争,而且本国的臣民也起来反抗。

有意味的是,萧若傲的残暴让他的周围也聚集了一群同样阴险狠毒的臣子。所谓上梁不正下梁歪,在他的示范作用下,西楚朝堂上下几乎没有心怀天下的忠臣良将,曹炳成、常平、王猛、步允、闫重山、沈刚等大大小小的官员都是残暴不仁、杀人如麻的恶人。当然,这些人和萧若傲一样不配有好的下场,等待他们的是百姓的唾弃和必然的失败。

概而言之,《盛世帝王妃》中的人物大抵都有一个模式化的结局——好人好报,恶人恶报。小说的结尾,作者赋予它圆满和喜悦的结局,表达了作者对仁善人物的祝福与礼赞,含着一种美好而感人的道德诗意。

选文

第一章
西 楚

西楚，隆安元年三月二十日，永德宫的杏花与往年一样，如期开放，一树挨着一树，繁密茂盛，无数犹如冰绡鲛绫一般的杏花在灿烂若金的阳光下盛开，晶莹剔透之余又透着一抹浅红，如少女颊边的那一抹绯色；在另一边是同样开得如火如荼的合欢花。

"叽叽喳喳！"两只燕子自远处飞来，在杏树与合欢树间穿梭，仿佛是在捉迷藏，每当翅膀划过那一簇簇似锦繁花时，花朵便会簌簌而下，铺落满地。

树下，两名宫女在比试踢毽子，两个用各色羽毛做成的毽子在二人脚间翻飞，什么盘踢、绷踢、里接，各式花样轮番着来，好不热闹。

不远处，一名女子盈盈浅笑地望着她们，眉如翠羽、肌如冰雪的她站在漫天杏花雨中，犹如花中仙子，虽略有几分病容，却丝毫不减她的美貌，反而多了一分楚楚动人的风姿。

所谓闭月羞花，沉鱼落雁，大抵就是如此吧。

此女正是西楚国的皇后，亦是四年前，以倾城之貌、惊世之才名满天下的南昭国璇玑公主慕千雪，当年诸国皇子一齐赶往南昭国求亲的盛举，即使是在四年后的今日，依旧为天下人所津津乐道。

最后，楚国四皇子萧若傲脱颖而出，抱得美人归。三年后，楚帝废嫡长子太子之位，改立庶妃所生的萧若傲为太子；同年，楚帝驾崩，萧若傲登皇帝位，第二年，改元隆安。

"咳咳！"一阵急拂而过的春风，令慕千雪掩唇急咳了起来，纤瘦的身子随着咳嗽微微发抖，仿佛不堪重负。

旁边的宫女忙替她抚背，待止了咳后，关切地道："娘娘可是冷了？奴婢扶您进去歇着吧。"

"也好。"只这一会儿工夫，慕千雪脸色瞧着就比刚才苍白了许多。

正当宫女扶着慕千雪欲退入殿中之时，一名年约十四五岁、身量娇小的宫女满面喜色地奔来，未及行礼，已是急切地道："娘娘，陛下回来了！陛下回来了！"

慕千雪一怔，旋即眉眼间浮起重重惊喜之色，"你说什么？陛下归来，出征前不是说要等入夏之时方才能归来吗？"

正月过后，萧若傲便领兵二十万，出征燕国，自前汉覆灭之后，曾经统一的中原大地，被诸侯割据。在经历了多年的战火后，一些小势力或是被吞并或是被屠戮，最终只剩下六大势力，并称六国，分别为东凌、南昭、西楚、北周、齐国、燕国；六国之中，以北周实力最强，齐国紧随其后，至于西楚，只比最弱的燕国稍强一些，而当时的萧若傲，在楚帝十几个儿子中并不起眼，任谁也想不到，他竟会最终登上皇位，成为西楚国的君主，并且西楚的实力，在这几年间迅速强盛，隐隐有追上南昭之势，不过西楚与南昭本就是姻亲，倒也不存在什么争斗之意。

宫女喘了口气，满面喜色地点头道："千真万确，当真是陛下回来了，这会儿已经在万象殿了，想是战事顺利，故而提早归来。"

"战事顺利……"慕千雪喃喃重复了一遍，欣然道，"这么说来，燕国已被灭？"

"奴婢不清楚，不过应该是的。"宫女话音未落，慕千雪已是急切地道："快，夏月，快扶本宫去万象殿。"

"娘娘您身子不好，此去万象殿又有些路，还是等奴婢去传步辇来好一些。"夏月话音未落，慕千雪已是道："入春之后，本宫身子已经好了许多，这么一点路不碍事，快！"

在慕千雪的催促下，夏月只得与另一名宫女一左一右扶着她往万象殿行去。

在途经九华池时，意外瞧见徐惠妃站在池边，手中还捧着一盒鱼食，想是来此处喂鱼的，不过这会儿，她正满面惊讶地盯着眼前的宫女,"你说什么,陛下未灭燕国?"

"确切来说,不是陛下未灭燕国,而是陛下根本没去燕国。"宫女颈边的丁香米珠耳坠随着她的话微微晃动。

徐惠妃听得一头雾水,"究竟是怎么一回事,你说清楚一些。"

"陛下领兵出了京城之后,便立刻改变了行军路线,因为陛下严令封锁这个消息,故而未曾外传。"

徐惠妃点头之余,又有新的疑问浮上心头,"既然陛下未灭燕国,那这得胜归来的消息又是怎么一回事?"

宫女瞅着她,结结巴巴地道:"陛下是得胜了,但……灭的……不是燕国,而是……而是……"

徐惠妃等了半晌也不见她说下去,催促道:"而是什么,你倒是快说!"

"南昭国!"听得这三个字,徐惠妃双手一松,沉香木盒子脱手落在地上,盒中的鱼食撒了一地。

对于这一切,徐惠妃连看也未看一眼,只死死盯着宫女,下一刻,她厉声喝道:"你胡说什么!南昭乃是皇后娘娘母国,陛下又最是爱重皇后娘娘,岂会挥兵南昭?"

宫女急急道:"奴婢没有胡说,娘娘知道,奴婢表哥是陛下的近身侍卫,此次出征,他也一同去了,刚才奴婢从内廷司回来,恰好遇见了他,这事就是他与奴婢说的,千真万确;他还说,从一开始,陛下打算的,就是灭南昭国!"

宫女的话,令徐惠妃娇艳如玫瑰的双唇在这一刻褪尽所有颜色,春日阳光下苍白如蜡,好一会儿,她方才从震惊中缓过来,涩声道:"陛下为何要这么做?"

宫女摇头道:"这个奴婢也曾问过表哥,可惜他并不知道,只知这一切都是陛下亲下的命令,包括……屠城!"

听到这两个充斥着浓重血腥气息的字眼,徐惠妃顿时倒吸一口凉气,与此同时,耳边突然传来惊慌的呼声,"娘娘!娘娘您怎么了?"

徐惠妃匆忙转头看去,只见夏月二人满面慌色地扶着跌坐在地上的慕千雪,后者双目紧闭,面如金纸,甚是吓人!

看到慕千雪，徐惠妃脸色瞬间变得比刚才更苍白，匆忙奔过去，她比夏月二人冷静一些，见到慕千雪昏迷不醒，当即用右手拇指用力按着她的人中穴。

第二章
南昭覆灭

在她的按压下，慕千雪缓缓睁开了双眼，徐惠妃暗自舒了一口气，对身边的宫女道："绢儿，立刻去请太医过来！"

绢儿应了一声正要离去，却被人拉住了衣裳，拉住她的不是别人，正是慕千雪。

徐惠妃脸色一变，忙道："娘娘，您虽然醒了，但还是让太医看看好一些。"

慕千雪没有理会她，只一味盯着绢儿，颤声道："你……刚才说，陛下灭了南昭国，并且亲自下令……屠城？"

绢儿不敢回答，向徐惠妃投去求救的目光，后者勉强挤出一丝笑容，"哪有这样的事情，娘娘定是听岔了，南昭不仅是娘娘母国，也是我们西楚最坚定的盟友，陛下无缘无故地灭南昭做什么？"说着，她对同样满是疑色的夏月道："还不赶紧扶娘娘回永德宫！"

慕千雪的目光在徐惠妃脸上缓缓扫过，下一刻，两滴泪水悄无声息地自眸中滴落，"看来……我并没有听错！"

"不是，娘娘您……"不等徐惠妃说下去，泪痕未干的慕千雪已是就着夏月的搀扶艰难站了起来，咬着牙道："去万象殿！"

一听这话，徐惠妃连忙阻止，"臣妾刚才已是说过了，陛下他并不曾灭南昭，娘娘还是先回永德宫歇息为好。"

慕千雪痛苦地闭一闭目，"事到如今，惠妃还要说这样言不由衷的话来瞒骗本宫吗？今日让你瞒了过去，那明日呢？后日呢？你能瞒我一辈子吗？"

徐惠妃被她问得哑口无言，是啊！瞒得了一时，瞒不了一世，纸终归包不住火。

她长叹一声，说道："既是这样，臣妾陪您一起去吧。"她心知此事非同小可，既阻止不了，只有同去，万一起了争执，她也好从旁劝说；另外，她也很想知道，萧若傲究竟为何要这么做。

慕千雪没有再说什么，撑着酸软的双腿快步赶往万象殿。萧若傲为帝之后，曾特意下旨，慕千雪可以随时随地出入皇宫任何一处地方，包括他的万象殿，以示对这位皇后的爱重之意，故而慕千雪一行未受任何阻拦便见到了刚刚出征归来的萧若傲以及早他们一步来到万象殿的贵妃曹氏。

"见过皇后娘娘。"曹氏是当朝丞相之孙女，在慕千雪大婚后的第二年，嫁与当时还只是皇子的萧若傲为妾，她温婉贤淑，美貌动人，丝毫没有其他名门贵女身上常见的骄矜放纵，萧若傲对她虽不及慕千雪那般爱重，却也颇为宠爱，登基之后，封她为贵妃，在后宫中的地位仅次于慕千雪。

慕千雪看了一眼台阶上铠甲未卸的萧若傲，冷声道："本宫与陛下有要事相商，你且先退下！"

若换了以前，曹氏必会依言下去，可这一次，她却没有离去的意思，反而伸出纤长的食指，点着自己娇艳欲滴的娇唇，似笑非笑道："臣妾猜……娘娘所说的要事，是指南昭国被灭一事吧？"

慕千雪蓦地转头，盯着她道："你也知道了。"

"当然。"曹氏笑意不减地道，"确切来说，在陛下出征之前，臣妾就已经知道南昭将灭，只有娘娘还懵懂不知。"

她的话令慕千雪瞳孔一阵急缩，旁边的徐惠妃急急道："不可能，陛下身边的侍卫也是出城之后方才知道的，你又如何得知？"

曹氏轻蔑一笑，转身拾级而上，发间鎏金掐丝莲花步摇垂下的累累珠珞随着她的走动不时碰撞在一起，发出清脆的响声。

她一路走到一直未曾说话的萧若傲身边，娇声道："陛下，该是时候告诉皇后了。"

萧若傲点点头，起身居高临下地看着慕千雪，"朕此次出征，灭的不是燕国,而是南昭。"

虽已经知晓,但亲耳听得萧若傲承认时,慕千雪仍是眼前一阵发黑,不由得连退数步,抵在冰凉的朱红圆柱上。夏月想要扶她,却被她一把推开,在努力喘息了几次后,她嘶声道:"为什么要这么做?"

"为什么?"萧若傲长眸微眯,俊美的脸庞上露出一抹森冷的笑容,"这还用问吗,当然是为了拓我西楚国土,增加……"

"我不是问你这个!"慕千雪厉声打断他的话,用一种近乎尖啸的声音喊道,"我是问你为何要灭南昭,那是我的母国,那里有生我养我的父母,有与我血脉相连的兄弟,这一切你都忘了吗?"

在铠甲的叮当声中,萧若傲来到慕千雪面前,神色异常平静地道:"朕自然记得,但这并不足以让朕留他们性命!"

"你!"慕千雪没想到他在灭了自己母国,杀了那么多人之后,还毫无悔意,一时气得说不出话来;直至这个时候,她才发现,自己竟然一点也不了解这个与自己做了四载夫妻的男人心里在想什么。

徐惠妃试探地道:"陛下,您之前不是说要去灭燕国的吗?怎么出城之后,又突然改变心意了?"

曹氏缓步走过来,娇声笑道:"你错了,陛下从来没有改变过心意,从始至终,陛下所要灭的,都是南昭国,燕国……只是幌子而已。"

萧若傲望着眸中充斥着浓浓恨意的慕千雪,徐徐道:"燕国国力虽然不如我们西楚,但相差并不多,且燕国距离我们西楚足有千里之遥,又位处山城,易守难攻,长途跋涉之下,想要攻破燕国的防守,谈何容易,就算勉强攻破,也是杀敌一千自损八百的结局,这不是朕想要的;可南昭不同,与我西楚毗邻而居,虽然城墙高耸,兵力也要略胜我们一筹,但在他们毫无防备之下,取胜的可能性比远征燕国要大许多,结果……朕果然赢了!"

"卑鄙小人!"慕千雪大恨,挥掌欲掴,却被萧若傲抓住了手腕,动弹不得,她用力挣扎,"放手!放开我!"

萧若傲面无表情地盯着她,冷言道:"恨朕吗?"话音未落,慕千雪已是一口唾在他的面上,咬牙切齿地道:"我恨不能食你的肉,喝你的血!"

曹氏脸色一沉,一掌掴在慕千雪脸上,"放肆,你竟敢如此对待陛下,简直就是找死!"

第三章
棋　子

　　徐惠妃曾受过慕千雪的恩惠，与她一直很是要好，这会儿见她被曹氏掌掴，自是忍不住，肃然喝道："大胆，你怎敢这样对待皇后娘娘！"

　　气愤之余，徐惠妃心中也有几分疑惑，曹氏一向为人谨慎胆小，从不妄生是非，在宫中颇有人缘，今日之前，对慕千雪也极为尊重，晨昏定省，去永德宫的次数比她还要多，怎么这一转眼，竟像换了个人似的，变得这般嚣张无礼。

　　徐惠妃话音尚未落下，曹氏已是毫不客气地喝道："你才大胆，这里什么时候有你说话的份儿了？"

　　徐惠妃被她斥得脸上青一阵白一阵，极是难堪，她虽然位次在曹氏之后，但同样是正一品宫妃，不管怎么算，只比她位高半筹的曹氏都没理由这般呵斥于她，偏偏萧若傲对于这一切视若无睹，明显是在纵容曹氏。

　　那厢，曹氏犹不解恨，盯着尚未从那一掌中回过神来的慕千雪，阴恻恻地道："你真以为自己是母仪天下的皇后吗？我告诉你，我与陛下青梅竹马；从始至终，陛下真正想娶的人都是我，我才是他心目中的皇后，你……只是一枚棋子！"

　　"棋子……"在喃喃数遍后，慕千雪终于回过神来，一把抓住曹氏的手腕，厉声道，"什么棋子，告诉我！"

　　她的力气极大，长长的指甲隔着衣袖掐进曹氏手臂里，痛得后者皱了眉头，用力将她推开，看到她跌坐在地上，珠簪脱落，狼狈不堪的样子，曹氏唇角扬起报复的笑意。一直以来，她都居于慕千雪之下，每每相见，都需要仰视，实在憋屈得很；今日，终于不用戴假面具，可以俯视这个霸占了自己位置的女人，一扫这些年的委屈，真是是痛快！

"你以为四年前，陛下前往南昭求亲，真的是因为喜欢你吗？不是！陛下只是觉得，你会是一枚很好用的棋子，为了达成所愿，陛下将本属于我的一切，都给了你。"说到这个，曹氏脸庞一阵扭曲，虽然这件事，当年是她亲口同意的，但终归是心有不甘。

"果不其然，因为你这位南昭公主，再加上促成与南昭结盟，消除多年来的南疆之患，先帝开始留意到陛下，三年时间，陛下屡立奇功，而太子却一再犯错，最终令先帝废太子而改立陛下！"

曹氏所说的每一个字，都如一把尖锥，钻过皮肤、经络一直刺到骨髓里，痛得她浑身冒冷汗。

她拒绝夏月的搀扶，撑着纤弱的身子艰难地从地上站起来，一步一步走到萧若傲身前，以往每一次对视时，她都可以在那双眼里看到自己的影子，可是这一次，那双眼幽沉似无底洞，无论她怎么找，都寻不到自己的身影。

"你一直……都在骗我？"问出这句话的时候，慕千雪浑身都在发抖，她怕……怕得到肯定的答案，怕自己这四年的美好都是一个谎言！

萧若傲望了她半晌，忽地道："你很美，天下传你有倾城之貌，半点也不……"

"我问你是否一直在骗我！"慕千雪神色狰狞地打断他，整个人因为激动而不停地颤抖着。

对于她的无礼，萧若傲并不生气，抬手抚过慕千雪苍白到发青的脸庞，徐徐道："倾城之貌，惊世之才，娶其者当可得天下，曹相诚未欺朕！这几年，若非你在朕背后出谋划策，教我如何步步为营，我又怎能在先帝面前屡立功绩，逼得太子丑相百出，最后更是狗急跳墙……可以说，朕能够走到这一步，你的功劳最大！"

他的话，令慕千雪想起萧若傲登基前的岁月，她耗尽心力，一次次为之谋划，令萧若傲得以在十几名皇子之中脱颖而出，一步步成为楚帝心中太子的不二人选；虽然那段日子很艰难，但她从来没有一句怨言，因为她爱萧若傲，爱到哪怕为之付出性命，也在所不惜；结果，萧若傲赢了，南昭却为此招来亡国之祸！

慕千雪挥开那只在脸颊上游移的手，咬牙切齿地道："那你呢，就用毁灭南昭这种方式来报答我？"

萧若傲神色自若地收回手，"登基为帝只是朕的第一个目标，朕真正想要的是平定诸国，让西楚成为这片中原大地唯一的国家，燕国遥远而贫瘠，南昭比邻且国土辽阔、物产丰富，朕实在想不出，有什么理由要舍近求远，弃富择贫！"

"它是我的母国，是我……"不等慕千雪说完，萧若傲已是冷冷道："这不是理由！"

这般说着，他忽地笑了起来，"若当真与你结为夫妇，朕还真有些担心，关键时刻会狠不下心！"

这句话令一旁的徐惠妃心生不解，他们不是早在四年前就已经结为夫妇了吗，何来这话？

"你什么意思？"慕千雪隐约猜到了几分，却不敢细想下去，若真如她所料，那么这四载夫妻，当真是一场彻头彻尾的笑话！

萧若傲注视着她，轻笑道："璇玑公主惊才绝艳，难道就猜不出朕的意思吗？"在短暂的停顿后，他续道："你在南昭之时，身子一向无碍，到了西楚之后，却总是病痛缠身，体虚力弱，连周公之礼都行不了，你真相信是水土不服之故吗？"

"啊！"徐惠妃骇然惊呼，下一刻紧紧捂住自己的唇，然眼眸中仍充斥着挥之不去的惊意，行不了周公之礼……难道帝后从未真正同房，皇后她……她至今仍是处子之身？这……这怎么可能！

慕千雪胸口剧烈地起伏着，眸中射出森冷的光芒，直欲杀人，"是你动了手脚？"

萧若傲坦然道："不错，正如朕所说，你这般倾国倾城，若是夜夜相伴，育子诞女，朕怕是真的会将你当成妻子；所以，从你踏入西楚的第一天起，朕就使人在你膳食中下药，令你这四年来，一直体虚力弱，无法与朕同房！因为……朕要的是天下，而不是你！"

第四章
满城尽屠

慕千雪双唇不停地哆嗦，当年她在众多皇子贵胄之中，选中萧若傲为夫，之后南昭遣使从两千，带着足足延绵了十余里的红装来到西楚，准备行礼成亲，结果一到西楚，她就突发高烧，呕吐不止；请了太医来看过后，说是水土不服之故，只能慢慢调养，后来倒是退烧了，但身子却异常虚弱，大婚之时连下地的力气都没有，全靠两名侍女搀扶，才算勉强行完了礼。

洞房之时，萧若傲没有强迫身体虚弱的她行周公之礼，而是和衣抱了她一宿，令她甚是感动；在此之后，萧若傲一直都未做此要求，反倒是她过意不去，曾趁着身子稍稍好转之时，想要与他做一对真正的夫妻，却被他拒绝，说是两情久长，不急于朝暮，等她身子大好之后，再行此事不急。

在今日之前，她一直以为萧若傲是怜惜她身子虚弱，方才不急于同房，如今方知，这一切根本就是他的诡计！

她也终于懂了，太医之所以四年都治不好她的病，不是因为医术不济，而是太医根本不敢医治，更不敢告诉自己实情。萧若傲瞒了自己四年，也令自己病了整整四年！

她一向自诩聪明，结果却被人耍得团团转，可笑……更可恨！

慕千雪直勾勾地盯着萧若傲，良久，她屏息问道："你在南昭杀了多少人？"

"朕本不欲屠戮太多，可惜那些南昭人都是冥顽不灵之辈，明明城已破，竟然还妄想抵抗，甚至有人拿着耕地用的铁锄来与朕的铁骑对抗，简直就是可笑，既然他们那么想死，朕自没有不成全之理！"

慕千雪瞳孔急缩，颤声道："屠城……是真的？"

萧若傲露出一抹残忍的微笑，"不错，朕离开之时，南昭皇城之中，无一生者！"在说到最后几个字时，眉头微不可见地皱了一下，虽然南昭皇城里的王族确实无一生者，但却少了一具尸体。

无一生者……无一生者……

这四个字在慕千雪耳边不断回响，夺去她眼中所有的光明，陷入无边无际的黑暗之中，身体如迎风弱柳，剧烈地摇晃着，随时都会摔倒。

徐惠妃心生不忍，想要过去搀扶，却被一个尖厉的声音阻止，"谁也不许去扶她！"

徐惠妃终是不敢违背曹氏的意思，无奈地将刚伸出一半的手收了回来，同样被曹氏这句话吓住的，还有随慕千雪同来的那名宫女。

所幸还有夏月在，她从四年前开始，就跟着慕千雪，主仆感情深厚，虽知会得罪曹氏，还是咬牙扶住了将要摔倒的慕千雪。

许久，慕千雪终于自漫无边际的黑暗中挣脱了出来，死命忍着已经来到眼眶边缘的泪水，嘶哑地道："我的父母，我兄弟姐妹，都已经……已经……"几次咬牙，都未曾问出口。

不问，她还可以自欺欺人地认为他们仍然活着；一旦问了，可就连欺骗也成为一种奢望。

萧若傲知道她想问什么，不带一丝感情地冷笑道："既是无一生者，他们又怎么可能还活着！"

在他说出这句话时，慕千雪突然平静了下来，不吵也不闹，平静地道："我助你扫平阻碍，助你登上帝位，你却杀我至亲，屠我满门，好！好！"

在第二个"好"字出口之时，平静的假象瞬间被撕破，慕千雪一把拔下夏月发间的簪子，状若疯狂地朝萧若傲冲来，眉眼间充斥着无尽恨意！

此时此刻，她心中只有一个念头——杀了萧若傲，替家人、替南昭国的百姓报仇！

"小心！"曹氏惊呼声还未落，萧若傲已经一把攥住慕千雪的手腕，令她手里的簪子无法再前进一寸，同时另一只手也被其抓住，并且顺势一扭，令慕千雪不由自主地转了个身，变成背对着他的姿势。

慕千雪拼命挣扎着，"放开我！我要杀了你！杀了你！"

曹氏一脸阴沉地来到慕千雪身前，狠狠甩了她两个巴掌，怒喝道："你这个贱人，死到临头还想伤害陛下！该死！"刚才真是将她吓了一跳，幸好萧若傲没事，否则她非得活剥了这个贱人的皮不可！

慕千雪眸底血红，是无法言喻的愤怒与伤痛，"该死的！你们这对卑鄙无耻的狗男女！我一定会杀了你们，一定！"

回应她的，又是两个重重的耳光。曹氏收回捆痛的手掌，斥声道："死到临头，还嘴硬，哼，待会儿有你好受的。"说着，她忽地一笑，娇艳的脸庞染上一层阴恻恻的光芒，"还记得你陪嫁过来的那两个丫头吗？一个与侍卫私通，珠胎暗结，羞愧难当，在屋中悬梁自尽了；另一个为救落入池中的大皇子，溺水身亡。"

这两件事，慕千雪自然记得，那两个丫头从小服侍她。待她嫁入西楚之时，亦跟了过来，继续照料她的衣食起居；岂料仅仅过了三年，二人就先后身亡，且所有事情都发生在短短两日之内，令她悲痛不已，再加上身子不好，几次晕厥过去，她们的后事托了当时与她姐妹相称的曹氏去办。

她一直以为，这两件事是意外，直至这会儿曹氏提及，方才意识到事情可能并不是她想的那么简单。

果不其然，曹氏娇声笑道："本宫知道你在想什么，没错，那并不是意外，私通一事是假的，怀孕也是假的，侍卫还有那名大夫，都是本宫的人，本宫想让他们怎么说就怎么说，至于让一个人以上吊自尽的方式死去，并不是什么难事；溺毙的那一个，更是简单，只要让一个精通水性与龟息之法的人，在水下拉住她的脚，让她无法游上水面就行了，就是委屈了一下大皇子！"

萧若傲长子是一名位分低微的姬妾所生，且在大皇子刚满周岁的时候，她就病逝了，之后大皇子一直养在曹氏膝下，没想到她竟利用一个三岁的孩子来害人，还不顾深秋的严寒，将其推入池中，令其大病一场。

"为何要杀她们?"慕千雪自齿缝中挤出这六个字。

"谁让她们总是碍手碍脚,甚至……"曹氏饱满娇艳的双唇一张一合,曼声道,"还发现了药中的秘密!"

第五章
北周来使

慕千雪瞳孔倏然一缩,她想起来了,二人出事之前,经常窃窃私语,神情古怪,不过她那阵子病得特别严重,经常昏昏沉沉,便没有多问。

"亏得她们不知下药的人是谁,又见你精神不支,所以跑来与本宫商量,这可真是天堂有路不走,地狱无门偏要闯进来,蠢得可怜!"

曹氏对着殿外的春光,比一比镶着细碎晶石的艳红指甲,扬唇微笑,"既然她们非要往死路上奔,本宫自无不成全之理,你说对不对?"

"贱人,你不得好死!"一连串的打击令慕千雪歇斯底里,若非被萧若傲紧紧钳制着不得动弹,她非得扑过去生啖曹氏之肉不可!

曹氏故作害怕地对萧若傲道:"陛下您听听,她死到临头,还在恶言恶形地咒骂臣妾呢!"

萧若傲一把将慕千雪推倒在地,狠狠踹了她两脚,痛得她不得动弹后,不带丝毫感情地道:"慕氏怀执怨怼,数违教令,无关关雎鸠之行,却有吕、霍之风;诏,废其皇后之位,贬为庶人!"

曹氏眼中掠过一丝快意,当即道:"来人,剥去她皇后服制!"

很快,两个身强力壮的内监冲进来,如恶虎一般,不顾慕千雪的挣扎,强行剥去她身上的九凤锦服,可怜慕千雪自幼养尊处优,何曾受过被人当众剥衣的羞辱,死忍许久的泪水终是落了下来!

一日之间,天翻地覆!

"陛下!"有内监进来,恭敬地道,"驿馆来人奏禀,北周使者在宫外求见!"

"北周使者？他来做什么？"萧若傲惊讶不已，北周是这片大陆上最为强大的国家，与西楚接壤，也是西楚最可怕的敌人，不过因为有齐国以及东凌的牵制，北周一直未曾寻到机会吞并西楚，彼此维持着一种微妙的平衡。

内监垂目道："奴才问过使者，不过他说要等见了陛下方才能说。"

曹氏目光一转，轻声道："北周这会儿派使者过来，难不成是得知陛下灭了南昭国，所以前来试探虚实？只是……北周与南昭相隔两地，当中又有重山阻隔，按理来说，不应该这么快得到消息。"

"是否试探虚实，传那使者进来一问便知。"说着，他对尚候在一旁的内监道，"传使者进来。"

在内监依言离去后，萧若傲厌恶地扫了慕千雪一眼，对一直站在他身边的内监总管李昌道："将她带去永德宫，与那些宫人一起关押起来，听候发落，没有朕的命令，任何人不得出入！"

"是。"李昌恭敬地答应一声，命宫人将慕千雪强行拖了出去，听着后者尖锐恨毒的咒骂声，曹氏瞥了一眼尚在殿中的徐惠妃，森然道："怎么，徐惠妃还有事吗？"

徐惠妃身子一僵，旋即赶紧低头朝萧若傲行了一礼，"臣妾告退。"她用一种近乎逃离的速度，离开了万象殿，在她身后，是曹氏轻蔑的笑意。

在她们离开不久，一名年约三旬、长眼薄唇的锦衣男子随内监踏进万象殿，在走到殿中央后，止步拱手行礼，"北周鸿胪寺卿江越见过楚帝陛下，陛下万岁万岁万万岁！"

坐在九龙御椅上的萧若傲眉头微微一皱，鸿胪寺卿？也就是正四品官，要知道一般出使别国的使者至少三品，二品乃至一品的也比比皆是，北周皇帝随意派一个四品官出使西楚，未免也太不将他放在眼中！

萧若傲心思一向深沉，并未将这些表露在外，客气地道："免礼。"

在江越直起身后，内监指了站在萧若傲身边的曹氏道："贵使，这位是我朝的贵妃娘娘。"

他的意思是让江越向曹氏行礼，哪知后者只是倨傲地抬着头，根本没有行礼的意思，令内监好生尴尬。

曹氏将江越的无礼瞧在眼中，又气又恨，又不便当众发作，只能暗自扯着绢子出气。

萧若傲轻咳一声，打破了殿中尴尬的气氛，"贵使此来，不知所为何事？"

江越取出一封黄绫面的书折，双手高呈于顶，朗声道："江某奉陛下之命，来此递呈国书，请楚帝过目！"

李昌不敢怠慢，上前接过国书，呈予萧若傲，后者看过后，面色变得异常古怪，盯着江越道："周帝要接慕千雪去北周？"

江越垂目道："不错，还望楚帝将璇玑公主交予江某，迎回我国！"

一听这话，曹氏当即道："不行，慕千雪乃我国皇后，岂可交给你！"

江越睨了萧若傲一眼，似笑非笑地道："江某第一次来西楚，倒是不知贵国风气如此开放，连妇人亦可参政议事！"

被他不轻不重地刺了一句，萧若傲心中有所不悦，不过此事确是曹氏失礼在先，江越并没有错，只得道："贵妃，此乃周楚两国之事，不得妄言！"

曹氏这会儿也意识到自己一时大意所犯的错，微一咬唇，屈膝道："臣妾知错，不过臣妾自问刚才之话并没有错，天下人皆知慕千雪乃陛下亲册的皇后，是西楚国母，周帝突然做此要求，好生没道理！"

"朕心中有数。"这般说着，他将目光转向江越，"贵妃所言不无道理，慕千雪为朕之皇后，周帝却要将她接去北周，这是何道理？"那封国书上，周帝只写了要求，并未写这么做的理由。

江越微微一笑，垂目道："事实上，这并不是我国陛下之意，而是南昭庄亲王之意！"

萧若傲轻吸一口凉气，南昭都城皇室几乎尽屠于他手，只有一人不见踪影，那就是庄亲王慕临风，活不见人，死不见尸！

他深谙"野火烧不尽，春风吹又生"的道理，故而在发现庄亲王不见之后，就命人四处搜寻，可此人仿佛凭空消失了一般，怎么也找不到，眼见时间渐过，他只得先行班师回朝，留下一队士兵继续在南昭城中搜寻；如今终于有了庄亲王的消息，却是来自江越的口中。

"庄亲王何时去的北周？"面对萧若傲的询问，江越眸中的笑意较之刚才更深了几分,"自是在楚帝灭南昭之时,说来庄亲王也是幸运,那一日,他正好出城打猎,从而躲过杀身之祸,听闻整个南昭皇室,只他一人得以生还;只是这亡国之祸,却是无论如何都躲不过了;楚帝行事之果断,连我国陛下都赞赏不止,说改日定要好好见一见!"在说最后一句时,言语间充斥着讽刺之意,他是正统儒家出身,素来主张互敬互信、重义轻利这一类,对于萧若傲背信弃义、不择手段的行为,自是极为看不惯。

第六章
拒 绝

萧若傲自是听出他的不满，淡淡道："周帝内政修明，有明章之治，朕尚为皇子之时，就很想一见，可惜一直没有这个机会，实在可惜！"

江越意味深长地道："楚帝心怀远大，非一个西楚或者南昭能够装下，以后一定会有机会与我国陛下相见。"

萧若傲一举消除南昭之举，令六国争霸变成了五国争霸的同时，也令其他诸国明白，这位新继位的楚帝，比谁都要有野心！

事实上，周帝已早是视其为心腹大患，若非受齐国与东凌的牵制，怕是这会儿已经大军压境。

至于另一大国——齐国，也是一样的局面，怕一旦发兵西楚，会遭到北周与东凌的攻击。

而萧若傲正是料准了这一点，才敢当着全天下人的面，消灭南昭，明目张胆地扩充西楚领土。

江越拱手道："江某已经将事情都说了，还请楚帝将璇玑公主带出来，好让江某回去复命。"

萧若傲面色微微一冷，"朕刚才说过，慕千雪是西楚的皇后，除了西楚之外，她哪里都不能去！"

江越忍着冷笑道："楚帝若真视璇玑公主为皇后，就不会发兵南昭，屠城数日了；南昭已尽归楚帝所有，何不放璇玑公主一条生路，我国陛下也会领楚帝这个人情。"

萧若傲盯了他片刻，忽地道："贵使刚才说，迎回慕千雪，是庄亲王慕临风之意，而非周帝对吗？"

江越隐约觉得他这句话问得有些不对，但一时之间又想不出，遂点头道："不错。"

"那就是了，既非周帝之意，那周帝又如何会领朕这个人情；至于慕临风……他若真想将慕千雪接回去，就自己来！"

江越没想到他会揪住自己话语中这么微小的一个漏洞，一时倒是不知要怎么接话了，至于让慕临风自己来接，那简直就是笑话了，一旦踏入西楚之境，慕临风还有命离开吗？

他沉眸道："接回璇玑公主一事，我国陛下在国书中写得清清楚楚，还请楚帝务必依国书所写为之，以免令两国交恶！"

"朕对周帝一向景仰佩服，绝无交恶之意，但慕千雪……"他长身而起，盯着站在台阶下的江越，冷冷道，"也绝不可能离开西楚之境，就算周帝亲来，朕也是这个答案！"

他清楚周帝不可能为一个亡国亲王或者一介女流，亲来西楚要人，故而敢如此言语。

不过，若周帝见识到慕千雪的惊世之才，那就又另当别论了，所以，即便彻底得罪北周，他也绝不会让慕千雪踏出西楚一步！

江越脸色难看地道："如此说来，楚帝是坚决不肯应这件事了？"

萧若傲嘴角噙了一缕冰冷的寒意，"不是朕不肯应，而是朕无法应。"不等江越再言语，他已是让李昌递回国书，"贵使请回！"

见他态度如此坚决，江越暗暗一咬牙，冷声道："既是这样，能否让江某见一见璇玑公主，也好让江某回去复命。"

萧若傲淡淡笑道："慕千雪生性胆小，再加上体弱多病，所以……怕是要令贵使失望了。"说着，他对站在一旁的李昌道："还不送贵使出去。"

"是。"李昌应了一声，来到江越身前，举手示意，"贵使请！"

"希望楚帝不会后悔今日的决定！"扔下这句话，江越拂袖离去。

望着江越远去的背影，曹氏冷眸道："想不到慕临风不仅逃去了北周，还说动周帝遣使者来此要人，这慕氏一族的人，还真是个个都不简单！"说着，她不无担心地道："陛下今日拒绝了周帝的要求，会否招来祸患？"

萧若傲扶正她髻上一支微斜的白玉响铃簪，语气深沉地道："北周固然强大，但与它毗邻的齐国还有东凌，皆不是省油的灯，在没有十足把握抗衡它们之前，北周断不敢轻举妄动。再说，慕千雪绝不可落在朕以外的人手中，这一点，你是明白的。"

"臣妾明白。"这般说着，曹氏眼波轻转，似殿外婉转柔媚的春意，"刚才陛下说不能落在您以外的人手中，难道连臣妾也不可以吗？"

萧若傲望着她娇媚的眉眼，似笑非笑地道："你想说什么？"

"臣妾想要陛下将慕千雪交给臣妾处置。"曹氏耳下的赤金垂心坠子，在半空中划过一道寒芒。

萧若傲一怔，他知道，曹氏素来痛恨慕千雪夺去本该属于她的一切，哪怕是她亲自点头答应的，这怨愤之意也未消减半分，一旦落入她之手，慕千雪必死无疑！

突然间，脑海中毫无征兆地掠过第一次见到慕千雪的模样，那是他得曹相点拨前去南昭求亲之时，与各国皇族贵公子一起，见到了站在南帝身边的慕千雪。

惊为天人！

这是他在那一刻唯一的想法；一直以为青梅竹马的曹氏已是绝色美人，可当他见到慕千雪方才知道，曹氏的美只在于人间，而慕千雪的美却是犹如天上谪仙！

在按着曹相所教的法子，一步步得到慕千雪垂青，最终抱得美人归之时，他曾犹豫过，是否真要如之前计划的那样，将其视作一枚棋子；最后，对权力的渴望还有与曹氏十多年的感情，压倒了这份犹豫！

慕千雪是助他登上皇位的棋子，也仅仅只是一枚棋子！

曹氏等了一会儿，始终不见萧若傲回答，眸色顿时冷了下来，"怎么，陛下不舍得？"

她的话惊醒了沉思的萧若傲，压下那丝微弱到几乎不可察觉的怜惜，摇头道："当然不是，既然你喜欢，朕就将她交给你发落。"

听得这话，曹氏转怒为喜，"多谢陛下！"说完这句话，她即刻出了万象殿，快步往永德宫行去，她迫不及待想要看到慕千雪在自己面前哀嚎求饶的样子，忍了四年，今朝终于可以痛痛快快地一雪前耻！

曹氏并不知道在她赶去之时，另一群人已先一步悄无声息地出现在宫中，并且他们的目的地也是永德宫。

第七章
夏 月

自从那群内监如狼似虎地将她们推入永德宫中看押起来后,夏月就一直伏在地上哭,反倒是慕千雪,显得异常平静,仿佛适才万象殿所发生的事情,于她而言,只是一场荒诞不经的梦。

静静坐了半晌,慕千雪起身走到夏月身前,蹲下身替她拭去脸上的斑斑泪痕,"莫哭了,你不会有事的。"

夏月抬起蒙眬的泪眼,抽泣着道:"奴婢不是担心自己,陛下还有曹贵妃,他们……怕是不会就此放过娘娘!"

"我知道。"慕千雪的神色还是一如刚才那般平静,仿佛是在说别人之事。夏月抹了把泪,疑惑地望着慕千雪,"娘娘,您不害怕吗?"

慕千雪扶着她起来,淡淡道:"怕又如何,他们会放过我吗?"

想着适才万象殿上萧若傲的无情,夏月泪顿时又下来了,怎么也想不明白,为何事情会变成这个样子,明明这四年来,陛下对娘娘疼到了心尖上,每次娘娘生病的时候,都是陛下整夜整夜衣不解带地照顾,结果……不仅这一切都是假的,就连娘娘所有的至亲之人,也都死在陛下的屠刀之下,她无论如何都不能理解,陛下怎能狠心到这等程度。现在是废中宫之位,下一步,恐怕就要娘娘的性命了!

想到此处,夏月抓住慕千雪的手,急急道:"娘娘,趁着现在陛下还没对您怎么样,快逃吧,逃得远远的,永远都不要回来!"

夏月毫不作假的关心令慕千雪冰凉如雪的心泛起些微暖意,"永德宫外有人把守,宫中更是守卫重重,如何逃?"

夏月低头想了一会儿,小巧的眉眼浮起一抹坚韧,"奴婢会设法引开他们的注意力，到时候娘娘就趁机离开。"

慕千雪盯着她清透的眼眸，轻声道："但这样一来，你会死的，不害怕吗？"

她的话令夏月眼底掠过一丝惧意，但很快便道："怕，可如果不是娘娘，奴婢早就已经活活饿死了，能多活四年，已经算是赚了。"

夏月是个孤儿，从她记事起，就一直跟着一群乞丐以乞讨度日，用别人施舍的剩饭剩菜填饱可怜的肚皮，过着饥一顿饱一顿的日子，每年冬天都是她们最难熬的时候，经常讨要一整天，也没有什么收获，只能靠喝水来撑饱肚皮。

四年前的冬天，京城爆发了小范围的饥荒，夏月连着几日都没讨要到东西吃，当时，又饿又冷的她晕倒在慕千雪送嫁的队伍前，慕千雪可怜她，便让人将她抬上马车，醒了之后又喂她东西吃，令夏月捡回一条命。夏月感念慕千雪救命之恩，此后便跟在她身边当差。

夏月见慕千雪不说话，以为她答应了，当即道："奴婢现在就去收拾东西，衣裳稍微带两件就行了，太多了容易引人注意，倒是银两多带一些，还有银票，对了……还有药，奴婢记得内殿有一些止血化瘀、清咳润肺的药，全部都带上。"

慕千雪拉住欲奔去内殿的夏月，摇头道："不必收拾了，我不会走的！"

夏月不能相信地盯着夏月，回过神来后，焦灼地道："为什么不走，难道娘娘真想在这里等死不成？"

慕千雪抚着她拧成一团的眉心，"傻丫头，那么多守卫不是你一个人能够引开的，再者……我若走了，谁来替他们报仇！"

"他们……"夏月喃喃重复了一句，下一刻，骇然惊道，"娘娘您还想杀陛下？"

慕千雪颊边肌肉用力抽搐着，眸光森寒如铁，"父母之仇，亡国之恨，岂能不报！"

"不要！"夏月拼命摇头，"陛下身手高超，您杀不了他的，反而会提前招来杀身之祸，娘娘，奴婢求您了，逃吧，不管怎么样，总还有一线生机！"

慕千雪挣开她的手，走到供在花梨木步步锦支窗前的双耳方瓶前，里面供着浅粉的合欢花，花瓣粉软轻盈，在照落入殿中的春阳下，曼曼如飞羽，散发着若有似无的淡雅清香。

"合欢"寓意"言归于好，合家欢乐"之美意，也往往象征着夫妻恩爱、两两相好。

萧若傲知道她喜欢合欢花，便在昔日的王府中遍植此树，登基之后，还特意命人将那些树全部移植到宫中，许诺每一年都要与她共赏花开花落，直至他们慢慢老去。

这些合欢花曾是她与萧若傲爱情的见证，如今却成了最大的讽刺！

慕千雪紧紧攥着一朵合欢花，待得松手之时，刚才还盈盈如一朵粉云的合欢花已是变得不成样子。

此仇不报，誓不为人！

"夏月。"慕千雪的出声，令夏月心中一喜，以为她改变了心意，连忙走过来道："可是要奴婢去收拾东西？"

慕千雪微一摇头，道："我记得去岁除夕之时，内务府送来的烟花还剩了一些是不是？"

夏月不明白她现在怎么还有心情说烟花，但还是如实答道："是，去岁内务府送来的烟花足足有十大箱，除夕之时用了八箱，剩下的都按着娘娘的吩咐收在库房之中，说是……"后面的话，夏月没有说下去，但足够慕千雪回忆起当初的事情。

除夕之时，萧若傲定了年后进攻燕国，慕千雪便让夏月收起两箱烟花，说是等萧若傲得胜归来之时再放，哪知……萧若傲最后灭掉的却是南昭。

慕千雪痛苦地闭一闭目，"都去拿来。"

"娘娘您要烟花做什么？"夏月虽然纯良没有什么心机，却也不会天真地以为慕千雪这会儿突然心血来潮，想要放烟花了。

"你只管去拿来就是了，快去。"在慕千雪的催促下，夏月只得去取了烟花来，满满两大箱，里面整齐地排列着一个个烟花，幸好当时慕千雪嫌麻烦，没有将烟花送回内务府。

刚从箱中取出烟花，慕千雪的眉头便立时皱了起来，"才放了三四个月,也没下什么雨,怎么就霉变得这么厉害?"

　　夏月诧异地望着手里的烟花,明明都是崭新的,何来霉变一说,这个念头尚未转完,耳边再次响起慕千雪担忧的声音,"霉得都发黑了,也不知还能不能用?"

第八章
东方溯

一再确定自己没有看错后,夏月小心翼翼地道:"娘娘,这些烟花好好的,并不曾霉变啊。"

慕千雪蹙眉道:"怎么没有,你自己瞧,全部都黑了,不是霉变是什么?"

"真的没有,一根根都好好包着红纸,崭新得很,没有黑。"若非瞧着神色正常,夏月几乎要以为慕千雪受刺激过度,得了失心疯。

"不可能,明明……"话说到一半,慕千雪突然止了声音,愣愣地望着夏月,她记得夏月穿的是宫中宫女惯穿的鹅黄束胸衣裳,可是这会儿却变成了灰色,还有她赏给夏月的那对翠珠耳坠,都成了灰色。

不对,不是它们变成了灰色,而是不知从什么时候起,她眼中的所有东西都变成了黑、灰、白这三种颜色,除此之外,再无其他!

她曾在一本古籍中看到有这样的记载,称之为色盲症,但凡患有此症者,不辨红绿,不识五色,终其一生,只见黑灰白三色。

古籍记载,此症多为先天,但也偶尔有几例,是在受到极大的刺激之后,突然之间便得了色盲症,从此再也看不到五彩缤纷的世界。

夏月见慕千雪一动不动地僵在那里,忧声道:"娘娘,您怎么了?"

慕千雪回过神来,淡然道:"没什么,只是一些小事罢了,帮我拆开烟花,倒出里面的火药,动作轻缓一些。"与亡国屠城的痛苦相比,区区色盲症根本算不得什么。

虽然每一个烟花里面的火药都不多,但两大箱烟花加在一起,也有不少,一旦爆炸,足以将这内殿夷为平地!

在将火药严严实实裹在一块羊皮中,并将空烟花藏起来后,慕千雪对夏月道:"去告诉守在永德宫外的人,就说我知道南昭先祖立国之时所埋的一处宝藏,里面所藏之物,皆是价值连城,我愿意用这份宝藏来换取活命的机会,让萧若傲来见我!"

"宝藏?这是真的吗?"夏月惊讶之余,眉眼间浮上一丝丝欢喜,有这份宝藏在,说不定真可以换得慕千雪活命的机会。

慕千雪眸底掠过一丝悲哀,"当然是真的,快去吧!"

夏月连连点头,心思单纯如她,并没有仔细去想,在说这件事之前,慕千雪为何要摆弄火药。

夏月手还没来得及触及门闩,殿门就主动开了,几名面生的内监快步走了进来。一瞧见他们,夏月顿时紧张起来,永德宫被封,这些人能够进来,必是出自萧若傲的授意,也就是说……陛下决定要杀娘娘!

想到此处,夏月急急张开双臂护在慕千雪身前,慌忙道:"不许你们伤害娘娘!"

走在最前面的,是一个五官明晰的男子,生得极是俊美,就是神色太过冷漠,生生坏了他脸部颇为好看的线条,令人望而却步。

那人没有理会夏月,只对她身后的慕千雪道:"快随我走。"

在第一眼看到他时,慕千雪便知道,这样的人绝对不会是内监,待得看到第二眼时,更是生起一种似曾相识的感觉。

她的记性素来极好,一面之见,就足以此生铭记;思忖片刻,一个尘封四年的名字跃然于脑海中,"你是东方溯?"

这句话令东方溯眼底出现一丝波动,不过很快便归于无形,颔首道:"公主好记性。"

东方溯,中原大陆第一强国北周的七皇子,四年前,他也在前往南昭求亲的贵公子之列,故而与慕千雪有一面之缘。

在确知来者身份后,新的疑问又浮上慕千雪心间,"你怎么会在这里?"

"萧若傲带兵进攻南昭之时,慕兄正好在城外狩猎,得以躲过杀身之祸,他知道萧若傲既然能做出这样的事情,就绝不会放过公主,所以前往北周托我来此救公主。"

"三哥没死，他还活着！"慕千雪悲寂的心底泛起一丝欢喜，待得平复了激动后，她有些诧异地看着东方溯，"只因三哥一句托付，你就远奔千里，甘冒性命之险来救我？"

"慕兄乃我至交好友，既是他托付，自无不应之理。"说着，他催促道，"请公主立刻随我走。"

慕千雪盯了他片刻，忽地自嘲道："我一向自诩聪明，更有识人之能，却在此生最重要的事情上看走眼，以致酿下今日的苦果！"

当年选婿之时，身为她三哥的慕临风曾大力举荐东方溯，说他看似冷漠，其实重情重义，言出必行，乃是最好的夫婿人选。

虽有慕临风百般美言在前，但最终还是被慕千雪给否了，在她看来，东方溯少言寡语，面目阴沉，并不是她想嫁的那个人。

结果，她千挑万选的夫婿，带兵灭她国家，杀她父母，屠她子民；她不屑一顾的那一个，却因为一句承诺，不顾危险赶来西楚救她，真是天大的讽刺！

"时间不多，先离开此处再说。"说话间，东方溯鼻翼微微一动，拧眉道，"怎么会有这么重的火药味？"

夏月在一旁道："那是因为……"

慕千雪打断她，淡淡道："没什么，倒是你，总共带了多少人？"

"连我在内，共计十二人。"此言一出，慕千雪神色顿时变得极为古怪，"看来此事，并没有得周帝应允。"

东方溯默然片刻，道："皇兄只答应派使者交涉，这会儿应该正在万象殿与萧若傲谈判，至于结果……不必我说，公主也能猜到了！"

虽然北周国力强盛，但掣肘同样多，东凌、齐国，哪一个都不是省油的灯，所以派使者向萧若傲施压，已是周帝所能做到的极限了。

"区区十二个人，你便敢闯入异国皇宫，不怕丢了性命吗？"

"我既应承了慕兄，就算粉身碎骨也要做到。"东方溯平静地说着，春风自未曾关严的窗缝中吹进来，吹起他垂在身后的乌黑长发，在半空中飞扬，明明神情一如刚才的冷漠，不苟言笑，却给慕千雪一种温暖的感觉。

慕千雪嘴角微扬，带着一丝浅不可见的笑容道："你走吧。"

东方溯一怔,"你不走?"

慕千雪摇头道:"萧若傲是绝对不会放过我的,一旦发现我不见了,必会封锁全城,到时候,谁都逃不了,还是说,你觉得只凭区区十二人,就可以与整个西楚抗衡?"不等东方溯言语,她又道:"回去告诉三哥,他是皇族唯一的血脉,一定要复立南昭!"

东方溯盯了她道:"那你呢?"

第九章
火 药

"若不是我,他不会成为今日的楚帝,父皇母后还有南昭千千万万的百姓也不会死,既由我而起,就该由我而终!"慕千雪话中透出的狠厉决绝,令东方溯瞳孔微缩,"你想与萧若傲同归于尽?"

慕千雪没有回答他的话,而是徐徐道:"西楚的形势我很清楚,萧若傲膝下子嗣年幼,他一死,那几名被封至各地为藩王的兄弟必会因为皇位而内斗不休,甚至令西楚四分五裂,齐国与西楚接壤,多年来又一直受北周压制,所以齐帝绝不会放过这个扩张领土的好机会;至于你那位皇兄会怎么做,想来不用我说了;可以说,杀了萧若傲,就等于毁了西楚百多年的基业!"

她咬紧牙关,一字一句道:"他害我国破家亡,我就要他成为西楚的千古罪人,悔恨终身!"

东方溯走到慕千雪身前,暗自嗅了一口始终萦绕在鼻尖的火药味,目光最终落在慕千雪手边那个用羊皮裹成的小包上,沉声道:"若我没有猜错,这里面应该是火药,也就是你用来与萧若傲同归于尽的筹码。"

"不错,所以你赶紧走吧,万一被他们发现,想走也走不了了。"说罢,她转首对夏月道,"他们一走,就立刻照我之前吩咐你的话去传,引萧若傲来永德宫,然后你趁乱离去,远走高飞!"

夏月愣愣看了她半响,下一刻,已是拼命摇头,慌乱地道:"不要!娘娘不要,那样您会死的!"

"我已注定是一个死人,与其白白死去,倒不如趁此机会毁了萧若傲与他最在意的东西!"话音未落,东方溯冷肃的声音已是在她耳边响起,"你以为萧若傲会后悔吗?不会,因为在西楚毁灭之前,他就已经死了,人死如灯灭,他什么都不会知道,更不会有所谓的难过与后悔!"

"再者,萧若傲能够骗你这么久,可见心思非同一般,你肯定他会中你的计,葬身于这些火药之下吗?"

慕千雪紧紧抿着唇,东方溯说的这些,她并非没有想到,只是……她已经别无选择!

东方溯看出她的心思,上前一步,目光烁烁地道:"你并非只有这一个选择,我虽没有千军万马,但只要我有一口气在,就一定会护你离开西楚!"

"慕兄与我说过,你虽是女儿身,却有惊世之才,与其这样死去,倒不如留着性命,让萧若傲亲眼看着他最在意的东西,毁在你这双手中,如此方才可以让他永生永世活在痛苦之中!"

"亲手……"慕千雪喃喃重复着这两个字,低头看着自己素净纤长的双手,只要给她足够的兵力与后备,她确实可以毁了西楚,这一点,她从不怀疑,只是……南昭已灭,她只身一人,拿什么去与一个国家斗,除非……

她抬头,望着近在咫尺的那张冷漠容颜,"你会帮我吗?"

"会!"春光透过步步支锦窗照进来,在东方溯那张冷肃的脸庞上投下纵横交错的窗格影子。

他的回答总是这么简单,从不会说多余的话,更不会像萧若傲那样,说各种各样暖心体贴的话来讨慕千雪欢心,他就像一根木头,直直地立在那里,不论风吹,不论雨打,都不会弯折半分,无趣,却可以让人放心依靠。

"这是怎么回事,为何永德宫的宫人一个个都睡着了?"殿外突如其来的声音令殿中众人倏然一惊,夏月离着殿门最近,赶紧开了一丝门缝往外张望,只见身着华衣锦服的曹氏在众宫女的簇拥下往这边快步走来,在他们过来的一路上,好几名永德宫的宫人或坐或躺在地上,无一例外皆是双目紧闭,昏沉不醒。

夏月赶紧关了门,慌声道:"不好,是曹贵妃来了!"

慕千雪暗自攥紧垂在身侧的双手,永德宫被下了禁令,曹氏能够踏进此处，必是得了萧若傲的允许，而目的……只有一个！

念头尚未转过，夏月身后已是传来重重的敲门声，"开门！快开门！"

夏月死死抵着门，不知所措地道："娘娘，怎么办？"

一旦曹氏进来，就会发现东方溯还有这满屋子的火药味，到时候，就什么都瞒不住了。

这个时候，敲门声倏然一静，鸦雀无声，若非门外依旧可见人影，几乎以为他们离开了。

"来人，给本宫把这门撞开！"这个骄矜霸道的声音自是曹氏无疑。

趁着他们准备之际，慕千雪忽地道："开门！"

夏月急急摇头，"不行，一旦开门，他们就什么都知道了。"

慕千雪瞥了一眼东方溯，道："你不开门，他们是不会离开的，开门！"

见慕千雪执意如此，夏月只得开了门，她这一开，外头蓄足了力气打算撞门的内监顿时落了个空，收势不住跌倒在地上，"哎哟哟"地叫唤着。

曹氏看也不看那二人，一味盯着太监装扮的东方溯等人，随她一起进来的宫女用力嗅了几口后，脸色为之一变，凑到曹氏耳边低语道："娘娘，奴婢闻到殿中有火药味，刚才他们又一直不肯开门，此间必有古怪，您小心！"

曹氏不动声色地点点头，长眸中的眼珠子微微一动，将目光移到慕千雪身上，"陛下要见你，立刻随本宫去万象殿。"

说完这句话，她转身就要往外走，却被东方溯一个移步，拦住了去路，曹氏脸色微微一白，喝道："大胆奴才，你是什么身份，竟然敢拦着本宫，还不赶紧让开！"

她的呵斥并未令东方溯让开，甚至连动也不曾动一下，倒是曹氏身后，传来清冷如冰的声音，"萧若傲派你来，究竟是传我去万象殿，还是……杀我？"

曹氏脸色一变，别过脸不自在地道："本宫不知道你在说什么，总之你随本宫去万象殿就是了。"说着，她绕过东方溯就要走，可惜没走两步，便被人牢牢抓住了肩膀，动弹不得，至于她带来的人，也在同一时间，被人先后制住。

第十章
禁苑如牢

"你们想做什么?"这一次,曹氏的声音明显带上了几分颤意,早在看到东方溯的时候,她就意识到情况不对了,永德宫她经常来,每一个宫人她都识得,可东方溯等人却极其面生,再加上外面被人打晕的宫人以及弥漫在空气中的火药味,她料定事情不妙,所以故意说萧若傲要见慕千雪,想要借此离开永德宫,再唤侍卫对付他们,不承想却被看穿了。

慕千雪冷冷扫了她一眼,走到之前提醒曹氏的宫女身边,冷然道:"去告诉萧若傲,我愿意用南昭多年前埋下的一处宝藏以及曹氏的性命,来换取我自己的性命。"

见宫女犹豫未决,慕千雪声音一寒,犹如秋日枯草上的白霜,"怎么,这么不想你主子活命?"

听到她话中的森森杀意,宫女连忙道:"不是,奴婢……奴婢这就去!"

一得了自由,她立刻快步离开,一刻也不敢耽搁,她一走,夏月蹙眉道:"娘娘,您让她去请陛下过来,难道是还想……"

慕千雪抬手打断她的话,对同样拧紧了双眉的东方溯道:"放心,你既应承了我,我自不会再做那样的打算。"

她的话令东方溯松弛了眉宇,转而道:"既是如此,你为何还要让他来?"

慕千雪走到殿外,望着庭院中蓬勃盛开的杏花与合欢花,徐徐道:"每隔一刻钟,羽林军就会巡查一遍各宫门的情况,这会儿,想必已经发现有人私闯禁宫，从而严守各处宫门，禁宫之中共有三千羽林军，就算你带来的人，能够以一敌十，甚至敌百，依旧逃不出这禁宫之地，唯一的办法，就是让萧若傲亲自送我们出去！"

曹氏寒声道："陛下绝不会让你离开此处一步，慕千雪，摆在你面前的只有死路一条，你若现在放了本宫，尚可死得痛快一些，否则本宫必要你求生不得、求死不能！"

慕千雪眸色阴寒地望着她，忽地嫣然一笑，犹如百花齐放，美不胜收，纵然曹氏是女子，也不禁有那么一刻失神，"曹敏昭，你与我相识四年，除却被你们联手蒙蔽的这一次之外，你何时见我错过？"

曹氏被她问得哑口无言，确实，慕千雪多智近妖，从她开始帮着萧若傲踏出第一步起，就没有错过，敌人所走的每一步，甚至每一个念头，都在她的意料之中，即使偶尔有所偏差，也会在最短的时间内重新拟订计划，将之纠正过来。

可以说，若非她对萧若傲近乎盲目的信任，他们绝不可能骗到她，更不要说还是四年之久！

曹氏咬一咬细白的牙齿，道："你确实很聪明，但现在是三千羽林军，就算你们有通天彻地之能，也不可能逃出去，本宫若是你，就不会再做无谓的挣扎！"

慕千雪唇角一扬，"你不会是我，因为你不配！"

曹氏何曾被人这样当面奚落过，一时气得满面通红，狠狠瞪着慕千雪，"你这个尖牙利嘴的贱人，等陛下与羽林军一到，本宫看你怎么办！"

慕千雪面色一沉，狠狠掐着曹氏的下巴，一字一句道："你最好祈祷我没事，否则我必拉你陪葬！"

不知是被她目光还是言语所慑，曹氏竟真的不敢再言语，不过很快，她就算想说也没的说了，因为慕千雪让夏月把他们所有人的嘴都给堵上，除了含糊不清的"唔唔"声之外，再说不出一个字来。

在将她们一一绑起来后，慕千雪小心翼翼地捧起装满火药的羊皮袋，将之埋在一株合欢树下，只留了一根引线在外面，黑色的引线蜷曲在同样黑色的泥土中，若非细看，根本发现不了。

一阵疾风吹过，拂落粉软如飞羽的合欢花，与旁边浅红似凝脂的杏花花瓣交织着一道落在慕千雪月白色的裙摆上，一时望去，犹如印在上面一般，在这春日暖阳下，美得令人移不开目光。

可惜这座皇宫禁苑，于她而言，是犹如牢笼一般的黑暗存在，又何来"美"这个字，更何况，如今慕千雪的眼中，只有黑白灰三色，除此之外，再无其他。

慕千雪毫不犹豫地转身，任那一片片娇嫩的花瓣自裙裾间扬起，随后落入黑色的春泥之中，她停在东方溯身前，询问道："你说总共有十二个人，也就是说，还有八个人没有露面是吗？"

东方溯屈指叩于唇下，发出一声清脆的哨响，紧接着一道道灰色的人影在铺着琉璃黄瓦的殿面出现，不多不少，正好八个人，也不知是何时潜伏在殿顶上的。

慕千雪看了一眼，道："可有精通箭术之人？"

东方溯指了位于东侧的一人，简单地道："十七最擅射箭，可以百步穿杨。"

慕千雪点点头，刚要说话，一阵春风拂面而来，下一刻她捂着唇剧烈地咳嗽起来，夏月替她抚背许久，方才勉强止住，但她的面色却异常潮红。

"何以咳得这么厉害？"若是往仔细了听，会发现东方溯看似淡漠的声音中，隐藏着一丝关心。

"没什么，只是刚才受了风，所以喉咙有些痒罢了，不碍事。"慕千雪随意寻了个借口答着。

夏月却是按捺不住，一语道破实情，"才不是受风呢，分明是陛下暗中所下的药在作怪。"

东方溯脸色一变，追问道："下什么药？"

"自从娘娘来了西楚之后，一年里，总有大半的时间卧病在床，看了无数名医与太医总不见好转，每一个都说是水土不服引起的病症，这一病就是四年多，总不见好。直至今日陛下亲口说破，方才知道，娘娘这病，皆是他一手所为，是他在娘娘的饮食中下药，那些所谓的名医太医，皆一早得了他的吩咐，在娘娘面前睁眼说瞎话。还为此杀了娘娘从南昭带来的贴身宫人。"说着这话，夏月已是红了眼圈，若非亲耳所闻，亲眼所见，她怎么也不相信，萧若傲竟可以铁石心肠到这等地步！

"都已是过去之事，还提来做什么。"慕千雪淡淡说着，看不出什么情绪，只有望进眼底深处，方才能够瞧见在那里如潮水一般翻涌，一刻也不曾平静的恨意！

第十一章
箭在弦

东方溯眼底掠过一丝凛冽的杀机,"今日之痛,来日我必替你还于萧若傲!"

慕千雪清楚他言出必行的性子,应了一声后,继续安排后面的事情,刚安排好,永德宫外便传来一阵急促的脚步声,紧接着一队训练有素、全副武装的羽林军奔了进来,粗略看去,足足有上百人,一个个神情冷肃,手握在左侧刀柄之上,一旦慕千雪他们有所异动,钢刀立刻就会出鞘。

在将慕千雪等人团团围住后,羽林军迅速让开一条道路,一道人影自道路尽头缓步走来,正是萧若傲。

"唔唔!"被绑在合欢树上的曹氏见到萧若傲,眼睛一亮,努力发出声音,提醒他救自己还有小心埋在树下的火药,可惜她被堵了嘴,一个完整的字都说不出来。

萧若傲不知火药这回事,冷冷盯着慕千雪道:"死到临头,还敢闹出事情来,还不立刻放人!"

宫女来万象殿奏禀之时,羽林军也刚刚发现有人击晕宫门守卫,擅闯入宫,稍加印证之下,便猜到这些人便是助慕千雪挟持了曹氏之人。

只是,他想不明白,这四年来,他一直派人严密监视慕千雪,对她的一举一动可谓是了如指掌,从未听闻她背着自己暗中培植什么势力,南昭又灭了,剩下一个慕临风如同丧家之犬躲在北周不敢露面,这几个人从何而来?

虽当年曾一同前往南昭求亲,但因入城时间不同,被分成了好几批，分开安排，故而萧若傲并未见过东方溯。

慕千雪精致无瑕的眉眼微微一弯，绽出一丝冰冷如刀锋的妩媚，"她是我的救命符，岂能轻易放之。"

"不论你怎么做，都不过是垂死挣扎，逃不出朕的手心，死心吧！"他城府极深，虽关心曹氏，却未表露在外。

"如此说来，你是不打算要那批宝藏与曹氏的性命了？"慕千雪微微一笑，直至这个时候萧若傲方才发现她手里握着一把小巧的匕首，未等他言语，慕千雪已是莲步轻移，来到被牢牢缚在树干上的曹氏身边，冰凉的匕首在她颈间游移，令后者心惊胆战，偏又无处可躲。

"既是没的谈，那我也没必要留着她的性命！"随着这句话，慕千雪眸光一厉，手中微一使劲，锋利的匕首当即划破曹氏娇嫩的肌肤，殷红温热的鲜血顺着刀刃流下，触目惊心。

萧若傲没想到慕千雪说动手就动手，他虽心肠冷硬，但对青梅竹马的曹氏确有感情，不忍见她丧命于眼前，急忙喝道："且慢！"

慕千雪停下手里的动作，扬眸道："如何？"

萧若傲脸上肌肉微微一紧，冷声道："南昭当真有宝藏留下？"

"百年前，南昭立国，先祖为保后世昌隆，故而埋下一大笔宝藏，此事除了父皇母后之外，便只有我与三哥知晓。只要你放我离开，我就将藏宝地告诉你，有了南昭与这笔宝藏，西楚很快就可以成为与北周一样的存在。"

"萧若傲，你已经屠灭南昭，我在世间再无亲人，就算活着，也不会对你造成任何威胁！"

萧若傲眸光黑沉，盯了她道："若宝藏一事是真，放过你未尝不可，只是……朕凭什么相信你的话？"

慕千雪冷笑道："我可不是你，言而无信！"

她的话令萧若傲脸色一沉，思忖片刻，沉声道："好，朕答应你，若胆敢有半句欺骗，你纵然逃到天涯海角，朕也必取你性命！"

"一言为定，喏，还给你！"慕千雪倒也守信用，说完这句话后便收起了匕首。瞧见这一幕，萧若傲暗自舒了一口气，快步来到合欢树下，在替冷汗涔涔的曹氏解开绳子后，面色阴沉地厉喝道："把慕千雪等人拿下,一个都不许跑了!"

听得这话,慕千雪眸光陡然一冷,寒声道:"萧若傲,你果然又出尔反尔!"在说这句话时,她不着痕迹地往后退了两步,悄然离开合欢树的范围。

萧若傲没有留意到她这个举动,将解下来的绳子掷在地上,不带半分感情地道:"莫说根本没有什么宝藏,就算真有,也不足以换取你的性命,慕千雪,朕说过,你逃不出朕的掌心!"

他太清楚眼前这个看似柔弱的女子体内所蕴含的能量,虽说南昭已灭,但北周、齐国、东凌等国尚在,一旦让它们任何一方得到慕千雪,都会对自己造成极大的威胁。刚才的话,不过是虚与委蛇,好救出曹氏。从始至终,他都没打算放走慕千雪,此女——必须要死!

"是吗?"随着这两个字,慕千雪唇际的笑意逐渐扩大,萧若傲察觉到不对时,已是来不及,冰冷如新雪的声音直贯入耳,"他若敢动一下,立刻放箭!"

直至这个时候,众人方才发现,在永德宫主殿的琉璃瓦顶,伏着一个灰色的人影,此时那人手中的长弓已是拉满,而弓弦上所搭的,是一支浇了火油、正在熊熊燃烧的箭。

萧若傲没想到慕千雪还有这样的安排,一时脸色阴沉得可怕,不过他并未有所担心,"你以为区区一支火箭就可以唬住朕了吗?笑话!"

此时,曹氏已是扯下了嘴里的布,紧紧抓着萧若傲的手臂,满面惊慌地道:"陛下,不只是火箭,她在此处埋了火药,一旦火箭射来,点燃引线,我们……我们会被活活炸死的!"

一听这话,萧若傲立刻道:"不可能,永德宫哪里来的火药!"

慕千雪伸手接住一朵薄如冰绡的杏花,递到鼻下轻闻,曼声道:"陛下这么快就忘了除夕时说过的话吗?得胜归来之时,便燃放那两箱烟花庆贺。虽说最后灭的不是燕国,但这烟花……我还是替陛下备着呢!"

"陛下,臣妾之前踏进永德宫的时候,确实闻到极其浓重的火药味,还有,您看……"曹氏战战兢兢地指着地上那根混在春泥中半点也不起眼,却足以要了他们性命的引线。

萧若傲脸色难看无比，他明白了，慕千雪早就料到自己不会相信宝藏之说，所以从一开始，她的目的就是引自己到曹氏身边，从而利用埋在地下的火药胁迫自己。

这个贱人，留不得！

第十二章
天机卫

萧若傲深吸一口气，压下翻涌的恨意，逼视着慕千雪道："你想怎么样？"说话之时，他右手悄悄背到身后，朝随他同来的内监李昌做了一个摆手的动作。

"我的要求从来只有一个，你应该很清楚，若不答应，那就唯有玉石俱焚了！"说话间，慕千雪目光一转，盯着悄悄往外走去的内监，冷声道，"不想明年今日是萧若傲死忌的话，就给我站住！"

李昌身子倏然一僵，站在那里一动不敢动。那厢，慕千雪转眸道："萧若傲，天机卫是我助你建立，他们有多少能耐我比你更清楚，在他们到来之前，我有足够的时间将你炸得粉身碎骨！"

四年前，慕千雪助萧若傲夺嫡，为了对付太子与朝中各大势力，她让萧若傲暗中招揽江湖奇人异士组建了一支天机卫，隶属萧若傲一人指挥，成为他手里不见光的暗势力；一旦遇到一些不能用智计解决，又不方便亲自动手的敌人，就由天机卫出手暗杀，并伪装成意外身亡的样子，四年来为萧若傲的帝王之路立下汗马功劳。

萧若傲尝到天机卫的好处，故而登基之后不仅没有解散天机卫，反而扩大规模，编入近军亲卫之中，成为他手里一股不可缺少的势力。

除了慕千雪与萧若傲之外，只有跟随萧若傲多年的内监李昌知晓天机卫的具体情况，连曹氏也不清楚，平日里就是李昌负责传递圣令，所以他一看到萧若傲的手势，便猜到是让自己去通知天机卫，确实，以那些江湖人士的身手，当可神不知鬼不觉地解决屋顶那个人。

李昌本想趁乱离去，哪知没走几步，便被发现了，僵在那里，进也不是，退也不是。

见意图被识破，萧若傲脸色难看地道："你以为这样就可以迫朕放了你吗？痴心妄想！"

面对他的嘲讽，慕千雪丝毫不动气，淡然道："是否痴心妄想，试过就知道了，只是真到那时候，你被炸成了一堆碎骨与烂肉，这还未坐热的帝位可就要易主了，你说继位的会是代王还是成王？不论是谁，西楚没落是必然之事，'逐鹿中原，一统诸国'更是从此沦为天大的笑话！"

萧若傲眼皮狠狠跳着，他筹谋多年，尚未一展雄心抱负就死在此处，是他绝不能接受的，可是放走慕千雪……怕是后患无穷！

曹氏绞着绳印未褪的双手，勉强鼓起一丝勇气道："一旦此处爆炸，你自己也难以活命。"

"左右都是死，能够拉你们二人陪我一道命赴黄泉，可是划算得紧！"慕千雪根本不将她的威胁放在眼中，仰头望着枝头一朵朵在明灿阳光下盛放到极致的合欢花，凉声道："萧若傲，昔年你曾以合欢花对我撒下种种谎言，今日死在此树之下，倒是一点都不冤。"说到此处，她眸色一厉，冷言道："如何，想好了吗？我可没什么耐心了！"

随着这句话，她缓缓抬起手，云袖滑落，露出一段雪白的藕臂，看得曹氏心惊肉跳，十根指甲不由自主地掐紧萧若傲的手臂，近乎哀求地唤着："陛下……"

萧若傲紧紧抿着薄唇，脸色异常灰白，他自然知道曹氏想说什么，在慕千雪不带一丝感情与犹豫的目光中，涩声道："好，朕放你们走！"

虽然那支箭并不见得一定能够射中引线，又或者在射中之前，就会被他打飞落到远处，但他有太多心愿尚未达成，不敢拿性命与慕千雪赌这一局！

慕千雪冷冷收回手，对站在一旁的东方溯道："我们走！"

东方溯点点头，护着慕千雪与夏月缓缓往永德宫外走去，至于半蹲在殿顶的十七依旧将燃烧的箭矢对准萧若傲，不敢有半分松懈。

在他们将要退出宫门时，萧若傲道："朕已经答应放你，还不让那人放下箭？"

"放下箭？"慕千雪轻笑出声，下一刻眉目如刺，"陛下言而无信的本领，我可领教得多了，怕是十七一放下箭，我们立刻就会乱刀加身，死在这里！放心，等我们平安之后，自会唤回十七！"

同样的当，上一次，尚可说是天真；若上两次，那就是蠢笨如猪了！

萧若傲面色铁青，无奈性命被人攥在手里，就算再不甘，也只能咬牙强忍。他在心底发誓，就算追到天涯海角，也一定要取慕千雪的性命，此女……太过危险，绝不可活！

在即将退出永德宫时，慕千雪停住脚步，纤指一点李昌，"你随我们出去，告诉外面的羽林军，让他们不要乱来，否则萧若傲死于非命，可别怪我没事先提醒！"

李昌往萧若傲看去，待后者点头后，他战战兢兢地随慕千雪离去，果不其然，宫苑之内，到处都是铠精盾坚的羽林军，宫门更有重兵把守，若无李昌一路喝止他们，任他们几人确实难以全身而退。

在退出宫门后，跟在东方溯后面的一个灰衣人闪身离去，再出现时，手里拉着数匹高头大马，应是之前藏起来的。

见他们准备上马，李昌大着胆子道："娘娘，您现在已经出宫了，是否该遵照约定放了陛下？"

慕千雪望着他，目光凛冽而锐利，"你倒是忠心，难怪萧若傲事事倚重于你，想必这四年来，他欺骗我一事，你一直都是知晓的，对吗？"

李昌被她盯得心惊肉跳，低了头不敢说话，不过他神情已是给了慕千雪答案，讽刺的笑意在她眼角蔓延，"很好！"

下一刻，她已是与东方溯一起上了马背，待其他人也各自上马后，一夹马腹往城门的方向疾奔而去，留下焦灼而不知所措的李昌。

所幸他们奔出不久，便有一道清冽的哨音响起，想必是用来唤回那名弓箭手的信号。

宫禁深处，传来萧若傲愤怒到极致的咆哮声，"传令下去，立刻封锁城门，天机卫全城缉拿慕千雪这个贱人，生要见人，死要见尸！"

很快，一道道人影出现在宫城上，飞快地往各处城门掠去，誓要拦下慕千雪等人。

第十三章
十 七

与此同时，坐在马背上的慕千雪轻轻叹了口气，自语道："可惜，竟未能取他性命。"

她虽说得很轻，却还是被呼啸而过的风带到与她同乘一马的东方溯耳中，"让他看着西楚覆灭你手，岂不更加痛快！"

听了他的话，慕千雪淡淡一笑，不再说话，眼下最要紧的是赶在城门关闭之前离开应天！

她虽放弃了同归于尽的念头，却从来没有打算放过萧若傲，刚才那个哨声，确实是传递给十七的信息，但信息的内容，并不是撤退，而是——动手！

可惜，哨声过后，宫城并未传来爆炸声，想必那支箭在落地之前，就被挡了下来，以致未能点燃引线，令萧若傲逃过一劫！

背信弃义？呵，他萧若傲根本不配谈"信义"二字！

这是一场时间的角逐，看究竟是东方溯一行先奔出城，还是天机卫先封锁城门！

东方溯此次带来的马皆是千里挑一的良驹，全力奔跑之下，犹如风驰电掣，迅速无比。不过随之而来的颠簸也让身子本就极其虚弱的慕千雪难以承受，全身犹如要散架了一般。

东方溯一直有留意慕千雪的情况，见她脸色青得吓人，急忙放缓了速度，"你怎么样了？"

"我没事！"慕千雪强忍着蔓延于四肢百骸的痛楚，催促道："时间不多了，一定要在酉时之前赶到城门，否则就晚了，快！"

萧若傲既然未死，就一定会令天机卫倾巢而出，全城缉捕，一炷香，这是她几经计算，得出可以平安离开应天的时间，一旦晚于这个时间，就会被困在应天城中，无路可逃！

而且……就算逃出应天，也不见得就安全，只要留下一点痕迹，天机卫的那些人就会穷追不舍；而她，已经没有时间去抹除这些痕迹了。

东方溯虽担心慕千雪的身体，却也明白事情紧急，只得咬牙扬鞭催着胯下的马，以最快的速度赶向城门！

狂奔半晌，城门终于出现在视线中，东方溯心中一喜，低声道："你再忍一会儿，就快出城了！"

慕千雪这会儿已是虚弱得说不出话来，只能点头示意。与此同时，身后传来急促的马蹄声，正是一路追来的天机卫，眼见城门将至，领头的一名中年人取出一块令牌，大声喝道："天机卫奉陛下之命，捉拿犯人，立刻关闭……"

"嗖！"话说到一半，脑后响起尖锐的破空声，中年人心生警觉急忙侧首避让，与此同时，一支箭矢擦着他的颧骨掠过，箭锋在他脸上留下一道极深的血痕，真是险之又险。

射箭之人，正是之前埋伏在永德宫殿顶的十七，他竟是在羽林军与天机卫的围攻之下逃了出来，且一直策马悄悄跟在天机卫的后面。

他这一动手，就暴露了行踪，天机卫当即分出三人，围住十七，闫重山顾不得脸上的伤口，再次喝道："立刻关闭城门！不要让他们跑了！"

城门吏听得这话，急忙便要关起厚重的城门，可惜厚重的城门不是说关就关的，刚关到一半，东方溯等人已经奔到近前，那些城门吏见来不及关起城门，急急搬来护栏挡在城门前！

东方溯眸光一冷，不仅没有慢下来，反而一夹马腹，用更快的速度奔了过去，厉喝道："冲！"

得了他的话，另外那几人也控制着马匹飞速奔去，生生撞飞了护栏，在城门吏吓得四散躲避之时，东方溯一行已是从才关了一半的城门间飞奔而过！

"追！"中年人面色阴沉地呵斥着，萧若傲已是下了死令，抓不住慕千雪，他们就得提头去见！

尚未奔出城门，胯下黑马突然人立而起，嘴里发出"咴"的哀鸣声，紧接着往前栽去，中年人反应极快，马刚有所异动，他已是用力一拍马背，借势跃起。

这一切发生在电光石火之间，等众人反应过来的时候，闫重山已是立身一旁，至于他那匹马，跪倒在地上，右后腿上插着一支箭矢，不断流下暗红的鲜血。

中箭的并不止他这一匹马，左右两骑也几乎同时倒地，那两人反应不及闫重山，被马带着摔倒在地，所幸没有大碍，只是皮肉之伤！

射箭的，自是十七，面对三人的截杀，他竟然还有时间连射三箭，且箭箭中的，这种箭术，实在惊人，不过十七也不好受，斜阳之下，胸口多了一道深可见骨的伤痕，鲜血争先恐后地涌出来，染红了那身灰布长衣！

东方溯在疾驰中回头，看到的就是这绚红刺目的一幕，眼底掠过一抹悲色，他清楚，十七的命……怕是保不住了！

东方溯强迫自己收回目光，马不停蹄地往前奔去，事到如今，唯有逃出应天，方才不负十七所流的鲜血！

十七亦知自己命不久矣，他没有逃，而是从身后箭筒中取出最后三支箭，一齐搭在长弓上，对准重新跨上马的闫重山等人。

而此时，天机卫的众人也终于知道，适才十七并非连射三箭，而是在同一时间射出三箭，无一落空。

这一次，十七对准的依旧是那几匹撒腿追去的马，射人先射马，擒贼先擒王。

天机卫的人也看出他的意图，手里的攻势又加紧了几分，刚才已是疏忽了一回，这一次，说什么也不能让他再射出那三支箭。

每一次躲闪，十七身上都会洒下大蓬鲜血，令他身体越来越冷，眼前的东西也开始出现重影，不过他一直强撑着不肯倒下，双手更是死死攥着弓箭，盯着越奔越远的闫重山等人。

没时间了，再耗下去，那些人就该离开弓箭的射程了；想到此处，十七强忍着阵阵晕眩，将弓箭对准了闫重山等人座下马匹。

就在这个时候，一柄寒光四射的利剑往他胸口刺来，十七眸中掠过一抹狠意，竟是不闪不避，生受了这透胸而过的一剑！

那人也是愣住了，他这一剑只是想逼十七放弃射箭，岂料竟然真的刺中了，在他愣神之时，十七已是翻转长弓，将之搭在其肩上，随即暗自一咬舌尖，在借着剧痛恢复了片刻清醒的瞬间，三支箭脱弦而去，直取闫重山三人的坐骑。

第十四章

一入神机，回头无岸

那人没想到自己竟被一个将死之人利用，一时心中大恼，拔出精钢打造的长剑，猛力削向十七的手，竟然将他握弓的那只手臂生生削了下来。

可惜，箭已脱弦，不论他怎么做，都无法阻止那三支箭势如破竹地往闫重山三人的坐骑射去，与刚才一样，无一例外！

看到这一幕，十七那张灰白的脸上露出一丝笑意，一头栽倒在血泊之中。

"一入神机，回头无岸；既入得营中，便当摒弃以往一切，李三保这个名不可再用；你排行十七，就以十七为名；从今往后，生死与你无关，只为护主而活，你可明白？"

"三保……十七明白！"

"好，你在射箭一道之上，颇有天赋，就随我习箭术吧，一年之内，若不能百步穿杨，十七将会成为别人的名字。"

"那我呢？"

"你？呵呵，一个不懂得好好磨炼天赋的人，活着也没什么用。"

"你会杀了我？"

"呵呵，神机营中，没用的人只有死路一条，想拥有活下去的资格，就拼死强大起来吧。"

苍老与稚嫩的声音交替在十七耳边响起，这是他初入神机营时的一段对话，从那以后，"十七"这个名字，足足跟了他十年，如今……终于到头了！

今日之后，他将化成为一堆枯骨，十七之名，也将会有另外的人替上，不知……可会有人记得他，记得一个曾经叫李三保的人。

一入神机，回头无岸……

十七的两次射箭，成功阻碍了天机卫的追击，虽然闫重山当即再次换马追去，片刻也不敢耽搁，但在追出城门时，还是失去东方溯等人的踪迹，令他恼怒不已。

底下人追上来，望着那条无人的官道，紧张地道："大人，怎么办？抓不到慕千雪，陛下不会放过我们！"

闫重山面色阴沉地打量着四周，最终落在官道左侧的一座孤山上，冷声道："他们只比我们快了一步而已，绝不可能逃得这么快，必是躲入了此山之中！"

在短暂的停顿后，他迅速道："传本座命令，立刻派人严守各处下山要道，一旦发现慕千雪一行踪迹，立刻以烟花示警。另外，你进宫一趟，将此事禀告陛下，请陛下派羽林军来此一同搜山！"

"是！"天机卫的动作很快，不出一炷香时间，便已经将这座不大的山团团包围，莫说是人，就连一只苍蝇也休想飞出去。只等羽林军一到，便可以进山搜查，就算翻遍这座山，也定要将他们搜出来。

在等待羽林军过来之时，半闭的城门处传来激烈的争执声，过了一会儿，一名城门吏奔到闫重山面前，战战兢兢地低头道："大人，有人来到城门处，嚷着非要出城。"

闫重山眉心一皱，不悦地道："没听到刚才的话吗？陛下有旨，关闭城门，除奉旨办案，任何人不得出城，让他立刻回去，否则格杀勿论！"

城门吏缩了缩脖子，愁眉苦脸地道："这些话小人都说了，可他还是坚持要出城，小人……实在没办法。"

"什么人？"在这等节骨眼上，竟然有人胆敢无视萧若傲禁令，还真是令他好奇。

"是北周来的使者大人。"听得这话，闫重山眯了眯眼睛，在示意底下人仔细守着山路后，带着两名天机卫策马往城门行去，城门吏赶紧跟在后面。

到了城门处，果见一名三旬左右的男子正在与城门吏争执，身边除了一辆半新马车之外，还站了几名护卫打扮之人，一个个太阳穴高高鼓起，眼神犀利，一看便知是高手。

看到闫重山过来，一众城门吏连忙低头行礼，眸中带着深切的惧意；对于不入流的城门小吏而言，隶属于皇帝一人，且在某种程度上执掌生杀之权的天机卫从来都是他们不敢仰视的存在。

闫重山看也不看他们，径直下马走到江越面前，"这位想必就是北周来的使者了。"

江越盯着他道："不错，你又是何人？"

闫重山神色倨傲地道："天机卫首座闫重山！"

这几年西楚渐渐强大，再加上天机卫在萧若傲登基之后，逐渐由暗转明，故而江越虽是北周人，也略有耳闻，拱手道："原来是闫首座，失敬。"

"客气。"闫重山也不回礼，淡淡道，"江使者这是要去哪里？"

他的无礼令江越眸光微沉，"江某奉陛下之命出使西楚，如今楚帝已经见过，江某自当回去复命，偏偏这几人诸多阻拦，既然闫首座在这里，那正好，还请立刻让他们让路。"

"若换了平日，江使者要走，本座自不会阻拦，但今日不行。"

"为何？"

"今日有刺客作乱，强闯宫禁，带走逆犯慕千雪。陛下有令，在抓到刺客之前，任何人不许出城！"

"任何人？"江越扫了他一眼，似笑非笑地道，"闫首座刚才不就出城了吗？"

闫重山朝宫城的方向拱一拱手道："本座奉陛下之命，出城缉捕刺客，岂可一概而论。"说着，他不容置疑地道："来人，送江使者回驿站！"

面对闫重山的强势，江越拉下脸道："闫首座这是在命令江某吗？"

"本座是为江使者好，刺客凶悍异常，万一交战之时，误伤江使者就不好了。"闫重山语冷似冰。

"如此说来，江某倒还要谢谢闫首座了。"正当闫重山以为他听了自己的话时，江越指着身后几人道："虽然我这几名护卫武艺稀松平常，比不上天机卫，但护我一人安全还不是什么难事，不劳闫首座费心了，让路吧！"

闫重山面颊肌肉微跳，当年他凭着一身内外兼修的功夫，在江湖上闯下赫赫威名，无人敢惹。后来被萧若傲招揽成为天机卫首座，更是无人敢对其不敬，可以说，江越是十几年来，第一个敢如此与他说话之人。

在强行绷住怒意后，闫重山对随他同来的天机卫道："还愣着做什么，立刻送使者回驿站！"

第十五章
中 计

"谨遵首座谕令!"天机卫答应一声,来到江越身前,"江使者请!"

等了一会儿,不见江越有所动作,他也不多说,伸手往其肩膀攥来,显然是打算强行将他带离此处。

就在天机卫手指将要触及江越之时,人影一闪,一只手已是握住了天机卫的手腕,令其动弹不得。

江越安然微笑,"江某说过,他们虽不成器,但护我一人足矣!"

能够进入天机卫,成为皇帝身边的人,身手必定不凡,可现在这名天机卫的手却如同被铁钳箍住了一般,无法动弹。虽然另一只手无碍,却不敢轻举妄动,对面那人的目光太过恐怖,他毫不怀疑,只要稍有异动,那人就会生生扭断自己的手腕。

闫重山眸中寒锋闪动,"如此说来,江使者是执意要违抗君令了?"

江越挑眉道:"闫首座此言差矣,我乃北周人氏,楚帝从来都不是我的君主,又何来违抗君令一说?"

闫重山被他噎得说不出话来,是啊,江越乃是北周使者,并非西楚人氏,楚帝之令,对他可没什么约束力。

那厢,江越的声音尚在继续,"出使西楚之前,陛下曾晓谕江某,见过楚帝之后,立刻回北周复命,不得耽搁,君命如山,江某实在不敢有违,还请闫首座不要让江某为难。"

闫重山盯了他片刻,冷冷道:"江使者既入我西楚,就当遵守规则,只是晚归一两日罢了,素闻周帝英明,当不会为此事怪罪于你。"

"一两日?"江越带着一缕讽刺道,"守卫森严的宫城都困不住刺客,闫首座又何来的信心,可以在一两日之内擒住刺客?若你们一年抓不到刺客,我岂非要在此处待上一年?"

他的话落在素来心高气傲的闫重山耳中,极其刺耳,当即道:"不可能,日落之前,本座必生擒一干刺客!"

"既然闫首座已有十足的把握,又何必非要困江某于城中?让路吧,除非……"江越微微仰起下巴,以一种倨傲的态度盯着闫重山一字一句道,"你想边疆不宁!"

闫重山嗤笑一声,不以为意地道:"你认为周帝会为你一人,而与西楚大动干戈?"

"你若不信,尽可试试,不过江某提醒闫首座一句,这世间可没后悔药。"春末的阳光照在江越身上,令人看不清他脸上的表情。

闫重山面皮紫涨,自他成名之后,尚是第一次被人如此威胁,偏又无可奈何,身为中原第一强国的北周……确有狂傲的资格,就这随随便便派出的几名护卫,便压得天机卫抬不起头来。

见闫重山始终没有动作,江越眸色幽幽地道:"看来闫首座当真是想要两国不宁了,江某倒是无所谓,就是不知道楚帝怪罪下来之时,闫首座担不担得起这个罪名?"

闫重山被他说到痛处,不论他如何威名在外,终归只是一介臣子,万一真因他而引得北周攻伐,西楚遭难,以萧若傲的性子,是绝对不会放过他的。

萧若傲下令禁闭城门,本意是为了防止慕千雪等人逃出应天,可现在他们已经逃了出去,禁闭与否就显得没那么重要,为此得罪北周来使,实在有些得不偿失。

几经思量,闫重山缓缓松开袖中紧攥的双手,冷声道:"让路!"

听得他的话,城门吏赶紧搬走栏障,让出一条可以供马车通过的道路,看到这一幕,江越唇角微勾,朝尚抓着天机卫手腕的护卫道:"松手吧。"

一得了自由,天机卫赶紧退到闫重山身后,垂在身侧的右手不住颤抖,若是有人掀起衣袖,便会发现在他手腕上有五道清晰可见的暗紫色指痕,这么一会儿工夫就已经麻得没感觉了,若是再久一点,怕是整只手都要废了。

"多谢！"说完这两个字，江越上了马车，在护卫的簇拥下驶出城门，在他们走后不久，一名城门吏走到闫重山面前，欲言又止，"首座大人……"

闫重山被江越摆了一道，正在气头上，自没什么好脸色给他，"吞吞吐吐的做什么，说！"

城门吏似是被他的语气吓到了，低垂着头道："刚才……马车门打开的时候，小人隐约看到里面有人影闪动，恐怕马车里面还有人在。"

"还有人？"闫重山疑惑地拧起眉，据他所知，北周派来的使者只有江越一人，而护卫是不可能坐在马车里的，换而言之，一个并不属于北周使团的人混了进来，会是谁？又为何要躲在马车中？

正当闫重山不得其解之时，身边一名天机卫指着未曾关闭的城门道："大人您看！"

闫重山抬眼看去，只见出城之后的江越，一改之前轻车缓行的模样，全速奔驰在官道上，仿佛后面有虎狼在追逐一般。

江越的反常令闫重山越发狐疑，只是怎么也想不通其中关键，正在这时，之前那名城门吏又道："首座大人，还有一件事，小人不知该不该说。"

闫重山不耐烦地道："讲！"

"其实……刺客闯出去的时候，因为速度太快，所以小人们并未看清他们的模样。"

闫重山脸色一变，难不成……逃出城只是一个幌子，其实他们仍在城中？细想起来，他们差不多隔了相近一炷香的时候，方才追上刺客，这段时间足够他们行偷天换日、移花接木之计。

先利用底下人造成逃出应天城的假象，引开他们的注意力，然后躲在江越马车中，利用其北周使者的身份，大摇大摆出城。如此一来，就可以解释为何江越一出城就奔这么快。

至于那名刺客拼死阻拦，不过是想让他们相信，慕千雪就在出城的那一行人当中。

唯一想不明白的就是，身为北周使者的江越，为何冒这样的险来帮他们。

　　天机卫从其余几名城门吏口中得来的答案，也间接证实了闫重山的猜测，当时马匹迅疾如风，莫说是骑马之人的模样，就连是男是女都看不清。

　　好狡猾的狐狸，不过终归还是露出了尾巴！

第十六章
空手而归

闫重山迅速翻身上马，口中厉喝道："天机卫众人听令，立刻追上前面的马车，钦犯就在那里！"

负责守山的天机卫虽不知发生了什么事，但既是闫重山下令，当即毫不犹豫地上马追赶。

在追出数十里后，终于逼停了江越的马车，后者走下马车，面色难看地道："闫首座这是做什么？"

闫重山骑在马背上，居高临下地望着江越，"江使者好能耐，连本座都差点上了你的当！"

江越眸光微闪，冷言道："江某不明白闫首座的意思。"

"不要紧。"闫重山目光一转，落在车门紧闭的马车上，"只要江使者将马车上的人交出来就行了。"

江越脸色一变，脚步微移，挡住了车门，"车中只我一人，又哪里有第二个人交给闫首座？"

虽然江越移步的动作很细微，仍是没逃过闫重山的目光，这令他更加肯定，慕千雪就在马车上。

逆光中的闫重山眯眯道："包庇谋害陛下的刺客，这个罪名，就算是江使者你，也担待不起！"

"什么刺客？江某连见都没见过，又何来包庇之说？再者，闫首座倒是说说，江某为何要包庇刺客，有何好处？"

闫重山浓眉一挑，凉声道："既然江使者口口声声说没见过，想必不介意本座搜查马车！"说着，他侧首对跟随同来的一众天机卫道：

"去，搜查马车！"

不等天机卫过来，江越已是厉喝道："闫首座好大的架子，张嘴就说要搜马车，不过江某并非你西楚之人，闫首座还是把这威风架子收了的好。"

闫重山眸中掠过一抹寒锋，下一刻，他喝道："搜！"

"谁敢搜！"江越面色冰寒慑人，在喝住那群天机卫后，盯了闫重山道，"姓闫的，你当真想要挑起两国战争吗？"

"事关逆犯，唯有得罪了！"闫重山冷冷瞟了一眼那几名护卫，"本座知道江使者手下个个身手不凡，但双拳难敌四手，真要动起手来，对江使者可是不利！"

江越垂在身侧的手，紧了又松，松了又紧，许久，他憋气地道："今日之事，江某回去后，必当如实奏禀陛下，希望闫首座不要后悔！"

闫重山根本不将他的话放在心上，只要找到慕千雪，就算周帝当真问罪，萧若傲也不会怪罪于他。

在他的示意下，天机卫众人如狼似虎地扑向马车，很快从车厢中揪下一名青色襦裙的女子来。

看到这一幕，闫重山脸上露出一缕笑意，但很快就僵在了脸上，死死盯着那名女子的脸庞，怎么会……怎么会不是慕千雪！

那名女子柳眉杏眼，长得颇为美貌，但绝对不是慕千雪！

女子被这阵势吓坏了，缩着身子瑟瑟发抖，连话也不敢说，江越走过去，温言安慰，"没事的，别担心。"

在他的安抚下，女子稍稍定了神，但仍是不敢看那些凶神恶煞似的天机卫，颤声道："大人，是不是……他们追来了？"

"与你无关，是我与他们有些误会。"说着，江越睨着面色铁青的闫重山，"这就是你们要找的逆犯吗？"

闫重山一言不发地望着底下那群天机卫，其中一名天机卫无奈地道："大人，马车中只有这一名女子！"

这句话摧毁了闫重山心里最后一丝期望，努力在唇角挤出一抹比哭还要难看的笑意，"一场误会，还望江使者莫要放在心上。"

江越冷笑一声，"闫首座这会儿说得轻描淡写，刚才可是铆足了劲儿，非要搜江某的马车，还扣了江某包庇逆犯这么一个大罪名，若是胆子小一些，只怕已是被闫首座给吓破了胆。"江越所说的每一个字都尖锐刺人，完全没有要给闫重山面子的意思。

闫重山知道是自己错在先，就算再刺耳，也只能忍耐，他扯着脸上僵硬的肌肉道："江使者若是一早请姑娘出来相见，也不至于闹出这么个误会。"

江越冷冷盯着他，哼了一声道："依着闫首座这话，错的倒还是江某了，天机卫……哼，江某算是见识了！"

见闫重山被挤对得说不出话来，旁边一名身形精瘦的天机卫道："若江使者心里无鬼，出城之后，为何要跑这么快？"

回答他的是一道扑面而来的劲风，未等他看清，左肩已是挨了一掌，"噔噔噔"连退数步方才稳住身形。

对面那名护卫收回手，眸色冰冷，"你算什么东西，也敢与我家大人如此说话？滚回去！"

那名天机卫捂着肩膀，恨得气血倒涌，面色通红，天机卫在西楚向来霸道惯了，何曾受过这样的气，想要冲上去，却被闫重山制止。

"本座这名手下虽然无礼了一些，但所言并非全无道理，若非适才见到江使者一反常态地疾驰出城，也不会有这场误会！"闫重山顿了顿，问道，"江使者是否解释一二？"

一直缩在江越身后的女子探出半个头来，怯怯地道："不关江大人的事，是小女子求江大人驶快一些。"

"你？"闫重山满面惊讶地盯着女子。

"我到京城之时，正好瞧见她被人追赶，一问之下，方知她母亲早逝，自小饱一顿饥一顿，长大后更被好赌的父亲卖入青楼，她不愿从此沦落风尘，所以趁着老鸨不察，逃了出来。我见她身世可怜，便答应带她出城，逃避青楼那些人的追捕。出城之时，她曾看到几名青楼护院在附近徘徊，怕被抓回去，所以驶得快一些，没想到竟被闫首座说成包庇逆犯，呵呵……"江越发出一连串冷笑，令闫重山尴尬不已，干笑几声："误会，误会，还望江使者大人有大量，莫要计较，周帝那边……"

"阎首座放心，江某必一五一十呈述陛下！"江越冷冷答了一句，道，"现在江某可以走了吗？"

"江使者请！"阎重山虽担心萧若傲的责罚，但错已铸下，担心亦无用。

江越扶着女子一道上了马车，在车辘辘的转动中缓缓离去，至于憋了一肚子气的阎重山，也调转马头带着一众天机卫往城门行去。

第十七章
连环计

在途经那座位于城门附近的孤山之时,闫重山突然想起一件可怕的事情,既然……慕千雪并没有躲在江越马车中出城,那么最大的可能,就是藏身于这座孤山之中,可就在不久之前,他撤走了所有包围孤山的人,虽然前后只有短短半个多时辰,但足够慕千雪一行人逃离!

换而言之……是他亲手放走了慕千雪!

想到此处,闫重山冷汗涔涔,慌忙命底下人重新包围孤山各处要道,他心里还存了一丝侥幸,慕千雪身子虚弱,说不定还没逃出孤山!

在安排好这一切后,他一夹马腹,面色阴沉地往城门驰去,此事都怪那个城门吏,若非他说见到马车里面有人,自己何至于怀疑江越包庇逆犯,兴师动众地带人追去,如今好了,不仅得罪江越,还给了慕千雪他们逃走的机会。

萧若傲知道这件事,不知会怎么处置自己!

刚一到城门,闫重山便愣住了,一众城门吏尽皆横七竖八地倒在地上,生死不知,百姓在远处指指点点,不敢过于靠近。

天机卫迅速赶至那些城门吏身边察看,所幸他们只是被人打晕,性命无碍,在一番施救后各自醒了过来。

闫重山下马环顾了一眼四周,并不见之前与他说话的那名城门吏,随手抓起一名刚刚苏醒的城门吏,厉声问道:"是何人将你们打晕,之前与本座说话的那个人呢,去哪里了?"

城门吏一睁眼就看到他这副狰狞的样子,好一会儿方才战战兢兢地道:"回首座大人的话,打晕小人们的,就是之前与您说话的那个人。"

闫重山没料到会是这么一个结果,满面惊讶道:"你说什么?"

城门吏如实说:"您带人离开后不久,那人就突然发难,将小人们悉数打晕。"

"他叫什么名字,住在哪里?"说到这个份儿上,若还察觉不到问题,闫重山就枉活了这几十年。

城门吏摇头道:"小人并不认识他。"

"你说什么,不认识他?"若非听得仔细,闫重山都要以为自己听错了。

城门吏极为肯定地道:"是,在他与首座大人说话之前,小人从未见过他。"

闫重山已是咬牙切齿地道:"既是这样,为何刚才不说?"

"当时首座大人在,再加上小人想着他可能是从其他城门调来的,所以……就没问。"话音未落,闫重山已是将他掷在地上,一脚踹在他身上,"混账东西,这么重要的事情竟然不说,害本座着了他的道,令一众逆犯有机会逃走!"说着不解气,又狠踹了几脚,后者缩在地上,不敢呼痛。

底下人担忧地道:"大人,现在怎么办?"

闫重山用力吸了几口气,勉强平复了一下气息,正要说话,突然意识到自己步入的圈套并不止这么一个。

慕千雪一行刚逃出城,身为北周使者的江越就态度强硬地要出城,在自己放他离开后,立刻有人假扮城门吏来告诉自己,说在马车门开合之际,看到里面有人,并称未曾看清逃出城的一干逆犯模样,引导自己怀疑江越串通逆犯,从而撤走围困孤山之人,全力追捕;追到后,江越表现出极其抗拒的样子,让他更加以为慕千雪藏身马车之中,执意搜查,结果搜出一个从青楼逃出来的女子;同一时刻,假扮城门吏的人,打晕众人逃离应天。

这是一个精密而复杂的连环计策,自己所走的每一步,都在对方的算计之中,没有任何偏差!

在想明白了这一点后,寒意自背脊的底部升起,迅速蔓延了全身,浑身冰凉。

慕千雪，一定是慕千雪，只有她才能够布下如此可怕的局！

难怪萧若傲动用整个天机卫也要抓到她，让这样的人逃出西楚，必定后患无穷，可是眼下，却被自己放走了，他仿佛已经看到萧若傲的滔天怒火。

正当闫重山被重重恐惧包围的时候，一大拨盔甲鲜明的羽林军出现在视线范围中，在离着闫重山数步远之处停下脚步，羽林军统领上前一步，拱手道："奉陛下之命，带领两千羽林军来此助闫首座搜山抓捕逆犯。"

统共只有三千羽林军，萧若傲一下子派出两千搜山，可见他对慕千雪志在必得的决心。

闫重山狠命一咬舌尖，借着剧痛令自己冷静下来，情况虽然恶劣，但还没有到绝境，说不定还有机会！

"请统领大人立刻带兵对这座孤山还有附近进行搜捕，本座去追捕凶犯！"说完这句话，闫重山再一次上马，带着数十名天机卫疾奔出城，如果羽林军搜不到慕千雪，那江越，就是最后一条线索，即便他至今仍想不出江越如此襄助慕千雪的原因。

追捕江越一事，出乎意料地顺利，仅仅奔出数十里，便看到了江越的马车，就在离他们之前所见不远的地方，慢吞吞行驶着。

闫重山精神一振，催马上前，以免让江越逃走，疾行之下，只是几个呼吸便赶上了马车，结果却令闫重山失望。

马车早就已经人去车空，连个车夫也没有，任由马匹自己拉着，看来他们早就料到自己会追上来，故而弃马逃走。

底下人环顾了一眼空寂无人的四周，面色发白地道："大人，现在怎么办？"

"找！翻转整个外城也要将他们找出来。"闫重山从牙缝里挤出这句话来。

当整个天机卫与羽林军大肆搜捕之时，慕千雪一行出现在离城百余里一条偏僻狭小的山路上。

马背上的慕千雪整个身子倚靠在东方溯身上，半闭着双眼，脸色苍白到近乎透明，甚至可以瞧见底下根根青色的筋络。

东方溯回头看了一眼，道："没有人追来，我们在此歇一会儿。"

"不行！"慕千雪有气无力的话语钻入东方溯耳中，"他们不抓到我是不会罢休的，继续往东走，尽快赶到我与你说的那处地方，应该离这不远了。"

"可是你的身子……"东方溯何尝不知他们现在并未摆脱威胁，但慕千雪的情况，实在不宜继续赶路。

第十八章
山阴村

慕千雪仰头一笑,令那张比纸还要苍白数分的脸庞有了一丝神采,"你放心,我好不容易才逃出来,一定……不会让自己有事的。"说着,她吃力地催促道,"快走吧。"

见她执意如此,东方溯只得一咬牙,握紧缰绳催马在这条偏僻不见人烟的山路上前行,直至日落时分,方才出了山路,与此同时,一间屋顶停满了乌鸦的屋子出现在视线中。

东方溯心中一喜,连忙低头对怀里的人道:"公主,我们到了!"

"好。"在勉强说出这个字后,慕千雪眼前一黑,失去了意识,她的体力早已经到了极限,一路上都是靠意志力在强撑,如今心神一松,自是无力继续。

迷迷糊糊中,慕千雪看到了昭帝与昭后,他们微笑着朝她招手,可就在她奔过去的时候,帝后突然满身窟窿,血水喷涌而出,流满了他们全身,他们的表情也在同一时刻变得狰狞愤怒,齐齐质问她为何要帮着西楚覆灭南昭,杀害自己的至亲之人!

"没有……儿臣没有……父皇……父皇!"慕千雪猛然睁开眼睛,一下坐了起来。

东方溯听到动静,快步来到满头冷汗的慕千雪身边,"怎么了?"

慕千雪用一种异常陌生的目光盯着他,犹如忘记了昏迷前的事情,好一会儿方才恢复正常,抹去额上的冷汗摇头道:"做了一个噩梦而已,没事。"

见她不愿多说,东方溯也不追问,取过一个破瓦罐放在火堆上,

"我留了一些兔肉给你，热一下就能吃了。"

"现在什么时辰了？"慕千雪左右看看，他们置身于一间废弃的破庙，到处都是蛛网灰尘，神台上供着一尊神像，因为油漆剥落，损毁严重，已辨认不出哪位神佛。此时，慕千雪身下垫着厚厚的干草，故而并不觉得硬。

破庙里只有她与东方溯二人，不见夏月与那些灰衣人的踪影，想是守在外面。

"差不多快到子时了。"东方溯推门看了一眼静静悬挂在夜空中的月亮，因为怕火光会引来追兵，故而所有窗户都用木板封了起来，确保没人会注意到这里。

"子时……"慕千雪低语了一句，问道，"江大人他们还没到？"

"没有，我已经让十五去察看了；至于夏月，她说想再找找附近有没有能吃的东西，我让十一随她一起去，以策安全。"东方溯往火堆里添了几根树枝，令原本有些微弱的火光重新亮了起来。

慕千雪眉尖微微一动，"你的护卫都是以数字为名吗？"

东方溯注视着火上的罐子，淡淡道："他们皆是无父无母的孤儿，大多数人失去父母时年纪尚幼，连自己名字都不记得，就算记得，有些也因为各种各样的原因不愿提起，故而干脆以数字为名，倒也好记。"

慕千雪低着头不知在想什么，雪白的容颜在跳跃不定的火光映照下，似乎有了那么一丝血色。

"嗒嗒！"烧滚的汤水在罐中翻滚，顶着破了一个角的盖子发出细微的声响，东方溯拿袖子裹一裹手，将罐子从火堆上拿了下来，刚一揭开盖子，一股混着肉香的热气便溢了出来。

东方溯将之放到慕千雪面前后，又取出一个用木头做的勺子递过去，"我知你身子弱，不宜吃油腻的东西，但此处荒无人烟，又找不到野果子，只能委屈你吃这个了，所幸这野生野长的东西，整日在地里撒欢奔逐，倒是没太多油，趁热吃吧。"

"能够活着离开宫城，已经是意外之福，又何来'委屈'二字。"在接过勺子时，慕千雪有些意外地道，"你从哪里找来的？"

"你睡着之时我拿木头随手雕的，粗糙得很，不过好歹能用，不用以手当筷。"

慕千雪笑一笑，舀了一勺乳白的汤汁徐徐喝着，虽因为没有调味的东西而有些淡，但有肉的鲜美渗在汤汁，倒也不难喝。

其实慕千雪并没有什么胃口，但为了接下来的逃亡，还是强撑着吃了许多。

在将东西收拾下去后，东方溯道："可否问你一个问题？"

"你想问我为何知道此处有一个破庙？"

东方溯颔首道："不错，据我所知，你嫁来西楚之后，就一直身子不好，四年来，应该少有外出之时，更不要说离开应天了，何以会知道如此偏僻荒凉的地方？"

慕千雪扬一扬黛眉，取过一根树枝拨弄着火堆徐徐道："此处叫山阴村，原本住着几十户村民，日出而作，日落而息，每逢初一十五，就拿着自家产的东西去集市中卖些钱，虽不如城中那般热闹，但也不算荒凉。结果三年前，一场不知从何处而来的可怕疫病席卷了整个村子，得此病者，先是高烧不退，紧接着皮肤溃烂，最终五脏衰竭而亡，并且任何一个与他们近距离接触过的人都会受到感染，因为发病之前，刚好是集市，所以城里城外都有人得病，当时的楚帝为了避免民众恐慌，牢牢封锁着这个消息，可随着感染的人越来越多，消息开始变得难以封锁，城中在疯传或真或假的消息，这件事已经到了刻不容缓的地步，一定要有人去解决。

"早在疫病刚暴发的时候，应天城大大小小的名医，都被秘密召到宫中与太医一道研究此病，可始终对此病束手无策，也就是说，只剩下一条路可行。"

"在大暴发之前，杀了所有染病之人！"

慕千雪点头道："不错，但没人敢在朝堂上接下此事，一来有染病的风险；二来杀那么多人，于名声有碍；这种吃力不讨好的事情，自然没人喜欢；故而包括太子与几位皇子在内，皆以各种各样的理由推掉此事，最后……"慕千雪气息微滞，用力吸了一口方才接下去道：

"我劝萧若傲接下了此事,我翻阅过许多医书,自古至今,没有一种疫病是凭空传染的,都需要媒介,或是唾沫或是血液,只要注意避开这些,便不会有碍。另外,此事虽稍有碍名声,却可以从此得入老皇帝之眼,这正是当时的萧若傲最需要的。"

第十九章
神机营

"那些人被杀之后,统一带到了此处掩埋,为免再有人得病,萧若傲下令烧毁所有房屋,从此以后,山阴村成了一处荒地,这座庙宇虽逃过了大火,却也荒废了下来,从此无人供奉。

"这些都是三年前萧若傲随口与我说的,他一时半会儿应该猜不到我们会躲来此处;不过这里也非久留之地,天亮之后便离开。"

在东方溯颔首之时,她忽地道:"我能否也问你一个问题?"

"我?"东方溯有些意外地指着自己,"你想知道什么?"

"相传,北周第一位皇帝在开国之初,曾组建了一支神秘莫测的影子军队,一个个身手高绝,谓之曰'神机营',多年来一直助其稳定北周,掌控朝局,甚至连边疆也有他们的存在。二十多年后,老皇帝驾崩,神机营却没有随之消失,相反成为一位又一位皇帝手中的利剑,剑之所指,无坚不摧。当初我组建天机卫时,就是照着神机营来建,但因建立时日太短,再加上招揽的江湖人士良莠不齐,远不能与神机营相提并论。"

"我也听说过这个传言,但这么多年来,从未真正见过,可见神机营根本就不存在。"东方溯低头拨弄着火堆,看不清他的神情。

"神机营神秘莫测,历代以来,除了北周当朝皇帝之外,无人知晓他们的事情,哪怕身为国之储君的太子也不例外,不过这一朝,似乎有些不同。"

东方溯轩一轩眉,"哦,有何不同?"

"除了周帝之外,还有王爷你知晓,甚至可以使动神机营。"东方溯添柴的动作一滞，复已如常，挑眉道："公主以为十五他们是神机营的？"

慕千雪似笑非笑地道："难道不是吗？"

东方溯看了她一会儿，摇头道："我不知公主为何会有这种想法，但十五他们是我早年一次意外收留的孤儿，统共就这么几个人，与神机营并无关系；公主若不信，尽可以去问十五他们。"

"或许他们的回答与王爷一致无二，但这并不会影响我的看法，他们必是神机营之人无疑。"

短暂的沉默后，东方溯道："公主为何如此肯定？"

她拍一拍不知何时沾在袖上的灰尘，"初初招揽闫重山之时，我与他说过几句，他告诉我，自十五岁开始习武，每日苦练，直至三十岁时，方有大成，这还是在他根骨不错的情况下，若换一个根骨平常之人，三十岁，顶多只能小成；而你所带来的十一个人，年纪至多只有二十余岁，身手武功却个个与闫重山相仿佛，这就意味着，他们必须在五六岁之时就开始习武，且个个都是习武之才，王爷觉得，会有这么巧的事情吗？"

"就因为这个？"

"还有一事，逃出京城之时，我让你吩咐十七负责断后，他应该明白，这是一个必死之局，却没有丝毫害怕甚至犹豫，只有那种自幼被灌输为主子献出性命之人，方才能够做到。"

东方溯眸光幽幽地望着慕千雪，"观事入微，又善于料敌先机，算无遗策，难怪他一定要置你于死地！"

慕千雪心中一搐，她自知这个"他"是指谁，"我说对了？"

东方溯微一咬牙，凝声道："不错，十五他们是神机营的人。"

慕千雪唇角勾起一道细微的弧度，"今日虽然过得艰难，但能够见到传说中的神机营，也算是意外之喜吧。"

东方溯眸光深沉如水，"你……能否替我保守这个秘密？"

慕千雪敏锐察觉到他话中的问题，"是否还有什么内情？"

东方溯点头，"事实上，你是父皇驾崩之后第一个知道神机营在我手里的人。"

慕千雪细细咀嚼了一番，半晌愕然道："连周帝也不知道？"

"是，父皇临终之时，将神机营交予我指挥，并且要我发誓，不可让任何人知道神机营在我手中，连皇兄也不例外。"

慕千雪蹙眉道："承帝为何要这么做？"承帝是北周前一代皇帝驾崩后的谥号。

虽然外人对神机营知之甚少，但有一件事从来都是清楚的，那就是自北周立国以来，神机营从来都是当权者手中的一柄利剑，也只有当权者才有资格掌控。可承帝却将他交给了只是亲王的东方溯，而非他亲选的嫡子东方洄，实在太过奇怪。

"我也曾问过父皇，但他不肯说，只让我好生守着这个秘密，哪怕是对着母妃，也不得透露半个字。"说到此处，东方溯苦笑道，"不过父皇怎么也想不到，竟会被你一眼看穿。"

"我还需要你替我复仇，自会替你保守这个秘密，只恐怕，看穿你那些护卫身份的，并不止我一人。"

"不会。"东方溯太过迅速地回答，令慕千雪心头浮起些许好奇："为何如此肯定？"

"事实上，自两年前我接管神机营之后，除了十九之外，其余人连我都是第一次见，而十九也从未于人前显露过武功。"

慕千雪意外地道："你是说，在来西楚之前，从未动用过神机营？"

"父皇临终前一再告诫，非性命攸关之事，不得动用神机营，这两年来若非经常看到十九，我几乎要忘了神机营之事，直至前些日子，慕兄来向我求援。虽然皇兄答应我，会派江越出使西楚要人，但萧若傲既起兵灭了整个南昭，又怎肯放过你，哪怕他惧于北周之威，不敢明着得罪，也有大把的借口可以推托。"

"所以你调动了神机营？"

东方溯眼底掠过一抹隐晦到无法察觉的感情，"慕兄与我是莫逆之交，我不想他连唯一的至亲也失去。不过这一次真的很险，要不是你一早布局，利用江越将闫重山引开，我们这会儿已是被天机卫与羽林军重重包围，难以离开应天。"

一如闫重山所想的那样，不论是江越还是那个假扮的城门吏，皆是慕千雪所安排。

第二十章
会 合

虽然东方溯带来的人都是百里挑一的好手，但要全身而退，还是太难了一些，故而除了十七断后之外，另外安排了几个人去见以使者身份来到应天的江越，让他在闫重山面前演一场戏，与此同时，另一人扮成城门吏，令闫重山误以为他们在马车上，从而放弃对孤山的包围，等闫重山意识到自己上当的时候，他们早就已经离开了孤山，逃之夭夭；同样的，江越也早就离开了。

整个计策最难的地方，在于对闫重山心思精准的把握，只要当中稍有料错，他们也好，江越也罢，都会有性命之危！

"你怎么知道闫重山一定会上当？"

慕千雪盯着跳跃的火光徐徐道："三年前，我助萧若傲建立天机卫，第一个看中的人选就是闫重山，为了能够顺利将他招入麾下，我让萧若傲派了数十人暗中观察他的言行举止，然后再一五一十回禀于我，好让我清楚辨析出闫重山的性格喜好，此人贪好虚荣名位，性子孤傲多疑。正是因为对他的性子了若指掌，方才能够一下子将他招入麾下。虽然时过境迁，但一个人的性子是不会轻易改变的，所以我料定他会上当。再者，除此之外，我们也没有更好的法子。"说到此处，她冷笑一声，"没能抓到我这个钦命逃犯，萧若傲可不会轻易放过他。"

东方溯点点头，"你若是累的话，再歇一会儿，离天亮还有好些时候。"

"还好。"如此说了一句，慕千雪忽道，"小心江越。"

东方溯两道英挺的眉毛皱在了一起，"何出此言？"据他所知，慕千雪从来没有见过江越，甚至在今日之前连"江越"二字都没听过，突然出此言语，实在令人诧异。

"在我们借着江越逃离应天城的同时，神机营也暴露在江越的眼皮子底下，他没猜出便罢，否则……一旦他告知周帝，你这个秘密可就瞒不住了。"

其实慕千雪还有另一重担心没有说出口，那就是她对于周帝的价值，以及周帝能够给她的许诺。毕竟她并不清楚周帝的为人，若换了东方溯，她丝毫不用担心，只看他为慕临风一句话甘冒性命之险，并动用最神秘莫测的神机营赶来西楚救她，便可见一斑，可惜，他只是一个王爷。为今之计只有等到了北周，见过周帝之后再做打算。

"我知道了。"东方溯额头冒出细细的冷汗，虽然江越猜到的可能性不大，但确实不得不防。

望着东方溯眼底那抹后怕，慕千雪眸光略略柔和了一些，一个念头不自觉地飘过脑海，如果自己当年听从三哥的话，择选东方溯为夫婿，便不会有今日之祸，可惜……就算来日她灭掉西楚，复辟南昭，父皇母后他们也无法复生，此生终归要永远背负这个遗憾与后悔。

只是，她猜不出为何承帝驾崩之前，要将神机营交给东方溯，而非他亲自指选的继位者，难道……

"笃笃笃！"叩门声打断了慕千雪的沉思，东方溯快步来到门边，剑微微出鞘，沉声道："什么人？"

"王爷，江大人与十九来了。"听得这个声音，东方溯神色一松，打开了门，借着月光，果见江越二人站在门外。

看到东方溯安然无恙，赶了一夜急路的江越也是松了一口气，"王爷您没事就好。"

东方溯点点头，侧身让开，"进来再说。"

若闫重山在这里，一定会认出走在江越身后的十九，赫然就是自称被好赌父亲卖入青楼的那名女子。

十九一进来便站到东方溯身后，睁着黑白分明的杏眼打量慕千雪。

江越自问这三十余年，见惯了各色各样的女子，十九就是一个美人坯子，但在看到慕千雪时，呼吸仍是忍不住为之一滞：好一位绝色佳人，难怪当年无数王孙公子拜倒在其石榴裙下！可惜这位倾城佳人命途多舛，所托非人。

江越上前，拱手为礼，"北周鸿胪寺卿江越见过慕……璇玑公主。"他知趣地没有称之为慕皇后，对于慕千雪而言，此刻最想摆脱的，莫过于"西楚皇后"这个身份。

"不敢。"慕千雪撑起身子回了一礼，"倒是千雪要多谢江大人替我们解围，令我们得以摆脱闫重山的追捕。"

"公主客气了，不过江某确实没想到……"他目光一转，落在东方溯身上，"王爷竟会来西楚，且闯入宫城之中，此事想必陛下并不知晓？"

东方溯负手淡然道："本王回去之后，自会向皇兄请罪，所有事情皆由本王一力承担，不会连累江大人。"

既然东方溯主动担下这件事，江越也没什么好说的，转而将他们与闫重山的照面说了一遍，皆如慕千雪所料，没有任何意外。

当他得知所有计策皆出自慕千雪一人之手时，眼底掠过一丝忌惮，一个鼎鼎有名的江湖高手，天机卫首座，却被一个手无缚鸡之力的弱女子玩弄于股掌之上，若非亲眼所见，实在难以相信。

江越不是蠢人，联想到萧若傲近几年的突飞猛进，甚至取太子而代之的事迹，隐约猜到了几分萧若傲宁愿得罪北周也不肯交出慕千雪的原因。

只是，慕千雪这样绝顶聪明，当可助萧若傲一统中原，这么好的一枚棋子，为何刚一登基就要毁去，将之留在身边不是更好吗？

这一点，他百思不得其解。

"这会儿距离天亮还有差不多两个时辰，江大人赶了一夜路，必是累了，将就着在此地休息一会儿，等天亮之后，我们就取道北境回去。"

江越正要答应，慕千雪摇头道："不，我们不走北境。"

江越一呆，"这是为何？"

慕千雪浅笑如冰，"萧若傲虽然不知道王爷身份，但闫重山一定会将江大人从中阻挠一事告知萧若傲，如此一来，他就会猜到王爷是北周之人。在这种情况下，江大人以为，萧若傲下一步会做什么？"

第二十一章
取道东境

听到此处，江越眉头已是紧紧皱了起来，"公主是说，楚帝会加强北境防守？"

"不错，就算我们几个有三头六臂也难挡千军万马，所以北境是万万去不得的。"

东方溯思忖片刻，沉声道："公主之意，可是从东境走？"

"不错，此处离齐国边境虽然远一些，但萧若傲不会想到我们舍近求远，故而防守会松懈许多，包括这一路上的追捕。只要进入齐国境内，萧若傲便奈何我们不得。"

"王爷以为如何？"其实江越心里已经认同了慕千雪的办法，但主事之人是东方溯，他才是最终的决定者。

"一切按公主所言，取道东境，经齐国回北周，明晨就出发。"他们可以一路逃到此处，皆是因为慕千雪处处料敌先机之故，相信这一次，也不会错。

又商议了几句前往东境的路线后，众人各自坐下歇息，自进来开始，十九一直没有说过话，只是跟在东方溯身后，颇为乖巧。

东方溯侧目道："明日要赶一天的路，途中也不知会遇到什么样的事，趁这会儿还有时间，你且睡会儿。"

十九柳眉轻弯，露出一抹柔和的笑意，"奴婢刚才在马车上打过盹儿了，一点都不困，倒是王爷这一路惊心动魄的，最是劳神不过，该多睡一会儿。"

这个时候，有人推门走了进来，却是夏月与十一回来了，夏月一进来就奔到慕千雪身前,从兜起的衣袖里取出一个金黄的枇杷,献宝似的道:"公主您看,在离此两三里远的地方,长着几棵野枇杷树呢,奴婢尝了一个,一点都不酸,您快尝尝,奴婢摘来好多呢!"

慕千雪摸着她脏兮兮的脸颊,"不是有兔肉果腹嘛,大半夜的还去摘枇杷做什么,也不怕摔着。"

"奴婢打小就是在山里长大的,经常爬树摘果,才不怕呢,至于那些个兔肉,虽然能填饱肚子,但公主饮食素来精细清淡,这样的粗肉哪里能入口。"说着,她将果子塞到慕千雪手里,催促着她快吃。

"傻丫头,你以为还是以前吗?"慕千雪黯然一笑,"现在的我可没挑剔讲究的资格。"

"可是……"

"好了,我吃了兔肉,很饱了,这些枇杷好生收着,明日路上吃。"

"嗯。"见她坚持,夏月只得答应,在欲扶慕千雪歇下之时,十九忽地来到她们身前,弯腰便要去抱地上的干草。

夏月拦了她道:"你做什么?"

十九一边避开她的阻拦继续取着干草,一边道:"地上凉,我拿一些干草给王爷垫着,以免着凉。"

见她不经同意就自说自取,夏月不悦地道:"你把干草取走了,那公主怎么办,赶紧还我。"说着伸手去夺,十九脚下一转,令夏月落了个空。

"我只取一半,余下那些,足够她用了。"十九眸光在慕千雪身上一扫而过。

她越是态度强硬,夏月就越是不乐意,"不行,公主身子弱受不得凉,就这么点干草,我还嫌少了呢。"

一听这话,十九原来还算平和的脸色顿时沉了下来,旁边的慕千雪轻斥道:"不得无礼,还不快退下。"

夏月不敢违逆她的话,但又不甘就这么让十九拿走,正犹豫之时,耳边响起东方溯的声音,"十九,我用不惯这个东西,和衣躺一会儿就好。"

十九眉头一皱,回头道:"王爷……"

"回来吧,别妨碍其他人休息。"在东方溯的坚持下,十九放下手里的干草回到其身边,不过看向慕千雪二人的目光中,带上了一丝微不可察的敌意。

夏月在将干草拿回原处铺好后道:"公主,您快睡吧。"

慕千雪掩唇咳嗽一声,低声道:"你这丫头,往后不得如此无礼。"

"哪有,明明是她无礼在先。"看慕千雪盯着自己不说话,夏月明白她的意思,无奈道,"以后不会了。"

见其应允,慕千雪方才闭目躺下,夏月也随之蜷缩了身子睡在一旁,不一会儿便发出均匀的呼吸声。

在其他人先后坠入梦乡之时,江越悄无声息地睁开没有丝毫睡意的双眼,落在东方溯身上,久久不曾移开。

万象殿此时的气氛紧绷到了极点,闫重山惶恐不安地跪在光可鉴人的金砖上,额上布满了密密麻麻的冷汗,头几乎已经垂到了胸口。

一双石青色宝蓝蛟龙出海纹样的千层底靴子在他身前大踏步来回走着,带起风声,不知过了多久,那双靴子猛地一顿,紧接着一脚踹在闫重山身上,将他踹翻在地,想着不解气,又踹了两脚,"平日里总说怎生怎生厉害,这会儿却连一个女子也截不住,反而被她耍得团团转,朕留着你们还有什么用?"

闫重山顾不得身上的疼痛,连忙重新跪好,"陛下息怒,臣实在没想到她竟会与北周使者串通!"

"北周……"萧若傲眯了双眼,他之前一直奇怪,南昭明明已灭,何以会突然冒出那些个高手冒死闯入宫禁救慕千雪,如今看来,应该与北周有关,只是……周帝为何要如此大费周章来救一个亡国女,难不成……他察觉到了慕千雪的价值?所以一边假意派使者要人,另一边安排高手闯宫救人,并与使者里应外合,将慕千雪带出应天城!

萧若傲脸色变得异常阴沉,不行,绝对不可以让周帝得到慕千雪,否则后患无穷!

闫重山小心翼翼地抬了头道:"臣已经派人一路追踪,相信很快就能抓到那群逆犯,陛下不必太过担心。"

萧若傲冷冷瞟了他一眼,"抓不到又当如何,拿你人头来偿吗?"

"陛下息怒。"闫重山脑子飞快地转着,"臣以为,既然已经知道救走慕氏的是北周之人,那么他们一定会往北而行,北境边界,除了雁门关之外,其余地方都是悬崖峭壁,所以他们此行必会经过雁门关,只要我们严加看守,定可以将他们一举擒获!"

回应他的是一连串冷笑,"连你都能想到的事情,慕千雪会想不到?"

闫重山愣了一下,旋即道:"就算她想到也无可奈何,除非……"

"她一定会去北周,但此去并非只有雁门关一条路。"闫重山身后传来一个阴冷的声音。

第二十二章
万象殿

曹氏扶着宫女的手逶迤入内，缠在颈间的细纱白布与她那一身缕金百蝶穿花大红洋缎锦衣衫格格不入。

"见过贵妃娘娘。"在闫重山侧身行礼之时，萧若傲已是快步来到曹氏身边，低声关切道："不是让你早些歇着吗，为何不听朕的话？"

曹氏抚过颈间的纱布，眉眼间是刻骨的恨意，"一想到慕千雪逃窜在外，臣妾哪里还睡得着！"

为了萧若傲的大业，她忍气吞声四年，好不容易可以一朝扬眉吐气，结果不仅让慕千雪逃了，自己还伤在她手上，太医说了，这一刀划得颇深，就算用最好的药，恐怕还是会留下疤痕。

萧若傲握了她的手腕，"你不必担心，就算她逃到天涯海角，朕也一定抓她回来。"

曹氏扫过尚跪在地上的闫重山，淡淡道："陛下自是有心，可惜身边之人不能为陛下分忧。"

闫重山老脸通红，他当然知道曹氏是在说自己，低了头道："都怪臣大意，中了慕氏的奸计，娘娘放心，这一次，臣必死守雁门关，绝不让慕氏与一干从犯离开西楚。"

曹氏目光如冰针一般刺在闫重山红意未退的脸皮上，"闫首座将本宫的话当耳边风吗？"

闫重山听她语气不善，连忙低头道："臣不敢！"

"本宫刚才说得很清楚，去北周并不止雁门关一条路，你死守雁门关又有何用？"

闫重山试探道："娘娘是说，慕氏会冒险从悬崖峭壁中走？虽说此番来救她的人个个身手不弱，但慕氏本身弱不禁风，怕是走不了这路。"

曹氏嗤笑一声，"闫首座这是认定北境了，难道东境不行吗？"

萧若傲心中也是同样的想法，徐徐道："取道东境辗转自齐国回北周，比直接从北境走要安全隐蔽许多。以慕千雪的心思，不可能想不到这一点。"说着，他又蹙眉道，"只是东境与北境不同，那里是平原之地，除却城关之外，还有许多地方与齐国相连，想要在这么长的一条边境线上抓到他们几人，并非易事。"

曹氏眼波流转，唇角蕴着若有似无的笑意，"陛下，臣妾倒是想到一个法子。"

萧若傲目光一亮，道："是何法子，快说！"

"南昭皇室虽灭，但还有不少分封各地的宗亲活着，与皇室或多或少有些关系，只要陛下善加利用这些人，不愁抓不到慕千雪。"

曹氏虽说得语焉不详，但萧若傲与她青梅竹马，心意相通，又岂会不懂，细思片刻，颔首道："这确是一个不错的法子。"

"可惜慕临风不在咱们手上，不然效果更好。"曹氏不无遗憾地说着。

萧若傲冷笑道："有那些人也差不多了。"

在细细吩咐了一遍后，萧若傲眸色阴寒地道："朕已经替你铺好了路，若再让慕千雪逃走，你脖子上这颗人头也不必继续留着了。"

闫重山忙道："陛下放心，臣这次一定将慕氏与一干逆犯抓捕回京，交由陛下与贵妃娘娘发落！"

"如此就最好了，下去吧！"

听得这话，闫重山如蒙大赦，赶紧躬身退下，直至踏出万象殿，方才敢直起身子，一阵夜风吹身，身上冒起无数细细的鸡皮疙瘩，直至这个时候，闫重山方才发现自己已是惊出了一身的冷汗，亵衣紧紧贴在身上。

伴君如伴虎，真是一点都没错。

在抹去额间的冷汗后，他迅速离开宫城，去办萧若傲吩咐下来的事情。

再说慕千雪一行，天刚亮便立刻离开了破庙，往东行去，尽量寻人迹罕至的荒山野岭行走，倒是没怎么遇到追兵，还算太平。不过夏月与十九也不知是否八字不对，经常因为一点小事起争执，互看对方不顺眼。

这一路上，偶尔运气好的时候能够碰着一些猎户建在山中偶尔来住一阵的房子或者废弃的庙宇；但大部分时候只能露宿荒郊野外，所幸入了五月后，一日比一日暖和，露宿倒也不是太难熬，就是苦了慕千雪，虽然此刻已经远离了萧若傲的毒药，但四年不曾间断地下药，令她身子变得极为羸弱，偶尔受一点风就能咳上半天。每每露宿，即使身上盖了好几件衣裳，仍是整夜整夜咳嗽。

东方溯怕她撑不住，几次想要去城镇找大夫，都被慕千雪给拦下了，她不想为此冒险泄露了行踪。

"喀喀！"虽然慕千雪已经极力压低了咳嗽声，仍是被坐在身后的东方溯听在耳中，"冷了？"

"没有，就是喉咙有些痒，不打紧。"话音未落，一件玄色镶边缎面披风已是覆在她身上，"这样会好一些。"

慕千雪哂然一笑，每回只要听到自己咳嗽，东方溯都会这么做，次次如此，从无例外。

"看来今夜又要露宿野外了，只是看这天色，怕是要下雨。"慕千雪望着前方蜿蜒不见尽头的山路，眉眼间有着挥之不去的疲惫，虽然有东方溯护着，但骑马对她来说，仍是一件极耗体力的事。

东方溯望了一眼阴沉沉的天空道："这雨一时半会儿下不下来，且再往前走一阵，说不定能够找到落脚的地方。"

在前行了三四里地后，倒真发现一座建在山边的小屋，应该也是猎户留下的，东西一应俱全，就是灰尘多了一些，看样子很久没人住了。

趁着十五他们收拾东西之时，夏月去寻找水源，没过多久，她捧着一片新鲜碧绿的荷叶来到站在树下的慕千雪面前，一捧清澈透明的溪水在荷叶中间滚动，煞是好看。

"这里有荷叶吗？"

夏月指着来的方向道："是啊，此处过去一里多的地方，有一条小溪，沿着溪水走大概五六十步，便可看到一个小小的池塘，里面长了不少荷花，花苞都长出来了，以前徐惠妃最喜欢荷花了，常常邀公主去九华池……"说到一半，夏月意识到不对，连忙止了嘴边的话，不安地道："奴婢不该说这些的。"

第二十三章
相 随

"无妨,若连面对过往的勇气都没有,我又有什么资格谈复仇。"慕千雪语气很淡,看不出她心里在想什么。

喝过清冽的溪水,慕千雪忽地道:"我去池塘那边瞧瞧。"

"奴婢陪您去。"夏月话音未落,慕千雪已是摇头道,"我想独自走走,你去帮他们一起收拾屋子吧。"

沿着夏月所指的方向一路走去,果然没多久便听到溪水淙淙的声音,再走几步便看到一条宽约一丈有余的山溪潺潺而下,清澈见底的溪水中不时有鱼悠闲地摆尾游过。

在朝山溪上游走了数十步后,一个隐藏在半人高野草中的池塘出现在视线中,碧绿如玉的荷叶一片接着一片,将这个小小的池塘铺得满满当当。含苞待放的荷花亭亭立于荷叶之上,一点粉红自花尖透出,犹如少女脸上的胭脂。

蜻蜓扇动透明的翅膀在花苞间飞舞,不时停在上面,慕千雪伸出苍白的近乎透明的手指,很快便吸引了一只蜻蜓停伫,指尖传来一阵酥麻。

振臂令蜻蜓重新飞起后,慕千雪淡淡道:"出来吧。"

除了天上隐隐传来的闷雷声,四周并无其他声响,慕千雪敛袖回身,挑了黛眉道:"还不出来?"

这一次,茂密草丛传来窸窣的声音,紧接着一个人影穿过草丛出现在慕千雪视线中。

东方溯走出草丛,疑惑地道:"你怎么知道我在后面?"

这一路他跟得极是小心，莫说慕千雪是一个不懂武功之人，就算是十五，也未必会发现。

慕千雪似笑非笑地道："我单独外出之时，你有哪一次不是悄悄跟在后面？"这件事她也是无意中发现的，一次外出归来，夏月随口说起东方溯刚才也有外出，就比她早回来半盏茶的工夫，也不知是去哪里。

她暗暗记在心中，之后又外出了几次，每次回来都会问夏月东方溯的行踪，而每一回，夏月的回答都相同，只要她不在，东方溯必定也不在，且次次都是先她一步回来。一次尚可说是巧合，两次三次都如此的话，那就只有一种解释——东方溯每一次皆在暗中尾随于她。

东方溯没想到她竟会知道这个，一时大为尴尬，好一会儿方才不自在地道："我也是怕你遇到追兵，所以才冒昧跟随，公主不要误会。"

"我知道。"慕千雪打断他的话，紧接着屈膝道，"多谢你一路照拂。"

"公主是慕兄唯一的至亲，我照顾公主也是应该的，至于这个'谢'字，待来日我助公主复仇之后，再说不迟。"

一道银蛇在天空掠过，紧接着是一阵轰隆隆的闷雷声，黑云在天空中凝聚，大有风雨欲来之势。

"天色不对，我们还是回去吧。"

"再走两日，差不多就要到东境了，一旦进入齐国地界，回北周指日可待，我与你说的事你可有想好？"

"你是指江越？"

"不错，昨日我咳得睡不着，意外瞧见江越一直盯着十五他们，看他的眼神，怕是已经起疑了。他若能向着你自然万事无碍，否则你就要早做决断。"后面两个字，慕千雪刻意咬重了几分。

"我知道了。"东方溯神色虽有些沉重，却不曾犹豫。虽然他至今不明白父皇将神机营传给他的用意，但他很清楚一件事，那就是神机营的秘密绝对不能泄露出去。

在经过溪边时，东方溯停下脚步，盯着淙淙流淌的溪水，未等慕千雪明白他的用意，忽地拔出长剑，用力刺在溪水中，拿起来之时，一尾手掌长的黑鱼被牢牢钉在剑尖，任凭它怎么挣扎，都无法重新跃入水中。在将这条鱼取下后，东方溯又连续几次刺剑，每次都能刺到一条或大或小的鱼。

"想不到你还有这手抓鱼的本领。"慕千雪折来一片荷叶,将尚在跳动的鱼装入荷叶之中。

一滴接着一滴的雨水,落入小溪之中,泛起一圈圈的涟漪,无法再看清水下的游鱼,东方溯收剑回鞘,"几年前,东凌犯境,我奉父皇之命领兵出征,这一仗,一打就是几个月,恰逢国中粮食歉收,粮草一时供应不上,所幸我们与东凌界之处有一条河,在皇兄运送的粮草到来之前,就靠这河中的鱼充饥,一阵子下来,别的没学会,这捕鱼的本领倒是见长。"说着,他笑一笑,"这些日子吃的不是野果,就是兔肉、鹿肉这一类,想必你也腻了,今儿个正好可以换换口味,煲鱼汤喝。"

慕千雪哂然一笑,"如此说来,我岂不是又要谢谢你?"

"我说过,来日再谢不迟。"说话间,暗沉的天空再次响起闷雷声,东方溯一手接过荷叶,一手撑在慕千雪头顶,替她挡着越来越多的雨滴,"雨要下大了,赶紧走吧!"

二人一路疾奔,总算赶在雨下大之前回到了落脚的地方,十九等人正在屋檐下焦急地张望,看到东方溯回来,十九当即替他掸着身上的雨水,"王爷您去哪里了,让奴婢好生担心,万一遇到西楚追兵可如何是好?"

"之前听夏月说有一个长满荷花的池塘,便与公主过去瞧瞧,也是我之前没说清楚,让你担心了。"东方溯抹了把脸上的雨水,将一直攥在手里的荷叶交给十九,"我抓了几条鱼回来,你去洗洗,然后煲成汤。"

"嗯。"十九乖巧地接过鱼,"屋里生了火,王爷您进去烤一烤吧,别让这湿气渗进体内。"直至提鱼离去,她都不曾看过慕千雪一眼。

夏月冲着十九离去的背影扮了个鬼脸,慕千雪瞧见她这个举动,好笑地叩了一下她光洁的额头,"你这丫头,可是又与十九起争执了?"

夏月皱着小巧的鼻子道:"奴婢才没有呢,是她太过分了,找不到王爷就将事情推到公主身上,非说是公主拐走了王爷,还说如果王爷有什么事情,定不会放过我们,奴婢一时气不过,就与她争执了几句。"

东方溯就在一旁,自然也听到了夏月这番话,"让夏月姑娘受委屈了,本王会好生训诫十九,当不会再有下一次。"

第二十四章
十 九

夏月正要说话,被慕千雪打断,"十九姑娘也是因为关心王爷,才会一时胡言失了分寸,并非心存恶意,王爷若为此斥责于她,岂不令人寒心,还请王爷看在千雪的薄面上,就此算了吧。"

东方溯盯了她片刻,道:"既然公主替她求情,那就依公主之意。"

在扶慕千雪入内烤火之时,夏月嘟囔道:"公主,您好端端的干吗帮她求情,要奴婢说,该让王爷狠狠训斥她一顿才对,这一路上她可没少给咱们脸色看。"

"十九毕竟是王爷的人,你让王爷去训斥她,岂不让王爷为难吗?"

夏月噘着嘴道:"可她真的很惹人讨厌,也不知王爷无端端的为什么要带一个侍女来西楚,也不嫌麻烦。"

"王爷这么做,自有他的用意。"慕千雪透过厨房的帘缝,看了一眼在里面忙活的十九,"倒是你,往后少与十九争执。"

夏月委屈地道:"明明每次都是她不对在先,公主怎么反倒怪起奴婢来。"

慕千雪抚一抚她因为连日奔波而毛糙的发丝,"这是为了你好。"

夏月不知道,她却是很清楚,十九表面上是东方溯的侍女,其实是神机营的人,否则东方溯也不会将之带在身边,在十九那副柔弱乖巧的外表下,隐藏着狠厉卓绝的身手。

神机营的人自小与世隔绝,在他们的意识里,根本没有是非对错之分,除了主子之外,任何人皆可杀,甚至包括身边的同伴。

一旦十九被激起了杀心,夏月会很危险。

"为奴婢好？"夏月眨着黑白分明的眼睛，眼中尽是不解之色。

"不要多问，总之记住我的话。"见慕千雪不愿多说，夏月只得点头答应，在心里思索着她的话。

鱼汤很快就炖好了，十九舀了一碗雪白色的鱼汤递给东方溯，后者摇头道："先拿去给公主。"

"是。"十九虽不情愿，仍是依言来到慕千雪面前，"随便做的，也不知合不合公主的胃口。"

慕千雪接过汤碗，轻笑道："十九姑娘精通厨艺，这鱼汤必定美味得很，又岂会不合胃口。"

十九眸底微闪，"这一路过来，我并不曾做过什么菜，公主怎知我厨艺甚好？"一直以来，她只在东方溯一人面前自称"奴婢"。

慕千雪抿了一口雪白浓稠的鱼汤，温言道："行家一出手，便知有没有。看十九姑娘的动作，便知是精通厨艺之人，这汤……很好喝。"

"公主既是喜欢，就多喝一些。"这般说了一句，十九重新进了厨房，盛了一碗给东方溯。

这场雨整整下了一夜，夜空中银蛇飞舞，惊雷阵阵，好不吓人，亏得有这么一个遮风挡雨的地方。否则这样淋上一夜的雨，莫说是身子虚弱的慕千雪，就连夏月与江越，怕是也得受凉生病。

夜半时分，蜷缩着身子睡在东方溯脚边的十九在黑暗中睁开双眼，默默盯着与夏月一道睡在另一头的慕千雪，那双黝黑眼眸中闪动着异常复杂的光芒。

良久，十九收回目光，正要重新垂下纤长羽睫时，忽地背脊升起一阵凉意，有人在监视她。

他们这些自幼入神机营受训之人，除了练就一身好武艺之外，五官六识都会比寻常人灵敏一些。

是谁？难道是慕千雪发现了自己？

十九长睫微颤，不着痕迹地往慕千雪看去，借着一闪而逝的银蛇光亮，清楚瞧见后者与夏月都沉沉睡着，并没有睁眼的痕迹，这么说来，不是她。

那会是谁呢？

王爷与十五他们肯定不会，如此说来，只剩下一个人……

清晨起来，雨倒是停了，就是这山路下过雨之后，泥泞难行，前进的速度比前两日慢了一半都不止。所幸此处临近齐国边境，再加上这一路都不曾见追兵的踪迹，倒也不太着急，徐徐赶着路。

这般又走了两日，终于在第三天晌午时分，走出了那一片山林，来到两国交界之处。

与北境的高山密林相反，西楚与齐国交界处是一片平原，原本居住着上百户百姓，这十几年来，西楚与齐国边境一直相安无事，不曾起过战乱，令百姓得以安居乐业，繁衍生息，这会儿已经扩至两百余户，不时可见担着木柴的樵夫以及一些刚刚耕完地回来的农夫。

慕千雪姿容太过出众，一旦展露于人前，在这个小村子里很容易引起轰动，故而在离开荒无人迹的山林前，她蒙了一块轻纱在脸上。

十九拿一些碎银子从一户人家换来一些馒头，正在各自分吃之时，一名中年汉子快步从他们身边走过，没走出多远，便被一名刚从山上走下来的樵夫拦住，"牛哥这是去哪儿啊？"

"听说村长抓到一群犯人，我打算过去瞧瞧。"

"犯人？怎么着，咱们村有人犯事了吗？"

牛哥神秘兮兮地道："不关咱们村的事，听说是从南边抓来的犯人，足有十几个人呢。"

"南边？"樵夫拧着眉头道，"难道是南昭？"

"可不就是，听说还是南昭皇族宗室之人，虽然之前因为不在都城，得以逃过一死，但还是被抓住了，在官兵押解经过咱们村时，被他们耍奸逃走，打算经此逃入齐国，亏得村长熟悉咱们村里大大小小的路，帮着官兵赶在他们逃入齐国境地之前抓到。嘿嘿，这次捉拿犯人有功，说不定陛下一高兴，会恩赏咱们村呢，到时候可就发达了。"

"还真有这个可能。"樵夫笑着应了一声，不解地道，"话说回来，陛下无端端的，为何要灭南昭，咱们的皇后娘娘还是南昭公主呢，这南昭一灭，皇后可怎么办？"此处远离应天，慕千雪被通缉的消息尚未传至此处。

牛哥挠一挠脑袋，"谁知道呢，这种事也轮不到咱们费心。"说着，他催促道:"你去不去,不去的话我可走了啊。"

"当然去,我活了三十几年,可还没见过南昭人呢,怎么着也得开开眼界,走!"远去的二人并不知道,他们口中的"皇后娘娘",此刻就在他们身后不远处。

第二十五章
劝 说

东方溯担忧地望了望慕千雪，虽然白纱遮住了面容，令他无法看清慕千雪此刻的神情，但手里被她攥得不成样子的馒头足以说明，她此刻的心情绝不平静。

暗叹了一口气，东方溯唤过一个灰衣人，"十五，你去打听一下，究竟是怎么一回事。"

夏月恨恨地道："陛下实在太过分了，他还真打算赶尽杀绝，一个都不留吗？"

慕千雪松开手，任由馒头掉在泥地上，阴冷似冰的声音自面纱后传来，"他本就是这样的人，你还指望他来讲情义道德吗？"

夏月默然无语，也就公主心志坚强，方才能够一直撑到现在，若换了她，一夕之间遭此巨变，怕是早就疯了。

有时候想想，疯癫未必不是一件好事，至少从此不会再知道"悲伤"为何物，混混沌沌活在自己的世界里。

等了小半个时辰，刚才奉东方溯之命前去村中打听的十五出现在视线中，禀道："王爷，昨日确有一队押送十余名南昭囚犯的官兵经过此处，因一时大意被那些犯人逃走，他们本想逃入齐国，结果被此处的村长带人抓了回来，此刻被押在祠堂门口示众，应该很快就会押送回应天。"

东方溯思忖半晌，"可有打听到负责押送的官兵情况？"

"打听到了，大约只有百余人，领头者是一名副千户，具体实力如何因属下未曾见过，不好妄加判断。"

慕千雪突然插话问道:"只是一名副千户?"

十五不知她此话之意,如实道:"是,应该还有两名百夫长跟随左右。"

"我知道了。"说完这几个字,慕千雪不再言语,沉静异常的神情,令人看不出她的心思。

东方溯看了她一眼,起身指了十九几人道:"你们在此好生守护公主与江大人,其他人随我去祠堂瞧瞧。"

"王爷!"十九拦住东方溯的去路。

"还有事情?"

十九点了点头却不说话,东方溯明白她的意思,抬步来到离慕千雪他们十余步的地方,"说吧。"

十九仰头盯着他明亮的双眼,"王爷此去,可是打算救那些南昭囚犯?"

"慕氏一族,素来以仁义治国,从不苛待百姓、侵占他国,不应遭此亡国灭族之祸。"这话等于是间接承认了十九的话。

十九摇头道:"这场大祸是南昭自己招来的,当由他们自己吞下苦果,王爷收留庄亲王,冒险潜入西楚救出璇玑公主已是仁至义尽,没有人可以说王爷半分不是。

"我们好不容易才来到此处,只要踏入齐国地界就算安全了,可一旦去救那些人,就会泄露行踪,王爷莫要忘了,距此十数里处就有西楚军队驻扎,一旦惊动他们,就会招来成千上万的追兵,到时候就算奴婢与十五他们拼尽一死,只怕也难护王爷平安,还望王爷三思。"十九娓娓劝说,仔细分析其中利弊关系,希望可以改变东方溯的心思。

待得经过身侧的农户走远后,东方溯方才道:"依你之意,是要本王眼睁睁看他们死?若慕兄问起,本王该如何答他?"

"不是奴婢冷血无情,实在是这事没法管,相信庄亲王也会体谅王爷的难处。"顿一顿,她又道:"若王爷实在不忍,待得回金陵后,可以恳请陛下发国书向楚帝要人。"

"且不说皇兄会否答应,就算当真发了国书,萧若傲也不会放人,公主就是最好的例子!"

十九现在最反感的就是慕千雪，只是当着东方溯的面不好发作，只能耐着性子道："若真如此，就是他们命中该绝，与人无尤。"

东方溯替十九拂去落在肩上的柳絮，摇头道："或许你说得没错，但我与慕兄是生死之交，他的族人就是我的族人，不管怎样，我都要试一试。放心吧，当年与东凌交战，千军万马之间都活了下来，这些小事，要不了本王的性命。"

"王爷！"十九没想到自己说了这么多，东方溯竟然还是要去救那些人。

"好了，我心意已定，不必多言。"说完这句话，东方溯转身离去。

凝望着他离去的身影，十九脱口道："王爷这么做，究竟是因为庄亲王还是因为璇玑公主？"

东方溯身形猛地一顿，回身直视着她，"你说什么？"

"四年前，王爷千里迢迢赶往南昭求亲，结果被璇玑公主所拒。这四年来，陛下与太后几次为您指亲，都被您给拒绝了。您一直孑然一人，令朝中流言四起，说您有暗疾，更有甚者说王爷您有……龙阳之好，污秽之言不堪入耳。"十九虽出身神机营，毕竟是未出嫁的女子，说这话时，脸庞微微发烧。

东方溯淡淡道："他们愿意怎么传，是他们的事情，无需理会。"

"是，因为王爷您并非不想成亲，只是一直都放不下璇玑公主！"在说这句话时，十九双眸浮起一层轻薄到几乎看不见的雾气。

东方溯眉心一蹙，沉眸道："不得胡言！"

"奴婢没有胡言，就算没有庄亲王之托，您也会拼死来救她。"说到此处，十九语重心长地道，"王爷，您为她做的已经够多了；若不是您，她这会儿早就已经死在萧若傲刀下，又何必再冒险去救她的族人。"

"说完了吗？"东方溯直视于她，漠然道，"说完了的话就回去，同样的话，本王不想再说第二次！"

"可是……"

刚说了两个字，冰冷的声音已是当头兜来，"若你不愿留下，本王允你现在就回北周。"

这一次，十九没有再言语，她清楚东方溯言出必行的性子，只要自己再多说一个字,就会立刻被赶回北周,不能继续留在他身边。

自两年前神机营归东方溯指挥以来,她就一直以侍女的身份跟随他左右,东方溯看似铁血无情,其实外冷内热,两年来从未重斥于她,更不要说是赶她离开了,现在却因为一个慕千雪完全变了。

第二十六章
阴魂不散

慕千雪,说穿了也不过是空有一张美丽表皮的肤浅女子罢了,何德何能令王爷这般舍生忘死地护她!

十九死死攥着双手,连指甲断在掌中也未有所觉,十五见她一直站着不动,过来道:"怎么了,为何脸色如此难看?"

"我没事!"扔下这三个字,十九脸色阴沉地走到已经回了原处的东方溯身边,不由分说地道,"奴婢随王爷一起去!"

"你……"

"奴婢是王爷的侍女,自是王爷去哪里,奴婢就去哪里。"既然改变不了东方溯的心意,那么至少陪在他左右,这是十九的底线。

"随你吧。"东方溯有些无奈地应了一声,十九是整个神机营里唯一的女子,难免怜惜一些。

在重新指了一人留下后,东方溯深深看了慕千雪一眼,对十五道:"一个时辰后,若还不见我们回来,你等立刻护卫公主与江大人去齐国,切不可耽搁,我自会去齐国与你们会合。"

十五一向平静的眼眸因为这句话泛起一丝涟漪,很快又归于平静,拱手道:"属下遵命。"

在东方溯将要离去之时,一直不曾说过话的慕千雪忽地道:"且慢。"

这一声来得突兀,东方溯愣了一下方才反应过来,"公主可是还有什么吩咐?"

慕千雪欠一欠身,婉转轻灵的声音随着白纱的飘动徐徐响起,"虽然千雪也很想救出族人,但恐怕事情没那么简单。"

东方溯不解地道："公主何出此言？"

在他们言语议论之时，离祠堂不远处的一间青瓦红砖大屋里，一名玄衣劲装的中年男子正闭目坐在太师椅中，屈指叩着扶手，"笃笃"的声音一下又一下，在这间寂静的屋里回荡着。阳光透过薄薄的窗纸映在他半边脸庞上，使得他的脸看起来一边白一边暗，犹如阴阳脸。

随着门开的声音，一名蓝衣束软银腰带的男子走了进来，恭敬地道："启禀大人，一切已经安排妥当，如今整座村子差不多都在传这件事。"

"好！"座中男子停下叩指的动作，缓缓睁开双目，射出幽冷寒光，"现在我们要做的，就是等他们自投罗网。"此人不是别人，正是奉萧若傲之命全力缉拿慕千雪的闫重山，那些南昭宗室之人，正是他拿来诱捕慕千雪的饵。

男子瞅着他的脸色，犹豫道："大人，那干逆犯真会经此入齐国吗？万一他们是从北境走的，那咱们岂非白忙活一场？"

闫重山冷笑道："从北境走？那与自投罗网有何区别，相较之下东境可要安全多了，要是换了本座，同样会做此选择。"说着，他神色一冷，沉声道："记着，在那群逆犯出现之前，千万不要暴露了行踪，否则本座拧下你们的脑袋！"

"大人放心，卑职等人皆隐蔽了行踪，不会有人发现。"

这次为了抓到慕千雪，萧若傲可算是下足了本钱，不只整个天机卫调了过来，还从驻扎于附近的军营之中抽调了一千精兵供闫重山指挥。萧若傲甚至还下了一道密旨给闫重山，若有必要，他随时可以调动一万以下的军队。

不论是萧若傲还是闫重山都很清楚，这是他们最后的机会，一旦慕千雪越过边境进入齐国地界，想要再抓住她，可就千难万难了。

闫重山"嗯"了一声，"让那个徐大江来见本座。"

徐大江是本村的村长，也是唯一一个知晓闫重山他们存在的人，其他村民都被蒙在鼓中，以为押送南昭囚犯的只是一群普通官兵。

徐大江一进来，就挤出了讨好的笑容在那张白胖的脸上，"小人见过首座大人，大人万福。"

闫重山扫了他一眼，凉声道："可有按本座教你的话传出去？"

"首座大人只管放心，从昨儿个开始，小人照着您的话一字不落地说了，这会儿整个村子都在传南昭囚犯的事情，保证街知巷闻。"

"很好。"闫重山满意地道，"只要抓到逆犯，少不了你的好处。"

"多谢首座大人！"徐大江再三揖手后，忍不住心中的好奇，试探道，"恕小人多嘴问一句，这逆犯究竟是何许人，要劳您亲赴这边境之地？"

闫重山一言不发地盯着徐大江，后者被他盯得心里发毛，隐约意识到自己问了一个不该问的问题，无奈说出去的话犹如泼出去的水，想再收回是不可能的事了，只能站在那里干笑，苍白的额间蒙了一层细细的汗水。

许久，闫重山不紧不慢地道："徐村长，你可知什么样的人，最短命吗？"

"小人……小人不知。"徐大江哆嗦着回答，脸色由白转青，笑容也挂不住了。

闫重山缓缓站起身，走到徐大江身前，声音异常温和，"知道得越多，这命啊，就越短。"

徐大江双腿不断打着哆嗦，他有一个堂兄在京城当一个小官，京城的事情，多少听过一些，深知天机卫不是什么善茬，尤其是面前这位首座大人，生杀予夺，皆在他一念之间。

他越想越怕，赶紧屈膝跪下，用力掴着自己脸颊，"小人该死，整日胡言乱语，求您大人有大量，不要与小人一般见识。"

见闫重山不出声，徐大江越发害怕，双手也掴得越发用力，没几下这脸就红得跟煮熟的螃蟹似的，又好笑又可怜。

直至徐大江嘴角都掴出了血，闫重山方才慢悠悠地道："行了，本座又没说怪你，起来吧。"

徐大江知道他是在耍自己，却不敢有半丝不满，迭声道谢之后，小心翼翼地起了身。

"该你知道的，本座一定会告诉你；反之，多问无益，明白吗？"

徐大江一迭声道："小人明白，小人保证不会再有下一次。"

"行了，出去吧，若见到非你们本村的人出现，立刻来告知本座。"说着，他又叮嘱道，"记着，千万不要打草惊蛇，否则……你这肩膀上的人头可就要不稳了。"

"小人一定仔细小心，绝不会坏了大人抓捕逆犯的要事。"徐大江连声答应后，躬着身子退下，就在快要踏出门槛之时，耳边突然又传来闫重山的声音，"若有人问起你这脸上的红肿，该如何回答？"

第二十七章
南昭囚犯

徐大江倒也机灵，当即道："小人刚才一时大意，没瞧着路，不小心跌倒撞了石头。"

"很好，去吧。"听到这四个字，徐大江松了一口气，赶紧退出屋子，一刻都不想多待。

闫重山眯眼望着重新关起的屋门，不知在想什么，过了片刻，目光一转，落在旁边的天机卫身上，徐徐道："你去替本座办一件事。"

除了一年一次的大祭之外，祠堂从未像今日一般热闹过，上百名村民挨个站在祠堂前，用好奇的目光打量着祠堂门口那十几个被一根长绳像绑蚱蜢一样连串绑在一起的人。

这些人有男有女，年长的发须已是花白，最年幼的是一个只有三四岁的小女孩，紧紧依偎在一个约莫七八岁的女孩子身边，这两个女孩虽然脸上到处是脏污，但依旧能够看出她们之间颇为相似的眉眼，应该是两姐妹。

这些就是从南昭各地抓回来的慕氏族人，为了赶在慕千雪之前将这些人带到此处，闫重山等人也是拼了命，日行千里的宝马都跑死了七八匹，其中动用的人力物力就更不必说了。

"姐姐，我怕。"妹妹瞅着越聚越多的人群，黑白分明的大眼睛里充满了恐惧。

"绣儿不怕，虽然爹和娘都不在了，但还有姐姐，姐姐会保护你的。"姐姐百宁虽心里害怕得紧，面上还是镇定地安慰着受惊的妹妹，现在她是绣儿全部的依靠。

徐大江抚着刺痛的脸颊站到一处地势较高的地方,这里可以清楚地看到祠堂前所站的每一个人,他当这个村长足足有十二年,别说是人了,村里的牛羊猪狗他都认得一清二楚,只要任何一个非本村的人出现在这里,就必然逃不出他的法眼。

一个二十岁左右的精瘦汉子留意到徐大江红肿的脸颊,走过来好奇地道:"舅舅,您这脸怎么了?跟我哥前些天被马蜂叮一样,不过你这样子,怕是得好几只马蜂一起叮才成。"

徐大江皮笑肉不笑地道:"胆肥了是不是,连舅舅也敢开玩笑,信不信我把你扔下河去?"

一听这话,那个叫石头的汉子连忙道:"别别别,我这不是关心舅舅嘛。"

徐大江冷哼一声,没好气地道:"刚才不小心摔了一跤,被跟你一样又臭又硬的石头磕了一脸。"

"哦。"石头虽然不太相信这话,但也不敢多问,指着被绑成一串的人群道,"舅舅,你说这人抓都抓了,为什么还要让他们站在这里,直接关起来不好吗?"

"那些官爷的心思,哪是你我能够猜透的,总之他们让咱怎么做,咱照着做就是了,千万别惹他们不高兴,知道吗?"

"这话舅舅已经说过好多次了,外甥我就算睡着了也不会忘记。"听得这话,徐大江放下心来,见他要走,忙招手道:"先别走,帮舅舅瞧瞧这些人里面,有没有不是咱村的人,我瞧得眼都花了。"

石头疑惑地道:"无端端的为什么要看这个,难不成又有齐国奸细混进来了?"以前曾发生过齐国奸细混进村子里的事,所以一听到非本村之人,立刻就往这边想。

天机卫一事,徐大江不好与他说,只得顺了话道:"是,所以你帮着我一起盯。另外,可千万别说出去,要是打草惊蛇,我不饶你。"他学闫重山的样子说着。

"得令。"石头半开玩笑地说了一句,随即与徐大江一起睁大了眼睛在不断聚集的村民中寻找面生之人。

二人直至眼睛瞪酸了,也没找到面生之人,反而是来了一队官兵,走在最前面的是一个面目阴郁的武将。

徐大江认得他，正是此次押送南昭囚犯表面上的领兵人——副千户沈刚，他忙拉着石头迎上去，讨好地道："千户大人，您怎么来了？"

沈刚拿眼角余光瞟了他一眼，淡淡道："怎么着，本千户不能来吗？"他最讨厌那个"副"字，故而出行在外，一律以"千户"自称，之前石头一时口快，称了一声副千户，可没少吃苦头。

"小人不是这意思，就是想着千户大人您有什么事情，吩咐一声就是了，何必劳驾您亲自过来。"徐大江并不在意他的轻蔑，事实上，在这些人眼中，自己确实只是一个微不足道的小人物罢了，杀了他，就跟踩死一只蚂蚁没两样。

沈刚嗤笑一声，在徐大江还在揣测他对自己的回答满意与否的时候，他已经大步走到那群犯人身前，在扫视了一番后，对随他同来的士兵道："去，把他们全部吊起来。"

这祠堂门口，恰好有一排杆子，用来吊十几个人，虽说勉强了一些，但还撑得住，那些士兵动作很麻利，不一会儿就吊得差不多了，只剩下两个孩子。

"不要，我不要绑上去，姐姐我不要！"绣儿哭哭啼啼地躲在姐姐身后，说什么也不肯被绑上去。

一个月前，她还是宗族之中备受宠爱的小郡主，一转眼又是被抓，又是被绑，受尽了她这个年纪不该承受的痛苦，能够撑到现在，已是很不容易了。

"绣儿她还小，受不了这样的苦，求你们发发慈悲，不要绑她，我保证她会乖乖待在这里，绝对不会跑。"百宁张开瘦弱的双臂，像只小母鸡一样护着幼小的绣儿，见士兵不为所动，她拉着绣儿跪了下去，不断磕头哀求。

那些士兵瞧着实在可怜，犹豫地看着沈刚，"大人，要不然……"

"要不然什么？"沈刚阴恻恻地打断他的话，"你代替她吊上去是吗？"

见沈刚没有网开一面的意思，士兵们只得硬起心肠，强行抱开姐姐，在绣儿尖锐的哭喊中，将她们二人分别吊了上去。

绣儿被悬在半空中，脚无着落，吓得小脸惨白，不停地哭嚷着，任凭吊在一旁的姐姐如何哄劝都无效。

沈刚听得心烦，命士兵取来鞭子，狠狠抽在绣儿身上，本就破破烂烂的衣裳当即被抽破了，露出一道殷红的血痕，"给老子闭嘴！"

第二十八章
露　面

　　绣儿只有三四岁，突然感到剧痛的她第一个反应自然就是哭嚷。这一举动换来的是沈刚更加用力的几鞭子，百宁想要过去挡鞭子，无奈她被吊在空中，根本无法过去，只能拼命哀求沈刚放过绣儿，另外那些南昭族人也帮着一道求情，可惜沈刚根本不为所动。

　　闫重山之所以挑选他随自己来此处埋伏抓人，就是看中他阴冷狷介的性子，不会有妇人之仁。

　　后来还是一个跟了沈刚好多年的士兵好说歹说方才劝住了他，在沈刚放下鞭子的时候，绣儿已经痛得哭不出声了，小脸青得吓人，所幸还活着，这于她来说，已算是万幸。

　　徐大江早已被这阵仗给吓傻了，他虽自幼在边境长大，但西楚与齐国数十年未动干戈，至于再往前推，倒是有战争，但两军交战之前，守军就会将他们迁入城池之中，等一切结束后再搬出来，所以村民们几乎没有见过什么血腥。

　　在激灵灵回过神来后，徐大江咽了口唾沫，小心翼翼地道："大人，您……您好端端的把他们吊起来做什么？这万一……"他压低了声音，"首座大人问起，可怎么办？"

　　沈刚阴阴一笑，低声道："不妨告诉你，这件事就是首座大人安排的，只有他们越惨，那群逆犯才越有可能露出行踪！"说着，他面容一冷，"还不赶紧过去盯着，要是让逆犯逃走，这挺好的一个脑袋，可就要保不住了。"

　　徐大江被他说得脖子凉飕飕的，赶紧回到那个高台，与外甥石头一起盯着人群，盯得眼睛都酸了，但别说，还真被他发现了！

徐大江很肯定，站在人群后面的一男一女，绝对不是本村之人，可以肯定，他们就是闫重山要找的逆犯！

他让同样瞧见那两个人的石头好生盯着，自己极力压抑着激动之意，来到沈刚身边，小声道："大人，发现逆犯了！"

沈刚是一个极为沉得住气之人，压下张望的冲动，不动声色地道："在哪里？"

徐大江朝西南方向努一努嘴，"就在那边，一男一女。"

沈刚从应天过来，自是清楚闫重山要找的是什么人，当即唤过一人耳语几句，后者应了一声，迅速离去。

沈刚冷声吩咐道："在首座大人赶到之前，给我盯紧了，千万别让他们逃走，否则唯你是问！"

对此，徐大江自是满口答应，"千户大人放心，小人已经让石头死死盯着他们了，保准跑不了，要不然小人再去盯着？"

一得沈刚点头，他就赶紧回到了原来的地方，与石头一起盯着，这可关系到身家性命，说什么也不敢马虎。

在他们二人的盯梢下，那一男一女似乎有所察觉，往这边看了一眼后，悄悄往后退去，显然是打算离开。

徐大江一边让石头跟上去，一边再次来到沈刚身旁，焦急地道："千户大人，他们好像发现咱们了，这会儿正准备走呢，您看这……该怎么办？"

"没用的东西！"沈刚狠狠瞪了他一眼，挥手将此刻在祠堂的士兵召集到自己身边，带着他们往西南方向行去，在穿过人群后，瞧见石头手足无措地站在那里，至于徐大江口中的一男一女已不见了踪影。

沈刚面色阴沉地盯着石头，"他们人呢？"

石头慌乱地道："小人……小人不知道，刚才明明还在的，就转个头的工夫，人突然不见了，也不知去了哪里！"

"我不是千叮咛万嘱咐，叫你一定要盯牢他们吗，你当我的话是耳旁风不成？"徐大江气得直敲他脑袋，心里怕得不得了，他是整个村子里唯一知道此事真相的人，闫重山若是怪罪下来……他简直不敢想象。

石头被敲得抱头鼠窜，满脸委屈地道："这不能怪我啊，谁叫他们跟个耗子似的跑那么快！"

"你还有脸说！"在用力踹了石头一脚后，徐大江转头赔笑道，"这么一会儿工夫，他们跑不远，小人现在就让人封锁村子，挨家挨户地查，一定能够找到他们！"

沈刚目光阴沉地道："徐大江，你最好祈祷能够抓住那群逆犯，否则……"他冷笑一声，没有继续说下去，但就这么半句话，已经让徐大江手脚发抖，冷汗直冒。

很快，徐大江的话传遍了这座两百余户的村庄，村民虽不知发生了什么事，但见徐大江说得郑重其事，依言在村中搜寻那一男一女。

祠堂里，石头见徐大江急得犹如热锅上的蚂蚁，摸着尚有些痛的脑袋道："舅舅，不就是两名奸细嘛，那么紧张做什么，以前又不是没有过。"

"你知道个屁！"徐大江瞪了他一眼，四下瞅了一下，见没人注意到他们，方才压低了声音道："要是让他们跑了，我跟你都要人头落地！"

石头被吓了一跳，结结巴巴地道："人头……落地？舅舅，我胆小，你……你可别吓我。"

"我自己都一个头两个大了，哪有心思吓你。"

"那两个……究竟是什么……人？"石头不自觉地摸着脖子，总觉得后面似乎有把刀架着，凉得瘆人。

徐大江看到他这个样子，没好气地道："现在知道怕了，刚才让你盯紧的时候怎么就不听？"

"我这不是……"

徐大江打断道："行了行了，你别跟我说了，有这空闲赶紧去找人，赶紧去！"在连推带搡地把石头赶出祠堂后，徐大江紧张地来回踱步，不时张望门口，度日如年。

在受了大半个时辰的煎熬后，终于有村民奔了进来，徐大江一把抓住他，满怀期待地道："可是找到了？"

村民用力点头，"是，我们在西南方向的曲连山脚下发现了您说的一男一女，按您的吩咐，让人远远跟着，保准丢不了。"

"那就好！那就好！"徐大江一颗心总算落了地，在吩咐加派人手盯梢后，急急去了祠堂旁边的青瓦大屋，将这个消息告知闫重山。

得知有了慕千雪的消息，闫重山当即拍案而起，"传本座命令，集结所有天机卫与士兵，随本座去曲连山抓捕逆犯。"

第二十九章
埋　伏

　　沈刚就在一旁，略略迟疑道："首座大人，只是抓捕几名逆犯罢了，所有人都去，会不会太多了一些？"

　　闫重山冷笑道："你以为慕千雪是那么好抓的吗？要真是这样，当初本座也不会让她逃出应天了，此女阴诡善计，狡诈如狐，谁若小瞧了她，吃亏的就是自己，就这一千多人，本座还嫌少呢。"

　　见他这么说，沈刚不再多言，点齐一千名士兵，随闫重山一道前往曲连山。

　　"首座大人您看，就在前面了。"徐大江指着前面一座郁郁葱葱的山林说着。

　　闫重山打量了一眼，冷声道："她倒是聪明，知道山林茂密，不易搜寻。"

　　徐大江一边小步跑着一边讨好地道："可惜再狡猾的狐狸也逃不出猎人的掌心。"

　　"同样的好运，不会有第二次。"在闫重山说话之时，他们已是到了曲连山脚下，不过并没有见到慕千雪人影，只有一名村民等在那里，瞧见这么大的阵仗，吓得说不出话来，直至徐大江问了几遍，方才回过神来，指着曲连山道："他们从这条路逃进山里去了，二虎几个跟了进去，这山里最多的就是苍耳，他们会沿路扔下，只要找着苍耳，就能够跟上他们。"

　　所谓苍耳，是一种长在山上的矮木，果子长有倒刺，但凡有人经过，那些倒刺就会钩住衣裳，借以传播，此物有治疗风寒头痛、风湿痹痛的功效，但也有小毒。

曲连山并不高，大约只有十来丈的高度，且地势平缓，攀登起来并不会太过费力。

徐大江一路沿着扔下的苍耳果实来到山腰，这里是一片很大的平地，长着一大片合抱粗的树木，茂密的树叶遮蔽天空，令此处看起来幽暗阴森；远一些的地方，则长着一大片竹林，细长的竹叶随风摆动。想是这阵子有人砍伐过竹林，许多竹子被砍得只剩下根部露在那里。

苍耳所指的方向就是这片树林，在走了约莫半炷香的工夫后，他们遇到了两名躲在树后张望的村民。

徐大江轻手轻脚地走上去，小声问道："人呢？"

其中一人指着前方道："村长您看，就在那里坐着呢，我们不敢跟得太近。"说着，他难掩惊艳之色，"那女的好生漂亮，跟个天仙似的，要是有这样的女子做婆娘，就算少活二十年也乐意。"旁边一人用力点头，显然也是认同他的话。

"少做你的春秋大梦。"徐大江轻斥了一句，睁目张望，这一看之下，顿时满脸疑色，这男子倒是他之前见的那一个，可女子就……大不一样了，分明不是同一个，真是奇怪。

"首座大人……"

"噤声！"闫重山抬手打断他的话，早在徐大江过去询问那会儿，他就已经发现了慕千雪与东方溯的位置。他这会儿心思全在抓捕慕千雪身上，哪还有闲心理会徐大江。

"沈千户，你带人将这一带包围起来，以免他们逃跑，小心一些，不要惊动他们，以布谷鸟叫为号。"

沈刚点一点头，挥手带了五百人猫腰离去，这些都是百里挑一的精兵，虽然数百人一起行动，愣是没发出什么动静，连脚步声也微弱得可以忽略不计，树林深处的那两人毫无所觉。

过了约莫半炷香的时间，树林对面传来"布谷！布谷！"的叫声，闫重山知道，沈刚已经形成了包围，随时都可以动手。

在命徐大江他们几人离开后，闫重山一按腰间的钢刀，带着天机卫一众大步往慕千雪所在的方向走去。

这一次，毫不掩饰的脚步声，很快惊动了林中的两人，当细碎的阳光落在闫重山脸上时，慕千雪大惊失色，连忙扶着树干起身，"你……你怎么会在这里？"

"当然是为了来见皇后娘娘！"闫重山皮笑肉不笑地道，"一别近月，皇后娘娘可还安好？让臣找得好苦啊！"

慕千雪面庞煞白地盯着他，厉声道："闫重山，你非要赶尽杀绝不可吗？"

闫重山一边逼近一边徐徐道："娘娘这说的是哪里话，自从娘娘离开后，陛下挂念得紧，叮嘱臣一定要带娘娘回去，臣不敢不从！"

"好一句不敢不从。"慕千雪极力压抑着心底的恐惧，咬了银牙道，"当年虽是萧若傲招揽的你，但真正选你为天机卫首座的人却是我，这一点你很清楚。闫重山，能否看在这份旧情上，放过我？来日我定当还你这个人情。"

"娘娘择选之恩，臣感激不尽，可惜，君命难违。"闫重山在离慕千雪数十步远的地方停下脚步，"还请娘娘不要让臣难做。"

"这么说来，就是没的商量吗？"慕千雪盯着闫重山停下的脚步，稍稍松了口气。

闫重山哈哈大笑，"素闻娘娘聪敏过人，玲珑剔透，怎么在这件事上也糊涂起来了，今日不抓你回去，死的那个人就是臣！"

"应天城已经让你逃了一回，这次……你哪里都别想去！"说完这句，闫重山脸上虚伪的笑意一扫而空，用力一挥手，无数士兵从四面八方拥了过来，将慕千雪二人重重包围。

慕千雪望着四周，寒声道："你早有埋伏？"

"没有十足的把握，臣又怎么敢现身呢。"闫重山得意地说着，"好了，闲聊到此为止吧，臣数到三，你们束手就擒，否则就别怪本座不客气了！"

"一。"

"二。"

在这紧张到令人窒息的气氛中，慕千雪忽地道："闫重山，你以为凭这么一些人，就可以擒住我了吗？"

"当然。"闫重山胸有成竹地道,"难道你们还能插翅飞出去不成?"

慕千雪仰头,望着密密麻麻遮天蔽日的树叶,一缕笑意优雅地溢出唇角,"凡人……总是那么无知!"

闫重山听着不对,但又说不出具体的来,"你什么意思?"

慕千雪长睫一动,素淡清冷的眸光落在闫重山身上,"我说你很无知,听清楚了吗?"

闫重山颊边肌肉一阵阵抽搐,怨毒在眼底凝聚,这么多年来,还是头一次被人当着面说无知,就连萧若傲也不曾这样说过。

第三十章
无情杀戮

"死到临头，还要占口舌之利，看来你真是活腻了。"他已是决定，不论慕千雪抵抗与否，他都要杀了这个女人，没人可以在愚弄他之后，全身而退。

反正萧若傲只要求杀了慕千雪，是死是活，根本不重要。

"口舌之利？"慕千雪嗤笑一声，"我没那个闲情逸致，倒是你，临死之前，可还有什么话要说？"

闫重山的眼神犹如是在看一个疯子，下一刻，他挥手下令，"拿住这两个人，若有抵抗，格杀勿论！"

"遵命！"随着这声答应，四周同时响起一片利刃出鞘的声音，寒光四射的刀锋顿时令这片树林又冷了几分。

"杀！"在异口同声的喊声中，无数士兵争先恐后地举刀朝慕千雪二人冲来，虽说抓到逆犯，人人有功，但第一个杀了慕千雪的人，必然占头功，这个机会，他们谁也不想错过！

面对蜂拥而来的士兵，慕千雪没有任何恐惧之色，反倒能在其眼底搜寻到几许怜悯，仿佛是在可怜这些士兵。

闫重山眉头微微一皱，定是他看错了，一个将死之人，就算要可怜，那也应该是可怜自己，怎么会……

这个念头尚未转完，东方溯突然一把揽住慕千雪的纤腰，用力一踏地面，整个人顿时飞了上去，护着慕千雪稳稳落在树干上。

以为躲在树上就可以活命了吗？愚蠢。

就在闫重山准备吩咐天机卫动手之时，异变突生！

冲在最前面的那一群士兵，突然飞了起来，确切来说，是他们的头飞了起来，带着殷红妖异的鲜血。

因为惯性，他们的身体在失去头颅之后，继续往前冲了几步方才倒在地上，随即那些冲天而起的头颅也从半空中落了下来，掉在他们身体旁边。

这一切发生得太快，后面那些士兵收势不住，继续往前冲去，结果也是一样，在别人还没看清的时候，头颅与身体已是分了家。

在死了上百人后，那些士兵方才终于收住了脚步，恐惧地望着前面堆成一座小山的尸体与头颅，眼里充满了恐惧。

他们也算是见惯杀戮与鲜血的，可这么诡异的事情，还是第一次遇到，实在太可怕了。

"怦怦怦！"所有士兵的心脏都在胸口狂跳着，盯着那一座尸山，说什么也不敢上前一步，唯恐自己会变成下一具尸体。

"怎么一回事？"在沈刚的言语下，士兵让开一条路，在瞧见满地身首分离的尸体时，沈刚也是眼皮一阵抽搐，不敢继续往前。

"小人也不知道，刚刚还好好的，突然间就成这样了，像有一把无形的刀，砍在他们的脖子上一样，诡异得很！"士兵一边说着，一边惶恐地打量着这片阴暗幽森的树林，唯恐那"刀"突然又出现了。

旁边一名士兵颤声道："千户大人，您说……这里……是不是有鬼？要不然他们怎么会死得那么诡异，要不然……我们还是走吧？"

"谁说要走？"

闫重山这么一喝，那些士兵就算心里再怕，也不敢出声，他大步走过来，袍襟带风，很快便越过了沈刚，且丝毫没有停步的意思。

沈刚怕悲剧重演，赶紧拉住他，"首座大人小心！"

闫重山的目光顺着那只手移到沈刚身上，"沈千户怕了？"

沈刚干笑一声，"有首座大人在，卑职怎么会怕，只是慕千雪诡计多端，小心一些总是好的。"

闫重山冷哼一声，挣开他的手，往虚空处一抹，"你自己瞧瞧。"

沈刚凝神望去，闫重山原本干净的指腹凭空多了一抹殷红的鲜血，这首座大人什么时候学会变戏法了？

见沈刚仍是满脸疑惑，闫重山屈指在虚空处一弹，顿时响起"嗡"的声响，同时细微的血珠不断自半空中落下。

这一次，沈刚终于看明白了，在他们前面差不多齐颈高的地方，竟横着一条钢丝，这树林里光线不明，再加上这钢丝细如发丝，若不细看，根本发现不了。

"看清楚了吗？这就是杀了他们的凶器。"说话之时，闫重山目光一直落在垂坐于树干上的慕千雪身上，忌惮之色，只增不减。

别看他现在一脸镇定，还识破了其中机关，其实也是一身冷汗，如果刚才他冲在前面，这会儿必定也与地上那些无头尸体一样。

慕千雪这个暗箭放得可真狠！

"这里也有一条。"

"还有这里。"

"这里也是。"

另外几边的士兵先后出声，皆是发现了横在他们身前的钢丝，在快速奔跑之下，这一根根细如头发的钢丝就犹如一柄最锋利的刀，能够轻而易举地割开他们的脖子，杀人于无形。

"看来你是早早布下陷阱，故意引我们来这里，可惜啊，只是雕虫小技，救不了你的命！"

"是吗？"伴随着这两个字，闫重山看到了此生最美的笑靥，当真是倾城绝艳，令他记起许多年前，在书中看到的一句话：

一笑倾人城，再笑倾人国。

饶是闫重山心思坚定如磐石，在这一刻，也不禁有那么一丝的恍惚。

同样地，这也是林中许多士兵此生看到的最后一幕。

"咻！咻咻！"无数刻意削尖的青竹自四面八方破空而来，在那些士兵反应过来之前，射入他们的胸膛之中。转眼之间，便已经倒下一大拨，而那些要命的青竹还在连绵不断地射来，无情地收割着他们的性命。

这不同于那几条钢丝，只要停下脚步就可以保全性命，不论他们动还是不动，那些青竹都如影随形，不死不休，与之相比，那四条钢丝根本不算什么。

随着死去的人越来越多，活着的士兵心生恐惧，他们争先恐后地往树林外逃去，只有少数几名士兵还有那些天机卫在死撑。

闫重山一边挥刀抵挡着一根根激射而来的青竹，一边睁着通红的双目朝那些逃走的士兵厉喝，"全部都给本座站住，谁敢离开此处，立斩无赦！"

没有人理会他，立斩无赦，那也是被抓到以后的事了，可现在要是不走，立刻就会死在这里，变成一具冷冰冰的尸体。

第三十一章
生死博弈

见他们不仅没有停下，反而逃窜得更快，闫重山气得几乎要吐血，一个不慎，手臂被尖如利剑的青竹划过，当即出现一道血淋淋的伤口。这还是他避得快，否则整条手臂都要被削下来。

为了追捕慕千雪，他带来了整个天机卫还有一千精兵，满以为就算慕千雪再诡计多端，也不可能赢得了自己。

可现在，他连慕千雪的衣角都没有碰到，就已经损兵折将，死的死，逃的逃，能用的没几个，就连自己也受了伤。

他终归还是低估了慕千雪，可惜……为时已晚！

沈刚用力斩断一根迎面而来的青竹，趁着空隙来到闫重山面前，急促地道："大人，情况对我们很不利，快……"后面那个字还没来得及说出口，沈刚突然感觉胸口传来一阵冰凉，低头看去，只见一截竹尖透胸而出，暗红的鲜血沿着竹尖"滴答""滴答"地往下滴。

下一刻，他带着难以置信的神色仰面往地上倒去，那根要了他性命的青竹随着身体与地面的接触，露出了全貌，三尺长的青竹混着黏稠暗红的鲜血，在微弱的阳光下显得极其妖异。

这是一场生死博弈，谁也不知道下一个死的是身边之人，还是……自己！

"沈千户！"闫重山目眦欲裂，这一次真是损失惨重，竟然连沈刚也死了。

沈刚的死，带走了士兵心里仅剩的那点勇气，逃走的人越来越多，不多时，留在树林中的，竟然只剩下区区十几人——要知道就在不久以前，他们还有整整一千多人。

闫重山怨毒地盯了一眼安然坐在树上的慕千雪，他终于明白，慕千雪眼中的怜悯因何而来，可惜，这一切发现得太晚了！

擒贼先擒王的道理，闫重山并非不懂，但一来青竹箭攻势太猛，从刚才到现在，一直没有停歇，他根本没时间跃上树去捉拿慕千雪，也不知那些人究竟准备了多少青竹箭；二来，他是老江湖，一眼就看出东方溯武功不弱，且不知道附近还有没有埋伏他们的人，所以不敢冒这个险。

一名天机卫边格挡青竹箭边来到闫重山身边，喘着气道："大人，不行了，我们快撤吧！"

闫重山死死咬着牙齿，几十年了，他还从没吃过那么大的亏，结果在同一个人手里接连吃了两次亏。

不报此仇，他誓不为人！

闫重山不是那种明知前面是死路，还要不顾一切往前冲，撞得头破血流的那种人，能够做到这个位置，自然有他的能耐与本事。

"撤！"闫重山当机立断，在一干天机卫的掩护下往外逃去，虽然十五等人全力袭杀，还是被那群天机卫拼死杀出一条血路，令闫重山得以逃走，代价是瞎了一只眼睛。

在确定树林里安全后，东方溯带着慕千雪飘落于地，"十五他们去追闫重山了，定不会让他逃走。"

慕千雪神色凝重地道："我倒不怕他逃走，就怕……"后面的话，她迟迟没有说下去。

"就怕什么？"

慕千雪摇一摇头，"没什么，希望十五他们赶得及。"

见她不欲说，东方溯也不再追问，"这里血腥气浓，我们出去吧。"

慕千雪微一点头，在走出树林后，她望着天边如血的夕阳，忽地道："有没有觉得我很残忍？"

"没有！他们是你的敌人，对付敌人，不需要任何同情，否则就是在与自己过不去。"

慕千雪低眉一笑，"你这算是在安慰我吗？"

"算是吧。"东方溯轩一轩眉,"话说回来,你怎知那是一个陷阱?"

当时他带了十九几个,准备去祠堂打探情况,并设法救那些被抓起来的南昭人,临去之前,被慕千雪唤住,并告诉他这件事很可能是个陷阱。

慕千雪展一展宽大如蝶翼的袖子,徐徐道:"此处离南昭并不近,经此而回应天,本身就不太合理;再者,萧若傲对南昭上下戒心极重,又岂会只派区区一名副千户押送这么多犯人。所以我猜,萧若傲应是料到了我们会从东境走,但东境线极长,他没办法全线防备,从而布了这么一个局,以此来引我们主动露面。"说到此处,她冷然一笑,"不过我也没想到,他如此舍得下本钱,派了那么多人来抓我。"

"即便萧若傲已为帝王之尊,你的存在依然令他害怕,只有杀了你,才能够安心。"停顿片刻,东方溯道,"经此一役,天机卫可算是全军覆没。"

慕千雪拂一拂被风吹乱的发丝,淡然道:"他已非昔日吴下阿蒙,损失一个天机卫不算什么,一声令下,很快就能重建;不过也正因为如此,天机卫……永远不可能变成神机营一样的存在。"

说完这句话,慕千雪掩唇剧烈地咳嗽起来,面色既红又青,东方溯忙替她拍背,待得止了咳嗽后,扶她在一旁的石上坐下,关切地道:"你今日耗费了太多精神,好生歇着,别再说话了。"

在察觉出南昭囚犯是一个用来诱捕他们的陷阱后,最好的法子,就是避开陷阱,尽快越过边境进入齐国地界。

可那些人皆是慕氏一族的人,慕千雪又怎能忍心眼睁睁看着他们死去,萧若傲与曹氏之所以让闫重山布下此局,就是料准了这一点。

他们猜对了,慕千雪确实无法对这些人坐视不理,但是,她用了一种谁也没想到的方法去应对。

她很清楚,既然这是一个陷阱,那么,一定有重兵隐藏在村子里,闫重山带领的天机卫十之八九也在。

这群人有备而来,若是直接交战,吃亏的必然是自己这一方。

要赢,就一定要出其不意。

之所以将埋伏之地选在这里,一来此处树木茂密,光线昏暗;二来旁边就有一片竹林，方便他们就地取材，只要稍加改造，竹子就是最好的弓与箭。

一边在树林里安排，一边让十九与东方溯去祠堂，引闫重山一步步踏入她反设的陷阱中。

第三十二章
祠堂要挟

不过,她也确实没想到,这一次,闫重山竟然带了上千名士兵来围捕她,幸好竹箭准备得足够多,再加上士兵突然遭到这种一边倒的屠杀,军心溃散,四下逃命。否则还真不好应付,唯一可惜的就是让闫重山给跑了,希望……自己担心的事情不会发生。

出谋划策这种事情,看似轻松,其实最耗费心力,历数各朝,但凡为军师者,多半不长命,就是因为这个原因。

歇息半晌,十五几人灰衣飘飘,飞快往山上掠来,很快就站定在他们面前,慕千雪扫了一眼,不曾见到闫重山,心不由得沉了几分。

"闫重山呢?"

十五眸光微微一闪,拱手道:"启禀王爷,属下们虽一路急赶,还是未能截住闫重山几人,令他们……逃回了祠堂。"

东方溯冷声道:"只是区区一个祠堂罢了,难道你们攻不进去吗?"

十九上前一步,"王爷,攻破一个祠堂自然不难,难就难在闫重山挟持了那些南昭旧人,一旦奴婢等人强攻,他就会玉石俱焚,杀了那些人陪葬。"

"你们何时变得这么无用,连一个受伤之人也截不住。"东方溯终于知道一直萦绕在慕千雪眉眼间的忧心是什么了。

十五不着痕迹地看了一眼旁边的十九,单膝跪地,"属下办事不力,请王爷治罪!"

慕千雪轻吸一口气,起身道:"现在不是追究这些的时候,闫重山提了什么要求离开这里?"

十五仰头道："闫重山不肯说，只说要见公主；我让十六他们盯着闫重山，短时间内，南昭那些人应该不会有危险。"与十九一样，他只对东方溯一人自称"属下"。

一听这话，东方溯眉头顿时拧了起来，"闫重山穷途末路，不知会做出什么事来，还是我去吧，我答应你，定会设法带慕氏一族的人来见你。"

慕千雪摇头道："我知道王爷是一片好意，但闫重山指名要见我，王爷此去，只会激怒闫重山，令事情恶化。"

"但是……"

"除了我与三哥之外，慕氏一族，就只剩下他们了，我不想拿他们的性命冒险，还望王爷明白。"

见她心意坚定，东方溯只得让步，"那好吧，我随你一起去。"

有了决定之后，一行人当即下山，跨上事先备好的马匹往祠堂疾奔而去，在最后一缕天光也被黑暗无情吞噬之时，他们终于赶到了祠堂。

祠堂的门紧紧闭着，除了门缝里透出的些许烛光，什么也瞧不见。

确知闫重山在里面后，慕千雪走到门口，冷声道："闫重山，我来了，开门吧。"

不一会儿，里面传来门闩移动的声音，紧接着黑红相间的门缓缓打开，令慕千雪得以看清里面的情况。

十几名老老小小被绑着跪在地上，几柄血迹未干的钢刀架在他们脖子上，一旦有所异动，他们立刻就会变成刀下亡魂。

闫重山坐在椅中，瞎掉的眼睛已经包了起来，剩下一只眼睛充斥着怨毒之色。

看到慕千雪，跪在地上的那些南昭旧人激动不已，有几个甚至落下泪来，无奈嘴里被塞了布，说不了话，只能发出"唔唔"的声音。

"你终于来了！"闫重山阴恻恻地吐出这几个字。

慕千雪压抑着心中的激动，在东方溯与十九的陪伴下抬步入内，迎着闫重山阴毒如蛇的目光道："你想怎样？"

闫重山抚着瞎掉的那只眼睛，一字一句道："娘娘好本事，不只一眼识破了我们的计策，还反将一军，令我们死伤惨重，高明，真是高明！"

慕千雪面无表情地道："这些废话不说也罢，只要你放了这些人，我就让你们离开这里，绝不食言。"

"娘娘倒是大方，可是……带不回娘娘，本座就算回到应天，也是死路一条。"

"天大地大，以闫首座的本事，又何必一定要回应天呢，齐国、燕国、东凌，哪一处不可安身立命？"

闫重山冷哼一声，"你说这些，无非是想要我放了他们，可以，不过你要答应我一个条件。"

"你只管说就是了。"慕千雪不喜欢这种被人拿捏在手里谈条件的感觉，但为了族人的性命，她只能暂时忍耐。

"很简单，只要……娘娘随本座回应天即可。"闫重山知道，萧若傲在意的，从来只有慕千雪一人，只要将她带回去，莫说只是死了千余人，就算是死几千乃至一万人，萧若傲也不会怪罪他，他依旧会是天机卫首座。

那厢，东方溯听到他的要求，当即沉声喝道："这绝无可能！"

闫重山看也不看他，盯着慕千雪道："以娘娘一人性命，来换取这么多人活命，这笔买卖可是一点都不亏。还是说，娘娘宁愿看他们一个个人头落地，也不肯救上一救？"

东方溯面容肃冷地道："杀了他们，你也休想活命。"

"我知道，所以才要多拉几个人垫背。"闫重山并不将他的威胁放在眼中，绕着那十几个南昭旧人走了一圈后，一把抓起跪在最后的绣儿，阴声道："不如……就从这个最小的开始！"

绣儿日间挨了沈刚好些鞭子，又被吊了许久，滴水未进，只剩下一口微弱的鼻息，与其说是跪着，倒不如说是躺在一旁的姐姐百宁身上。

被闫重山抓在半空中，她甚至连挣扎的力气都没有，只发出几声微弱似猫叫的哀求。

百宁急得眼泪直掉，不顾脖间的钢刀，慌声道："不要伤害我妹妹，求求你，她什么都不知道，你要杀就杀我，我求求你，不要伤害绣儿!"

闫重山根本不理会她的话,作势往地上掼去,慕千雪见状,急喝道:"住手!"

她认识这两姐妹,是堂兄代王的两个女儿,代王被封在南境为藩王,她与代王虽非亲兄妹,但感情甚好,出嫁之时,代王一家还特意从南境赶来送嫁。没想到,再见时,竟是这种情况。

闫重山止了手里的动作,"这么说来,娘娘是答应回应天了?"

第三十三章
宁为玉碎

"我们好不容易才逃出应天,绝不可再回去!"东方溯不动声色地打量着祠堂,左右倒是各有两个窗子,但闫重山早有防备,拿木板封了个严严实实,无法利用。

那厢,慕千雪银牙紧咬,她很清楚,一旦答应闫重山的要求,摆在自己面前的就是一条死路,可要是不答应……

这些是除了她与三哥之外,慕氏一族仅剩的人了,难道真要眼睁睁看着他们一个个死在闫重山手里吗?

闫重山露着森白的牙齿道:"娘娘想好了吗?本座可没太多的耐心。"为了增加威慑力,他又将一直提在手中的绣儿举高了几分,百宁在一旁哭得嗓子都哑了。

十九眸光微闪,轻声道:"王爷,不妨让公主先假意答应,有奴婢们在,他带不走公主的。"

东方溯想也不想便拒绝了她的提议,"不行,不可以拿公主的性命冒险!"

十九眼底掠过一道隐晦不明的光芒,低语道:"他需要靠公主脱身,一时半会儿,当不至于伤害公主,王爷大可以……"

"我说了不行就是不行,不必多言。"东方溯肃然打断十九的话,其实他心里明白,十九所言,不失为一个法子,但要他拿慕千雪的性命去冒险,他实在做不到。

慕千雪将他们的对话听在耳中,上前一步,沉声道:"好,我答应你!"

东方溯骇然色变，一把拉住她的手臂，"闫重山是个疯子，一旦……"

慕千雪微微一笑，打断了他，"我相信你！"

突如其来的四个字，令东方溯愣在了那里，好一会儿方才反应过来，她……这是将性命托付给了自己。

良久，东方溯缓缓松开抓着她胳膊的手，以一种近乎立誓的语气道："你一定不会有事。"

慕千雪笑一笑，举步往闫重山行去，刚走了两步，便有人大喊，"不可以！"

说这句话的，是南昭旧犯中一名须发皆白的老者，话音未落，一名天机卫已是抬脚狠狠将他踹倒在地，"老东西，闭上你的嘴！"

老者本就体弱，再加上一路奔波折磨，当即被他踹得吐血，令慕千雪痛心不已，"皇叔！"

"不许过来！"老者顾不得口中腥甜的鲜血，厉声喝止住慕千雪的脚步，代价是又吐了一大口血，看这样子，那一脚怕是踢伤了他的内腑。

老者抹去嘴边的血，悲声道："我们死了不要紧，但璇玑——你一定要活下去，灭西楚，复南昭，为皇兄，为千千万万死在萧若傲手里的南昭人报仇！"

闫重山怕他坏了事情，又是一脚狠狠踢在他身上，恶声呵斥，"给本座闭嘴！"

老者接连吐了几口血，面色灰败，然他的目光一直不曾离开过慕千雪，"璇玑，南昭是因你而毁，复辟南昭，是你欠我们的；答应我，在毁灭西楚、复辟南昭之前，不可以为任何事任何人置身于危险之中，更不可以死！"他并不知道慕临风也活着，以为只剩下慕千雪一人。

"皇叔……"

老者厉声打断她的话，"答应我！"

这一路逃亡，不论怎样艰难辛苦，慕千雪都不曾掉过一滴眼泪，可现在，眼泪却止不住地顺着脸颊往下落，濡湿了素白的衣襟。

她明白皇叔的意思，可是……这个决定对她来说，实在太难太难……

"闭嘴，本座叫你闭嘴！"闫重山气急败坏地将绣儿扔在地上，一把夺过天机卫手中的钢刀抵在老者满是皱纹的颈间，"再敢说一个字，本座现在就杀了你！"

如果慕千雪听了他的怂恿，不管这些南昭族人的死活，那他就完了。

"璇玑，父亲说得没错，你是南昭唯一的希望，绝不可以死在这里，更不能因为我们而死。"说话的是老者身边的中年人。

"公主活着，南昭就有希望。"

"萧若傲背信弃义，灭我南昭，杀我族人，公主一定要替死在他刀下的千千万万冤魂报仇！"

愤恨的声音一个接一个响起，令闫重山又慌又怕，瞪大了唯一的一只眼睛厉喝道："闭嘴！全部都闭嘴！"

没有人理会他，甚至连看一眼也不曾，一个个皆盯着闭目流泪的慕千雪，他们的反应令闫重山越发害怕，握刀的手不住颤抖。

"答应我！"老者拼尽全力的大吼，犹如一道惊雷，在慕千雪耳边狠狠炸响。

她睁开眼，迎着众人的目光，在一阵阵噬心的疼痛中艰难道："我答应你！"

听到她的话，老者长长松了一口气，露出一抹与此处格格不入的笑容，"有你这句话，我就放心了……放心了……"

话音刚落，老者突然从地上爬起来，用被绑住腕部的双手死命抓住闫重山手里的钢刀，狠狠往自己脖子抹去。

伴随着锋寒掠过，血花飞溅，老者的身影如断线风筝一般，倒在地上，一动不动，只有鲜血还在争先恐后地自颈间伤口处涌出，在地上汇聚成泊。

老者死了，但他的嘴角始终挂着笑容。

闫重山尚未自这重重血色中回过神来，又有一人握住尚在滴血的刀划过自己的脖子。

不，不止一个人，其他几名天机卫的刀也先后被人握住，刀锋轻寒，收割着一条又一条的性命，仿佛回到了当初萧若傲带兵攻入南昭京师大肆屠杀时一样，不同的是，他们是主动求死。

对于这群南昭旧人而言，侥幸活下来，也将一辈子背负着亡国奴的痛苦，倒不如一死，以换取南昭复辟的机会。

闫重山无论如何都想不到，这群南昭人竟会一心求死，等他反应过来的时候，南昭人已是差不多都死了，只剩下少数几人。

看到族人一个个死在自己面前，慕千雪无力地跪在地上，泪流满面，她没有出声阻止，因为她清楚，这些人都抱定了必死之念，不会因自己几句劝阻而放弃，他们……宁死也要护住自己，护住复辟南昭的希望！

"不许死，没有本座的许可，谁都不许死！"闫重山用力推开又一个往他刀上撞来的南昭人，可惜为时已晚，一道深可见骨的伤痕出现在他颈间，很快便断了气，至此，只剩下百宁与躺在地上生死不知的绣儿两人。

第三十四章
一败涂地

百宁瑟瑟发抖地跪在地上,半边身子与脸颊溅满了身边人的鲜血,乍一眼看去,犹如刚从血泊里捞出来一样,与另一边形成鲜明对比。

"蠢货,都是一群不知死活的蠢货!"随着手里的棋子一个接一个消失,闫重山慌乱不安,眼见十五等人渐渐逼近,他急忙将百宁抱在怀里,将刚刚饮了好几个人鲜血的钢刀横在她细嫩的颈间,紧张地道,"站住,你们……你们再敢过来,我就杀了这个丫头!"

示意十五几人停下后,东方溯盯着浑身上下都透着慌乱的闫重山道:"你输了,投降吧。"

这句话刺到了闫重山的痛处,近乎歇斯底里地吼道:"没有!本座没有输,本座绝不会输!"

在努力平息了一下粗重的气息后,他眼眸通红地盯着尚跪在地上的慕千雪,"立刻随本座走!"

慕千雪抬起满是泪痕的双眼,盯着闫重山布满阴狠之色的那只独眼,良久,她忽地抚去脸上的泪痕,撑地站了起来。

东方溯神色一紧,扶住她道:"你不可以跟他走,否则就辜负了那些为你而死的族人。"

"我记得答应过皇叔的话,不灭西楚,不复南昭,我慕千雪绝不死。"慕千雪的声音异常平静,如寂静的湖面,不见一丝波动。

"姐姐……"地上传来轻如蚊呐的声音,百宁一个激灵,连忙低头看去,果见绣儿睁开了一丝眼皮,她被刀架着脖子,无法动弹,只能安慰道:"绣儿你别怕,姐姐在,姐姐会保护你的。"

"姐姐，我好难受……好……"绣儿吃力地朝百宁伸出短短的手臂，然而只伸到一半便颓然落地，一动不动，那双眼睛也随之闭了起来，静静躺在地上，犹如睡着一般，可是众人都明白，绣儿……再也不会醒过来！

百宁愣在那里，大脑一片空白，待得反应过来后，她悲声大哭，"绣儿！绣儿！"

若非亲眼所见，任谁都无法想象，如此悲恸的声音是从一个七八岁的女孩口中发出的。

"放开我！放开！"百宁像发疯一样拼命挣扎着，更张口狠狠咬在闫重山手腕上。

"啊！"后者猝不及防，下意识地松开手，百宁趁这个机会逃离他的控制，往绣儿奔去，还没奔两步，后背突然传来一阵剧痛，紧接着一阵天旋地转，摔倒在地上。

原来是闫重山被百宁所伤，恼恨加冲动之下，挥刀砍去，刚一砍完，闫重山就后悔了，百宁是他最后一张护身符，结果却被他自己给毁了，真是失策。

错已铸成，后悔无用，逃命要紧！

闫重山反应极快，一发现不能再用百宁威胁慕千雪后，就立刻奔到窗边，用力一脚踹破钉在窗上的木板，窜身逃了出去，余下那几名天机卫紧随其后，没入茫茫黑夜之中。

不等东方溯吩咐，十五与十九等人已是朝他们逃走的方向飘然追去。

慕千雪奔到百宁身边，抱起满身是鲜血的她，泪水无声落下，滴在百宁苍白如纸的脸庞上。

"姑姑……"百宁睁着双目，吃力地道，"我……疼……"

"姑姑知道！姑姑知道！"慕千雪泣声道，"是姑姑没用，不能保护你们，对不起，百宁，对不起！"

"姑姑，我很累……也很想……爹和娘……"百宁眼中的神光正在迅速涣散，她的生命已是到了尽头……

慕千雪抱着她越来越凉的身子，眸色悲凄地道："睡吧，睡着了就能看到他们了。"

"真的吗？我真的可以看到爹和娘？"百宁急急问着，精神看着似乎比刚才好了一些，但慕千雪知道，这只是回光返照罢了。

"当然是真的，姑姑怎么会骗你，睡吧，好好睡吧，从此以后，再也不会有人伤害你与绣儿，你们一家人会幸福地在一起，永远永远……"

低头看去，百宁已是闭上了双眼，嘴角微弯，带着一抹淡淡的笑容。

自萧若傲屠灭南昭之后，她与绣儿从郡主沦为了逃犯，整日东躲西藏，没有一天安生日子，后来他们被闫重山所擒，因为试图逃跑，父母被闫重山所杀。

她亲眼看到父母满身是血地倒在自己面前，那是她八年来见过最可怕的一幕，她很害怕，但又要装着坚强，因为父母死后，她是绣儿唯一的依靠。

这一路，她既要忍受闫重山那群人的苛待，又要用自己小小的肩膀替绣儿遮风挡雨，过得极其辛苦。

现在终于结束了，正如慕千雪所言，再没有人能够分开或者伤害他们一家……

茫茫夜色中，一轮明月悬挂在夜空中，静静睇视着底下一追一逃的两拨人。

闫重山提气疾奔，身后的天机卫一个接一个死去，听着身后接连响起的惨叫声，他没有去救，甚至没有回头看一眼，这种时候，没有比保住自己性命更重要的了。

闫重山虽擅长御气之术，但这样长时间提气飞身，渐渐也有些受不住，无奈后面那几个人犹如附骨之疽，一直追着他不放，只能咬牙继续运起轻功逃命。

在又奔了一炷香的时间后，一座大山挡住了闫重山的去路，正是日间来过的曲连山，不知不觉间，竟是跑到了这里。

闫重山不忧反喜，脚下又加快几分，迅速逃入山中，等十五他们追上来的时候，已是不见了踪迹。

十五看了一眼黑幽幽的山林，冷声道："进去搜，一定要抓到他。"

"是。"诸人应了一声，各寻了一个方位往山上掠去，神机营之人，自小就锻炼夜视能力，此处虽暗，但还难不倒他们。

十九一边在幽暗的山林里走着，一边警惕地看着四周，夏虫躲在草丛中，发出细细的鸣叫声。

"啪！"细微但明显异于虫鸣的声音自左前方钻入五官六识比一般人灵敏的十九耳中，这分明是树枝被踩断的声音，夏虫没有这个能耐，也就是说……

十九收敛了脚下的声音，悄悄往左前方行去，她身子轻盈，再加上轻功不错，这一路过去，竟是半点声音也没发出。在走了约莫七八丈后，借着月华之光，看到一株大树后面有一道淡淡的影子。

闫重山果然躲在这里，哼，这次看他还能往哪里跑。

第三十五章
两次私纵

十九在心里说了一句,越发小心地挪步过去,小巧精致的匕首已是握在掌中,在离着还有一丈路时,她忽地停下了脚步,眸色深深,不知在想些什么。

静立半晌,十九做了一个谁都想不到的决定,她悄然收起匕首,竟然转身离去,与来时一样,没发出任何声音,藏身于树后的闫重山并不知道自己刚刚在鬼门关前转了一圈。

在十九走出约莫十余丈时,身后传来一声惨叫声,这个声音……

十九神色为之一变,急忙回头看去,只见闫重山满面恐惧地仰面倒去,另一个人站在他旁边,手中拿着一柄尚在滴血的长剑。

十五?

看清那人模样后,十九满面疑色,她明明记得十五是往东南方向搜寻的,怎么会出现在截然相反的西北方向?

十五在杀了闫重山后,往十九方向走来,不知为何,明明他一如以往那般面无表情,却令十九感觉到一种无形的压力。

十九压下这种莫名其妙的感觉,朝已经走到近前的十五道:"你怎么会在这里?"

十五盯了她片刻,冷声道:"我若不来,闫重山已经逃走了。"

"原来他躲在这里,差点让他给蒙混过去了。"十九故作惊讶地说着。

十五眼底掠过一丝痛意,"是被他蒙混过去,还是你有意放过他?"

十九没想到他一开口就是这话,心头大是惊悚,强自镇定地道:

"认识你这么久，倒不知道原来你也会开玩笑。"

"你很清楚，我不是在开玩笑，而且……这也不是你第一次放过闫重山。"

十九暗暗攥紧屈起的十指，冷声道："我不知道你在说什么，既然闫重山已死，那么回去复命吧。"

十五一把拉住欲要离去的十九，"你还准备瞒到什么时候？"

十九用力挣开他的手，冷眸道："我说了不知道你在说什么胡话。"

见她到了这个时候还不肯承认，十五有些气恼地抬高了声音，"是不是到了王爷面前，你也准备这个样子？"

十九身子瞬间变得僵硬，殷红的朱唇亦变得一片灰白，低声道："你怎么知道这些？"

十五长叹一口气，"你虽武功不弱，轻功也很好，但内力不足，一旦遇到闫重山这种内力深厚之人，会很被动，所以今日下午，奉命追捕闫重山之时，我怕你有危险，就悄悄跟在你后面，结果却让我发现，你明明发现了闫重山，却假装没看到，纵容他逃回祠堂，这次又是这样。十九，你为何要这么做，难道你认识闫重山？"

十九冷声道："我三岁就被带回了神机营，从此一直待在神机营中，直至两年前，方才开始追随王爷，这一切你又不是不知道，我岂会与闫重山相识。"

"那究竟是为什么？"十五自己也觉得不太可能，但除此之外，他实在想不出十九一再放走闫重山的原因。

十九垂目未语，直至十五又一次催促，方才迎着十五的视线，"你如何看慕千雪？"

十五一怔，拧眉道："无端端怎么问起这个来？"

"回答我！"

在十九的坚持下，十五思忖片刻，道："她很聪明，用'多智近妖'四个字来形容，一点也不为过。要不是她，我们死的就不会只是十七一个人。"

"你错了。"十九冷冷否决他的话，"若不是她，十七不会死，王爷也不会几次陷入险境。"

"你这是什么意思？"十五隐隐似乎抓到了什么，但具体也说不出。

"红颜祸水，对王爷来说，她——就是最大的祸水。"这十七个字，十九说得极为缓慢，足足用了比平常多一倍的时间方才说完。

这句话犹如一片极薄极利的柳叶刀划过皮肤，令十五起了一粒粒的鸡皮疙瘩，之前模糊的想法，也在这一刻变得清晰，"你放过闫重山，是为了借他的手来杀慕千雪？"

"我是为了王爷好。"十九这句话，等于间接承认了十五的话。

"你！"十五眉心怒气涌动，呵斥道，"王爷所下的命令，是让我们全力保护慕千雪，你却反过来要杀她，疯了不成？"

"疯的那个人是王爷！"十九冲口而出，青色的广袖长裙被夜风拂起，如迷失在午夜街头寻不到归处的蝴蝶。

十九极力平息了一下，冷声道："你相信王爷当真是因为庄亲王，才冒这么大的险来西楚救人的吗？"

"不然呢？"

十九唇角微弯，勾起一抹冰冷的笑意，"四年前，王爷前往南昭求亲未果，四年来，任太后与陛下如何劝说，王爷都始终不肯成亲。为什么？不是因为王爷不想成亲，而是他放不下心里那个人。"

"你是说慕千雪？"

"不是她又是谁。"十九眯了那双好看的杏眼，冷冷道，"惊世之才，倾城之貌。呵呵，倒真是一点不假。"

十五竟自十九这句话里，听出一丝妒意，脱口道："你喜欢王爷？"

长睫在幽明不定的月色下狠狠一颤，十九不自在地别过头，"你不要胡说。"

十九这个反应，令十五更加肯定自己的猜测，她……真的对东方溯动了情。

一丝无人知晓的酸痛自心底生出，随着经络中温热的血液蔓延至四肢百骸……

"可还记得初入神机营时，我告诉你的第一条规矩是什么？"十九被带回神机营时，第一个见到的，就是十五。

"我没有对任何人动情，你……"

"回答我！"清冷如冰雪的声音打断了十九后半句话。

十九咬一咬银牙，凝声道："断绝七情，摒弃六欲；不问对错，唯主之命是从。"

"你既记得，为何还要明知故犯？你可知万一这件事被尊者所知，会有什么样的后果？"

十九垂在身侧的手指微微一颤，"我说得很清楚，我没有动情，更没有喜欢王爷。同样的话，我不想再说第三次。"

十五看了她片刻，"既不曾动情，为何要一再利用闫重山来杀慕千雪？"

十九吸了口气，冷声道："神机营的使命，是保护王爷；可慕千雪的存在，却会令王爷屡屡陷入险境。"

第三十六章
归来之日

"这次潜入西楚是危险了一些,但好歹都会过去,只要我们回到北周,就不会有事了。"

"你将事情想得太简单了。"十九嗤笑道,"我有一次听到王爷与慕千雪言语,王爷应允会助她复辟南昭,所以往后王爷的危险只会多、不会少,唯一的法子就是杀了慕千雪,帮王爷永远摆脱这个祸患。"

这件事十五倒是不知,默然片刻,他道:"你可曾想过,如果此事被王爷所知,会怎么样?"

十九目光倏然一厉,森然道:"你想去告发我?"

"天下无不透风的墙,王爷终有一天会知道。"

十九扬一扬线条优美的下巴,幽声道:"就算当真有那么一天……我也不后悔!"

十五胸口一阵翻绞,一种无法言喻的难受充斥在每一次呼吸间,"所以,慕千雪是非死不可了?"

"是!"

在得到十九肯定的答复后,十五深吸一口气,颔首道:"今日之事,我就当什么都不知道,至于能否杀得了慕千雪,就看你自己了,我不会过问,也不会帮你。"

他这句话等于默认了十九的行为,令后者松了一口气,"多谢。"

在十九转身离去之时,十五忽地道:"记着,一入神机,回头无岸。我不希望有朝一日,要亲手处决你。"

"不会有那一日。"十九头也不回地说着。

他们回去，那些南昭旧人的尸体已经入土安葬，就葬在祠堂西面的一块空地里，月光照在一个个坟丘上，透着无言的悲凉与凄冷。

东方溯竖好最后一块墓碑，来到跪地不起的慕千雪身边，"我与此处的几户村民说好了，每逢清明寒食，他们都会来此祭奠；待你复辟南昭之后，再将他们的尸体迁回故乡安葬。"

"多谢。"慕千雪的脸色苍白若素，月光下，透明得不见一丝血色。

东方溯看着她清减憔悴的面容，轻声道："我知道现在说什么都无法平息你心中的悲痛，但……"

"我没事。"慕千雪抬起那双红肿但已经不再流泪的双眸，"在复立南昭之前，我不会让自己有事。"

东方溯本就不擅长安慰人，见她这么说，点头道："那就好，不管你做怎样的决定，我都会倾力相助。"

慕千雪默默望着眼前这个沉默寡言的男子，再一次道："多谢。"

"见外了。"说着，东方溯道，"我已经让人去接江越与夏月了，趁着离天亮还有些时间，我扶你去睡一会儿，待天亮后再去齐国。"

江越与夏月皆不懂武功，为免埋伏闫重山之时被误伤，东方溯让人将他们安置去了安全的地方。

慕千雪借着东方溯的搀扶，吃力地站起身来，"夜长梦多，万一消息传到离此不远的西楚军营，那边派兵来围剿，我们便走不了了，还是现在就动身吧。"

经她一提，东方溯也意识到其中的风险，当即道："好，等江越二人一到，就立刻动身前往齐国。"

见他们说完了话，候在一旁的十五拱手道："启禀王爷，闫重山被诛杀于曲连山，他手下的人亦无一逃走。"

"好，辛苦你们了。"可想而知，当这个消息传到应天时，萧若傲会是多么地震惊与愤怒，区区十几人，竟毁了他悉心培养了四年的天机卫与一千精兵，简直是匪夷所思。

相信从今往后，"慕千雪"三个字，将会成为萧若傲最大的心病！

西楚与齐国交界线，就在村子的东边，从祠堂过去，不过半个时辰的路程。

两国边境线延绵长达百里，所以除非战时，否则并没有人看守，只有一道不足一丈宽的河沟勉强作为天然的阻隔。

这对于神机营众人来说，自不是什么事，很快就从附近伐来树木做成木筏以供渡河。

慕千雪站在离河不远的一个小小丘顶上，默默望着笼罩在晨曦中的西楚，晨风拂过，吹起她素净如霜的衣裳，勾勒出衣下消瘦单薄的身形。

东方溯走到她身后，轻声道："木筏已经做好，我们走吧。"

"好。"慕千雪简短应了一声，随他下了土丘，在登上木筏的那一刻，她再次回头，将这个毁了她所有一切的地方牢牢记在心中。

归来之日，就是西楚覆灭之时！

随着进入齐国地界，将近一个月的逃亡，终于画上了一个句号，齐国与北周虽互相提防戒备，但表面还维持着正常的邦交，互通往来，令东方溯一行得以以行商的身份顺利进入北周地界。

至此，众人的心总算是可以彻底放下了，萧若傲就算手再长，也不可能伸到北周来，从边境过去，大约七日后便可赶到北周的都城——金陵。

不过，对于东方溯而言，在抵达金陵之前，还有一件事情要解决。

进入北周地界的第二日，他们赶到了离边境最近的一座县城，选了东街一家客栈落脚，地方虽不大，但收拾得还算干净。

江越在他自己的那间客房中徐徐踱步，眉宇紧紧皱着，不知在思索什么。

"笃笃笃"叩门声打断了江越的凝思，他随口道："什么事？"

"小二说他们这里有新采摘来的上等洞庭碧螺春，本王要了一些，想与江大人一起品茶，不知可否？"

听得是东方溯的声音，江越连忙开了门，果见东方溯站在门口，赶紧将他请了进来，随即拱手赔罪，"下官以为是店小二，言语不敬，还望王爷见谅。"

"不知者不怪。"东方溯将一个茶罐子放在桌上，"若本王没有记错，洞庭碧螺春应该是江大人最喜欢的茶。"

江越惊讶地道:"正是如此,王爷如何知晓?"

东方溯薄唇微勾,"不如咱们一边品茶一边说?"

"王爷说得是,下官这就让小二送水来。"在命小二拿来刚烧开的滚水后,江越一边沏茶一边揣测着东方溯的来意,在来西楚之前,他与东方溯并无什么往来,顶多就是朝上看到、见了面行个礼而已。

"王爷请。"他将一盏刚沏好的碧螺春茶递给东方溯,后者抿了一口碧绿清澈的茶汤,颔首道:"清香幽雅,鲜爽生津,确是上好的碧螺春。"

第三十七章
江 越

江越随之抿了一口,附和道:"确是很不错,论香气,比下官在京城花大价钱求来的碧螺春还要好上几分,想不到边陲小镇之中,竟会有此等好茶,真是令人意外。"

这句话后,屋中静了下来,二人各自慢慢啜饮着茶水,皆在等着对方先开口。

江越等了半晌,始终不见东方溯言语,终是忍不住道:"王爷,你何以知道下官钟爱这碧螺春?"

东方溯盯着他道:"在回答这个问题前,本王想先问江大人一件事。"

江越垂目道:"王爷只管问就是了,下官定当知无不言,言无不尽。"

"好。"东方溯摩挲着轻薄透光的茶盏,扬眉道,"江大人认为本王那些个护卫如何?"

江越眸光微微一跳,不动声色地道:"王爷可是说十五他们?"

在东方溯点头后,江越斟酌了话语道:"十五他们身手高绝,骁勇善战,对王爷更是忠心耿耿。这一路上,若没有他们拼死相护,就算公主有千般智计,咱们恐怕也难以全身而退。"

"仅此而已?"

江越挑眉,疑惑地道:"王爷以为还有什么?"

东方溯盯了他片刻,徐徐摇头,"本王一直觉得江大人是一个光明磊落之人,不承想也有这样言不由衷的时候。"

江越清咳一声,略有些不自在地避过东方溯的目光,"恕下官愚钝,不明白王爷之意。"

"你猜到他们的身份了是不是？"东方溯突然没头没脑地问了一句。

"他们是王爷护卫，身份简单明了，又何须猜测。"阳光自临街的那一侧镂空方格窗扇中投进来，照见江越面皮下绷紧的肌肉。

"既然江大人不愿说，本王也不勉强，只请江大人答应本王一件事。"

"王爷请说。"

"在进入金陵之前，除却十九之外，其他人都会离开，希望江大人不要与任何人提起他们，就当……从来没有见过。"

"连陛下也不能？"

在得到肯定的答复后，惊色攀上了江越眼眸，他确实猜到了十五等人的身份，但一直想不通他们为何会跟随东方溯潜入西楚救人，神机营……从来都是只属于帝王。

要说周帝借调神机营给东方溯，也不对，若他们一开始就打着闯宫救人的主意，又何必派自己出使西楚，多此一举。

现在，他似乎明白了，但……神机营在东方溯手中，这可能吗？

可若非如此，东方溯又何必特意请他隐瞒？

还有先帝，为何要将神机营传给一名他并不宠爱的庶出皇子？

疑问一个接着一个浮上心头，几次欲问，又不知从何问起，正自思忖间，东方溯的声音在耳边响起，"说了这么多，本王还不曾回答江大人之前的问题，真是不该，江大人现在可想听？"

江越勉强平定了一下纷乱的心思，欠一欠身，"下官愿闻其详。"

"江越，字崇耀，虽家境贫寒，但聪颖过人，十年寒窗苦读，十六岁那年中举，十八岁进士及第，十九岁入刑部为官，虽无背景，但因能力出众，熟悉刑名律例，短短五年间，由七品笔帖式升为正五品刑部郎中。

"就在前途一片光明之时，他无意中发现刑部尚书郑全利用流落街头的乞丐或是孤儿，顶替那些犯了死罪的人，从中获利。每次那些人被押上行刑台前，郑全都会安排狱卒事先灌下哑药，令他们口不能言，至于负责验明正身的两名官员也是郑全的人，上下串通之下，那些无辜之人无处申冤，横死于刽子手之下。

"有能耐买通郑全的，都是朝中的达官贵人，此事一旦被揭露出来,震动的远不止一个刑部,而江大人也会置身于危险之中,被无数人视为眼中钉、肉中刺;相反,只要你不将此事说出去,无数金银就会自动送上门来,用之不尽,但你还是决定去揭开这黑幕,为什么?"

"为官者明知百姓有难而不闻不问,枉读圣贤书。"江越声音微微发颤,思绪亦被带回到了两年之前。

"不错,那一告,除了刑部之外,又牵扯出三品以上官员四人,三品以下十余人。本王至今仍记得两年前,你在朝堂上的那一番犀利言词,斥得那些人无言以对、羞愧难当,着实令本王佩服。

"那一日后,除主犯郑全流放边塞外,余党也一律罢官革职,永不叙用;被私纵的那些死囚犯也一一追回,重新行刑。"

江越苦笑道:"郑全残害无辜百姓,其罪又岂是流放就可以抵消的,分明就是陛下有意轻判。说穿了,还不是因为郑全有一个在宫中为宠妃的女儿。"

东方溯默然不语,这件事他听母妃说起过,郑妃为了保住郑全的性命,天天在皇兄面前以泪洗面,甚至在寝宫中上吊,幸好被宫人及时发现,否则已是香消玉殒。皇兄虽气愤郑全所作所为,但到底舍不得郑妃,所以最终还是饶了郑全性命。

为了这件事,江越曾一连上了几道折子,请求改判郑全死罪,可惜东方洄心意已定,那些个折子全部石沉大海,杳无音讯。

"自那一事后,本王就在心里将江大人引为知交,后来又有幸在白鹿书院举办的茶王辩论大会上见到江大人雄辩滔滔,驳得对手哑口无言,也就是在那个时候,知道江大人最喜欢的茶叶,是洞庭碧螺春。

"正是因为见过江大的人品口才,故而在思索出使西楚人选之时,本王第一个想到的就是江大人。"

江越愕然道:"这么说来,下官出使西楚一事,是王爷向陛下所提?"

"不错,皇兄本不同意,本王几番劝言,方才勉强应允。"说到后面,东方溯神色微有些不自在。

江越眼角微微一搐,定了神后,他道:"既然王爷举荐了下官,何以又亲来西楚?"

在替各自加满茶水后,东方溯捧着温热的瓷盏,道:"不瞒江大人,本王原想着萧若傲迫于北周压力,怎么着也会将公主交出来;直至与慕兄一番促膝长谈后方才发现,这个想法太天真了。"

"何出此言?"

第三十八章
帝王心术

东方溯眸光深深地道:"这一路上,江大人也见到了公主的智谋妙计,萧若傲一个庶出的皇子,却笑到了最后,江大人以为,谁人厥功最甚?"

江越轻轻倒吸一口冷气,"公主?"

"不错,这也是当年萧若傲前往南昭求亲的真正原因,他的目的,从来只在于帝位。"

"原来如此。"江越恍然大悟,他之前一直觉得奇怪,何以萧若傲会对慕千雪如此在意,为她一人出动了整个天机卫不说,还特意调来一千精兵,现在想来,一切都通顺了。

换了是他,也会不惜一切代价,杀掉慕千雪,让这样的一个人活着,实在太过可怕。

"所以几经思量,本王决定亲自带兵来西楚救人,虽说几经危险,所幸有惊无险,眼下……"他望着江越道,"就看江大人是否愿意替本王保守秘密了。"

"这……"

"江大人不必急着回答。"东方溯打断他的话,"此地离金陵还有数日路程,入金陵前,江大人再回答本王不迟。"

江越心中确有犹豫,见他这么说,自是求之不得,"也好。"

东方溯看了一眼窗外的天色,"好了,本王不打扰江大人了,小二待会儿会送晚膳上来,用过后早些歇息,明日一早还要赶路,罐中剩下的那些碧螺春,江大人留着慢慢品。"

江越这会儿最需要的就是静下心来好好想一想东方溯刚才那番话，当即起身送东方溯离开。

十九就等在外面，瞧见他出来，急忙问道："王爷，江越答应了吗？"

"暂时还没有。"东方溯迟疑片刻，带着十九去了与此相隔数间的客房，叩门后走了进去。

"来了。"慕千雪淡淡一笑，在东方溯坐下后，将一碗酒酿丸子推到他面前，"这是小二刚送来的，说是北周特有的小吃，我还是第一次吃，很不错。"

东方溯尝了一口，道："这里的酒酿丸子做得不够地道，等到金陵之后，我带你去吃正宗的。"

"好。"慕千雪打量着他道，"见过江越了？"

东方溯搁下手里的小勺，"嗯，按着你的话，都与他说了，但是……这样真的合适吗？"

慕千雪扬脸道："不相信我？"

"当然不是，我只是怕会适得其反，倒不如照我之前说的，寻个其他借口，直接将十五他们的身份瞒过去更好。"

慕千雪摇头道："江越心思缜密，你所谓的那些借口，根本骗不到他，反而会令他觉得你满口谎言，不值得信任。"

十九插话道："依我说，最好的方法就是直接杀了江越，只有死人才能够保守秘密，也省得费这么多心思。"

夏月最是看她不顺眼，一听这话，当即嗤声道："一张嘴就是杀人，你以为杀人跟杀鸡一样简单吗？"

十九眼底寒芒闪动，这个夏月屡屡与她作对，若非碍着王爷，早就送她去见阎罗王了，偏她还毫无所觉，真是蠢到家了。

慕千雪将十九细微的神色变化看在眼中，容色淡淡地道："杀一个江越不难，难的是回京之后，如何向周帝交代。"

"这有什么难的，就说途中被追兵给杀了。"十九不以为意地道，"难不成陛下还会派人来西楚查吗？"

"如果真是如此呢？"

十九想也不想便道："不可能。"

慕千雪转着手里的茶碗，徐徐道："想要做到算无遗策，就要考虑到任何一种可能。"

十九对她的话嗤之以鼻，慕千雪也不与之辩解，将视线重新转到东方溯身上，"王爷以为，江越对周帝是何心思？"

东方溯想一想道："皇兄是君，他是臣，他对皇兄自是一片忠诚。"

慕千雪笑一笑，"三年前自是如此，现在……却未必。"

"为什么？"

"你跟我说过，在江越揭发刑部上下串通一气，以乞丐孤儿顶替死囚犯的黑幕后，周帝晋他为正四品鸿胪寺卿。"

"他揭发刑部上下贪污受贿，残害无辜百姓有功，自当奖赏。"

"真的是奖赏吗？"

东方溯脸色微微一白，不等他言语，慕千雪已是自顾自道："鸿胪寺掌管朝会、筵席、祭祀，并无什么实权，一个正四品鸿胪寺卿，论权力远不如刑部一个五品甚至六品官员。

"刑部上下官职出缺，以江越的才干以及功劳，封一个刑部侍郎也不为过，可是没有，周帝宁可从各部借调人手，甚至让吏部选一些备选的举人填补空缺，也不晋封江越，为什么？"

东方溯沉吟半晌，"江越毕竟只是一个正五品官员，贸然晋封为从二品大员，怕是难以服众，故而让他先在别处历练一番，这也是常有的事情，没什么好奇怪的。"

"那现在呢，两年过去了，周帝可有再任用江越？"

东方溯被她问得哑口无言，是啊，要说历练，两年时间差不多了，可江越至今仍居鸿胪寺卿一职，寸步未进，甚至在自己提及江越之时，好一会儿才想起，仿佛……早已经忘了这个人的存在。

看到他这个表情，慕千雪早已心中有数，"江越虽有才干有能耐，对朝廷、对北周也是一腔热血，可这样的他并不得周帝喜欢。"

东方溯拧眉道："我……不太明白你的意思。"

"刑部一案，江越搅得惊天动地，整个刑部几乎都被他给掏空了，想要将之重新填满，谈何容易，想必为了这件事，周帝没少费心思；可就是这样，江越还不满足，一再上书要求处斩郑全，严惩涉案官员，他这样无疑是火上浇油，更不要说还有一位郑妃在旁边吹枕边风。你说说，在这种情况下，周帝又怎么会待见江越？"

"但江越本意是为朝廷好，这一点，皇兄应该很清楚。"

慕千雪暗自叹了一口气，东方溯常年征战在外，对于帝王心术、官场门道，知道得还是太少了一些。

"大多数皇帝都不喜欢一个制造麻烦的臣子，与其焦头烂额地处理一堆麻烦事，倒不如死几个无关紧要的流民，看周帝对江越的态度，也不例外。"

第三十九章
旧 事

"江越不是蠢人,这些简单的事情,他不会看不出来,所以我才说他对周帝未必还是忠心一片。"

东方溯想了一会儿,"就算真如你所言那般,与我们又有什么关系?"

"当他发现你比周帝更懂得他一片忠君爱民的心思,也更坦诚之时,心中的天平自然而然就会向你倾斜,到时候就算你不提,他也会帮你保守秘密。"

"原来如此。"听到这里,东方溯最后一丝疑惑也得以解开,"其实皇兄比我更紧张大周的子民,也更爱惜他们,并不像你所言的那样,江越一事,应该有他自己的考虑,我们不该以己度人。"

慕千雪淡淡一笑,"看来你与周帝关系甚好,可否与我说说?"

东方溯咬了一口已经有些凉了的酒酿丸子,"你想听什么?"

"三哥曾与我说过一些你的事情,据他所言,你与周帝并非一母所生?"

东方溯颔首道:"我母亲是父皇的一名容华,位分不高,恩宠也不多,她性子温和,不喜与人争执,就算吃了亏,也每每一笑了之,只求安稳度日;可宫里头多的是欺善怕恶之辈,他们见母亲如此,就越发过分,克扣供奉更是成了常有之事。我记得七岁那一年冬天,异常寒冷,我冻得生了病,高烧不止,日日咳嗽,母亲心疼,便让宫人去请太医,哪知那群太医一会儿说要侍奉太后,一会儿说宫中受寒之人众多,总之推三阻四地不肯过来,直至母亲亲自去太医院,才总算过来,草草开了药。

"发烧之后，就特别怕冷，可是母亲宫中已经好多年没有银炭供奉了，母亲心疼我，就去找内务府总管，想要些银炭取暖，结果被那管事百般刁难，好不容易拿了些炭回来，还是黑炭，一生起来就满屋子烟气，熏得我咳嗽不已，根本不能用，那几日我一直昏昏沉沉的，记不太清那些日子的事情，印象最深的，就是母亲抱着我哭的样子。"

夏月没想到东方溯还有这样辛酸的往事，大为同情，"那先帝呢，他就不管王爷你吗？"

东方溯涩涩一笑，"母妃不善于争宠夺爱，往往数月方才能够见父皇一面，而父皇膝下子嗣足有十几人，又哪里顾得到一个四品容华所生的儿子。"

"那后来呢，王爷病好了吗？"

东方溯回忆着多年前的往事，"母亲为了我又一次去内务府讨要银炭，成妃正好也在，将母亲一顿奚落，更与内务府总管一唱一和将母亲赶走，所幸途中遇到正在赏花的卫贵妃，她知晓事情始末之后，当即去内务府，严词训斥内务府总管，让他将这几年克扣的银炭还有其他供奉，全部送到母亲宫中去，一样都不许少，之后又传太医悉心医治，如此下来，我的病方才慢慢好转。"

"王爷口中的卫贵妃，应该就是北周现在的太后。"承帝有两位皇后：一位是少年时娶的原配妻子，与承帝伉俪情深，可惜福分浅薄，册立为后的第三年就因病过世；在后位虚悬数载后，承帝册贵妃卫氏为后，执掌六宫，将其子东方洄立为储君。两年前，承帝驾崩，太子东方洄继位为帝，尊卫氏为太后。

东方溯点头道："母后也是一个心肠温柔之人，知晓我们母子情况后，很是同情，多亏了她的照拂，我母子方才能够在后宫中安稳度日；还有皇兄，每每有其他皇子想要欺负我，他都会挡在我身前，所以我们的感情，远比其他兄弟要好。"

慕千雪扬眉道："原来是这样，难怪你如此护着周帝，不许我说他半句不是。"

东方溯哂然一笑，"不是我不许，而是皇兄确实是一位勤政爱民的好君主，公主见到皇兄，自然就会明白本王所言非虚。"

慕千雪笑而不语，若东方洇当真那般好，承帝为何不将神机营传给他，反而要传给一个并不重视的庶子？

事情……远不如东方溯以为的那么简单。

接下来的几日，谁也没有再提神机营的事，在第三日下午，他们终于赶到了金陵城外，可惜城门已闭，只得在城外找了一家客栈落脚，明日一早再进城。

东方溯问店家要了几捆草料，拿到后院去喂马，结果一到那里，就看到江越站在马厩前，惊讶地道："江大人怎么在这里？"

江越拱手，一脸正色地道："下官祖籍河南，江氏一系，父亲希望下官能够出人头地，光耀门楣，故而为下官取名江越，字'崇耀'，王爷若是不嫌弃，就唤下官一声'崇耀'吧。"

东方溯没想到江越会突然说出这么一番话来，略有些惊讶，过了一会儿方才点头道："好，崇耀。"

他的回答令江越露出欣然之色，"下官知道王爷每天这个时候，都会亲自来喂马，所以特意在此等候。"

东方溯心中一动，"可是已经有了答案？"

"是。"江越接过东方溯捧在手里的草料，将它们一一添到马槽中，看着那些马探头嚼着鲜嫩的青草。

正当东方溯暗自揣测时，江越突然冒出一句没头没脑的话来，"陛下不会相信王爷单人匹马从西楚宫城之中救出公主。十九姑娘的身份是王爷侍女，也不能提及。"

"你的意思是……"

江越微微一笑，"王爷希望下官隐瞒神机营一事，可不得事先想一个借口，以免陛下起疑吗？"

听得此话，东方溯哪里还会不明白，一桩心事落了地，拱手道："多谢崇耀愿意帮本王这个忙，本王感激不尽，这份情意，本王当牢记于心。"

江越连忙扶住他，"王爷言重了，不过是举手之劳罢了，当务之急，是想好明日面圣的说辞。

"江湖上有不少亡命之徒，他们武功高强，但不问对错是非，为了钱财，杀人放火什么都肯做。到时候将十五他们说成是拿钱办事的亡命之徒，救出人后，便离开了，崇耀以为如何？"

第四十章
易容变声

"亡命之徒……"江越摩挲着手指思忖片刻，颔首道，"王爷这个说辞倒是不错，也没什么破绽，应该能够瞒得过陛下。"

在商量了一些细节后，东方溯道："另外，萧若傲追杀公主的真正原因，也请崇耀你不要与任何人提及，以免招来祸患。"

既然决定了靠拢东方溯，江越爽快地道："下官明白，王爷只管放心就是了。"

在他们言谈之时，夏月也正在想着这件事，她咬着筷子道："公主，您说江大人会答应吗？明日一早可就要入城了。"

慕千雪夹着一筷糖醋鱼肉放到夏月碗里，"食不言，寝不语，与你说了那么多遍，怎么总是记不住？"

夏月吐一吐舌尖，小声道："奴婢这不是担心嘛，这都过去好几日了，也不见江大人给个准信，谁知道他心里在想什么。"

慕千雪淡淡道："江越虽不太擅长揣测帝王心术，却是一个聪明人，当不会看不明白。"

夏月思来想去，还是放心不下，皱着圆嘟嘟的脸庞道："不怕一万，就怕万一，他要是真想不明白，打算告诉周帝，指不定会闹出什么麻烦来；要奴婢说，趁着这会儿还没入城，赶紧去问清楚，要真有个万一，也好早做打算。"她想了想，搁下吃了没几口的饭，起身道，"奴婢现在就去请江大人过来。"

慕千雪唤住她，似笑非笑地道："你这丫头，平日里倒没发现你这么心急。"

夏月一本正经地道："不是奴婢心急，而是此事关系公主在北周的安危，大意不得。"

慕千雪眸中闪过一丝暖意，"刚才我瞧见江越往马厩那边去了，王爷有亲自喂马的习惯，江越此去，当是为了见王爷，所以你说的那件事，应该很快就有答案了。"

"那……"夏月刚说了一个字，就被敲门声打断，过去开了房门，只见一个店小二捧着一个红漆托盘站在门口。

"什么事？"

店小二将手里的托盘往前递了递，笑道："今儿个是小店东家娘子三十生辰，东家高兴，特意让厨房做了十份无火鸡，送给住店的贵客，讨个吉利，您这里也有一份。"

"原来是这样，你东家可真疼娘子。"夏月一边说着一边接过托盘放到桌面上。

慕千雪听到他们刚才的对话，"你说这道菜叫无火鸡？"

"嗯，是咱们这里的名菜，每天都有许多人点，保您吃过之后还想吃。"说话间，店小二已是揭开了盖子，一股醇厚浓郁的香气顿时在房中弥漫开来，夏月深吸了一口气，惊喜地道："这菜可真香，比御……呃，比家中俞厨子做的那些菜香多了。"她一时口快，差点将"御厨"二字给说出来，幸好及时改口，方才没有引起店小二的怀疑。

慕千雪拿筷子拨了一下软润的鸡肉，疑惑地道："这鸡分明就是用火煮熟的，何以叫无火鸡？"

店小二笑道："贵客别看这鸡肉鲜香熟嫩，但确确实实没有用火煮过，'无火鸡'三个字，如假包换。"

在店小二细细解释了一番后，慕千雪二人方才明白这无火鸡究竟是怎么一回事。

先选取大小适合的母鸡，煺毛掏净内脏后，将腌雪菜填入腹中，然后用姜、葱、花椒、高粱酒等拌腌半小时，然后用大猪网油和烫软的荷叶将鸡包起来，用小麻绳捆好，将鸡向上埋入生粗壶的灰堆里，浇水后灰堆立即散发出热气，取一个鸭蛋塞入灰中，熟后再放第二个，连续三次，等三个鸭蛋都熟了之后，就可以取出来。此时剥开荷叶，里面的鸡已经熟透了，因为所有鲜叶还有香气都被牢牢锁在荷叶里，所以远比用一般方法烧制的鸡肉更加鲜美醇香。

夏月饶有兴趣地道："这做法听着可真新鲜，就不知是不是真的那么好吃。"

店小二信心十足地道："就像小人刚才说的，保证姑娘您吃过一次还想吃第二次。"说着，他殷勤地将筷子递给慕千雪，"贵客您也尝尝。"

"好。"话虽如此，慕千雪却不接筷，反而对已经夹了一块鸡肉到嘴边的夏月道，"你刚才不是说衣裳没洗吗？还不赶紧去洗了。"

"奴婢待会儿就去洗。"夏月一边说着一边张嘴欲咬。

"趁着这会儿天还未暗，赶紧去洗了吧，这无火鸡我给你留着，回来的时候让小二热一热，可以吗？"最后这句话是在问那个店小二。

"当然可以。"不知为何，店小二的笑容瞧着有些勉强。

"那就行了，赶紧去吧。"见慕千雪态度坚决，夏月只得放下嘴边的美味，出去洗衣裳。

在夏月走后，店小二弯了个腰道："贵客慢用，小的先下去了。"

"且慢。"慕千雪唤住已经走到门边的店小二，凝望着他略显单薄的背影，"既是来了，何不摘下面具一见？"

店小二身子一颤，头也不回地道："小人不明白贵客的意思。"

"坐下吧。"在一声轻咳后，慕千雪吐出一个令店小二骇然色变的名字，"十九。"

良久，店小二转过身来，目光阴霾地盯着慕千雪，"你怎么知道是我？"

如果夏月在这里，一定会大吃一惊，店小二这会儿的声音与刚才截然不同，竟然……变成了女声，而且还是十九的声音。

"坐下再说。"慕千雪语调一如既往地平静。

店小二盯了她半响，缓缓走到桌对面坐了下来，慕千雪将碗筷略加收拾后，取过搁在床边架子上的帕子，背对着十九拭一拭双手后，方才回到原处，拿起反扣在桌上的茶碗，倒了一杯茶递过去，"这家客栈待客用的茶很不错，尝尝看。"

十九看也不看她递来的茶，冷冷道："你还没回答我的话。"

慕千雪给自己也倒了一杯，双手捧着渐渐温热起来的茶碗，"通过人皮面具与一定的发声技巧，改变一个人的容貌与声音并不难，但自幼养成的习惯动作却不是说改就能改的。"

"什么意思？"

慕千雪微微一笑，"还记得你刚才是怎么递筷给我的吗？"

"记得又怎么样？"

第四十一章
三月为限

"但凡男人递筷,都是并指递过去的,可你不是,你当时小指微微翘起,犹如初开的兰花,一般来说,只有女子才会如此。另外,就算再轻薄精巧的人皮面具,也终归不是自己的脸,神态难免有些不自然,只要仔细留意便可发现其中端倪。"

"就算是这样,也有可能是西楚派来的追兵,怎么能断定是我?"

慕千雪柳眉一扬,似笑非笑地道:"且不说时间上的问题,你以为……萧若傲会派一个女子来杀我吗?"

"是我小觑你了。"随着这句话,她抬手在脸上抹过,手放下之时,已是完全变了一副模样,正是十九无疑。

"说吧,为什么要这么做?"

十九目光闪烁地道:"有什么好说的,就是闲来无事,与你开个玩笑罢了。"

"是吗?"慕千雪自发间取下一支银簪子,刺入那盘色香味俱全的无火鸡之中,下一刻,银簪以肉眼可见的速度变黑,且迅速往上蔓延,迫使慕千雪撒手。

"咚!"无所依凭的银簪掉在铺着绣有金玉满堂细棉桌布的桌子上,这么一会儿工夫,簪子最后一点银色也被吞噬殆尽,整根簪子散发着幽幽黑光,诡异得很。

看到这一幕,纵然是慕千雪也不禁微微色变,"好厉害的毒,神机营真是藏了不少好东西。"

"再厉害的毒又如何?还不是没能取你的性命。"十九冷冽的眸色中蕴含着浓重的杀机。

"但你并不打算就此放弃，对吗？"

"不错。"十九冷冷应着，她讨厌这种被人一眼看穿的感觉。

在借闫重山之手杀死慕千雪的计划被十五破坏后，她就一直在寻找机会下手，可惜迟迟未能如愿，眼见着明日就要进入金陵，十九终于按捺不住了，想出一个假扮店小二，以东家夫人生辰赠菜为由，在菜中下毒的计策，事后东方溯追查起来，大可以推说是西楚派来的追兵。

至于夏月这个多嘴饶舌，又总爱与她作对的丫头死了也不可惜。

对于自幼在神机营长大的十九来说，易容变声，并不是什么难事。她自觉这个计策天衣无缝，岂料被慕千雪一眼识破，实在可恼。

不过，既然已经动手了，她就绝不会半途而废，今夜必取慕千雪性命！

慕千雪不疾不徐地道："哪怕王爷查出是你所为，也无所谓？"

十九黑幽幽的瞳孔微缩，寒如冰魄的声音自那张饱满的樱唇逸出，"没有人看到我进你房间，所有人都会以为是西楚追兵扮成店小二来杀你，包括……王爷！"

慕千雪突然觉得眼前一花，一抹青色伴随着凛冽的劲风迅速朝她袭来，未等看清，一只手已经扼住了她细嫩的脖颈。

十九居高临下地望着慕千雪，唇角微翘，"纵然你有千般智计又如何？一旦离开身边人的保护，杀你并不比杀一只蚂蚁费力多少。"

慕千雪仰头，嘴角噙着一抹令人诧异的微笑，"看来十九姑娘并没有弄清楚眼前的形势。"

"你说什……"十九倏然止了话语，神色僵硬地低头看去，只见一把小弩抵在腹部，比手掌还要短一些的一支小箭已经扣在绷紧的墨弦上，只要慕千雪手指一动，那支锋利的小箭就会立刻在她腹间开出一个血洞。

"你说谁的动作会更快一些？"慕千雪笑得一如平常那般云淡风轻，仿佛此刻在谈论的只是一件微不足道的小事。

"你什么时候拿在手里的？"十九脸色难看无比，她明明一直盯着慕千雪，怎么后者手里会凭空多出一把小弩来。

慕千雪往床架的方向看了一眼，"十九姑娘以为，我刚才过去，当真只是为了取帕子拭手吗？"

这把小弩是祠堂一事后，东方溯特意做来给她防身的，每晚临睡之前，她都会上好弦放在枕下，以防刺客。刚才发现店小二是十九假扮后，她就借着拭手的动作，悄悄从枕下取出小弩藏在袖中。

十九紧紧咬着下唇，狠一狠心肠，"顶多就是舍了这条命，与你同归于尽而已。"

"王爷他们就在隔壁的客房中，在你杀我之前，我有足够的时间呼救，同归于尽……不过是你一厢情愿罢了。"

十九面如寒霜，她不想承认慕千雪的话，却不得不承认，以现在的情形来看，她确实没有与之同归于尽的资本。

在几乎咬碎了满口银牙后，十九含恨收回手，目光如冰针一般刺在慕千雪脸上，"你想去告诉王爷？"

"与告状相比，我对另一件事更感兴趣，只要你肯坦然相告，或许我可以替你瞒下这件事。"虽然颈间的威胁已去，但慕千雪并未收回小弩，依旧对着十九的要害，令后者不敢轻举妄动。

"什么事？"尽管极力压制，十九眉眼间仍是透出一丝紧张，她终归还是害怕让东方溯知道自己的心思，因为那样一来，东方溯就算不杀她，也绝不会让她继续留在身边。

"为什么要杀我？"

十九一怔，她想不到慕千雪绕了半圈，问的竟是这么一个问题，静默半晌，她道："你的存在，对王爷来说，犹如一张催命符，实在太过危险。"

"所以你就要杀我？"

"不错，只有你死了，王爷才能平安。"

慕千雪意味深长地看了她一眼，"或者对你家王爷来说，我是保命符也说不定。"

十九愕然望着她，"什么意思？"

"现在与你说了也未必会相信，你给我三个月的时间，三个月后我告诉你为什么。"

十九紧紧蹙了两道秀气的柳眉,她猜不透慕千雪究竟打的什么主意,"如果到时候你的答案不能令我信服呢?"

慕千雪展一展袖,"我会待在金陵城中,你若不满只管来取我性命就是了,至于能否取去,就要看你的本事了。"

十九死死盯着慕千雪深不见底的双眼,在一番长久的思索与权衡之后,她深吸一口气,点头道:"好,我等你三个月!"

复辟南昭非一朝一夕可成,短短三个月,谅慕千雪也掀不起祸及王爷的风浪来。

而且……她也确实很好奇,慕千雪为何会自称是王爷的保命符,催命与保命可是截然相反的两个意思。

第四十二章
金陵城

听到房中传来的声音，凌空攀在窗外的十五暗舒一口气，收起了手中的袖箭，自从祠堂一事后，他虽未再说什么，却一直有暗中留意十九，之前见她易容装扮成店小二的模样，猜到她是想对慕千雪动手，故而悄悄潜到慕千雪屋外，观测屋中动静的同时，也在犹豫着要不要救慕千雪。

东方溯是神机营的主子，他们应该无条件遵从东方溯的命令，可是十九所言并非全无道理，留一心想要复辟南昭的慕千雪在东方溯身边，不知会发生什么样的事。

他本以为，以十九的能耐足以控制住情形，毕竟慕千雪只是一个手无缚鸡之力的弱女子罢了，没想到最后竟是十九落了下风，这个慕千雪还真是厉害得让人害怕，难怪萧若傲要追杀不休了。

若刚才慕千雪当真打算将这件事告诉东方溯，他就算冒着被发现甚至被处死的危险，也要灭了慕千雪这个口，否则十九性命危矣！

十五踩着窗外的瓦片，悄无声息地回到自己屋子，摸黑取出火折子点燃了桌上的烛台，幽微的橘色光芒在照亮屋子的同时，也在十五身后投下一道孤寂的影子……

一夜无语，清晨起来后，众人收拾了东西，往金陵城行去，在离城门尚有一段路时，十五等人齐齐勒住马绳，不再往前一步。

夏月看到这一幕，蹙眉道："公主，为什么他们不能跟咱们一起回京，只要不将他们的身份说出去不就行了吗？"

慕千雪抚着袖子，淡淡道："你想得简单了，神机营虽一直隐身在暗处，不为人知，但创立近百年，多多少少有一些事情流传在外，一旦这么多人同时出现，很容易引起别人的怀疑，江越就是一个最好的例子，王爷身边留一个十九就够了。"

她看了一眼似懂非懂的夏月，"还记得我与你说的话吗？"

一听这话，夏月连忙点头，"奴婢记得，要是有人问起，就说跟随王爷入宫救咱们的，是一群江湖上的亡命之徒，在将咱们送出西楚边境的时候，就离开了。"

"记得就好，此事关系重大，切不要说漏了嘴。"说完这句话，慕千雪闭目不再言语，不知是在养神还是思索事情。

夏月不敢打扰，掀了车帘好奇地望着远处渐渐清晰的巍峨城门，总听人说金陵城是这天底下最繁华的地方，车水马龙，繁华如锦，远非应天城所能相比，不知道是否真有这么繁华。

这是金陵的南城门，刚刚打开没多久，尚没什么人进出，守门士兵手执长枪肃然立在两边。

瞧见徐徐驶来的马车，两名士兵上前打算拦下检查，为首的小校眼尖，看到了骑在马背上的人影，连忙道："睿王来了，赶紧让开！"

一听这话，那几名士兵皆露出敬畏之色，躬身退至一边，直至东方溯一行走远后，方才重新直起身子。

入城之后，江越去宫城向周帝复命，东方溯则带着慕千雪往位于城东的王府行去，在又行驶了约莫半个时辰后，马车停了下来，旋即东方溯掀起了车帘，伸手道："到了。"

即便是在面对成百上千的追兵围捕时，也从容不迫的慕千雪，这一刻却紧张得双手微微发抖，迟迟不敢握住伸至眼前的手掌。

"你在害怕什么？"

慕千雪深吸了口气，努力安抚着慌乱害怕的心，"南昭之祸，可以说是我一手促成，我……"慕千雪舌尖麻木苦涩，不知该怎么继续下去。

"毁灭南昭的是萧若傲，并非你。这一点慕兄很清楚，否则也不会求我去救你。下来吧，他很想见你。"

犹豫良久，慕千雪终于伸出仍在不住发抖的素手放在那只宽大的手掌中，由他牵着自己下了马车。

十九上前叩门，守门者得知是东方溯回来了，赶紧奔出来行礼，激动地道："王爷您可算是回来了，让老奴好生担心，陛下还有太后太妃他们派人来问了好多次，尤其是太妃，每日都会派人过来问一遍，这么多天您究竟去哪里了，怎么也不说一声。"

"去办些事情。"东方溯随口应了一句，牵着慕千雪的手往府中走去，夏月紧随其后。

直至这个时候，守门人方才发现自家王爷这次回来，身边多了两名女子，他拉住走在最后的十九，好奇地道："十九姑娘，那两人是谁呀，怎么会跟王爷一道回来？"

怪不得他会好奇，东方溯为人寡言严肃，从不喜风花雪月之事，他在府中当了那么多年的差，还是头一回见到东方溯带女子回府，实在稀罕得很。

"我怎么知道，你自己问王爷去。"十九绷着脸甩下这么一句话。

望着十九离去的身影，守门人摸着脑袋，自言自语道："十九姑娘这是怎么了，跟吃了火药一样。"

东方溯带着慕千雪一路穿过重重门宇，来到西路一处精巧的院落中，刚一进来，便看到一人正执了一柄寒光四射的长剑，在空旷的院中上下翻飞，剑影重重，院中种着两株垂丝海棠，粉红娇嫩的花瓣不时随风落下，刚一碰触到剑影便立刻飞了出去，剑影内的地面干干净净，没有一片花瓣落入剑影之中。

慕千雪怔怔望着剑光中衣袂翻飞的人影，泪水不受控制地漫上了双眼。

"慕千雪，你拿水泼我做什么？"

"试剑法啊，师父说了，秋水剑法练到极处，水泼不进，针插不入。"

"你也说了练到极处，我才刚练了几天啊，怎么可能水泼不进，你分明就是故意的。"

"就是故意的又怎么样？谁叫你昨儿个出宫时，不带我一起去，哼，看你下次还敢不敢独自出宫。"

"你这刁滑的小妮子，难怪圣人说'唯女子与小人难养也'，真是一点也没错。"

前尘旧事化作无数把小刀,在慕千雪体内横冲直撞,似要将她每一寸肌肤骨骼都撕裂开来般,痛得喘不过气来。

"叮!"剑影倏然消失,慕临风怔怔望着泪流满面的慕千雪,长剑已是掉落在地上。

第四十三章
兄妹重逢

慕临风脚步僵硬地走到慕千雪身边,视线一直牢牢锁在慕千雪身上不曾移开,忧伤、欣慰、庆幸、悲哀——在他眼中掠过。

他抬手,抚过慕千雪湿润的脸颊,"终于等到你了,真好!"

慕临风的话令慕千雪泪落得更凶,泣声道:"对不起,三哥,对不起!如果当初我没有嫁给萧若傲,又或者……早一些发现他的歹毒心肠,南昭就不会灭,父皇母后还有南昭的百姓也不会死,对不起!"

以前父皇总说,她是上天赐给南昭的珍宝,谁知,却是覆灭南昭的灾星。这一路上,她装得很坚强,可是内心无时无刻不在自责,无法原谅自己犯下的错。

慕临风哑声道:"萧若傲存心要骗你,又哪里会让你发现他的心思,总之……你能够平安是最要紧的,相信这也是父皇与母后最大的希望。"

提及自幼视自己为掌上明珠的昭帝与昭后,慕千雪越发难过,许久方才勉强止了哭泣,一字一句道:"父母之仇,灭国之恨,千雪铭记于心,来日当向萧若傲百倍讨还。西楚不亡,此心不死!"

慕临风点头,"你自幼聪敏过人,有惊世之才,三哥相信你一定可以覆灭西楚,为父母、为死去的族人百姓报仇!"

慕临风压下胸口的翻腾,走到东方溯面前,拱手长揖到底,肃声道:"多谢东方兄冒死替我救回千雪,大恩不言谢,只要我慕临风有一口气在,必不会忘记今日之恩。"

东方溯扶起他道:"慕兄见外了,你我是生死之交,理应如此。"

停顿片刻，他转头道："十九，你让人去将一直空置的东院收拾一下，给公主居住。"

十九神色有些古怪地道："这西院还有许多厢房空着，何不就让公主住在此处，也方便与庄亲王走动。"虽说没有明确的规定，但一般来说，府宅东院都是给正房夫人居住的，因为东方溯一直未曾娶妻，所以这睿王府的东院一直空置着，但就算这样，也不应该给慕千雪居住。

东方溯不知她这些心思，"夏日炎炎，西院树木不多，容易西晒，公主身子孱弱，不适合住在这里，照我的话去做就是了。"

"是。"十九不情愿地应着。

东方溯重新转过视线，"我这次是瞒着皇兄去的西楚，现在既是回来了，当进宫去向皇兄请罪，先告辞了，晚些再过来。"

慕临风犹豫片刻，凝声道："你未奉皇令而擅去西楚，周帝只怕会怪罪于你，还是我陪你一道去，有什么事情，我来担着。"

东方溯捡起地上的长剑交到他手中，"皇兄对我素来极好，再说这次也没出什么乱子，想来顶多只是训斥几句罢了，慕兄不必担心。"

"可是……"

东方溯拍一拍他的肩膀，打断道："行了，你与公主多年没见，好好说话，有什么事情，只管吩咐下人就是了。"话音未落，他已是转身离去，显然是不打算给慕临风拒绝的机会。

"这个东方。"慕临风与他相识多年，哪里会不明白他的心思，面冷心热，表面冷冰冰，其实处处为他人考虑。这次要不是他，自己走投无路不说，千雪更无法活着离开西楚，这个人情，可真是欠大了，以后也不知要怎么还。

在快要走到府门口时，东方溯发现自己身后有脚步声，回头一看，却是十九，蹙眉道："你跟来做什么？"

十九咬一咬唇，上前道："奴婢想陪王爷一道进宫，万一陛下怪罪下来……"

东方溯打断道："都说了不会有事，只管放心就是了。退一步说，万一陛下当真要怪罪，你去了也无济于事。"

十九低头盯着自己缎面鞋尖上的丁香绣花，嘟囔道："根本从一开始就不该去救慕千雪。"

"你说什么？"十九说得很轻，东方溯没有听真切。

十九摇头道："没什么，奴婢就是担心王爷。"

东方溯笑一笑，"好了，回去吧，记着将东院收拾出来，另外公主初来府中，难免有许多不适应，你挑几个心细机灵的下人过去侍候。"

"知道了。"在十九闷闷地应声后，东方溯走出府门，接过小厮递来的缰绳，策马离去。

当年承帝赐东方溯府邸之时，随手选了一座离宫城最远的宅子，策马小跑，差不多得小半个时辰。后来东方洄登基，加封东方溯为睿亲王的同时，想要给他换个离宫城近些的宅子，被后者给拒绝了。

"参见睿王！"

"参见睿王殿下！"

在宫城守卫与宫人的一路行礼中，东方溯跨进了承德殿的西间，北周有近十位亲王，但能够不奏而入的，唯他一人，可见东方洄对他宠眷之盛。

东方溯双臂平伸，右手在下，左手在上，朝坐在御案后批奏折的那道明黄身影躬身行礼，"臣弟参见陛下，恭请陛下圣安！"殿中并不见江越身影，想是已经奏禀完回去了。

听到他的声音，御案后的男子缓缓抬起头来，他面容与东方溯很像，同样的丰神朗朗，清俊不凡，但五官棱角要比东方溯柔和许多，在九珠金冠的映衬下，面如冠玉。他正是东方溯同父异母的兄长东方洄，也是北周的皇帝。

他旁边的老太监满面欣喜地道："陛下，是睿王回来了。"

东方洄没有理会他，搁下手中的朱笔，盯着仍保持着行礼姿势的东方溯，淡然道："你可知罪？"

东方溯知道他必是从江越口中知道了自己去西楚救人之事，屈膝跪下道："臣弟知罪，请陛下发落。"

"错在何处？"

"臣弟隐瞒陛下擅离金陵，此为罪一；不经陛下同意，闯入西楚宫城救人，此为罪二；牵扯江越，令楚帝知晓救走璇玑公主的是我们北周，令两国从此不睦，此为罪三。"

东方泗默默听着，良久，他起身来到东方溯身前，亲自将之扶起，叹惋道："朕不怕楚帝知道是我们北周救走璇玑公主，也不怕与之为敌，区区一个西楚还不放在朕眼中。"

第四十四章
周　帝

"朕是担心你啊，七弟，幸好这次平安归来，万一途中出了什么事，你让朕怎么向母后交代，怎么向陈太妃交代？"

面对他毫不掩饰的关心，东方溯既羞愧又感动，低头道："是臣弟鲁莽，请陛下治罪。"

东方洄叹了口气，"朕不是怪罪你，只是你这一次实在是太过胆大妄为了，一走就是一个多月，朕派人四处去找你，就是没想到你会去西楚。"

停顿片刻，他蹙眉道："话说回来，朕都已经应承了你，派江越出使西楚，向楚帝讨要璇玑公主，你为何又要这么做？"

"臣弟当时以为，有陛下的国书在，楚帝当不至于拒绝，直至回去后与慕兄一番细谈，方才发现臣弟想得太简单了。"

东方洄微微一挑如墨双眉，等着东方溯说下去。

"楚帝野心勃勃，甫一登基便以灭燕为名，灭了毫无防备的南昭，还大肆屠杀南昭都城之人，尤其是慕姓之人，一个都不放过。若非慕兄命大，恰好出城狩猎，早已死在他的屠刀之下。像他这样宁可我负天下人、不可天下人负我的性子，是绝对不会放过公主的，就算公主对他没有任何威胁，也是一样，斩草必除根！"

东方洄示意他在左首的紫檀椅间坐下，有宫人端来新沏的茶，"西楚虽吞并了南昭，但想要将南昭彻底掌握在手里，还需要一段很长的时间，在此之前，他根本不足以与我北周相提并论，你凭什么断定，他有胆子拒绝朕的要求？"

"因为齐国与东凌。"东方溯凝声道，"我北周虽然国力强盛，无人可及,却被齐国与东凌牵制,一旦我们对西楚动兵,这两国一定会抓住机会起兵,令我们腹背受敌,以楚帝的心思,不会看不出这一点。"

东方洄抚着薄透如玉的茶盏,徐徐道:"他清楚朕一时半会儿奈何不了他,所以朕的国书在他眼中,只是废纸一张。"

"陛下英明。"东方溯垂目应了一声,又道,"楚帝就是看清了我们与齐国、东凌三方牵制,无暇他顾,所以才敢出兵灭南昭——他有足够的时间去控制、消化南昭这一大块肥肉。"停顿片刻,他又道:"恕臣弟直言,虽然西楚势力暂时不及齐国与东凌,但楚帝心思阴诡,假以时日,必会成为我北周的心腹大患。"

"朕看出来了。"东方洄低头看着在茶汤中徐徐舒展的茶叶,"真是想不到,懦弱平庸的庆帝竟然生了一个这么能耐的儿子。"

东方洄口中的庆帝是西楚前一任皇帝,也即萧若傲的父皇,为帝二十载,政绩平平,为人懦弱,耳根子又软,受小人唆使错杀了不少忠义之臣。慕千雪当初就是抓准他这个弱点,方才能够助萧若傲夺下储君之位。

沉默片刻,东方洄疑惑地道:"皇城重地,必然戒备森严,你一个护卫士兵都没带,又是怎么救出璇玑公主的?"

东方溯依着之前想好的说辞讲述了一遍,听得他竟去利用江湖上的亡命之徒,东方洄不由得笑了起来,"真亏你想得出来,不过不失为一个好主意,但你得答应朕,此事绝不可再有第二次,否则朕就拿根绳子把你绑在睿王府,让你哪里都去不成。"

东方溯听出玩笑背后浓浓的关心,按下心中的感动,欠身道:"是,臣弟答应陛下!"

东方洄满意地点点头,"璇玑公主现在何处?"

"璇玑公主思念庄亲王心切,所以臣弟先送她去了府中,还请陛下恕罪。"

"他们兄妹分别多年,再加上遭此横祸,难免有许多话要说,这也是应该的。过几日是母后寿辰,到时候你带璇玑公主一道进宫。当年璇玑公主才貌双全之名,遍传诸国,朕很想见一见,想来母后也是。"

"臣弟遵旨。"在东方溯应承下来后,东方洄道:"你不在的这些日子，母后与陈太妃都担心得不得了，既是回来了，就赶紧去见一见，好让她们安心。"

"是，臣弟这就过去。"东方溯再次行了一礼，躬身退出了西间。

在他走后，东方洄伸出修长白皙的手指，取过对面一口未动过的茶水，垂目望去，碧绿茶汤，清晰倒映出他的影子，舒展开来的茶叶静静沉在盏底。

"怀恩，你相信他的话吗？"懒懒的声音在承德殿中亮堂的西室响起。

被称作怀恩的老太监想了想，小声道："睿王与江大人所言对得上，老奴以为，应该……都是真的。"

一抹幽凉的笑容出现在东方洄唇边，"应该？你什么时候学会与朕打马虎眼了？"

"老奴不敢。"怀恩躬身道，"老奴只是不太明白，陛下何以会怀疑睿王的话？"

东方洄轻轻晃动着手中的茶盏，"璇玑既是楚帝决意要杀的人，那么就算他们侥幸逃出了宫城，也一定会紧追不休，不死不休对吗？"

怀恩点头道："是，之前睿王也说了，一路上，他们屡次遭到追杀，所幸有江大人相助，又出其不意，取道东境，经齐国回北周，绕了一大圈，方才摆脱追兵。"

"那在踏入齐国之前呢，就靠那些江湖人士与追兵抗衡？"

"据老奴所知，江湖人士虽然不如军中士兵那样纪律森严，但胜在凶悍不畏死，有这些人在，对付那些个寻常士兵，并不是什么难事。"

他这句话令东方洄唇角轻轻上挑，"有没有听说过天机卫？"

"天机卫？"怀恩蹙着花白的双眉仔细想了一番，摇头道，"回陛下的话，老奴不知。"

"楚帝登基之前，暗中培植的势力，几年下来，倒也有些规模，有几分像……神机营！"

怀恩眼皮狠狠一跳，骇然道："陛下是说……楚帝手里也有一个'神机营'？"

"天机卫确实是模仿神机营而建，但要说是第二个'神机营'，还远远称不上，只说两者之间的底蕴就差了一大截。"

第四十五章
真正的帝王心

怀恩松了一口气,"原来如此,要真是一样,这楚帝未免也太厉害了些。"

"据朕所知,天机卫里尽是一些武功高强的江湖人士,楚帝既然那么想要璇玑公主的性命,一定会使出天机卫这把利刃,可结果……却连他们一根寒毛都没有伤到,怀恩,你认为合理吗?"

"这……"怀恩思忖半晌,轻声道,"被陛下这么一说,确实有些不合理。"

"再者,朕还是皇子之时,也曾接触过一些江湖人士,不错,那些亡命之徒为了钱确实可以连命都出卖,但价格昂贵得令人咋舌,老七虽说是个亲王,但他脾气臭,又不懂得钻营,家底还不如一个侯爷,除非变卖田产屋宅,否则他绝对出不起那价钱。"

"这么说来,睿王真有可能在骗陛下?"话音刚落,怀恩忽地脸色一变,脱口道,"那江大人……"

东方洄眼眸微眯,徐徐道:"江越帮着老七一道在骗朕。"

怀恩皱着那张老脸道:"老奴真是越听越糊涂了,睿王一直独来独往,何时结交了江大人;另外,既然睿王出不起那些亡命徒的卖命钱,又是谁帮着他一路逃亡?总不至于是他单人匹马,生生从西楚杀出一条血路来。"

"当然不是。"东方洄盯着投在脚边的窗影,一字一句道,"朕怀疑,神机营一事,朕一直都想错了方向。"

怀恩眼角微微抽搐,有些颤抖地道:"陛下是说……神机营在……"

在……"后面那几个字，始终未能说出口。

"在老七手里！"东方泂替他说了出来，眸中不时有寒光闪过。

怀恩怔怔望着东方泂，过度的震惊令他忘了身为奴才应有的谦卑与回避，过了好一会儿方才回过神来，急忙摇头，"这……这没道理啊，先帝怎么可能将神机营传给睿王，先帝在世的时候，他可是诸皇子中最不受待见的那一位，看当初赐给睿王的府邸就知道了，就这个……还是太后跟先帝要来的。"

东方泂心中也有着同样的疑惑，是啊，父皇那样不待见老七，又怎么会将如此重要的神机营传给他呢？

"而且……老奴一直在先帝身边侍候，先帝临终那阵子，并不曾传召过睿王，连陈妃都很少见。"怀恩口中的陈妃，就是现在的陈太妃、东方溯的生母。

"真的没有？"

"老奴虽然年纪大了，但这脑袋还算灵光，记得清清楚楚，先帝临终前除了陛下之外，只单独召见过信王、荣王、安王还有穆王四位，并无睿王。"

见东方泂面有疑色，怀恩只道是不信自己，忙又道："陛下若是不信老奴之言，尽可以召当时在承德殿侍候的宫人来问。"

东方泂摆手道："父皇在世之时，你就处处帮扶提点于朕，朕岂会不信你，只是……如非神机营，老七他凭什么闯过西楚的重重阻拦？"

怀恩十五岁进宫，三十岁时入承德殿侍候，此后二十年，一直深得承帝信任，一路从无品小太监做到正四品宫殿监督领侍的位置。

怀恩在宫中多年，深知一朝天子一朝臣的道理，所以早在多年前，就开始暗中结交当时为东宫太子的东方泂，表面没什么交集的二人私底下关系极是亲密，怀恩经常暗中提点于他，令东方泂每每在承帝面前奏对之时，都能占得先机，得尽承帝欢心。正是因为这个关系，东方泂继位之后，方才留怀恩在身边侍候，并且引为心腹。

怀恩细思片刻，摇头道："这一点，老奴也是百思不得其解。"说着，他懊恼地道："都怪老奴无用，若是当时能够偷听到先帝召见几位王爷时的只言片语，陛下也不至于像现在这样毫无头绪。不过老奴实在是没想到，先帝竟然没将神机营传给陛下。"

承帝临终召见了东方洄他们五人之时，所有人都被遣了出去，包括怀恩，所以他们之间的谈话，只有各自知道。

神机营从北周立国开始，就是当权者手中最锋利的一把刀，平乱除患，无往不利；可这百余年来的传统，却在东方洄手里出了意外。

没有神机营，东方洄这个皇帝，无疑有些名不副实，一旦传扬出去，对他很不利，甚至可能动摇他的统治，故而东方洄下了严令封锁这个消息，知道的人屈指可数，怀恩就是其中之一。

"父皇存心瞒着所有人，又岂会让你听到。"东方洄叩着轻薄透光的盏壁，思绪回到了两年前的那个夏天……

隆庆二十三年，他与众皇子一道顶着炎炎烈日跪在承德殿外为承帝祈福续命，但彼此心里都明白，五脏衰竭这个坎，承帝是不可能熬过去的，驾崩只是早晚的问题。

果然，傍晚时分，手执拂尘的怀恩走了出来，分别将信王四人请了进去，每个人在里面待的时间都不长，很快就走了出来，至于承帝与他们说了些什么，一个个皆是闭口不语。

在第五次走出殿外之时，怀恩终于来到等候许久的东方洄面前，恭敬地道："太子殿下，陛下请您进去。"

"多谢公公。"东方洄撑起酸麻的双腿，随他往内殿走去，在途经无人处时，他轻声问道，"公公，父皇召见大哥他们，是为何事？"

"信王他们一进去，陛下就将皇后娘娘还有奴才们都遣了出来，谁也不知道他们谈些什么，不过依奴才猜测，应该就是让他们好生辅佐殿下治理大周一类的话，这两年陛下虽说身子不好，可心里依旧跟明镜似的，谁是人，谁是妖，分得清清楚楚，殿下不必担心。"

东方洄点点头，踏进内殿，映入眼帘的是一张灰败的脸庞，曾经的叱咤风云、威风凛凛，已离承帝而去，现在的他，只是一个奄奄一息的老人。

皇后卫氏与几位宠妃站在一旁不住地落泪，太医跪在一旁，就算穷尽整个大周之力，也无法再挽留这位统治了北周二十三年的皇帝的性命。

不论平民百姓，还是王侯将相，都逃不过生老病死的轮回……

"太子。"承帝浑浊的眼珠子往东方洄的方向望来，后者回过神来，快步过去，双目通红地跪在床榻边，"儿臣在。"

第四十六章
失落的利刃

承帝点点头,在示意众人出去后,他吃力地道:"太子……你是储君,以后大周就落在你的肩上了,你一定要好好担起这个责任。"

东方洇用力点头,哽咽地道:"儿臣知道,儿臣一定会穷尽毕生之力,令大周更加强盛昌荣,绝不会让父皇失望。"

"好,还有……景渝他们之前虽有做得不对之处,但……终归是你的兄弟,流着相同的血,朕刚才已经一一训诫过了,你……答应朕,一定要善待他们,朕不希望将来在天上,看到你们手足相残。"

东方洇当即道:"他们是儿臣的亲兄弟,就算父皇不说,儿臣也一定会加以善待。"

"有你这句话,朕就安……心了……"承帝的声音渐次低微下去,双眼也有闭合之势。

一直等着承帝将神机营传给自己的东方洇见状,不由得大急,急忙摇晃着承帝皆是骨头的身体,"父皇,神机营呢,他们在哪里,该如何传召他们?"

在他的连番追问下,承帝眼睛勉强又睁开了些许,喃喃道:"神机营……"

"对,神机营!"东方洇虽然是太子,但也仅仅只是知道神机营的存在,除此之外,一无所知,所以才会如此着急追问承帝。

"神机营……神机营……"承帝目光涣散地望着梁上的泥金彩画,一遍又一遍地重复着"神机营"三个字,可就是不回答东方洇的话,令后者心急不已,催促道:"是啊,神机营,父皇您快些告诉儿臣。"

承帝僵硬地转过头颅，眼底光芒微弱得随时会熄灭，"神机营……该你知道的时候……自然会知道……"

东方洄拧眉道："您已是将大周传给了儿臣，难道还不是时候吗？"见承帝双目又渐渐闭了起来，他心中大骇，承帝是唯一知道怎么控制神机营的人，要是他现在死了，自己就得不到神机营了，这是他绝对不能接受的。

"父皇你不要睡，告诉我，神机营到底在哪里，告诉我！"这一次，任凭东方洄怎么摇晃呼喊，承帝都不曾再睁开眼。

东方洄颤抖地伸出手指去探他的鼻息，那里一片死寂，没有任何生命的迹象！

死了……他还没把神机营传给自己就死了……

东方洄当时的感觉，就像被人当头打了一棒似的，大脑一片空白，无法思考。

"陛下，您怎么了？"怀恩的声音将东方洄自往事中拉了回来，他捻着手指道："没什么，朕只是想起了以前的事，怀恩，你说父皇究竟是什么意思，难道父皇……其实不想传位于朕？"

一听这话，怀恩连忙躬身道："陛下想到哪里去了，您是嫡子，而且论才干论能力，您都是先帝众皇子中的第一人，先帝不传位给您，还能传给谁？再说奴才跟了先帝那么多年，可从没见先帝有任何不满您的储君之位的意思。"

东方洄捏一捏鼻梁，有些烦躁地道："既是这样，父皇为何不将神机营传给朕，他要朕担起大周天下，朕答应了；他要朕善待大哥他们，朕也答应了，他究竟还有什么不满意？"

他并不是一个沉不住气的人，可每每提起不知所终的神机营，总是很容易动气，这件事，就像扎进肉里的一根刺。

"先帝应该有他自己的考虑，其实……"他悄悄瞅了东方洄一眼，小声道，"老奴觉得，有没有神机营，对陛下并无影响。老奴跟了先帝的那些年，也曾见过几次神机营的人，就是不晓得陛下是怎么传召他们的；在老奴看来，所谓神机营就是一群武功不错的死士而已，就算真落在信王他们手里，也掀不起什么风浪来。"

东方洄摇头道："你会这么想，是因为你根本不了解真正的神机营，这群人的能耐远大于你的想象。"沉默片刻，他道："还记得八皇叔吗？"

怀恩脸色一变，小心翼翼地道："陛下是说二十年前，逼宫作乱的岷王？"

"不错，八皇叔表面谦逊，实则野心勃勃，父皇继位之后，他贼心不死，暗中培植势力，趁父皇前往西山避暑的时候，他凭借统领禁军的机会，带着七千人马悄悄赶到西山，意欲逼宫作乱。"

怀恩接过话道："可惜他时运不济得很，别人都没事，偏他行军途中恰好遇到山石崩塌，七千人马连同他自己都被山石活埋，无一生还，连先帝的衣角都没碰到。老奴在书里看到过一句话，叫作'其心不正，上天不佑'，用来形容岷王是再恰当不过了。"

面对怀恩的打趣，东方洄淡然一笑，搁下早已经冰凉的茶碗，"算算时间，你那会儿应该还没有进承德殿侍候。"

怀恩不明白他怎么突然说起了这个，小心翼翼地道："陛下，可是老奴说错了什么？"

"你没有错，只是与其他人一样，被谎言所蒙蔽。"

"陛下是说……当年岷王的人马并非死于山石？"正如怀恩所言，他虽老了，这脑袋却还灵光得紧，一会儿工夫就揣测出了东方洄的意思。

"天底下哪有这么巧的事情，八皇叔连同他的七千人马，确实全部都死了，但不是死于山石崩塌，而是神机营！"

怀恩吓了一跳，试探道："您是说……神机营灭了整整七千人？"

"不错，母后当年跟着父皇一道在西山，亲耳听到神机营的人进来奏禀，绝不会有错。"

"可……"怀恩难以置信地道，"可那是整整七千人啊，且当中不乏精士强将，只凭一个神机营就灭了所有人，恕老奴直言，这……这未免也太过匪夷所思了。再说……神机营如何知道岷王的行军路线，这件事应该是保密的。"

"据母后从父皇那里听到的只言片语来看，神机营的人无孔不入，一早就混进了八皇叔的府中,所以他的一举一动,父皇一直都了如指掌,一旦八皇叔决定逼宫作乱,他的死期也就到了。而参与这场剿杀的神机营人数,只有区区一百余人。"说最后一句话时,东方泗的脸掠过一丝深深的忌惮。

第四十七章
起 疑

怀恩倒吸一口凉气,颤声道:"一百余人,那……那就是说以一敌七十?"

"不错,所以说,神机营一群人落在别人手里,你让朕怎么能够安心。而且……母后也不知道,这一百余人,究竟是神机营的全部,还是仅仅一部分。"

听到这里,怀恩冷汗也出来了,颤声道:"如果仅只是一部分,那万数之内的军队,在神机营面前,岂非什么都不是?"虽说一万人的军队对于整个大周来说不算什么,但也足够可怕了。

"这样的一群人,为朕所用是为大利,否则……就是大患。"东方洄目光阴阴冷冷,似一条盘踞在草地中随时准备噬人的毒蛇。

"陛下说得极是。"怀恩连连点头,经过刚才那席话,他是万万不敢小觑神机营了。

"怀恩,"东方洄视线忽地扫过来,"你会不会也是神机营的人?"

怀恩被他这话给吓得脸都白了,慌不迭地跪下,"冤枉,老奴冤枉,老奴怎么会是神机营的人,老奴与那神机营根本半分关系也没有,请陛下明鉴!明鉴!"他一边喊冤一边不停地磕头,这个罪可真是大了,莫说落实,就是沾上一星半点儿,都得脱层皮,让他怎么能不害怕。

东方洄眸底掠过一丝松弛,旋即道:"朕不过是随口开玩笑罢了,你倒是当起真来,吓成这副德行,赶紧起来。"

怀恩哆哆嗦嗦站起身,抹着额上冷汗,心有余悸地道:"陛下这个玩笑可真是开得有点大了,吓掉老奴半条命。"

"你啊，旁的都好，就是胆子小。"东方洄笑道，"朕认识你也不是一年两年了，你是什么样的人，朕还不清楚吗？"

怀恩赔着笑不敢言语，伴君如伴虎，东方洄这会儿说得好听，谁又知道他心里究竟是怎么想的，论疑心之重，眼前这位君主可比当年的承帝有过之而无不及。

那厢，东方洄的话还在继续，"不过话说回来，或许……真有神机营的人潜伏在昭明宫中。"

怀恩挑一挑灰白双眉，惊声道："陛下是说，他们假扮成宫女或太监？"

在得到东方洄肯定的回答后，怀恩那张老脸皱成了一团，皱纹横七竖八地交杂在一起，令他看起来更老了几分，"每一个进宫里当差的人，都要查他们的身家背景，应该……不至于被神机营的人混入其中。"怀恩说得有些没底气，毕竟宫里头三千宫女太监，偶尔被买通混进一两个来历不明的人，也不是没可能的事。

见东方洄沉着脸不说话，怀恩知道他这是对自己的话不满意，见机道："陛下，这一年一次的验身就快到了，不如趁着这次机会，老奴派人逐个查一查他们的底细？"

听得这话，东方洄面色稍霁，"就按你的话去做，记着，查仔细些，尤其是在承德殿侍候的人。"

"遵旨！"在怀恩答应后，东方洄忽地又道："你当真觉得神机营不会在老七手上？"

怀恩垂目道："不是老奴觉得，而是先帝实在没理由将如此重要的神机营传给一个根本不招待见的皇子。至于睿王究竟是怎么从西楚逃出来的……或许楚帝并不像陛下想的那般在意璇玑公主。"

"不会！"东方洄否决得极是干脆利落，没有半分犹豫，令怀恩疑惑不已，"陛下为何如此肯定？"

东方洄长身而起，走回到御案前，拿过一份奏折随手翻看着，"朕问你，四年前，你可听说过萧若傲之名？"

怀恩回想片刻，摇头道："周帝当年寂寂无名，只是一个寻常皇子，老奴还真没有听说过。"

"那就是了，萧若傲生母出身不高，在过往近二十年里，他并不得庆帝喜欢，可短短两三年内，太子还有那几个颇为得宠的皇子先后败于他手中，你不觉得奇怪吗？"身为这片大陆上最为强大国家的掌权者，东方洄一直都有留心其他各国的朝局政况，萧若傲无疑是近几年最大的一匹黑马。

怀恩细细一想，深以为然地道："被陛下这么一说，还真是，看来这位周帝能耐不小。"

东方洄唇边浮起清冷的笑意，"或许真正有能耐的并不是他，你想想，萧若傲所有的变化是从什么时候开始的，当时还发生了什么事情？"

怀恩扳指算了算道："老奴若没记错的话，差不多是在三四年前，当时……"话说到一半，有些松弛的眼皮倏地一跳，脱口道："难道与璇玑公主有关？"

"成亲前一年还庸庸碌碌，后一年就突飞猛进，要说当中没有任何关系，朕说什么也不信。"

怀恩迟疑地道："璇玑公主才名之盛，确实天下皆知，但她毕竟只是女流之辈，就算再会吟诗作对、作诗作赋，与帝位争夺都扯不上关系。"

东方洄淡淡道："如果璇玑之才，并不止于琴棋书画、诗词歌赋呢？"

"那就一切都解释得通了。"说着，怀恩轻言道，"陛下想拉拢她？"

"若她真有指点江山之才，朕没有理由放着不用，大周虽盛，但周边强敌环伺，平定之路，可是一点都不易走。"

怀恩深以为然地点头，承帝在世之时，何尝不是雄心勃勃，可惜一直到他去世，都未能打破六国鼎立的局面。反倒是弱小许多的西楚借着各国相互牵制、无暇他顾的局势先行吞并南昭，扩张了势力，真是世事难料。

"朕刚才已经与老七说了，让他在母后寿宴上，带璇玑公主进宫，到时候就知道她是真才还是假料了。"

怀恩细声道："听闻璇玑公主不只有才，这容貌也是倾国倾城，任何女子站在她身边，都成了庸脂俗粉，一直不知是真是假，这次托陛下之福，总算能够亲眼见一见了。"

东方泂斜睨了他一眼，"怎么，嫌你家里那个不好了？"怀恩深得承帝恩宠，不只在宫外赐了宅子，还特降恩旨赐了宫女与他对食，虽然不能做一对真正的夫妻，但也算是一种慰藉，这些年来，怀恩虽然步步高升，却一直对她很好。

第四十八章
绿 衣

怀恩连忙道:"哪能啊,老奴就是好奇,毕竟这以前可是听了不少璇玑公主的传闻。"

东方洄笑一笑道:"行了,朕还会不知道你那点心思吗?"

怀恩松了一口气,转而道:"陛下,既然您觉得睿王有事隐瞒,要不要奴才……"

东方洄知道他的意思,摇头道:"这件事朕自有打算,你不必管了,倒是排查宫人一事要尽快开始。"

"奴才明白。"在怀恩躬身答应时,东方洄忽地道:"去将绿衣唤来。"

怀恩脸色微微一变,低头道:"遵旨。"

很快,一名身着绿色长衫、模样清秀的女子走了进来,她敛袖屈膝行礼道:"绿衣参见陛下。"

东方洄抬一抬手,"免礼。"

怀恩在一旁知趣地行了个礼,"奴才告退。"

他虽然深得东方洄信任,连神机营一事也知晓,却唯独对这个叫"绿衣"的女子一无所知,只知东方洄还是东宫太子的时候,绿衣就已经跟在他身边了,这么多年来,一直追随左右;而且东方洄每次召见她的时候,都会遣退所有人,连他也不例外,所以绿衣的身份一直是个谜。

在怀恩退下后,东方洄淡然道:"交代你办的事情怎么样了?"

"一切都依着陛下的话安排妥当了,不过她们刚进各府,想得到信任从而套取情报,还需要一段时间,这一点还请陛下见谅。"

东方洞点头,"你的琉璃坊可还能再抽调出两个人来?"

绿衣想一想道:"奴婢手下倒是还有几个能用的人,不知陛下要安插去何处?"

迎着绿衣询问的目光,东方洞徐徐吐出三个字来,"睿王府。"

怀恩虽然对自己还算忠心,但与绿衣相比还是差了一些,所以有些事情,他更倾向于交给绿衣去办。

绿衣惊讶地道:"陛下觉得神机营在睿王手里?"

东方洞神色凝重地道:"朕不敢肯定,但神机营关系重大,朕不能放过任何一个可能,总之你让他们尽量往细了查,任何一点蛛丝马迹都不要放过。"

"奴婢明白,奴婢会尽快安排人手进睿王府查探。"应承下来后,绿衣上前一步道,"有一件事,奴婢也正想禀告陛下。"

"什么事?"

"一年前,奴婢按着陛下的吩咐,从琉璃坊中挑了几个容色出众、善于随机应变的姐妹,混入东凌,刺探情报,为免暴露身份,一直未敢与她们联系。可就在昨日,一辆马车突然来到倚翠阁,掀了车帘一看,正是奴婢之前派出去的那几人,但……全部都死了,遍体鳞伤,全身上下没有一点完好的地方。"想起她们身上一道道可怕的伤痕,绿衣露出不忍之色。

本已经将视线转移到奏折中的东方洞愕然抬头,"你说什么,都死了?"

"是,一个不少。"绿衣脸色凝重地道,"奴婢问过车夫,他是被人雇来赶车的,除了知道雇他的是一个男人之外,一无所知。不过从他所描述的衣着来看,十有八九,是东凌人。"

"东凌……"东方洞喃喃重复着这两个字,英气的双眉攒拢在额心附近,"这已经是第二次了吧?"

"是,第一次是直接扔在城门外,这一回……则是倚翠阁。"绿衣忧声道,"虽然倚翠阁只是咱们最外围的情报点,就算暴露了也没什么,但照此下去,只怕他们早晚会查到琉璃坊。"

东方洞登基之后,一直有意收集各国情况,因为不曾得到神机营,所以他只能借助琉璃坊的力量。

两年下来，各国情况刺探到了不少，只有一国例外，那就是东凌。

在这片大陆上，东凌立国最久，也最神秘，互市是他们唯一与外界往来的地方，故而外人对他们知之甚少，所谓国力第三，也不过是外人大致的揣测罢了，东凌国力究竟如何，没有一个人能够说得清楚。

在这种一无所知的情况下，来日一旦开战，北周就会很吃亏，除非东方洄放弃攻占东凌的打算。可就算这样，谁又敢保证，东凌就不会进攻北周？所以东方洄让绿衣第一个安排刺探的，就是东凌。

结果没过一个月，就被人给杀了，尸体扔在了城外；第二次再派人去时，绿衣谨慎了许多，整整一年都未与派去的人联系，可她们还是死了，而且这一回连倚翠阁也暴露了。

"她们都是奴婢亲手挑选出来的，不会轻易暴露身份，奴婢怀疑……东凌那边，一直都有派人在暗中查咱们。"

东方洄面无表情地道："看来朕将东凌视作第一心腹之患，并没有错。"

与一切摆在明面上的齐国，还有野心昭然的西楚相比，多年来，一直闷声不响的东凌无疑更加可怕。

"可要奴婢再选几个人送去东凌？"绿衣虽心疼人手的折损，但东凌现在这样的情况，绝对不能放任不管。

东方洄想了一会儿，道："他们现在有了防备，再送去，也只是白白送死，缓一阵子再说。"

绿衣应了一声，迟疑道："那东凌怎么办？"

东方洄屈指在紫檀桌上面重重叩了一下，眯了黑眸道："你不是在其他几国安排了人手嘛，那就借他们的口，将东凌的事情传扬开去，朕就不相信，齐帝他们会无动于衷。"

"是，奴婢这就去办。"绿衣明白，东方洄这是要借各国之力，一起剥开东凌的神秘外衣。

穿过凤祥门后，就是昭明宫的内庭，除了正轴上的几重宫殿之外，东西两翼各有十数重宫院，皆是黄色琉璃瓦重檐庑殿顶，檐绘各式彩画，华美尊贵，处处透着皇家气息。

东西两翼虽都是后宫内眷居住之处,但又有所不同,西翼为嫔妃居住处,东翼则是前朝太后以及太妃居住的地方。

在本朝之前,皇帝驾崩之后,除却太后之外,太妃不得继续留住宫中,有子嗣封而为王的,随子嗣同住,无子嗣者一律送入皇家寺院,为大周祈福,从此与青灯古佛相伴,不得踏入昭明宫一步。这样的规矩对于这些在昭明宫中生活了大半辈子而又没有子嗣的女子来说,无疑是残忍的。

第四十九章
陈太妃

东方洄登基之后，太后卫氏怜惜这些相处多年的姐妹，不忍她们从此清苦度日，亲自向东方洄请求，后者乃是至孝之人，再说这也算是一桩功德事，遂应承下来，空出东翼宫院供这些前朝嫔妃居住。

至于膝下有子的太妃，是搬去与子嗣同住，还是继续留在昭明宫中，由她们自己决定。

进了静芳斋之后，一路往西侧走，有一个小小的厨房，一名身着绛紫浣花锦纹长衣的女子正背对着厨房门口忙活。

"杏儿，冬瓜盅已经炖了一个多时辰了，起出来吧。"女子的声音细细柔柔，听在耳中如夏日清泉一般舒服。

"是。"宫女应了一声，将一个汤钵取了出来，正要打开盖子，女子阻止道："盖子一揭，这香气就都逃了，连盖一起送到宁寿宫去吧。"

宫女惊讶地道："原来这冬瓜盅是给太后的呀，奴婢看主子一早起来忙活，还以为是您自己用呢。"

"我昨儿去宁寿宫给太后请安的时候，发现太后嘴边起了一个米粒大的疱，想是最近天热上火之故；这冬瓜盅用来消暑降火，是最好不过了。"

"主子对太后可真好。"宫女笑嘻嘻地说了一句，瞧见女子揭起了蒸笼，凑过去道："玫瑰糕可也要拿一些去？"

女子摇头道："你啊，说了这么多次也没记住。"

一名身形高挑的宫女走了进来，"太后不喜欢玫瑰的香气，但陛下喜欢，所以这玫瑰糕啊，主子是特意做给陛下吃的。"

杏儿恍然道："对了，玫瑰糕是陛下爱吃的。"说着她吐一吐舌头道："还是冬姐姐你记得清楚。"

"你这脑袋瓜子不知道在想些什么。"冬梅点一点她的额头，催促道，"别耽搁了，赶紧送去，否则过了午膳，太后哪里还吃得下去。"

"哎。"在杏儿兴冲冲地离去后，冬梅道："主子，这厨房里又闷又热的，您赶紧出去吧，万一受热就麻烦了。"

女子一边将形如花瓣状的玫瑰糕一块块取出来，一边道："去过睿王府了？"

冬梅神色一黯，低低道："去过了，睿王他……还没有回来。"

女子动作一滞，一块晶莹剔透的玫瑰糕掉落在地，虽然很快被宫人捡起，落地的那一面还是沾满了灰尘，不再如刚才那般通透。

"你下午再过去问问。"

冬梅望着她优美柔和的侧脸道，"陛下说了，是他遣睿王去办的密差，因为事情紧急，所以来不及与您说，这差事没那么危险，主子您别那么担心。"

说话间，一盘玫瑰糕已是装好了，女子侧首道："你相信陛下的话？"

她就是东方溯的生母，陈太妃。一辈子与世无争，令她直至承帝驾崩都只是一名容华，连封号都没有，东方洄登基之后，尊奉她为太妃。

"陛下金口玉言，当然相信。"话虽如此，冬梅的目光却闪烁不定。

陈氏叹了口气，"若当真是陛下遣溯儿去办差，他之前就不会几次三番遣人去睿王府，太后更不用问我是否知道溯儿去了哪里。所谓办差，不过是一个善意的谎言罢了，好让我不要那么担心。"

"太后那边是陛下忘了说，主子您……"

"冬梅，"陈氏打断她的话，"事情究竟是怎么样，你清楚，我也很清楚，总之你照我的话去做。"

"是。"冬梅无奈地叹了口气，自家这位主子看似话少，其实心思通透得很，比谁都清楚明白，陛下那些话根本骗不了她，之所以不揭穿，是不想坏了陛下与太后的一片好意。

"你将这些玫瑰糕送去承德殿，请陛下先尝一口，若是喜欢，我明儿个再做了送去。"

冬梅点点头，捧起青瓷盘往外走去，然而刚走几步，就猛地收住了脚，愣愣望着站在小厨房门口的那道身影。下一刻，激动占据了她整张脸庞，语无伦次地道："主子……您看……您快看，快……快看！"

"看什么？"陈氏一边说着一边转过身来，当看清门口所站之人时，她也愣住了，怔怔地站在那里，半晌说不出话来。

东方溯忍着心中的激动，抬步跨过门槛走到陈氏身前，跪下道："儿臣未禀告母妃就擅自离京这么久，令母妃担心，请母妃处罚。"

"快起来。"陈氏回过神来，连忙扶起东方溯，含泪道，"回来就好，回来就好。"悬了多日的心，这会儿终于得以放下。

陈氏仔仔细细打量着东方溯，确定他没受什么伤后，松了一口气，"这么多日子，你都去哪里了，事先怎么也不说一声，可知母妃有多担心，你平日里也不是这么没交代的人啊。"

面对陈氏的一连串问题，东方溯犹豫地道："儿臣……去了一趟西楚。"

"西楚？"陈氏一怔，紧接着那张一贯柔和温雅的脸庞变了颜色，"为璇玑公主而去？"

知子莫若母，东方溯是她十月怀胎所生，又自小抚养长大，一下子就猜中了东方溯的心思。

"是。"随着东方溯这声答应，此地陷入沉寂之中，母子二人谁都没有说话，气氛有些僵硬，冬梅瞅了二人一眼，小声道："厨房闷热，主子与睿王殿下还是去暖阁说话吧，正好把今日一早浸在井里的西瓜给切了。"

"也好。"陈氏净一净手，率先走了出去，东方溯紧随其后，时近正午，骄阳似火，就这么短短一段路，已是晒得满面通红，热得犹如要烧起来。

冬梅动作很快，他们坐下没多久，就已经端着水晶攒心大盘上来，里面摆着一块块切好的西瓜，绿皮红瓤，很是诱人。

冬梅取了一片西瓜递到东方溯手中，"这西瓜是从江南那边运过来的，听说比咱们这里的要甜许多，您尝尝看。"

东方溯依言咬了一口，清甜的汁水顿时在嘴里蔓延，"嗯，很甜。"

冬梅笑道："太后总共送来六个，主子知道殿下最喜欢吃西瓜，所以静芳斋只留了这么一个，余下的都送到睿王府去了，就这一个，还是奴婢劝着留下来的，不然依着主子的意思，一个不剩全要送过去呢，也不管您在不在。"

第五十章
反 对

东方溯抬眼看着对面一言不发的陈氏,低声道:"母妃……"

陈氏抬手打断他的话,深吸了一口气道:"你将这些日子发生的事情,一五一十说给我听,一件都不许漏了。"

东方溯依言将这一路上的事情说了一遍,为免惊到陈氏,他尽量将事情往轻描淡写里说,但陈氏生他养他,又哪里会听不出来。尽管这会儿东方溯好端端站在面前,仍是一阵揪心。

"你这孩子,陛下不是已经应了你的要求,让江越去西楚要人了吗,为何还要做这么危险的事情?亏得是没事,否则……你让母妃怎么办?"说到此处,陈氏已是红了眼圈。

"是儿臣鲁莽,但若儿臣当时没有去,璇玑公主已是死在楚帝刀下,此人之狠厉阴诡,非常人所能想象。"

"看他一登基就灭了南昭,就知不是一般人。"见东方溯吃完了手里的西瓜,陈氏又拈了一片红绿相间的西瓜递过去,"可有去见过陛下与太后?"

东方溯点点头,"儿臣先去的承德殿,之后到宁寿宫叩拜过太后方才过来。"

陈氏眸光微动,"陛下与太后可有因这件事怪罪于你?"

"没有,只是斥了几句,让儿臣以后不要再行这样鲁莽危险的事情。"

"那就好。"陈氏低眉片刻,忽地道,"她人在你府中?"

"是。"东方溯自知陈氏口中的"她"是指谁。

"如此说来,慕氏兄妹都在你府中,往后有何打算,难不成一直住在你府中?"

"南昭覆灭,慕兄与璇玑公主家国不再,无处可去;儿臣那里左右空着的庭院很多,就让他们先住着,以后再慢慢计议。"

陈氏盯着他道:"溯儿,母妃问你一句话,你需老老实实回答母妃。"

在东方溯点头后,她徐徐道:"你对那璇玑公主,可是至今未曾忘情?"

东方溯正好咬了一口西瓜,听到这话,顿时愣了一下神,淡红的西瓜汁滴落在衣袖上,缓缓晕染开来。

他接过冬梅递来的帕子拭一拭唇,不自在地道:"母妃无端端怎么问起这个,那件事,儿臣早就已经放下了。"

"既是如此,为何四年来,陛下与太后屡屡为你指亲,你都不肯答应;又为何一听说璇玑公主有难,就奔赴千里相救,不顾母妃,不顾责罚,甚至连性命安危都不顾了。"

东方溯暗自攥紧双手,低头道:"慕兄是儿臣至交,以前在外游历之时,他帮过儿臣不少,眼下他只有璇玑公主一个亲人,儿臣又岂能置之不理。再说这件事并没有母妃想的那么危险。"

"什么叫没那么危险,你现在是以一人之力与整个西楚为敌啊!"陈氏焦灼地说着,她从来都是淡泊宁静的,很少这个样子。

陈氏努力平复了一下气息,望着默默不语的东方溯道:"有些话,你不愿意说,母妃也不追问,只有一件事,你需要答应母妃。"

"请母妃吩咐。"

"慕氏兄妹的事情,到此为止,接下来的事情,你不要再沾染半分。"

东方溯愕然看着没有半分玩笑之意的陈氏,"慕兄家国被灭,正是……"

陈氏接过话,"正是什么,需要你帮助还是复仇?"

东方溯脸色有些难看地道:"母妃之意,是要儿臣坐视不理?"

"不是坐视不理,而是你根本帮不了。"陈氏轻叹了一口气,"母妃虽然久居深宫,但也知道复辟南昭,必然意味着要与西楚兵戎相见。"

"溯儿,不要忘了,你只是一个亲王。不错,陛下信任你,将锐健营十万兵力都交给你指挥,但动用其中一兵一卒都要经过陛下的同意，否则不可擅动。在这种情况下，你拿什么与西楚去争去斗，还是说……"陈氏压低了声音，"你想要背弃陛下的信任？"

东方溯当即道："陛下待儿臣手足亲厚，儿臣又岂会背叛他？"最后一个字音尚未落下，陈氏便已接了上来，"既是这样，你就该明白，慕氏兄妹之事，不是你所能插手的。"

"你可以留他们住在你府中，也可以衣食无缺地供奉着，但你一定要答应母妃，不要再管他们的事情。"陈氏知道她这个要求有些自私，但东方溯是她唯一的孩子，她不能眼看着前面是悬崖，还放任他摔下去。

东方溯默默低着头，什么也没说，就在陈氏以为他会应允的时候，沉缓但却坚定的声音在这间暖阁中响起，"儿臣答应过璇玑公主，会助她复仇，儿臣不能言而无信！"

"这样的话你怎么可以随便应？"陈氏没想到一向孝顺听话的儿子，这一次竟然拒绝得如此坚定，连一丝犹豫都没有，气息不由得急促了几分，"为了她，你连母妃的话也不听了吗？"

"请母妃恕罪。"东方溯知道，陈氏是为了他好，可一想到慕千雪所遭受的苦难与折磨，他就怎么也无法弃之不顾。

陈氏盯着跪在自己面前的儿子，痛声道："溯儿，当年她拒绝你的求亲，令你回金陵之后明里暗里受了多少白眼，你父皇又是怎么斥责你的，这一切的一切你都忘了吗？这样的女子，值得你不顾一切去维护、帮助吗？"

"儿臣这么做，并不仅仅是为她，也是为了慕兄。母妃就当……儿臣还慕兄以前的恩义。"

"你……"陈氏不知该怎么说下去，冬梅怕他们二人闹僵，轻言道："主子您别生气，有什么话慢慢说。"

陈氏没有理会她，盯着东方溯道："那你倒是说说，你要怎么助他们复立南昭？"

东方溯挺直了背脊道："楚帝之野心，已经昭然若揭，如今的西楚对我大周而言，其威胁并不下于齐国，这一点陛下心中亦很清楚，平衡已被打破，大周与西楚早晚会开战，一旦……"

"一旦西楚覆灭,之前被它吞并的南昭就可得以复立是吗?"

"是。"面对东方溯的回答,陈氏连连摇头,"陛下承继先帝之意愿,以统一六国、平定天下为毕生之愿。当西楚覆灭、诸国消亡,你又凭什么认为,陛下会允许南昭存在,会允许这样不完整的统一?"

第五十一章
避不过

　　东方溯垂眸不语，陈氏所言，正是他最担心的地方，东方洄还是东宫太子的时候，就曾不止一次提过，他若登基必当覆灭其他国家，令大周成为这片大陆上唯一的国家。

　　这样的东方洄，他能够劝动吗？

　　陈氏看出他的心思，叹了口气，"是，诸兄弟之中，陛下待你最是亲厚，让你执掌兵权，可这件事关乎社稷天下，不是'亲厚'两个字就能够解决的。一个不好，反而会令你与陛下生分。"

　　在长久的沉默后，东方溯抬眼道："儿子明白母妃之意，但现在讨论这些为时过早，还是等以后再说吧。"

　　陈氏银牙微微咬紧，她哪里会不明白，东方溯这是在敷衍自己呢，他心里还是想着帮慕氏兄妹复立南昭。

　　冬梅跟了陈氏多年，最善于察言观色，瞅着气氛不对，怕他们母子又与刚才在小厨房里一样闹僵，对陈氏道："这一个多月殿下一直在外奔波，辛苦得很，一回金陵又立刻进宫请安，都不曾歇一歇，定是疲惫得很，不如让殿下先行回去歇息吧？"

　　陈氏明白冬梅的意思，定一定心绪，对尚跪在地上的东方溯道："好了，回去好好歇一歇，也仔细想一想我与你说的那些话。"

　　"是，儿臣告退。"望着东方溯离去的身影，陈氏忍不住叹了口气，愁绪攀上了眼角那些细细的鱼尾纹。

　　"这个孩子，平日里与他说什么都听得进去，唯独遇到那位南昭公主的时候，就固执得很，四年前是这样，四年后还是这样。你说陛下要是知道他这个意思，不知这心里头会怎么想。"

冬梅替她扇着扇子，"其实只要南昭对大周没有威胁，让他们继续存在南境也没什么。以咱们殿下与陛下的情谊，这份恩情未必求不出来，您别太担心了。"

"事情哪有你想的那么简单。"陈氏复又叹了口气，"这件事与他本无关系，他却非要揽上身，你让我怎么放心得下。"

冬梅低着头不知该怎么说才好，过了一会儿，耳边再度响起陈氏的声音，"看来此事还得从璇玑公主那里着手。"

冬梅眼皮一跳，"主子是说……让璇玑公主离开殿下？"

"不错，此女留在溯儿身边太过危险，我不能冒这个险。"

"若能劝他们离开自然最好，但……"冬梅迟疑地道，"殿下是他们眼下唯一的救命稻草，只怕不肯轻易放手。"

"由不得他们。"随着这句话，一抹极为少见的凌厉出现在陈氏素来温婉平和的眉眼之中。

在睿王府的西院一角中，慕氏兄妹絮絮说着各自这几年所发生的事情，在听得萧若傲一边利用慕千雪的智计登上太子乃至皇帝宝座，一边对她下毒，令她四年来一直缠绵病榻之上时，慕临风几乎气炸了肺，握在手里的茶盏被他生生捏碎，"天底下怎么会有这样无耻卑鄙又不择手段的人！"

慕千雪自嘲道："亏得我当时对他还有利用价值，所以下的只是慢性毒药，要不了性命，否则我连三哥的面都见不到了。"

慕临风捧着夏月重新沏好的新茶，一个字一个字地道："不报此仇，我慕临风誓不为人！"

平复了一下心中的恨意，慕临风道："你想借大周之力向西楚复仇？"

慕千雪没有回答，只是道："三哥不同意？"

慕临风沉吟片刻，"如果东方溯是大周皇帝，我自是求之不得，但他只是一介王爷，许多事情有心无力，勉强为之，怕是会害了他。"他虽不及慕千雪那般聪明，却也是个通透的人，不想连累已经帮了他们许多的东方溯。

"我明白三哥的意思，那三哥准备怎么做？"

"虽然南昭覆灭，但南昭百姓还在，他们并不甘心从此臣服于西楚，所以我打算回南昭，暗中组织对抗西楚的力量。"

慕千雪紧紧蹙着秀美的双眉，"这不失为一个办法，但一旦让萧若傲发现，他必会用尽一切手段来杀你。"

"不入虎穴，焉得虎子，为了慕氏一族，再危险都要去做。"见慕千雪仍是愁眉不展，他与以前一样伸手揉一揉她如云乌发，笑道，"放心吧，三哥命硬得很，他萧若傲收不走的。"

慕千雪默默点头，既然决定了要复辟南昭，就不能前怕狼后怕虎，"三哥准备什么时候动身？"

"就这几日吧。"不等慕千雪言语，他又道，"可别想跟去，路途遥远，你身子又不好，三哥可没法照顾你。"

慕千雪知道他是怕自己有危险，才故意这样说，"我知道，我会留在金陵，正好有些事情，我也想弄清楚。"

"什么事？"

"三哥，你与睿王相识多年，他可曾与你提及过周帝？"

"周帝？"慕临风惊讶于她的问题，抚着盏壁精致的花纹，缓声道，"我只知他是承帝第四子，生母为继后卫氏，出身高贵，十五岁之时，被封为太子，两年前承帝驾崩，他承继了帝位。据东方溯所言，他们兄弟二人感情一直很好。周帝继位后，封东方溯为亲王，并将城外十万锐健营交给他指挥。所以这次，他虽瞒着周帝去西楚救你，但应该不会有什么事，顶多只是被训斥几句。"

未曾关严的朱红菱花长窗被风吹开，热气一下子疯狂地涌进来，吞噬着室内的凉意，一只色彩斑斓的蝴蝶在夏月关窗前飞了进来，停在桌上，翅膀微微张合。

盯着蝴蝶美丽炫目的翅膀，慕千雪徐徐道："或许……他们的兄弟感情，并不如睿王想的那般好。"

慕临风一惊，"何出此言？"

"我现在也不敢肯定，只是隐约有这种感觉，是对是错，要等见过周帝后，方才能够判断一二。"

"你想去见周帝？"

慕千雪徐徐摇头，"不是我想见，而是不得不见。西楚四年，我虽然一直隐匿幕后，不曾直接露面，但萧若傲崛起得太快，周帝不可能没有怀疑。若我没有猜错，周帝这会儿应该已经与睿王提及让我进宫相见一事，这一面，避不过。"

第五十二章
鸟尽弓藏

夏月一直站在旁边静静听着,这会儿见他们面有忧色,眨了眨杏仁般的眼睛道:"见周帝不是一桩好事吗?为何公主与庄亲王都好像不太高兴。"

"那你倒是说说,好在何处?"慕临风知道她对慕千雪忠心不贰,所以刚才那些话,并未避着她。

夏月一脸认真地道:"公主才华惊世,无人可及,乃是帝师之才,大可向周帝要求,以辅佐他统一中原为条件,复立南昭,这样一来,庄亲王您也不必孤身去南昭犯险,岂不是两全其美?"

慕临风摸着笔挺的鼻梁,似笑非笑地道:"小丫头,有没有听过'鸟尽弓藏'这四个字?"

夏月茫然地摇头,"没有,怎么了?"

"不错,周帝若发现千雪有帝师之才,必会百般礼遇,莫说复辟南昭,就算说要分她半壁江山,周帝也会答应。可一旦当真统一了天下……"慕临风连连冷笑,"飞鸟尽,良弓藏;狡兔死,走狗烹。天下一统,谋士便失去了用处,与其拿江山交换,倒不如直接杀了干净!"

"啊!"夏月惊呼着捂住自己的嘴,好半晌方才哆嗦着道,"这……这怎么会呢,君子一诺尚且重如千金,何况是帝王,应该……"

"萧若傲的例子忘记了吗?"慕千雪一句话,将夏月嘴边所有的言语尽皆堵了回去。是啊,当初萧若傲不也口口声声说要与公主举案齐眉、白头偕老的吗?结果一翻脸比谁都无情。

夏月绞着手指,嗫嚅道:"是奴婢想得太简单了,请公主与庄亲王恕罪。"

慕临风轻叹一声，"其实你说的法子也并非全然不能用，但前提是那个人必须是我们可以绝对信任的，但我思来想去，能够完全信任的，只有东方溯一人，可惜他不是帝王。"

慕千雪伸出纤指，在蝴蝶翅间轻轻一点，蝴蝶受惊之下，立即振翅飞起，没头苍蝇一般在屋里慌乱地飞舞着，迫切想要寻找地方出去。

屋外响起一串脚步声，紧接着房门被人推了开来，一见有亮光，蝴蝶连忙扑棱着翅膀飞了出去，倒是将毫无防备的来人吓了一跳。

十九抚胸略定一定神，冷冷盯着慕千雪道："王爷为了你的事情，入宫请罪，你可倒好，还有心思在这里扑蝶弄花。"

"公主才没有呢，是这蝴蝶自己不小心飞进来的，你别胡乱冤枉人。"夏月最是看不惯十九，虽然慕千雪一再叮嘱她不要与十九争执，可这火气一上来，哪还忍得住。

"借口倒是寻得很快。"讽刺了一句，十九将视线重新移到慕千雪身上，冷冰冰地道，"东院已经收拾好了，随时可以过去，出门往前笔直走，穿过垂花门再左拐走一会儿就到了，这么点路应该不需要画张地图给你。"

"另外挑了六个人给你，应该差不多了，不够的话，你自己找府里的总管要，他姓蔡，叫他蔡总管就是了。"

十九说完，也不等慕千雪答应，转身就走，连门也不关，气得夏月腮帮子鼓成了两个大包，气呼呼地上去关了门，"这什么人呀，半点规矩也没有，得亏是睿王脾气好，要换了一个人，还不早将她赶出府去了啊，看了就讨厌。"

慕临风若有所思地摸着鼻梁，这是他的习惯，每每想事情的时候，都会下意识地做这个动作。

"夏月，东方溯这次去西楚，一直都贴身带着十九吗？"

"对啊，一路都带着，那么多人里面，最惹人讨厌的就是她了，也不知睿王为什么一直要带着她。"一说到十九，夏月就一肚子气，叽叽喳喳地将这一路上关于十九的事情都说了个遍。

慕临风仔细听着，虽然夏月说得有些杂乱，但还是让他听出了有用的地方，"你说……连潜入西楚宫城的时候，十九也在？"

夏月仔细回想了一下，不确定地道："奴婢当时没亲眼见着，所以不敢肯定，但公主问起睿王的时候，他确实说随他一道入宫的，有一名女子，那就是十九了，反正除了她，奴婢没再见王爷带过别的女子同行，后来公主就是安排她与江大人同行，从而引开了天机卫。"

"这么说来，十九会武功？"

"武功？"夏月愣愣地重复着，她还真没想过这个问题，因为在她印象里，女子怎么会武功呢，不过十九……

"奴婢记得，当时在东境对付追兵的时候，睿王与公主担心奴婢与江大人会有危险，事先将我们安置去了安全的地方，但十九没有，也许……她真的会武功吧，不然您问问公主，她应该知道得更清楚。"

"好。"慕临风回身想要询问，却发现慕千雪正在四处翻找，疑惑地道，"千雪，你这是做什么？"

慕千雪头也不抬地道："我在找纸和笔，三哥你这里有吗？"

"有。"说着，他从桌案后的一个柜子里取出文房四宝交给慕千雪，"你好端端的要纸笔做什么？"

慕千雪命夏月收走桌案上的所有东西，然后从那堆匀薄如一、坚洁如玉的澄心堂纸中挑了一张长五尺、宽两尺有余的纸铺在桌案上，两端各用一个青田黄石雕镇纸压住。

"去取一碗清水来。"在夏月离去后，慕临风满面疑惑地道，"千雪，你到底要做什么？"

"三哥很快就会知道。"在挑了一支上好的狼毫笔后，慕千雪淡然道，"三哥可是要与我说十九？"

被她这么一提，慕临风方才记起自己要说的事情，连连点头，"对，就是她，我原以为她此去，只是跟着照顾东方的衣食，可听夏月刚才的描述，她应该是懂武功的。"

"此处没有外人，告诉三哥也无妨，十九不仅懂武功，还很好，不输于你。"

"当真？"慕临风六岁之时就跟随教习师傅练武，虽是皇室子弟却肯吃苦，二十年下来，练就了一身不错的武艺，寻常江湖人士，七八个也近不了他的身，他对此一直颇为自豪；这会儿听闻十九这么一个瘦瘦小小的女子武功竟然不比他弱时，吃惊不小。

第五十三章
惊人记忆

慕千雪笑一笑,"我何时骗过三哥?"

慕临风打量着她道:"看你这样子,似乎知道一些三哥不知的事情。"

"有些事情还是不知道更好一些。"虽说慕临风是绝对不会说出去的,但神机营一事,还是越少人知道越好。

见她不愿说,慕临风也不多问,继续将话题带回到十九身上,"我看这丫头对你很是不满,甚至能从她眼里看到敌意,你得罪她了吗?"

"也算不上得罪,就是有些误会罢了,三哥不必担心,我能够解决。"

"那就好,总之你当心一些。如果实在不行,就告诉东方溯。"说到此处,他又拧眉道,"十九既然有这样好的武功,怎么会甘心在睿王府做一个丫头?"

"每个人都有他自己的理由,没必要去追根究底。"说话间,夏月照慕千雪的吩咐端了一碗清水进来。

在将些许清水倒在松花石砚后,慕千雪敛袖取过一块刻有"黄山松烟"四个字的墨在砚台里徐徐磨着,很快清水渐渐化成了浓黑的墨汁。

在感觉差不多后,她放下手中尚余许多的松烟墨,转而取过事先选好的狼毫笔,淡黄色的笔尖一碰到墨汁便迅速变黑,显然是吸满了墨。

"公主……"

夏月还没来得及问,便被慕千雪肃声打断,"从现在开始,到我搁下笔之前,需要绝对的安静,所以你们两个都不得出声,若怕闷,可以先行出去，我好了以后自会叫你们。"

二人都想知道慕千雪要做什么，自是不肯出去，屏息静气地站在一旁，夏月还要夸张，两只手牢牢把自己的嘴捂了起来，唯恐不小心发出声音惊扰了慕千雪。

在交代了话后，慕千雪深吸一口气闭起了双目，这一闭就是将近一炷香的时间，等得慕临风二人百无聊赖，又不能说话，只能在那里大眼瞪小眼。

慕千雪双眼悄无声息地睁开，下一刻，她低头在细薄光润的纸上飞快画着，或是崇山峻岭，或是河川水道，又或者是一条条旁人看不明白的线条。

墨蘸了一次又一次，夏月倒也机灵，眼见砚中余墨不多，又加了些水在里面，拿着松烟墨轻轻磨着。屋中寂静无声，只有狼毫笔在纸上划过的声音以及外面传来的蝉鸣声。

偌大的一张纸，竟然被慕千雪画了个满满当当，在画完最后一个角落时，夏月以为她画好了，正想问这是什么，却见她又拿着刚蘸好墨的笔回到了最开始画起的地方，不过这一次慕千雪不再是画画，而是写字。

"铜陵、凉川、西平……"慕临风在心里默默念着出现在慕千雪笔下一个又一个的字，他终于知道慕千雪画的是什么了，是地图，南昭的地图！

慕千雪全神贯注于笔下那张渐渐成形的地图，并未发现屋中多了一个人，在写完最后一个字后，她长舒了一口气，搁下笔活动一下发酸的手腕，打量着墨迹未干的地图道："这是我几年前在父皇书房中看到的南昭地图，所幸还记得，位置大致都没错，应该能够帮到三哥。"说着，她头也不抬地道，"三哥，你找找有没有朱砂，我帮你圈几个地方，那些地方地势险恶，易守难攻，萧若傲才刚攻下南昭，他的手一时半会儿应该伸不过去，你到南昭之后，就先去那几个地方，借地利之便积蓄势力，然后再慢慢扩往四周；咱们现在的情况，不求快，但求稳，所以千万不要心急。"

一只修长的手将一盒朱砂递到她面前，一道递过来的还有一支新笔，颇为贴心。慕千雪接在手里，沉吟片刻，在地图上连着画了五个圈，"这五个地方都还行，至于先选哪一个，三哥你自己看着挑就是了。对了，咱们两个逃到了北周，萧若傲一定会派人封锁官道，以防我们潜逃回去，所以三哥此去，记着一定要挑那些小道走。另外，上次我看十九戴了一张颇为精巧的人皮面具，虽然还有破绽，但也不错了，晚些时候我问问她，到时候你戴在脸上，就算不慎遇到官兵，应该也能蒙混过去。"

"十九何时戴过人皮面具？"突如其来的声音吓得慕千雪松了手，蘸有朱砂的笔往下掉去，所幸被一只手及时攥住，方才没有弄污刚刚画好的地图。

东方溯将笔搁到架子上，"是本王唐突了，令公主受惊。"

"不碍事。"慕千雪这会儿已是回过神来，"王爷何时进来的？"

"有一会儿了，见公主在画地图便没有打扰。"东方溯低头看着桌案上密密麻麻写满了地名的地图，"如此复杂的地图，且又时隔数年，公主居然能凭记忆画出来，实在令本王惊叹。"

"王爷过奖了，三哥要回南昭，我帮不上忙，就只能帮着画张地图，不至于迷了路。"在晾干了墨迹后，她仔细折起交给慕临风，郑重地道，"慕氏一族，只剩下你我二人，所以请三哥务必记住一句话——君子报仇，十年不晚！"

慕临风将地图收入怀中，"三哥明白你的意思，此去一定谨慎行事，不论遇到什么样的事，都以保住性命为前提。"

东方溯听着他们的言语，微蹙了剑眉道："其实慕兄大可不必在这个时候孤身回南昭犯险，我已经答应了公主，会尽力助你们复国，难道慕兄还信不过我吗？"

"当然不是，只是我与千雪已经麻烦东方兄许多，实在不好再多相烦。"说着，他用力拍一拍东方溯的手臂，略有些哽咽地道，"我慕临风这辈子最大的幸事，就是有你这个能够生死相托的兄弟，多谢了！"

岁寒知松柏，患难见真情，真是一点都没错。

"都说是兄弟了，你这样开口闭口地说话，反倒让人觉得矫情。"

这句话说得慕临风笑了起来，平复了一下心情后，他道："千雪身子不好，又是女流之辈，不宜随我同去，故而还要麻烦东方兄再照顾一段时间。待我安定了之后，便来接她。"

第五十四章
东　院

　　东方溯颔首道："我自当好好照顾公主，慕兄只管安心就是了。"说着，他将视线转到慕千雪身上，"公主尚未回答我的话，十九何时戴的人皮面具？"

　　一旁的夏月也是满面好奇，这一路上，她几乎寸步不离地跟着慕千雪，怎么全然不知此事。

　　慕千雪眸光微微一转，淡然道："之前在客栈时，无意听十九提起人皮面具，正好她有，便戴着看了一下，很不错。"

　　"十九擅长易容以及变声技巧，可惜当时不知楚帝模样，不然当初入宫城救你时，会方便许多。"东方溯没有对她的话起疑。

　　"东方兄这次进宫见周帝，他可有责怪你？"

　　"说了几句，不过皇兄也是因为担心我。"说着，他望着慕千雪道，"对了，有一件事要与你说，过几日是太后寿辰，皇兄让我带你一道入宫赴宴，一起热闹热闹。"

　　慕临风神色一动，他来金陵这么久，周帝都未曾传旨相见，如今千雪刚到金陵，周帝便要东方溯带她入宫，看来还真是让千雪猜对了。

　　太后寿辰只是借口，真正的目的，是看一看萧若傲的倏然崛起是否与千雪有关，一旦他发现千雪有帝师之才，必然会用尽一切办法将她牢牢攥在手里，为自己所用，从而达到一统中原的目的。

　　而功成之日，就是慕千雪丧命之时；一如不久之前，她在西楚经历的一切，唯一区别是，这一次……不会再有人能够救得了她。

　　帝王——从来都是最无情的那一个，就算曾经有情，在坐上那个位置后，也会因为各种各样的原因，而渐渐冷了心性，变得铁石心肠。

见几人都不说话，且气氛有些不对，东方溯疑惑地道："怎么了？"

"可以不去吗？"说话的是慕千雪。

东方溯愣了一下，显然是没想到她会拒绝周帝的好意，虽有些为难，但还是道："若你当真不想去，明日我与皇兄说就是了，应该不要紧。"

迎着他的目光，慕千雪微微一笑，"我与你玩笑罢了，你倒当真了，周帝盛情相邀，岂有不去之理？再说江大人那件事，我也想亲自谢谢他。"

她确实不愿见周帝，但心里清楚，若不见这一面，周帝绝不会罢休，只怕会亲自登临睿王府，这样反而不好。

慕临风也明白这个道理，所以忍住了嘴边的话。

从西院出来，已是黄昏时分，夕阳西下，不再如之前那般炎热难耐，偶尔微风拂过，还有一丝凉意。

在去东院的路上，慕千雪一直垂眸不语，夕阳余光洒落在她如白玉一般的脸庞上，可以清楚看到眉眼间挥之不去的担忧。

"还在担心慕兄？"

见他看出了自己的心思，慕千雪也不隐瞒，"虽然三哥答应了我，不会鲁莽行事，但想到他要孤身一人去已经变成虎狼之地的南昭，我就忍不住担心。"

东方溯点点头，"不如……我再回去劝劝慕兄，今日在承德殿里我已经与皇兄仔细说过楚帝，皇兄也认为此人将会是一个心腹大患，只要时机合适，我有很大把握劝说皇兄对西楚用兵，慕兄其实不必如此急着去南昭。"

慕千雪苦笑道："三哥性子倔强，一旦他决定了什么事情，十头牛都拉不回来，再说王爷因为我们兄妹，已惹了许多麻烦，又怎好意思总是麻烦你。"

"公主见外了。"东方溯想一想，道："这样吧，我选两名精干的手下陪慕兄一道去南昭，一来相互之间有个照应；二来有人同行，可以扮作行商伙计，不易引人注意。"不等慕千雪开口，他已是先一步道：

"我决定的事情，同样不会轻易更改，所以拒绝的话可以省了。"

慕千雪哑然失笑，"这算不算强人所难？"

东方溯自己也忍不住笑了起来，"公主说是就是吧，好男不与女斗。"

十九过来时，恰好看到东方溯在夕阳浅红光晕下展颜轻笑的样子，一时不由得看痴了，东方溯五官明晰，是一个极为俊美的男子，只是平日里总冷着一张脸，不苟言笑，以至于别人不敢靠近。

十九跟了东方溯两年，还是头一回看到他这样发自内心的笑容，可偏偏是对慕千雪！

十九暗自攥紧了手，忍着心里的硌硬，上前行了一礼，"王爷。"

东方溯旁边的慕千雪被她主动忽视，见她将自家主子当成空气，夏月气得鼓着腮帮子，所幸她还记得慕千雪的吩咐，没去招惹十九，只是暗自生闷气。

东方溯没意识到三女之间涌动的暗流，随口问道："东院收拾好了吗？"

"嗯，一切都按着王爷的吩咐安排，侍候的人也都送过去了。"

"好。"东方溯应了一声，转眸道，"我陪公主过去看看，有什么缺的就立刻让十九备置。"

慕千雪看了十九一眼，"十九办事那么妥帖，想必一切都置办齐全，又哪里会缺，不过我倒正有一件事想与王爷商量，咱们去东院说。"

几人一路来到东院，一进院子便看到一个大大的青花缸，里面蓄满了水，开着数朵或粉或白的睡莲，散发着幽幽清香，引来蜻蜓扇着两对透明的翅膀停伫在莲花尖，流连不去。

透过碧绿的莲叶可以看到几尾极其少见的红色锦鲤在水中悠闲地游着，逶迤散开的尾巴犹如一匹匹最美的红绸，铺展于这干净清透的水中。

看得夏月啧啧惊叹，这个院落可比西院好多了，至于慕千雪，不论怎样的景致落在她眼中，都是黑白灰三色，"美景"二字，怕是一辈子都与她无缘了。

除了这个大大的青花缸以及种在周围的时令花卉之外，庭院两边各种了许多树，郁郁葱葱，有这么多树挡着，夏天应该不会很热。

几名下人正拿着粘竿捕捉在树上拼命嘶鸣的夏蝉，笼子里已是捕了许多，瞧见他们进来，忙收了粘竿上前向东方溯行礼，在瞧见慕千雪时，不论男女皆露出惊艳之色，如此美貌的女子他们尚是头一回见到，暗自猜测这位是否就是传言中要来东院住的璇玑公主。

第五十五章
借 人

　　十九最反感的就是有人对着慕千雪的美貌发愣，重重咳了一声，在将众人心思拉回来后，漠然道："她就是你们以后的主子，记着我之前的吩咐，好生侍候，不得怠慢。"

　　十九是东方溯身边的人，说话自然有分量，那些人连连答应，朝慕千雪行礼，算是拜见了这位主子。

　　在命他们起身后，慕千雪走进了正堂，但见窗明几净，伸手抚过桌面，不见一丝尘埃，打扫得很是干净。屋中一切以简洁朴实为主，没有太过花哨华丽的摆设，倒是很符合东方溯的风格。

　　见慕千雪唇角微弯，一副似笑非笑的样子，东方溯微一蹙眉，"怎么了？"

　　"没什么。"慕千雪接过下人递来的茶盏，道，"你们都下去吧，把门带上。"

　　在屋中只剩下他们几人后，东方溯道："公主有何事要与我商量？"

　　慕千雪揭开盏盖，拨一拨茶面上的浮末，淡淡道："我想向王爷借两个人。"

　　"借人？"东方溯没想到她会提这么一个要求，挑眉道："哪两个？"

　　慕千雪纤手一指习惯性站在东方溯身后的十九道："她，还有十五。"

　　十九没想到她会突然将话题转向自己，愕然道："你这算什么意思？"

　　慕千雪笑一笑，望着满面疑惑的东方溯道："王爷肯吗？"

　　东方溯没立刻回答，而是道："你借他们二人做什么？"

　　"我自有我的用意，暂时不能告诉王爷，三个月里，他们归我指挥，听我调遣，王爷不得过问。"

东方溯尚未言语，十九已是一口回绝，"不行！"

见众人目光都望了过来，十九抿一抿有些干燥的唇，望着慕千雪冷冷道："东院里那么多人，还不够你差遣的吗，拉我与十五做什么？你要是真嫌人手不够，我让蔡总管再调几个过来就是了，你想每一间屋里站一个也行。"

这个慕千雪，分明就是看她不顺眼，故而存心刁难折辱，早知这样，当初就不该放过她。

"我要的，不是那种寻常仆婢。"在简单地回了十九一句后，慕千雪再次看向那张五官分明的脸庞，"如何？"

十九怕东方溯真会答应，连忙道："王爷您别答应她，神机营的规矩，您是知道的，从来只有一个主子，绝没有第二个。"要她听候慕千雪差遣，绝无可能。

东方溯心思飞转如轮，但怎么都猜不出慕千雪这么做的用意，良久，他道："你这样什么都不透露，我很为难，毕竟……你也清楚，十九他们并非寻常人。"

"时机合适之时，我自会告诉你，至于现在……"慕千雪语音微微一顿，"我只能保证，绝不会于你有害。"

在手边一口未动的茶水失去最后一丝温度之时，东方溯终于道："好吧。"虽然顾虑重重，但他终归是答应了，不为其他，只因为开口的那个是慕千雪。

这句话落在十九耳中，简直犹如五雷轰顶。一时间，连自小听到大的训诫都忘了，激动地朝东方溯道："不行，奴婢不答应！"

"十九……"

"我不听！"十九此刻什么都听不进去，脱口道："王爷要讨好她，奴婢管不了，但要奴婢去侍候这种人，不可能！"

夏月柳眉倒竖，"你说话客气一些，什么这种人，我家公主怎么了？"

"怎么了？"十九冷笑连连，眉眼间尽是讽刺之色，"一个整天搔首弄姿、靠美色勾引人的女子，还想要我怎么客气？"

夏月气得双目圆睁，"你在胡说什么，公主什么时候搔……搔首弄姿过了，又什么时候勾引人过了，你简直就是莫名其妙，好端端的也不知发哪门子疯！"

东方溯也是不悦地呵斥道："不得无礼，还不赶紧向公主赔罪！"

听得这句话，十九眼圈微微一红，倔强地道："奴婢又没有说错，为什么要赔罪？"

一听这话，夏月火冒三丈，喝道："你这样侮辱诋毁我家公主，还叫没错，那什么才叫错？"

十九不理会夏月，只一味盯着东方溯，"原本一切都好好的，可自从遇到慕千雪之后，就一下子全都变了，为了她，王爷远赴千里，亲自犯险；为了她，十七死了；现在王爷还要违背祖训，将我与十五交给她差遣，她不是专门勾引男人的狐狸精又是什么，王爷根本就不应该将她留在身边！"

"放肆！"东方溯这一次是当真动怒了，面庞透着一抹青色，"立刻向公主道歉，否则就以犯上罪论，行鞭五十！"

十九紧紧咬着银牙，一缕缕细细的红丝在眼中汇聚，直至牙根发酸之时，方才松开，倔强地道："奴婢不会向她道歉，绝对不会！"

东方溯一时不知该怎么说，这两年来，十九对他一向温驯忠心，只要是他吩咐的事情，必然办得尽心尽力，妥帖无比，从来没有说过一个"不"字，更不要说是像现在这样违抗他的话，他实在想不明白，十九为何会对这件事反应如此之大，虽说神机营没这个先例，但也不算什么大事。

东方溯暗自吸了一口气，冷声道："我说最后一次，道歉！"

"不道歉！"十九一口回绝，她宁可生受五十鞭，也绝不向慕千雪道歉。

"好！"东方溯面色铁青地道，"十九不遵神机营规矩，以下犯下，当行鞭五十，入夜后行刑。"

夏月虽然生气十九对慕千雪的无礼，但没想到东方溯一开口就是整整五十鞭的重刑，一时有些慌了神，攥着慕千雪的袖子，小声道："公主，这……这该怎么办？"

慕千雪拍一拍她的手，上前道："王爷，十九姑娘想是对我有些误会，才会口不择言，看在她初犯又非有意的分上，不如就算了。"

东方溯还没来得及说话，十九已是抢先道："不必你在这里猫哭耗子假慈悲，五十鞭而已，我受得起！"

"我说你这人怎么这么不知道好歹，公主可是在帮你求情。"夏月还是头一次见到有人宁愿受罚也不肯说一句道歉的话，真不知该说她有骨气还是蠢。

第五十六章
流水无情

"晚些时候，我会传十五行刑，出去！"在将十九遣出去后，东方溯歉然，"十九的事，实在对不起，我不知道她会突然这样无礼，还请公主见谅。"停顿片刻，他道："既然十九不愿意，我再另外指个人给公主吧。"

"此事不急，倒是十九……她刚才说的，多是气话，王爷能否免了她的鞭刑？"

东方溯轻叹了口气，"以下犯上，是神机营第一大忌，行鞭五十，已是最轻的责罚。"

夏月在一旁听得咋舌，行鞭五十还是最轻的责罚，那最重的刑罚该是多么可怕。

慕千雪默然点头，在送走东方溯后，夏月一边掌灯一边骨碌碌地转着眼珠子，不知在想些什么。

在将屋里的灯台都点燃后，她望着映照在橘色灯影中的慕千雪，吐出了在舌尖转了好几个圈的话，"公主，您说十九是不是喜欢王爷？"这是她绞尽脑汁，唯一想到的能够解释十九如此失态的理由。

慕千雪看了她一眼，淡淡道："终于看出来了？"

"那就是说奴婢猜对了。"夏月惊喜地说了一句，旋即有些得意地道，"奴婢就说怎么这一路上，她总是处处针对公主，原来是这样。"说着，她又捂嘴偷笑道："不过看今日的样子，王爷对她是一点心思也没有，就像公主以前念过的一句诗，落花什么……什么有情，流水……无情。"

慕千雪好笑地纠正，"落花有意，流水无情。"

夏月连连点头,"对对对,就是这句话,她刚才那样分明就是嫉妒王爷对公主好,处处护着公主。"说着,她又想起一事,好奇地道:"公主刚才说,是不是早就看出来了?"

"就你问题最多。"言语间,慕千雪起身往外走,见夏月欲跟上来,她道,"我去外面走走,很快就回来,你别跟着了,去里屋将被褥收拾一下,然后看看有没有安息香,有的话就点一些。"自从西楚那件事情后,她就一直睡得不好,不易入眠,又容易惊醒。

在夏月答应后,慕千雪开门走了出去,这会儿天色已是彻底暗下来了,一轮明月静静悬在天边,洒下柔和的银辉。

入夜之后,暑气消退了许多,不再如日间那般闷热,两边传来低低的蝉鸣声,看来还留了几只在树上,未曾捕尽。

候在外面的小厮看她盯着传来蝉鸣的树,唯恐她怪罪,赶紧迎上前道:"这几只蝉狡猾得很,白天捕它的时候不叫,这会儿就拼命叫,要不然小人再去捕捕?"

"不必了,由着它们去吧。"慕千雪望着眼前这个眉清目秀的小厮,"你叫什么名字?"

小厮恭敬地道:"回公主的话,小人叫徐立。"怕慕千雪听不明白,他又跟着解释道:"双人徐,立足的立。"

慕千雪细细听着他的话,"听你口音,似乎不是金陵人氏?"

徐立惊讶地抬起头,"是,小人原是湖州人氏,七岁那年,跟随家人逃难来到金陵,这一待就是十年。父亲说金陵是天子脚下,是咱们大周最好的地方,所以给小人改了名字,叫徐立,希望小人可以在金陵立足,站稳脚跟。"他倒是心直,一股脑儿就将自己的事情都给说了,没有半点隐瞒。

"只要踏实肯干,不怕辛苦,不论走到哪里,都能安身立命。"

徐立点头道:"嗯,王爷也是这么说的。"说着,他小心翼翼地道:"公主以前来过金陵吗,不然怎么一下子听了出来?"

"你与睿王他们的口音虽然区别不大,但还是有一些。"这般答了一句,慕千雪离开了院落,夜色中的睿王府静悄悄的,只有风拂树叶以及夏虫嘶鸣的声音,偶尔遇到府中的下人,也都是安静轻声地行礼。

慕千雪记性极好，走了多少路，转了几个弯，都清楚记在脑子里，并不怕迷路，雪白裙裾逶迤于地，在这迷蒙的夜色中，犹如一朵盛开到极致的玉兰花。

在穿过一座汉白玉拱形石门后，慕千雪来到了睿王府的后花园，虽然是在夜间，但两边皆有灯光照明，故而看得倒也清楚。

花园内假山流水，怪石林立，莲池水榭，廊回路转，虽不大，但布局精致，园中景致千变万化，甚至可以说是一步一景，单论布局之妙，并不比昔日的西楚皇宫逊色。

如今是盛夏时分，满池莲花尽皆盛开，轻浮于碧绿的荷叶上，夜风过处，荷叶曲卷，月色银辉下，有着日间不得见的静幽美好。

一个人影静静坐在池畔，借着月光与灯光，可以看到其肩膀在微微抽动，慕千雪镶嵌着珍珠的软底绣鞋踩过翠绿的青草来到人影的旁边，学着她的样子敛衣坐在池畔，"还在为刚才的事情难过？"

十九迅速抹了一下脸庞，别过脸冷冷道："你最好马上离开，否则我不保证能够忍得住不杀你。"她从未试过这样讨厌一个人，慕千雪是第一个。

慕千雪淡淡一笑，秀足轻抬，点到离岸最近的一株莲茎，令顶端的莲花一阵微晃，惊动了蛰伏在上面的一只蝴蝶，振翅飞起，盘旋一阵后，落在了另一株莲花之中，"为什么宁愿挨鞭刑也不肯听我调遣？"

"我这辈子都只会听王爷一人的命令，你死了这条心！"月色下，十九脸上隐约残留着些许湿润的痕迹。

慕千雪望着被风吹起重重涟漪的池面，轻声道："哪怕我要你去做的事情，关系睿王安危，也不肯吗？"

十九一怔，盯着那张月光下明媚如玉的侧脸，"你什么意思？"

慕千雪似笑非笑地道："怎么，终于肯正眼看我了吗？"

十九没心思与她玩笑，急切地追问道："我问你到底是什么意思。"

慕千雪也不卖关子，徐徐道："之前在客栈时，我曾与你说过，对睿王而言，我或许是他的保命符。"

"那根本就是你的谎言。"十九事后越想越觉得不可能，明明就是她几次三番将王爷置于危险之中，又怎可能是什么保命符，都怪自己之前太单纯，竟然会信她的话，还许下三月之期的承诺。

第五十七章
池边夜语

"十九，你以为没有我的出现，睿王就一定能够安安稳稳地度过此生吗？"说这句话的时候，慕千雪脸上已是没有任何笑意，神色异常凝重。

虽听出慕千雪话中有话，但十九还是不假思索地道："当然。"

"你错了，事实上，从两年前开始，睿王就一直置身于危险之中，无一刻安稳可言。"还有一句话慕千雪没有说出口，危险……或者很早就出现了，并不止这两年。

她的话，落在十九耳中犹如天方夜谭，连连摇头，"这怎么可能，你胡说。"

"给睿王带来危险的，不是别人，恰恰就是你，确切来说，是你们！"

这一次十九反应颇快，当即猜出了她话中之意，"你是说神机营？"

"不错，神机营对睿王而言，就如一把双刃剑，杀敌之余，也可能伤到自己。"话音未落，十九已是厉声否决，"神机营里的每一个人都对王爷忠心不贰，绝对不会伤害王爷。"

"自北周立国以来，神机营代代随着帝位的传承赐予下一任的天子，这已经成为了帝王身份的象征。可这一朝，却出了意外，神机营落在了睿王手里。"

十九不以为然地道："那又如何？将神机营传给谁，是承帝的自由。"

"可周帝不会这么想。"慕千雪指尖拈起一块小石子，轻轻抛入池中，"若我没有猜错，这两年来，周帝必然派人在四处追寻神机营的踪迹，世间没有不透风的墙，这件事他早晚会知道。到时候，你认为周帝会怎么做？"

十九心里"咯噔"一下，一丝忧虑被她的话给挑了起来，口中仍是倔强地道："这是承帝遗志，就算周帝不愿意，也只能遵从。"

慕千雪冷笑一声，"若真是这样，承帝临终前就不会千叮咛万嘱咐，让睿王不要将神机营一事告诉任何人，甚至连他的母妃都蒙在鼓里。"

十九被她说得哑口无言，是啊，承帝此举分明是在忌惮什么人，难道……是周帝？可周帝不是他亲选的东宫太子，北周储君吗？

没等她想明白，耳边又传来慕千雪的话，"卧榻之侧，岂容他人鼾睡？一旦神机营之事败露，睿王的性命也就到头了。我知道神机营个个身手不凡，更加不畏死，但这些还不足以与整个国家相抗衡！"

十九指尖微微发抖，好一会儿方才自干涩的喉咙里挤出一句话，"不会的，睿王与周帝感情深厚，就算周帝知道这件事，也不会……伤害王爷。"

"你若不信，尽可等着，可一旦赌输了，赔的就是睿王还有整个神机营上下的性命。"

十九紧紧捏着手指，努力想要止住颤抖，结果却抖得更加厉害，犹如寒风中的一片落叶，不论是脸庞还是双唇，都苍白得寻不到一丝血色。

如此不知过了多久，她望着慕千雪，颤声道："可有法子替王爷解除此危局？"

"这就是我要你与十五去做的事情，我要知道所有关于周帝的事情，越详细越好，只有清楚对方的一切，方才能够制定对策。"

十九想也不想便点头道："好，我与十五会全力追查，一有消息就告诉你。"

慕千雪扬一扬唇角，"你若之前肯稍稍耐些性子听我把话说完，又何至于如此，那五十鞭……"

"没关系。"十九淡淡道，"我与你不一样，从小到大，受罚对我来说是常有的事，区区五十鞭受得起。只要王爷无事，我就算挨五百鞭也不要紧。"最后那句，她说得很轻，但慕千雪还是听到了，叹息无声无息地在心底响起……

情不知所起，一往而深。

"不早了，走吧。"十九拍拍身上的草屑站了起来，慕千雪也想跟着起身，岂料刚一动，胸口传来一阵针刺般的痛楚，一阵剧烈的咳嗽疾涌而出，直咳得浑身乏力，方才勉强停了下来，潮红背后是异常难看的脸色。

"没事吧？"十九神色不自在地问着。

慕千雪努力喘了几口气，伸手虚弱地道："想是吹了风之故，不要紧，不过怕是要麻烦你扶我回去了。"

"也不知你身子怎么这么弱，动不动就咳嗽，连走路也得人家搀扶，真没用。"虽然满口埋怨，但十九还是走上去握住慕千雪冰凉潮湿的手，将她扶了起来，慢慢往东院走着。

夜间，十五奉命来东院见慕千雪，在得知竟是要调查周帝时，诧异不已，待得听慕千雪分析其中利弊之后，也是忧心忡忡。

临行之前，慕千雪叮嘱他们在调查清楚之前，不得将此事告诉任何人，包括东方溯！

翌日，在晨光透过糊在窗上的纸洒入屋中之时，慕千雪缓缓睁开了双眼，起身望去，窗下鎏金博山炉中的安息香已熄，不过屋中仍有余香萦绕。

一夜无梦，这是她逃离应天后，睡得最好的一觉。在去一去睡意后趿鞋下了地，正好夏月端水走进来，看到已经起身的慕千雪，圆圆的脸庞顿时被忧色困扰，搁下盛着水的铜盆上前道："公主可是又咳得睡不着？"

这一路上，慕千雪睡眠一直不怎么好，浅眠又容易惊醒，遇上咳嗽，更是整夜整夜地睡不着。昨夜侍候公主歇下的时候，听她咳嗽了好几声。

慕千雪哪会看不出她的忧心，笑道："昨夜睡得很好，刚刚才醒，这安息香很好，可还有？"

听到她这么说，夏月放下心来，笑着点头，"有呢，昨夜里王爷派人送了满满一大盒来，足够用上好几个月。"

"睿王？"慕千雪惊讶地道，"你去找他了？"

"没有。"夏月一边在细纱布上撒青盐一边答道，"昨夜公主走后，奴婢正在收拾床褥，蔡总管过来，说是王爷交代他送来的，还说这是朝廷贡香，养神安眠最好不过，现在看来还真是挺不错，另外还送了一些银票过来，奴婢都收着呢。王爷这个人看着冰冷冷的，想不到还挺细心的。"

东方溯……

慕千雪默默在心里念了一遍，竟是五味杂陈，说不出究竟是何滋味。

第五十八章
沉水居

洗漱过后，夏月取来一套鹅黄折枝玉兰的衣裳替慕千雪穿上，口中道："公主，今儿个是五月十五，徐立与奴婢说每个月十五，金陵城都会很热闹，卖什么的都有，还有杂耍变戏法的，您要不要出去看看？"

慕千雪伸手入袖，"是你想出去看看吧？"

见被慕千雪看穿了心思，夏月嘻嘻一笑，"被公主看出来了，奴婢以前总听人说金陵是如何如何繁华，比应天城还要好上许多，这会儿来了金陵，还真想出去看看。"

"你啊！"慕千雪轻笑一声，抚一抚额道，"今日精神不错，出去走走也好，正好过几日要入宫给太后贺寿，去瞧瞧有没有合适的寿礼。你把徐立也叫上，让他帮着带路，另外再告诉蔡总管一声。"至于东方溯，这会儿应该还在上朝，未曾归府。

"嗯嗯。"见慕千雪答应，夏月高兴不已，趁着慕千雪用早膳之时，赶紧去与蔡总管说了这件事，在确知是慕千雪的意思后，蔡总管倒也爽快，当即安排了马车，另外又派了两名护卫跟随。

从马车驶出睿王府侧门的那一刻起，夏月就一直探头看着马车外的情景，昨日他们急着赶着回睿王府，再加上天色尚早，街上冷冷清清的，什么都看不到。可今日不一样，还没进到主街，就已是人声鼎沸，摩肩接踵，摊贩一个接一个地摆在两边，不断吆喝卖着各色各样或常见或稀奇的东西，看得夏月眼花缭乱，恨不得立刻跳下马车去。

马车在主街街口停下，车夫为难地道："公主，前路拥堵，咱们车子驶不过去。"

"就在这里停下吧。"随着这句话,慕千雪扶着夏月的手下了马车,徐立与两名护卫已是恭敬地站在旁边。

夏月取过放在马车中的斗笠替慕千雪戴在头上,雪白的轻纱自帽檐垂落,遮住那张惊世容颜。

在交代车夫等在街口外之后,一行五人顺着人流走进这条金陵城中的主街,此处端的是热闹不已,除了摆在路边延绵不见尽头的贩摊之外,还有依次比邻而开的店铺,古玩珍宝,文房四宝,琴棋书画,刀剑兵器,卖什么的都有。

夏月看得脸蛋红扑扑的,兴奋地道:"公主,这里真的好热闹,奴婢刚才还瞧见有人卖猴子的呢!那猴子好小,就跟咱们的手掌一样大,从来没有见过,怪不得有人说这金陵是天下第一都城,真是比应天热闹多了。"她手里举着一串刚刚才买的糖葫芦。

"这么快就忘了吩咐你的话?"轻柔好听的声音自白纱后传来。

夏月吐一吐粉红的舌尖,赶紧改口,"奴婢错了,请姑娘恕罪。""公主"二字太过招人注意,故而一离开睿王府,慕千雪就交代在府外的时候一律以"姑娘"相称,结果夏月一高兴给忘了。

徐立指了左边的一家铺子道:"姑娘,您不是说要给太……老夫人买件寿礼吗,小人知道那家店里卖的沉香木不错,不如进去看看?"

"也好。"慕千雪应了一声,举步往店里行去,一踏进店里,便闻到一股沉香木独有的香气,掌柜正在招呼其他客人,便没有叫他,自顾自看着。

店里摆的东西不少,既有手串,也有木雕的摆件,各色各样,最小的是一个扇坠子,最大的当数一个浮雕的八宝云蝠纹箱,差不多有三尺宽、一尺半高。除此之外,还有一些沉香粉末,香气大多是从这里散发出来的。

看着那一个个标注的价钱,夏月咋舌不已,来到慕千雪身边,小声道:"公主,这里东西好贵,小小一个手串,就要足足五十两银子,分明就是一家黑店。"

"姑娘此言差矣。"突如其来的声音将夏月吓了一跳,不知何时,掌柜的来到了她的身边,笑眯眯地道,"我这里每一样东西都是货真价实，童叟无欺的。"

一听这话，夏月顿时皱着小巧的琼鼻，不满地道："我怎么一点都瞧不出来，那手串统共才几颗珠子啊，就要五十两银子，哪有这么贵的？"

掌柜上下打量了她一眼，"姑娘应该是才来金陵不久吧？"

"你怎么知道？"

掌柜正一正衣襟，眉眼间有着掩饰不住的得意之色，"若是久居金陵之人，必知我沉水居之名。"

夏月不以为然地道："好大的口气，不就是一家卖木头的铺子嘛，有什么了不得的。"

掌柜笑而不语，倒是徐立扯着夏月的袖子低声道："这沉水居在金陵开了三十年，只卖上等精品沉香木，只要是沉水居标的价，那东西就一定值这个价。"

慕千雪取过夏月所说的那串手串，在指尖摩挲了一阵，缓声道："木纹细密清晰，香气沉静，闻之令人心平气和，确是上等沉香，五十两一点都不贵。"

掌柜眼睛一亮，"看来这位姑娘是识货之人。"

"略知一些。"慕千雪自幼长在宫廷，自是见多识广。

这掌柜也是个性情中人，微一咬牙道："若是姑娘喜欢这手串，四十五两拿去就是了。"别看只是减了区区五两，却差不多是他全部的利润了。

慕千雪放下手串道："木料确实不错，但几乎无雕工可言，作为寿礼还是略差了一些，不知掌柜可还有更好的东西？"

掌柜沉吟片刻，道："姑娘稍等。"

他回到柜台后，自底下取出一个小巧的盒子，里面同样是一串手串，却比刚才所见的精致了不知多少倍，每一颗打磨圆润光滑的珠子上面都以极细的金丝嵌成一个寿字，单这做工已是价值不菲，更不要说珠子本身的价值了。

"这串是枷楠香木嵌金福字数珠手串，不论做工还是这沉香木的材质都是一等一的，是今年最好的一件货；姑娘您看，这每颗珠子上都嵌有寿字，用作贺寿之礼，那是最好不过的，说实话，若非看您是懂香之人，我还舍不得拿出来。"

夏月撇嘴道："一会儿说是什么枷楠香木，一会儿又说是沉香木，前后不一，你该不会是在骗人吧？"

第五十九章
撒钱开路

掌柜也不生气,笑道:"姑娘有所不知,这沉香木也叫枷楠香木,是同一种东西,还有叫沉水香、女儿香或者沉刀香的。"

慕千雪对着日光细细瞧了,点头道:"确实不错,多少银子?"

"二百两!"一听这话,夏月眼珠子瞪得溜圆,"不就几颗木头做的珠子再加一点金线嘛,居然要二百两,你还真敢狮子大开口。"

掌柜也不与她争辩,望着白纱后面若隐若现的脸庞道:"二百两已经是我能给姑娘的最低价格了,再低一两也不行,还望姑娘见谅。"

"是该值这么多。"慕千雪应了一声,对夏月道,"带了多少银子来?"

夏月虽然觉得不值,但慕千雪开了口,她只得如实道:"三百两。"东方溯让蔡总管送了五百两过来,她本打算带个五十两就够了,但慕千雪说要买寿礼,就多带了一些。

慕千雪将手串放回盒中,交给徐立拿着,对夏月道:"把钱付了吧。"

夏月应了一声,满脸不情愿地抽出二百两银票放到掌柜手中,在扶慕千雪出门时,抬头看到悬挂在头顶上的招牌,忍不住嘟囔道:"哼,什么沉水居,该叫抢钱居才对。"

她这个样子看得慕千雪一阵好笑,"真看不出来,你还是个小财奴。"

"奴婢……"夏月刚说了两个字,一人从后面疾奔而来,一头撞在刚刚走下台阶的夏月背上,慕千雪被扯得一个踉跄,幸好徐立眼疾手快,及时扶住,方才不至于摔倒。

"什么人嘛,撞到了人也不说一声,好生无礼。"夏月揉着被撞得生疼的左肩，气恼地埋怨着自顾而去的人影。

站在夏月身后的一名护卫忽地脸色一变，急忙将她拉上了台阶，夏月正要问怎么一回事，突然看到一大拨人推着挤着往前奔去，满脸兴奋，同时隐隐有说话声从后面传来，待得近一些后，总算是听清了，"捡钱啦，快去捡钱啊！"

夏月小脸有些发白，要是护卫刚才慢一步，这么多人疯一样地冲过来，她非得被撞断骨头不可。

有一个人奔得慢了一些，被人挤倒在地，亏得是倒在台阶上，否则不知有多少双鞋子踩在他身上，就是这样，也被踩了好几下，痛得他脸色发白，可他还是强撑着站起来，忍痛继续前行，徐立在慕千雪的示意下拦住他道："这位大哥，你们要去哪里捡钱啊？"

"前面有人在撒钱，撒了好多，你别挡着路！"那人匆匆回了一句，迫不及待地推开徐立，两眼放光地朝前奔去。

徐立愣愣地站在那里，他从来只听说当街抢钱的，这当街撒钱还是头一回听说。没等他再找人问，前方不远处传来一阵"叮叮当当"的声音，清脆悦耳。

随着这个声音，前方拥堵的人群再次疯狂地往前涌去，黑压压的人群中不断传来类似的话语，"钱啊，好多钱啊，快捡！"

那些铜钱似乎都撒在同一个方向，拥堵着街道的人潮皆往左侧涌去，右侧变得异常空旷。

夏月望着那些你推我搡、拼命俯身捡钱的人群，愕然道："这金陵还真是跟别的地方不一样，当街撒钱也有，徐立，你知道撒钱的人是谁吗？"

"我也是头一回遇到这样的事，这……"话说到一半，徐立眼尖地在拥挤的人群中看到一辆朱红顶盖马车沿着右侧缓缓驶来，连忙道，"快看！"

众人顺着他手指的方向看去，随着马车驶近，渐渐看了个清楚，这是一辆极为华丽的马车，四周垂着精巧的金铃，随着车轮转动，发出金石撞击的清脆响声，除此之外，还有丝穗垂坠，帷幔上绣有大朵的牡丹，极尽奢华。一望可知，乘坐这样马车的人，非富即贵，更不要说两边还有数十名骑士护送。

一只戴着赤金环珠九转玲珑镯的纤纤玉手伸出车帘,将一大把铜钱抛入人群之中,令拥挤在一起的人哄抢得越发厉害。

"我说沈姐姐怎么要在一炷香时间内通过这道街道,原来是拿钱开路。"马车中传来一个脆生生、如同滚珠落般的声音。

"有钱能使鬼推磨,更何况是驱散区区一群凡人,看来这只五彩鹦鹉注定要归我了。"这个声音较刚才那一个,要更加慵懒柔媚,听其言语,应该就是撒钱的那一个。

之前那女子急急道:"哪有!咱们说好了,一炷香之内通过这条街,方才算你赢,现在才过了一半呢,不见得你一定会赢。"

"看来你是不到黄河心不死,也罢,我就让你输得心服口服。"随着这句话,又是一把铜钱撒出马车外,同时声音隔着帘子传来,"驶快一些,我要在半炷香之内驶出这条街。"

"是。"车夫应了一声,一挥鞭子加快了速度,在空旷的右侧街道快速行驶着。

马车正好驶过身前,车中之人的对话被夏月听了个一清二楚,撇嘴道:"我道什么人这么好心,原来是这个样子,会这样拿钱砸人的,定不是什么好人。"

"呜……娘……我要娘,呜呜……"不知何时,一个约莫三四岁、穿着一件打了许多补丁的青布小褂衫的孩童站在路当中,小手揉着双眼,哭得好生伤心。看他的样子,应是刚才混乱拥挤之时,与母亲失散了。

孩童站的地方,恰好是路中央,挡住了马车的去路,车夫不得不停了下来,车中女子察觉到马车停止,娇软的声音里掺杂了一丝不悦,"为何停下?"

"禀宗姬,有个孩童挡在了咱们前面,过不去。"

"宗姬?"夏月尚是第一次听到这样的称谓,疑惑地眨眨眼。

慕千雪淡淡道:"宗姬就是诸王之女,与西楚的郡主相同,除此之外,在北周,皇帝之女称之为帝姬,与皇帝同辈者,方才称之为长公主,记着一些,下次莫要乱了称谓。"

"原来如此。"夏月恍然点头,默默记着慕千雪的话。

这个时候,一把铜钱自马车中撒出,当头当脑地砸在那个男童身上,被称为宗姬的女子催促道:"这些钱都给你,赶紧让开。"

第六十章
昌荣宗姬

　　如此幼小的孩童，对银钱并无什么概念，不仅没有去捡，反倒因为被砸痛了脑袋，站在原处哭得更加厉害，他母亲也不知被挤去了何处。

　　马车右侧的帘子微微动了一下，紧接着女子脆声笑道："嘻嘻，就快烧到半炷香了，看来沈姐姐是没法在半炷香之内驶出这条街了。"

　　宗姬轻哼一声，又是一把铜钱撒在男童身上，在夏日阳光下，明灿灿的极是耀目，看得旁边那些人直咽口水，要不是碍着那些明刀明枪的护卫，他们早就奔过去抢了。

　　"这些总够了吧，让开！"回应她的，依旧是哇哇大哭之声。

　　"看来沈姐姐的法宝不灵了。"旁边幸灾乐祸的声音令宗姬越发不悦，再加上赌约，不耐烦的声音隔着华丽的帘幔传出来，"小小年纪就如此刁滑，长大了也不会是什么好东西！"短暂地停顿后，声音变得冰凉如寒霜，"驶过去！"

　　车夫为难地道："可是那孩子……"

　　"我叫你驶过去，耳朵聋了吗？"在宗姬尖厉的呵斥下，车夫咬咬牙，无奈地扬鞭驱策那两匹浑身雪白无一丝杂色的马儿，往前方行去，虽然他竭力避让，但照着这个趋势，男童依旧会伤在马蹄下。最令人心寒的是，街上那么多人，竟无一人上前将男童抱开，偶尔有想上去的人，还没来得及迈步，手就被人攥住了，用力摇头，附耳低语几句，听完那些话，那些人皆不约而同地将身子往后面缩着，唯恐被人瞧见，眼里有着深深的忌惮。

夏月实在看不过眼，不等慕千雪同意，便快步奔过去拦下已经距离男童不足三尺远的马车，气愤地道："明明知道有孩子在，怎么还能驶过去，你们还是不是人？"

马车里传来"扑哧"的笑声，紧接着那个声音清脆的女子道："沈姐姐，她好像在骂你不是人呢。"

"放肆！"随着这声呵斥，精绣牡丹的帷幔被一只涂着鲜红蔻丹的手掀开，露出一张蕴了怒意的妩媚脸庞，发间金饰摇曳，端的十分华贵明艳，旁边还有一个模样小巧秀丽的女子，旁边悬了一个铁架，一只极为好看的五彩鹦鹉停在上面，之前那些话，应该就是出自她们二人之口。

夏月被她这声厉喝吓得往后退了一步，但很快站稳脚跟，将男童护在自己身后，仰起圆润的下巴，"你才放肆呢，明知道此处人多，还这样胡乱驱赶马车，伤了人怎么办？"

女子素来养尊处优，何曾被人这样当面指责过，脸色难看地道："伤人也是我的事情，与你何干？"说着，她又不以为意地道："伤就伤了，赔些钱就是了。"

夏月还没见过这样傲慢无礼又不拿别人性命当回事的女子，本来已经有些下去的火气顿时又蹿了上来，"有钱了不起吗？有钱就可以胡作非为吗？"

宗姬旁边那名女子摇着手里的泥金团扇，轻笑道："沈姐姐，看来她对你很不满意呢。"说着，她掩唇笑道："对了，再提醒沈姐姐一句，这香已是烧了一大半，莫说半炷香，在这炷香整个烧完之前，能不能驶出这条街都是问题，看来我的五彩鹦鹉保住了。"

她的话，令宗姬脸色越发难看，冷冷盯着夏月，"你是什么人，胆敢对我无礼？"

夏月倒也有些心眼，没有直接自报家门，"我是谁与你无关，总之刚才之事，就是你不对。"

宗姬气极反笑，搭着侍从的手走下马车，金丝孔雀翎大袖锦衣并着一袭玫瑰紫的裙裾，随着她的步履徐徐盛开，似一朵开到极尽艳丽的花。

宗姬在离着夏月数步远的地方站住，"你若现在跪地求饶，自掌嘴巴，我或许还可饶你一命。"

面对来意不善的宗姬，夏月有些胆怯，但还是顶着怯意道："笑话，我又没有做错事，凭什么要下跪掌嘴，你这话好生没有道理！"

"好！"宗姬徐徐自饱满娇艳的双唇中吐出这个字，蓦然妩媚一笑，仿佛已经忘了刚才那些争执与不悦。

唯有深知她脾性的人，暗自打了个冷战，这位主子，越是生气，笑得就越是好看，看她现在这个样子，这回怕是气大发了，果不其然，下一刻，冷若冰霜的声音已是传入众人耳中，"将这个不知天高地厚的丫头带回府里，我要好好教教她，什么叫尊卑上下！"

"是！"几名腰系长剑的侍卫肃声答应，大步朝夏月走来，后者没想到这位宗姬居然嚣张到当街掳人，回身抱起那名孩子连退数步，"你们……你们想做什么？"尽管极力压制，声音仍是忍不住微微发颤。

侍卫根本不理会她的话，上前一把攥住她的手，往马车的方向拖去，徐立看到这一幕，紧张地道："公主，这怎么办？这位主子是不会善罢甘休的。"

"你认识她？"慕千雪神色平静地问道。

"这位是平阳王的嫡长女昌荣宗姬，也怪小人，这一个多月没出府，竟是把她给忘了。"徐立懊恼地说了一句，随即大致说了一下此女的来历。

平阳王沈谦是先帝在世时亲封的五大异姓王之一，多年来跟随先帝征战沙场，立下赫赫战功，他的妻子则是太后卫氏的幼妹，成亲之后，诞下三子一女，昌荣宗姬沈惜君就是那唯一的女儿，得尽万千恩宠，就连卫太后也是极其宠溺她，养成了她骄纵嚣张的性子，这几年闹出过不少事情，最严重的就数当街鞭打平民，一时间闹得沸沸扬扬，不过最后还是被压了下去，毕竟身份摆在那里，又有太后护着，不过经此一事，沈惜君倒是收敛了许多。

平阳王……卫太后……

在徐立说话的时候，那几名侍卫已是强行将夏月拉到马车的地方，徐立神情越发急切，"公主，夏月姐要是被带到平阳王府，非得去掉半条命不可，咱们得赶紧过去阻止。"说着他又低着头絮絮道，"王爷虽说不参与京中之事，但到底是亲王，宗姬应该会买这个面子，不至于太过为难，或者再派一名护卫回府禀报王爷，这会儿王爷应该已经下朝了，公主您说好不好？"抬起头来，徐立眼前已经没了慕千雪的身影，他赶紧四下张望，只见慕千雪正往昌荣宗姬的方向走去，他连忙追了上去，心里极是忐忑。

第六十一章
攻心战

"公……姑娘救我!"在夏月的求救声中,慕千雪走到已经回过身准备登上马车的沈惜君身后,双膝微微一屈,"见过宗姬!"

沈惜君回身打量着被白纱遮住了面容的慕千雪,"你是她主子?"

"管教无方,让宗姬见笑了。"

"你们主仆倒也有趣,奴才狂妄无礼,主子则遮遮掩掩,瞧着就让人不舒服,还不赶紧将帽子摘下来。"

"容颜粗鄙,怕惊了宗姬。"慕千雪静静说了一句,道,"家婢虽有冒犯之处,但也是救人心切,还望宗姬高抬贵手,放她这一回,我回去后定当严加管教。"

沈惜君冷冷一笑,"你管教了这么久,不还是这副德性吗?这回想必也没什么用,还是我替你管教的好。"

"宗姬乃是金枝玉叶,实在不敢劳烦,还请宗姬放人。"对于慕千雪的好言好语,沈惜君嗤之以鼻,"这里还轮不到你来指手画脚,明日午后你来平阳王府门口等着,我管教好之后自会放人,走!"

沈惜君还没转身,慕千雪不疾不徐的声音已传入耳中,"宗姬就这么希望我敲响京兆衙门门前的鸣冤鼓吗?"

"你什么意思?"

"京兆衙门离此并不远,一旦鸣冤鼓响,宗姬当街掳走良家妇女一事很快便会传得尽人皆知,包括平阳王府与……昭明宫!"

沈惜君眸中射出一束精光,森然道:"你这是在威胁我?"

慕千雪欠一欠身,"岂敢,只是不希望宗姬做一些令自己后悔之事,当今陛下乃是有德明君,若知宗姬在这金陵城中胡闹,怕是会不高兴。"

马车中的女子不以为然地道:"沈姐姐乃是陛下表妹,感情素来极好,陛下岂会为这点小事不高兴。"

"勿以善小而不为,勿以恶小而为之。陛下圣明,当会记着这句话。"面纱下,朱唇微弯,一抹笑意似流水滑过,"宗姬若不信,只管一试,我只怕宗姬到时候会后悔。"

沈惜君脸色难看异常,她长这么大,还从来没这样被人堵得说不出话过,许久,森冷的声音自红唇白牙间挤了出来,"果然是有什么样的奴才就有什么样的主子,全部都是牙尖嘴利,不过你以为这样就可以救走这个丫头了吗?天真!"说完这句话,她朝左右喝道:"去,把她也给抓了,一并带回王府。"

马车中的女子愣了一下,旋即拍手娇笑,"好主意,这样一来,就没人去京兆衙门闹事了。"

"我只是一介弱质女流,抓我自然不是什么难事,只是……宗姬当真想好抓我的后果了吗?"这看似轻飘飘的一句话,却令沈惜君喊住了已经走到慕千雪身边的侍从,神色迟疑不定。

是啊,抓一个女子容易,但看这女子言行谈吐,定非等闲之辈,万一……她虽有太后护着,但也并非当真可以在这金陵横行无忌,何况她前些日子才又被母亲警告了一番。

"你究竟是什么人?"随着这句话,沈惜君上前一步欲掀慕千雪的斗笠,可惜落了空,那张容颜依旧被牢牢遮在白纱后面。

"非礼勿视,非礼勿听,非礼勿言,非礼勿动。这么简单的话,宗姬应该听说过。"

"若我一定要看呢?"

慕千雪淡淡一笑,"我说过,只要宗姬想好承受由此带来的后果,不后悔,莫说是取下区区斗笠,就算将我带回平阳王府也不要紧。"

沈惜君面色阴晴不定,鲜红的手指隔着薄薄的夏衣,掐入侍从胳膊的皮肉里,但当着沈惜君的面,侍从不敢呼痛,甚至连眉头也不敢皱一下,默默忍耐着。

对视良久，沈惜君狠狠一拂袖子，冷声道："把人放了，我们走！"

望着登上马车的沈惜君，车中女子诧异地道："沈姐姐，你就这么放她走了，她……"

"闭嘴，有本事你自己抓她去。"沈惜君正心烦得很，哪里有心情再听她喋喋不休。

女子讪讪地咽下了嘴边的话，她家世不如沈惜君，平日里嬉笑不要紧，真要认真起来，她可不敢得罪沈惜君。

徐立愣愣望着在金铃声中驶走的马车，"这……这就完了？"他在京城长大，深知这位宗姬的性子，若换了往常，除非搬出睿王的名头，否则非得被抓去平阳王府不可，今日居然被这位璇玑公主三言两语给吓住了，他就在一旁听着，也不觉得有多稀奇啊，可偏偏就这么神奇。

"不然你还想怎样，非得去一趟平阳王府才高兴吗？"夏月堵了他一句，抱着还在抽泣的孩子来到慕千雪身前，"还是姑娘厉害，三言两语就把她吓跑了。"

慕千雪摇头道："你啊，总是改不了这毛毛躁躁的性子。"

"难道眼看这孩子伤在马蹄下，也无动于衷吗？"

"救人当然没错，只是说的话太冲了一些，否则她也不至于那样不依不饶。"慕千雪抚过孩子被眼泪濡湿的脸庞，柔声道，"不哭了，我们带你去找娘亲，没事的。"

回头见徐立还呆呆地盯着自己，不由得轻轻一笑，解释道："昌荣宗姬嚣张任性，却不蠢，她清楚这金陵城有她得罪不起的人，故而不敢为区区小事冒这个险。"

正是因为善于揣测人心，能够在最短的时间内望穿对方的弱点与顾忌，方才能够做到世事洞明，如同先知。

孩童的娘亲很快就找了过来，千恩万谢地接走了失散的孩子，在准备离开之时，慕千雪意外在人群中见到一张熟悉的面容。

江越穿过人群来到慕千雪面前，隔着薄薄的轻纱拱手一礼，"多谢公主让下官看了一场精彩的攻心战。"从西楚到北周，他与慕千雪相处一个月余，哪还会认不出慕千雪的声音。

慕千雪垂目一笑，"让江大人见笑了。"

"没有没有,下官对公主一向佩服之至。若换作是下官,就算勉强救下那孩子,也得在昌荣宗姬手底下吃不少苦头。"刚才他也打算去救孩子,结果被夏月抢先一步。

"那个昌荣宗姬当真如此胡作非为,目无王法吗?"

第六十二章
圣 寿

江越想了一会儿，说出一番颇为中肯的话，"她倒也不曾做出什么十恶不赦的事情，只是因为出身高贵又自幼集万千恩宠于一身，故而养成了骄纵霸道的性子，自觉高人一等，不将普通百姓放在眼中。"

夏月点点头，皱着小巧的鼻子道："反正我不喜欢这个什么宗姬，希望以后都不要再遇到。"

江越呵呵一笑，意味深长地道："恐怕以后免不了还要打交道。"

一听这话，夏月两道柳眉顿时皱了起来，她们与这昌荣宗姬不过意外相逢，后者甚至连她们的身份也不知道，江越怎么就知道以后还要打交道？

"为什么？"

"夏月姑娘到时候就知道了。"江越负手轻笑，夏月突然发现细眉长眼的他弯起眉眼之时，竟有些像藏身于深山中的狐狸。

"什么叫到时候，我……"

"好了，既然江大人不愿说便罢了。"在截断了夏月的话后，慕千雪道，"江大人这是要去哪里？"

"下官闲来无事，四处走走，不想正好遇到公主。"

憋了一肚子疑问的夏月随口道："你不用去上朝吗？"

没等江越言语，徐立已是赶紧拉了拉她的袖子，低声道："江大人是从四品官员，除非皇上宣召，否则是没资格进昭明宫的，更不要说上朝了。"

听到这话，夏月哪还不知道自己问错了话，但话已出口，无法收回，也不知该怎么圆回来，只得站在那里干笑。

慕千雪睨了满脸尴尬的夏月一眼，轻言道："江大人一心为民，忠义可嘉，千雪相信来日定当可以一展抱负。"

"希望吧。"江越意兴阑珊地应着，两年前那桩事情犹如一盆冷水，生生浇灭了他那腔雄心壮志，鸿胪寺卿这个差事，于他而言，不过是蹉跎岁月罢了。

慕千雪怎会看不出他的心思，却不便在这个时候多言，江越看了一眼天色，道："时辰不早，下官送公主回去吧。"

"不必了。"慕千雪摇头拒绝了他的好意，在经过身侧的几人走过后，她忽地小声道："近些日子，你不要去睿王府，也不要与睿王有所往来。"

江越惊讶地看了她一眼，"为何？"

"虽然你与睿王面圣时言词一致，但以周帝的心思，恐怕难以彻底瞒过去，甚至……猜到更多的东西，所以近些日子，还是尽量不要往来得好。"

江越心中一凛，尽管慕千雪说得隐晦艰涩，但他多少还是领会了一些，当即道："下官明白了，多谢公主提点。"

慕千雪微一点头，在分别之时，以只有彼此能够听到的声音道："只要江大人初心不改，未必没有拨云见日的那一天。"

江越没说什么，只是朝转身离去的慕千雪深施一礼，他是见过慕千雪能耐的人，这般女子说出来的话，断不会是无的放矢。

五月二十日，卫太后五十五圣寿之日，慕千雪随东方溯站在昭明宫外，尚未踏进宫城，已是能看到宫墙内一座座鳞次栉比的宫殿，飞檐卷翘，金黄色琉璃瓦顶在晴好的天光下闪闪如金波耀目，只是这小小一角，已经透出极致的华丽富贵，远胜西楚与南昭。盛世大周，确非寻常王朝所能比拟。

随东方溯走到偌大的宫城中，不时有青甲鲜明、精神勃勃的侍卫巡逻经过，躬身朝二人行礼，待他们走远后，方才继续巡逻宫城。

慕千雪默默数了一下，短短三里地，已是遇到了五拨巡逻的侍卫，还不包括负责看守宫门的那些，真可谓是三步一哨，五步一岗，防卫严密。

东方溯指着不远处一座黄琉璃瓦歇山顶的宫殿道:"前面就是宁寿宫了。"

"嗯。"慕千雪扶着夏月的手,气息微喘,昭明宫极大,从宫门到此处,将近三四里地,这么一路不歇地走过来,实在有些累。尽管在睿王府安养数日,东方溯又特意请了太医为她调理,可终归是难以彻底清除四年来积累在体内的余毒,太医也如实相告,她底子已亏,就算用尽世间奇珍异药调理,顶多只能恢复到往日六七成,且需要漫长的时间,非一朝一夕可成。

东方溯停下脚步,"你若是累了,就歇一会儿再过去,这会儿时辰也还早。"

"不要紧,走吧。"在慕千雪的坚持下,一行三人在宫人的行礼中,踏进了宁寿宫。

宁寿宫庭院之中,遍种恰逢时令的花卉,芍药、月季、蔷薇,还有许多夏月从来没有见过的奇花异草,在清晨浅金的阳光下,花团锦簇,争奇斗艳,看得夏月眼花缭乱。尽管天气炎热,却无一丝萎败之象,在这光辉锦簇背后,不知费了花匠几多心血。

最令人惊奇的是,这庭院左侧,竟是生生挖出一个池子来,以汉白玉杆围就,小巧精致,池中开满了各色莲花,粗粗一数,竟有六七种之多。

"有客来!有客来!"尖细高昂的声音令几人一惊,下意识地往四周看去,并不见宫人踪影,正自奇怪之时,那个声音又响了起来,"有客来!有客来!"

这一次,东方溯几个看清楚了,廊前檐下悬着一个金架子,上面停着一只五色鹦鹉,拖着同样五彩绚丽的长尾在架子上跳来跳去,脚上的金链子发出细细的响动,刚才那声音就是它发出的。

"原来是你这个小东西,可真是……"话说到一半,夏月突然止了话,狐疑地打量着在低头喝水的鹦鹉,奇怪,她怎么觉得这只鹦鹉有些眼熟,仿佛在哪里见过,可一下子又想不起来。

未等夏月细想,一名穿着薄荷绿绸子绣花上衣,下系秋香色螺纹裙子，年约三旬的圆脸宫女走了出来，梳得一丝不乱的发间左侧攒了几朵一色的通花，右边则插了一支银丝錾珠簪子，这身打扮，可比一般宫女贵重多了，想来是卫太后身边得脸的人。

宫女一见到东方溯便立刻笑着迎了上来，行了一个万福道："太后在里面听到赵家小姐送来的鹦鹉叫唤，让奴婢出来看看，没想到竟真是有客来，王爷快请！"说话间，她看到站在一旁装扮素净却依旧难掩倾国倾城之貌的慕千雪，眼底掠过一抹惊艳，她到底是太后身边的人，很快就猜到了慕千雪的身份，"这位想必就是璇玑公主了。"

第六十三章
卫太后

慕千雪双手搭于腰间,屈膝道:"见过姑姑。"

"公主客气了。"在回了一礼后,宫女笑道,"久闻公主貌美如天仙下凡,今日有幸得见,实在是奴婢之福。"

"姑姑如此盛赞,千雪愧不敢当,不知姑姑如何称呼?"

"奴婢尹秋,公主万福。"再次行了一礼后,尹秋道,"太后正在里面等着呢,王爷与公主快请进去吧。"

尹秋引领着他们入内,宁寿宫正殿内,已坐了好几位身穿各色华服的女子,正有说有笑,瞧见他们进来,皆将目光转了过来,在瞧见慕千雪时,神色皆起了细微的变化。

坐在最上首的,是一位身穿铁锈红缕银华服的妇人,乌黑发髻并未如旁人一般饰以金银琉璃,而是玉饰,沉静大气之余又不失雍容华贵。尽管她的眼角已有了细细的皱纹,依旧可以从那五官轮廓之中看出年轻之时是一个一等一的美人;旁侧稍低一些的位置,则是一名头戴九珠金冠的俊美男子,明黄衣衫上九龙盘旋,除却周帝之外,当不会再有第二个人。

东方溯走到殿中央,端然下跪,"儿臣恭祝母后万寿无疆,千岁千岁千千岁!"卫太后是六宫之主,亦是东方溯这些庶子的嫡母。

"快起来。"卫太后笑吟吟地抬手,转而对左侧一名穿了一身石榴红衣裙、身量娇小的女子道,"这鹦鹉倒真如平清你说的那般通灵性,说有客来就真有客来,好!"

有女子脆生生的声音在这偌大的宫殿中响起,"若非通灵之物,平清哪里敢献给太后。不是平清夸张，它会得可多了，甚至还能瞧出主人心情好坏，要是不好了，就想着法子逗主人开心。"

一个娇媚的声音随之响起，"越说越神了，依你所言，这鹦鹉岂非成精了？"

"成精不至于，但它确实通灵，这一点，沈姐姐也是亲眼见过的，否则也不会与我打那个赌了。"

女子轻哼一声，"那不过是闲来无事，解乏而已。"停顿片刻，她又撒娇地道："姨母，您一直只夸平清一人，难道不喜欢惜君送您的寿礼了？"

"怎么会，你们所有人的寿礼，哀家都喜欢得很。"

奇怪，这声音怎的如此耳熟？

自踏进正殿，就一直低头敛眉的夏月心中疑惑，悄悄抬头往声音传来的方向看去，待得看清说话的那两名女子后，险些惊呼出声，怎么会是她们？

那两名女子正是前些日子，撒铜钱开路，驱策马车险些伤了一名幼童的昌荣宗姬以及坐在马车上的另一名女子。

是了，徐立说过，昌荣宗姬母亲是卫太后的幼妹，今日是卫太后生辰，她断无不来之理；至于那个叫"平清"的女子，能够与昌荣宗姬同坐一辆马车，这身份自然也不会简单。

在二女争执告一段落后，东方洄笑道："母后寿辰，七弟都是所有兄弟中来得最早的那一个，年年如此，从不例外。"

卫太后慈祥地望着东方溯，"溯儿孝顺，哀家一直知道的。"

陈太妃也在，在椅中微微一欠身，轻声道："要说孝顺，溯儿哪里及得上陛下，陛下才真是至诚至孝，溯儿还差得很远。"

卫太后捻着佛珠道："谁说的，哀家瞧着他们两人都是一样的好，倒是你，每次提起溯儿，都说他这不好、那不好，也就溯儿心宽，不与你置气。"

陈太妃笑道："哪有，臣妾说的可都是实话呢，咱们这些姐妹，哪个不羡慕太后好福气。"

"你啊你啊！"卫太后摇一摇头，转眸看向垂目站在东方溯身边的慕千雪,"南昭璇玑公主?"

慕千雪上前行礼,"千雪恭祝太后福寿康宁,与日月同辉!"

听得这个声音,沈惜君与赵平清不约而同地脸色一变,对视一眼,彼此皆从对方眼中看到了惊意,这个……不就是她们当日在街上听到的那个声音吗?难道那个白纱蒙面的女子就是她?

如此想着,二人一起往夏月看去,虽然后者低着头,但眉眼看得清楚,可不就是一开始拦在马车前、与她们争执不休的那个丫头吗?

这可真是冤家路窄!

在示意慕千雪起身后,卫太后招一招手,"来,让哀家看清楚一些。"

慕千雪依言走到卫太后身前,后者细细打量了她一番,颔首道:"果如传言那般,秀丽绝伦,是个绝妙的人儿,这楚帝当真是好狠的心肠。"

在一声轻叹过后,卫太后又道:"慕氏一族,还有多少人活着?"

"回太后的话,除了妾身与三哥之外,慕氏一族,已无一人在世。"侥幸逃过屠杀的那些族人,也都因为她尽皆死在祠堂。

"真是可怜。"卫太后叹息着拍一拍她冰凉的手,怜惜地道,"往后你就在北周安安心心住下来,有什么事情只管与哀家说,哀家自会为你做主;至于西楚……楚帝造下这般杀孽,哀家相信天道循环,来日必有果报。"

"多谢太后垂怜。"慕千雪朝夏月看了一眼,后者会意地呈上捧在手中的锦盒,慕千雪打开盒盖,道,"这手串是以枷楠木所制,香气馥郁,有降气温中、宁神静心之功效,虽不能与宫中千里挑一的贡品相论,但也算不错了,就是不知太后是否喜欢?"

卫太后略有些惊讶地接过手串,戴在手腕上,松紧正好,犹如量身定做一般,那一个个以金线镶成的寿字,如护身符一般环绕着卫太后的手,她笑着对尹秋道:"待会儿去传哀家的旨意,让他们不必再找了。"

"是。"尹秋点头答应,东方洇听着奇怪,询问道:"母后在找什么?"

尹秋代答道:"回陛下的话,前儿个太后前往上林苑游赏,回来之时发现戴了多年的沉香手串不见了踪影,不知掉在了何处,太后深喜那手串,这两日都有派人在上林苑寻找,可惜一直未曾找到,为了这件事,太后这两日一直闷闷不乐;哪知璇玑公主今日恰好送了一串沉香手串,且珠粒大小皆与之前那串相同,真真是巧得很。"

第六十四章
寿　礼

听了尹秋的话，东方洄当即道："既是如此，母后为何不与儿子说，也好多派一些人去上林苑寻找。"

"你日理万机，国事繁忙，哀家不想你为这点小事分了神。"说着，卫太后目光再次落于慕千雪身上，神色和蔼地道，"你这份礼很合哀家心意。"

听到卫太后夸奖慕千雪，沈惜君心里颇不是滋味，当即道："姨母喜欢沉香手串，惜君回去后就让人找最上等的沉香料子打磨，哪像她那串，不知从哪里捡来，一看就是下等次货，哪里配戴在姨母手上。"

这句话令卫太后脸色微微一沉，坐在她右侧的一名容貌有六七分相似的美妇人见状，欠身道："惜君这孩子自幼被臣妾宠坏了，说话没个分寸，还请太后见谅，臣妾回去后，定当好生教导。"此人便是卫太后幼妹，平阳王妃卫氏。

面对她的言语，卫太后抚着手串不语，平阳王妃与之一母所生，岂会不知其心意，当即对尚坐在椅中的沈惜君道："还不快向太后与公主赔罪！"

一听要向慕千雪赔罪，沈惜君顿时满心不忿，争辩道："女儿又……"

"还敢说！"平阳王妃冷下脸打断她的话，呵斥道，"赔罪！"

见平阳王妃动了怒，卫太后又宁可帮外人也不帮自己，沈惜君心里既难过又委屈，恨不得离开这里，但她终归不敢，咬着微微发颤的红唇站起身来，先朝卫太后行了一礼，"请太后恕惜君无礼之罪。"

"罢了。"卫太后淡淡说了一句，看不出她是喜是怒。

朝卫太后赔罪倒是没什么，但一想到要向慕千雪赔罪，沈惜君这心里就跟见了死老鼠一样恶心，磨磨蹭蹭的，不肯行礼，直至平阳王妃又催了一句，方才心不甘情不愿地挪动脚步来到慕千雪身前，在眸光复杂地看了一旁面色如常的东方溯后，飞快屈一屈膝，僵硬地道："请公主恕罪！"

慕千雪回了一礼，"宗姬言重了。"

在回到椅中坐下时，沈惜君眼中已是含满了眼泪，平清嘴角不着痕迹地往上翘了半分，递过帕子，小声道："擦一擦吧。"

"不用！"沈惜君倔强地说了一句，紧紧抿着唇，努力将浮在眼眶里的泪水逼了回去。

经此一事，殿内气氛变得有些凝滞，东方洄为了缓和气氛，笑道："朕记得前年母后生辰，七弟呈了一个亲手雕的赐福天官，去年是禄星，如此算下来，今年应该是寿星了吧。"

平阳王妃在一旁笑道："臣妾也记得，睿王前岁与去岁送的那两个福官禄星，当真雕得栩栩如生，可比那些专门的工匠还要好，最难得的是这一刀一刀雕出来的孝心，陈太妃可真是有福。"

"溯儿这孩子，除了行军打仗之外，也就会这个了，倒是让王妃见笑了。"说话的是陈太妃，她脸上永远是那副宁静温和的模样。

坐在东方洄身边的紫金锦服女子蛾首微微一晃，带动凌云髻上的珠玉金饰，在殿中划出华丽如朝霞的光芒，"这雕刻最是耗费时间，本宫有一次问及工匠，说是雕刻一个手掌大小的摆作，从开始构思落笔到完工，至少也要十来天，睿王才刚回京不久，又哪里来得及雕刻寿星，陛下那么说，可不是为难睿王吗？"

她是东方洄为东宫太子之时迎娶的嫡妻，少年夫妻，自是恩爱得紧；东方洄登基后，立她为后，掌摄后宫之事，她也姓卫，是卫太后堂兄之女，算起来，与东方洄还是表兄妹。

"皇后说得不错，是朕疏忽了。"说着，东方洄扬眸望向东方溯手里的锦盒，笑道，"七弟快将寿礼拿出来吧，让朕看看你到底备了什么寿礼。"

"臣弟的寿礼，陛下早就已经猜到了。"在众人好奇的目光中，东方溯打开了锦盒，里面是一尊一尺半高、以鸡翅木雕成的寿星，广颜长须，执杖捧桃，笑容可掬。因为雕工细腻高超，明明只是一尊死物，却给人一种栩栩如生的感觉。

卫太后一眼认出这是东方溯的雕工，惊讶地道："你不是才回来吗，怎么就雕好了？"

"其实离开金陵之前，儿臣已经雕出了大致的模样，回来后日夜赶工，总算赶在母后寿辰的前一夜雕好，得以献给母后，恭祝母后福禄无边，圣寿无疆。"这么一说，众人方才发现东方溯眼底尽是血丝，定是这些日子熬夜所致。

"好！好！"卫太后爱不释手地抚摸着尹秋拿过来的寿星翁雕像，好一会儿方才命她拿下去仔细收好，随即招手唤过东方溯，心疼地道，"你这孩子，来不及就算了，换了其他东西也一样，何必这么辛苦自己，万一累病了怎么办？"

"母后放心，儿臣身子健壮，偶尔熬几夜不打紧，最重要的是母后喜欢。"卫太后当时照拂他们母子的恩情，东方溯始终牢记在心，不曾忘怀，对卫太后也是充满了感激与尊敬。

"喜欢，你送的东西哀家都喜欢。"卫太后笑言道，"不过哀家最喜欢的，是你早日大婚，睿王府王妃的位置总不能一直空着，你母亲也是，一直盼着早日抱孙子，偏你就是不娶，溯儿，你老实与哀家说，难道这满朝的名门贵女，就没一个人合你心意吗？"

听到这句话，一直在低着头生闷气的沈惜君忽地抬头往东方溯这边望来，神色瞧着有些紧张，平阳王妃将她这番模样看在眼里，微微一笑，锦袖微扬，笼在袖中的手在其手背上轻拍数下，后者粉面飞起一抹可疑的红色，目光却一直不离东方溯左右。

东方溯神色平静如常，并未因卫太后的话而起什么波澜，"儿臣也想与六哥一样，不论门楣身份，只娶一个真心所爱之人，从此一生一世一双人。"

"你啊。"卫太后无奈地摇摇头，旋即又有些不悦地道，"这个老六，自己荒唐也就罢了，还把你也给带坏了，待会儿他来，哀家非得好好说说他不可。"

沈惜君紧紧攥着纤细如青葱的十指，脸上的飞霞早已被苍白所取代，死死盯着慕千雪，不知在想些什么。

第六十五章
宴上讥讽

"母后，儿臣又做错了什么，惹您老动气？"随着这个声音，一道修长挺拔的身影走了进来，是一个五官清朗的男子，紫金束冠，嘴角噙着戏谑的笑容，在他身后，还跟着一个宁静如秋水的女子。

"怎么，自己犯的错自己不知道吗？"卫太后尽管刻意板着脸，却掩不住眼底的丝丝笑意。

这名男子正是东方溯口中的六哥东方渝，尽管封了恪王，这性子却是那一辈皇子里最洒脱不羁之人。他不喜朝廷之事，平生只愿做一个闲散王爷。

看出卫太后并非当真责怪自己，东方渝笑意不减地道："儿臣真是不知，这些日子，儿臣一直与王妃在府中论诗书歌赋，连府门都没踏出一步，实在不知错从何来，还请母后明示。"

东方洞笑道："你一直拖到二十五才肯成亲，如今七弟也学你的样子，母后可不就怪到你头上来了吗？"

一听这话，东方渝顿时朝卫太后叫起冤来，"儿臣可是一直劝着七弟早日成亲，开枝散叶，好让母后与陈太妃安心，是七弟不肯答应，与儿臣无关，他说……"

东方溯脸色微微一变，唯恐他说出什么不该说的话来，所幸东方渝及时止了话，未再说下去。

平阳王妃等了一会儿，不见他说下去，道："睿王说了什么？"

东方渝眼珠微微一转，挤眉弄眼地道："七弟说，他要娶，就一定得娶一个倾国倾城的大美人儿。"

看他那副夸张的样子，众人皆忍不住掩唇笑了起来，卫太后也有些绷不住脸，唯独沈惜君面色难看得很，尽管她很不想承认，可……倾国倾城，指的可不就是慕千雪嘛，难道……

在一番笑闹后，东方渝与恪王妃一起给卫太后拜寿，并呈上贺礼，随后其他皇子也陆陆续续来到宁寿宫贺寿，极是热闹。

到了午时，筵席已是备妥，众人移步来到偏殿，宫女如穿花蝴蝶，端上一道道美味珍馐。

在一起朝卫太后祝酒之后，这寿筵便正式开了席，沈惜君望着满桌的珍馐佳肴，却没有半分动筷的意思，目光不时望向坐在对面的东方溯与慕千雪。

平阳王妃夹了一块松子鸡到她碗中，"快吃吧，不然就凉了。"

"不想吃。"沈惜君收回目光，声音听起来略有些沙哑。

平阳王妃掩袖喝了一口桂花酒，淡然道："你这孩子，之前还说有些饿，怎么一转眼又没胃口了？"

"母亲！"沈惜君银牙微咬，"别人不知，难道母亲也不知道吗？明明……"

"母亲知道，但刚才的情形你也都看到了，睿王不松口，太后也不好勉强。你啊，就再耐心等一等。"说着，平阳王妃叹了口气，轻声道，"你这孩子也是，明明有那么多王孙公子钟情于你，你却偏偏喜欢那个跟木头一样的睿王，他究竟有哪里好？"

沈惜君晃着杯中金黄的液体，不以为然地道："母亲所说的那些王孙公子，一个个浅薄无知，什么钟情，不过是看中我平阳王府的权势罢了，若我今日是一个平民女子，只怕他们连看都懒得看一眼。"

沈惜君尽管骄纵霸道，但并不无知，甚至还有几分看人之能，她清楚知道自己的富贵荣华从何而来，离开平阳王府，离开卫太后庇护，她沈惜君什么都不是。

"难道睿王与他们不一样吗？"

"当然，否则怎会屡屡拒绝太后的暗示。"在说这话的时候，沈惜君眸中露出异样的光彩。

平阳王妃叹了口气，劝道："他既是无意娶你，你又何必非他不嫁，惜君，听母亲一句劝，若一开始就这样不对等，就算来日你嫁了他，只怕也不会如你所想的那般美好。"

"不会！"沈惜君肯定地道，"只要成了亲，他一定会喜欢上女儿。"停顿片刻，她又道："这一世，女儿一定要得到睿王，他只能是女儿的！"说话间，充满敌意的目光落在对面垂目喝酒的慕千雪身上。

平阳王妃摇头不语，她深知自己这女儿的性子，一旦决定了的事情，就算撞得头破血流也不会更改。

"你们母女俩嘀嘀咕咕地在说什么呢，可是这菜不合胃口？"卫太后的声音自上首传来，平阳王妃连忙起身道："这每一道菜，都是难得一品的世间美味，哪里会不合胃口，臣妾与惜君……"

正当平阳王妃想着该如何答话时，沈惜君忽地起身道："回姨母的话，惜君在与母亲说前几日在街上遇到的事呢。"

听得这话，卫太后来了几分精神，搁下筷道："什么事情，也说给哀家听听。"

"是。"沈惜君应了一声，道，"前些日子惜君与平清上街游玩的时候，不知从哪里跳出来两条野狗，挡住了马车，嘶叫不停，可是吓了我们一大跳，平清你说是不是？"

赵平清与她自幼玩在一起，哪里会不明白，往慕千雪的方向瞧了一眼，"是呢，这突然蹿出来，真是吓人得很。"

皇后蹙眉道："这狗无缘无故地怎么突然蹿出来挡你们的道？"

"惜君当时也奇怪，按说又没轧着它们，无缘无故叫什么，后来看到它们摇尾跑过去，方才知道，原来是……是……"等了半晌也不见她说下去，只是一味地笑，皇后忍不住催促道："是什么？"

沈惜君止了笑道："它们叫，是因为马车轧了黄金万两。"

此言一出，众人尽皆露出诧异之色，怎么也想不明白，这街路上，怎么会有万两黄金，还是东方渝最先反应过来，神色古怪地道："昌荣说的，可是那污秽之物？"

"恪王所言正是。"一听这话，众人尽皆明白了过来，纷纷露出鄙夷嫌恶之色，坐在皇后下首的一名妃子仿佛闻到了臭气，拿绢子在小巧的鼻前扇了扇，"如此恶心的东西，昌荣宗姬竟觉得有趣吗？"

"虽说当时是恶心了一些,但这会儿回想起来,还真有些趣味,就像古人说的那样,狗就算再怎么调养,也改不了吃……那个的本性,所以永远都只配做一条狗。"随着这话,她朝慕千雪投去挑衅的目光。

第六十六章
出　气

　　东方溯前往南昭求亲的事情，她也知道，但现在已非四年前，既然慕千雪当时没有选择东方溯，那就表示，他们没有缘分。

　　此生此世，东方溯注定是她的！

　　夏月在一旁气得胸口几乎要炸开来，她就是再笨，也听出沈惜君是在讽刺她们，长这么大，还是头一次被人这样指桑骂槐地羞辱，气极地道："公主，她在骂我们两个是狗！"

　　慕千雪比夏月要沉得住气，淡淡道："我都听到了，今日太后寿辰，不要因为这点小事闹得不高兴。"

　　夏月脸庞憋得通红，她实在咽不下这口气，但慕千雪发了话，只能咬牙强忍。

　　东方溯听到她们的对话，斜飞入鬓的双眉微微一皱，"怎么一回事？"

　　不等慕千雪言语，憋了一肚子火的夏月已是迫不及待地绕到东方溯身边，将那日街上发生的事情细细讲述了一遍。

　　东方洄留意到他们这边，笑道："怎么，平阳王妃那边说完，就轮到你们了，难不成也有什么趣事吗？"

　　在东方洄说话之时，夏月已是差不多讲完了整件事的前因后果，东方溯微一思忖，拱手道："启禀陛下，夏月刚才还真与臣弟说了一件趣事，巧的是，也与狗有关。"

　　东方洄尚处于惊讶之时，卫太后已是饶有兴趣地道："既是这样，你也说来听听。"

东方溯朝沈惜君那边看了一眼，徐徐道："夏月久闻金陵繁华，便在十五那日出府游玩，岂料上街不久，便看到两条恶犬在街上横冲直撞，见人就咬，吓得路人四处躲避，混乱之时，一个男孩与母亲失散，险些被那两条恶犬咬到，幸好夏月及时救了他，并且将那两条恶犬呵斥走。"

望着沈惜君二人铁青的脸色，夏月满腹的憋屈顿时烟消云散，这两人刚才骂得舒坦，现在遭报应了吧。

真是想不到，平日里看着睿王不苟言笑，连话也不愿多说，没想到竟然还会这样不着痕迹地损人，一下子替她与公主报了仇，真真是痛快得很。

平阳王妃看到自家女儿的脸色，再对比之前的话，哪里会听不出来东方溯是在反讽，不过她心思颇深，只淡淡道："看来最近京城恶犬为患，得与京兆府尹说一声，让他派人好好清一清，免得以后真咬伤了人。"

沈惜君以为平阳王妃没听懂，急忙摇着她的手道："母亲……"

"还嫌闹得不够吗？"在打断了沈惜君的话后，平阳王妃朝卫太后举杯，笑吟吟地道，"臣妾再祝太后福如东海长流水，寿比南山不老松。"

"好！"卫太后今日兴致颇高，掩袖饮尽白玉杯盏中散发着桂花幽香的酒水，之后又有几人敬酒，也都一一饮了，尹秋怕她饮醉，每次添酒都只添六分满。

因为三年国丧未满，故而未曾安排歌舞曲乐助兴，只一边用膳一边闲语，倒也温馨。

这桂花酒虽然不烈，后劲却不小，再加上卫太后素日里很少沾酒，故而一顿午膳下来，已觉微微头晕，遂让尹秋扶了她去内殿歇息。

在送卫太后离去后，众人也是各自拜别帝后散去，东方溯扶了陈氏起身，打算去静芳斋坐会儿，岂料还没出门，便被人唤住。

"溯哥哥，小方子说上林苑里移来了许多新品花卉，今日天气也不热，你陪我去走走可好？"沈惜君绞着帕子，粉面微红。

东方溯眉头一皱，刚要拒绝，陈氏先一步道："既然昌荣有这个兴致，你就陪她去走走，待会儿一起来静芳斋用些点心。"

"可是……"不等东方溯说下去，陈氏已是道："公主这里，自有母妃照顾，无需担心，去吧。"

东方溯尽管不喜欢沈惜君，但生性孝诚，见陈氏一再言语，只得应承下来，与慕千雪说了一句后，陪着沈惜君一道出了宁寿宫。

在他们走后，陈氏也带着慕千雪二人回了静芳斋，与宁寿宫相比，静芳斋要小许多，庭院里也只是简单地种了一些绿树，却别有一番清雅自在。

陈氏更衣出来，见慕千雪尚站着，笑一笑道："坐下吧，此处没有外人，无需太过拘礼。"

"多谢太妃。"慕千雪甫一落座，便有宫人端上清茶，刚一揭开，便能闻到阵阵六安瓜片独有的清香，入口鲜醇回甘。

还未放下茶盏，便有陈氏的声音传来，"公主可尝得出，这茶产自何处？"

慕千雪看着清澈透亮的茶汤以及底下一片片舒展开来犹如瓜子一般的茶叶，微笑道："六安瓜片，只产于安徽六安府，其中又分内山与外山好几个地方，最正宗也最稀少的，当数内山的蝙蝠洞附近，娘娘这些，应该就是出自那里。"

陈氏含笑点头，"看来公主是个懂茶之人。"

慕千雪笑一笑，垂目道："只是略懂皮毛罢了，让太妃见笑了。"

在片刻的静寂过后，陈氏徐徐道："公主的事情，溯儿都与我说了，想不到楚帝如此心狠，半点夫妻情分都不念，这段日子真是难为你了。"

"这个恶果，是千雪一手造成的；来日，定当加倍讨还。"所有仇恨忿怨，都被掩藏在平静的外表之下。

冬梅开口道："南昭百年基业都已经被楚帝给毁了，慕氏一族除了公主，也就只剩下庄亲王。恕奴婢直言，只凭你们二人，拿什么去向楚帝复仇？公主所说的加倍讨还，在奴婢看来，与以卵击石无异。"

夏月听得刺耳，忍不住道："依姑姑之意，难道就该忘记这个血海深仇，当什么事情都没发生过吗？"

"这也是没法子的事情，除非公主有以一人之力与整个西楚抗衡的能力，否则复仇之事，公主还是忘了的好，以免害人害己。"

在阻止了夏月继续言语后，慕千雪神情淡然地望向陈氏，"这也是太妃的意思吗？"

陈氏没有正面回答她的话，只道："冬梅话虽冲了一些，但归根究底也是为公主好，纵观历史长河，从来没有不灭的王朝。既然已经发生了，与其一直活在仇恨的痛苦中，倒不如试着去接受，或许会好过一些。"

"太妃怕我连累睿王？"

第六十七章
卫氏一族

陈氏沉默了很久，方才道："我只有溯儿一个孩子，不希望他今后的日子，都被捆绑在南昭的仇恨上，这并不是他该承受的。"

冬梅冷声道："王爷将你救出西楚，已是仁至义尽，你若还有良心，就不该再缠着王爷。"

慕千雪不以为忤地笑笑，在环顾了四周一眼后，忽地道："太妃，千雪能否问您一句话？"

陈氏端过略略放凉了一些的茶盏，"你只管说就是了。"

"睿王当真如他自己所言的那般不受先帝重视吗？"

陈氏端着茶盏的手微微一抖，"这是何意？"

"睿王勇武过人，有统兵之才，表面不近人情，实则心性仁厚、有情有义，千雪怎么也想不明白，这样的人，何以这般不入承帝之眼。"

陈氏浅浅抿了一口茶水，"溯儿性子沉默，不善言辞，我这个母妃又帮不了他什么，再加上先帝子嗣个个都比溯儿出色能干，先帝难免就忽略了溯儿，令他受了许多苦。"

尽管陈氏神色变化极是细微，仍是被慕千雪看在眼里，令她肯定，自己这几日的猜测并没有错，"恐怕承帝是有意忽略睿王，而这一点，太妃您是清楚的。"

陈氏就算心思再沉稳，听到此处，也不禁变了颜色，至于冬梅，这会儿也用一种难以置信的目光盯着慕千雪，怎么也想不明白，这位才刚第一次见面的璇玑公主，怎会知道这些，此事明明只有她与陈氏知晓，连东方溯自己也被蒙在鼓里。

"这些话，公主都是从哪里听来的？"当心中最大的那个秘密被人揭开一角时，饶是素来最为沉静的陈氏，也难以再维持平静之色。

"从何处得知并不要紧，要紧的是，太妃以为，这个秘密能瞒多久，十年，还是二十年？又或者……连一年都瞒不过去。"

陈氏湖蓝镶银丝袖下的指尖微微颤抖，"我不知道公主从哪里听来这些，但我可以很清楚地告诉公主，并无这样的事。"

"太妃可以不承认这件事，但正如千雪刚才所言，天下没有永远的秘密，太妃又能够瞒多久？"

陈氏极力想要抑制指尖的颤抖，却反而颤抖得更加厉害，风自半敞的长窗外吹进来，拂起陈氏垂落于鬓边的银丝流苏，有几缕勾到了簪身，不复刚才的整齐。

这些年来，陈氏时时刻刻担心着这个秘密会被揭穿，但她怎么也想不到，揭穿这一切的，竟是一个初次谋面且与大周没有任何关系的女子。

"你究竟是什么人？"冬梅这会儿看慕千雪的目光，犹如在看怪物。

慕千雪没有说话，只是默默望着陈氏，后者用力一攥双手，抬眼道："你想怎么样？"

"千雪明白太妃护子心切，不希望睿王卷入危险之中，但恕千雪直言，只要这个秘密还存在，睿王就不会有真正的安宁，这一点，太妃应该比千雪更清楚。"

"没有你，危险可以少一些，不是吗？"陈氏眸光在略显阴沉的天色下，是从未有过的凉冷。

慕千雪展一展广袖，幽幽道："任何事情都有它的双面性，这桩也不例外，危险与否，在于太妃怎么去看。"

冬梅对她的话嗤之以鼻，"双面？难不成你留下来，反而对睿王有利吗？"

慕千雪笑而不语，只是徐徐饮着香气四溢的茶水，在将要见底之时，陈氏打破了殿内令人窒息的沉默，"你当真不会害溯儿？"

"睿王对我与三哥皆有救命之恩，我虽想要复仇，却不会枉顾睿王性命，相反，我会尽己所能保他平安，解他危难。"

陈氏扯一扯苍白的唇角，怆然道："这个危难连先帝都解不了，你一个女子又怎么可能解开？"这句话，等于间接承认了慕千雪之前的言语。

东方溯自小遭受的冷遇，并非承帝忽略，而是刻意为之，以保东方溯安宁。

"事在人为，没有什么事情是绝对不可能的。"停顿半晌，慕千雪用一种极为缓慢的语调道，"先帝顾忌的……可是卫氏一族？"

冬梅脱口道："你如何知晓？"话音未落，她已意识到自己说错了话，可惜为时已晚，只能白着一张脸，惶恐不安地站在那里。

陈氏横了冬梅一眼，转眸落在慕千雪身上，"这些话都是谁告诉你的？"

"百年前，太祖皇帝戎马半生，在马背上打下了大周天下，从此成为中原大地上最强大的国家；而当年，随太祖皇帝一起打江山的，还有徐、李、南宫、卫四大家族，徐、李两族，百多年来人丁凋零，到二十年前，更是直系血脉断绝，只剩下一些旁系血脉还残存着，南宫一族，后人对朝政不感兴趣，渐渐淡出朝野；而卫氏一族，与他们恰恰相反，一代比一代强盛，封侯拜相，越发地富贵显赫，到先帝那一代，不论是朝中文武百官，还是镇守各地的封疆大吏，超过一半之数姓卫，或者与卫氏有着千丝万缕的关系；说一句大不敬的话，大周……有半壁江山掌握在卫氏的手里。"

听到此处，陈氏再也坐不住了，霍然起身，厉喝道："放肆，还不住口！"

慕千雪以袖掩唇，低低咳嗽数声，迎着陈氏惊恐的目光徐徐起身，"千雪自然可以住口，甚至可以在踏出静芳斋之后，永远忘记这一切，可是太妃这一生都会活在卫氏的阴影之下，时刻担心会被人发现您百般掩藏的秘密，担心睿王会成为卫氏一族砧板上的鱼肉。"

"够了，够了！"陈氏颤声呵斥，神情是前所未有的惶恐与惧怕，冬梅不知道该怎么安抚，只能紧紧握住她冷似腊月寒冰的十指，可冬梅自己的双手，又何尝不是冷如冰霜。

一滴雨打在漆着均匀朱漆的窗台上，比刚才更加阴沉的天空中传来沉闷的雷声，不时有银蛇掠过厚厚的云层。

"告诉我，是谁告诉你的？"陈氏眉头蹙如褶皱的群山，再无一丝淡泊宁静之色，她实在想不出，当年之事，那般隐秘，慕千雪这个初来金陵的南昭公主，究竟是从何处得知。

第六十八章
大 雨

慕千雪知道她的意思,"我可以告诉太妃,不过在此之前,请太妃先回答一个问题。"

"说!"

"十九他们的真实身份,太妃是知道的对吗?"

长久的沉默与对视之后,陈氏深吸一口气,颔首道:"不错,先帝与我说过,但此事溯儿并不知晓。"

"果然。"慕千雪嘴角微微扬起,回答着陈氏之前的问话,"没有人告诉我,不过,睿王来西楚救我之时,动用了神机营,其他事情,都是以此推算而出。"

数日前,她让十九与十五去调查关于东方洄的所有事情,之后就没再见到过他们,直至昨夜方才回来,他们倒是没在东方洄身上查出什么,却意外发现卫氏这个庞然大物。若非有心追查,怎么也想不到,卫氏一族的实力,竟然已经庞大到了这个地步,说朝中一半是他们的人,还是保守的估计,七成……这个数字应该更准确一些。

在十九他们走后,慕千雪一直都在思索承帝将神机营传给东方溯的用意,直至天亮时分,方才有了些许眉目,但还无法确定,这会儿与陈氏一席对话,猜测变成了肯定!

"不可能。"陈氏以为慕千雪不肯说实话,恼声道,"只凭一个神机营,怎可能推算出这么多事?"

夏月扬起圆润的下巴,"猜出这些有什么好奇怪的,陛下还是靠着公主谋划方才登上帝位的呢。"她是西楚人,虽然来了北周,但一时难以改口，还是下意识地称萧若傲为陛下。

冬梅以为她说的是东方洇，蹙眉道："你在胡说什么？"

陈氏却是明白了夏月的意思，神色凝重地道："你说……楚帝的帝位，是公主助他得来的？"

"若非如此，他当年怎么会想尽办法，一定要娶公主为妻。"一说起这个，夏月气得牙痒痒，天底下怎么会有这样狠心绝情的人。

"倾城之貌……惊世之才……"陈氏徐徐重复着当年关于慕千雪的传言，天下人都以为"惊世之才"指的是诗书歌赋，如今看来，却是都错了。

"楚帝既要用你，又忌惮你早晚有一天会发现他的真面目，所以一登上帝位，就立即出兵灭南昭，并下旨诛杀于你？"

"萧若傲之志，远不止区区一个西楚，他要的是整个中原天下，可我活着，他就不能动南昭，南昭不灭，天下就不算一统，这是他绝对不能接受的事情。"慕千雪神色平静得仿佛是在说一件与己毫无关系的事情，唯有她自己清楚，亡国灭族之恨，从未有一刻消减。

冬梅皱眉道："那他大可以等灭了其他几国之后，再杀你。"

"如果在此之前，被我发现了他的阴谋，从而暗中对付他呢？他不敢冒这个险。再者，眼下北周、齐国、东凌三国互相牵制，动弹不得，正是他扩张势力的最好时机。"慕千雪白皙纤细的十指微微蜷曲，冷然笑道，"这个时机，还是我替萧若傲挑选的，结果被灭的，却成了南昭。"

夏月恨恨地道："他那么坏，一定会有报应的！"

一口气息自陈氏口中缓缓吐出，"难怪楚帝要一路追杀于你，换作是我，也绝不会希望你活着。"顿一顿，她又道，"你既有这等才识，从神机营身上推算出这些事情，倒也说得过去。"

"现在，太妃可以告诉我，当年究竟发生了什么事吗？"

陈氏这会儿已是恢复了平静，抚着镶在袖边的银丝，淡淡道："有朝一日，你能证明自己确可替溯儿解这个危难，我自会告诉你一切；现在……还不是时候。"

慕千雪也料到陈氏不会轻易告知这些，笑一笑道："这一日应该不会太久。"

望着那张连女子瞧了也为之惊艳的容颜，陈氏心中说不出是什么滋味，她原是想劝慕千雪离开，结果完全出乎她的预想。回想起来，从说第一句话起，她就在不知不觉间被慕千雪夺去了主动权，一直顺着后者的话在讲。

她活了四十多年，见了形形色色的人，却还是第一次见到这样聪慧玲珑之人。

只是……溯儿面临的危难，只有一个办法可解，就算慕千雪再怎么聪明，恐怕也难以办到。

在一阵阵雷声中，雨水哗哗而下，在青石地板上激起满地雪白的水花，落在琉璃瓦顶的雨水则沿着屋檐飞快落下，如一条条细小的瀑布；整个昭明宫都被笼罩在这场突如其来的倾盆大雨中。

上林苑中，东方溯站在一个精巧的八角亭里默默望着激落的雨水，自台阶上溅起的水花湿了他的袍角。

"溯哥哥，你再站进来一些吧，不然都该湿了。"沈惜君也在亭子里，她的声音在这雨水朦胧的世界里听来格外柔媚，可惜东方溯对此无动于衷，连看也没有看她一眼，"不必了。"

木头！

沈惜君在心里嘟囔了一句，强行将他拉了进来，"怎么了，我是老虎吗？让你这样躲着我。"

东方溯眉头微微一蹙，挣开她的手，"当然不是，只是男女授受不亲，其实这上林苑你也常来，又何必非要我陪你过来。"

他这番无情的言语，令沈惜君心中气恼，又想起之前他在宁寿宫里，帮着慕千雪讽刺揶揄自己的话，脱口道："你老实告诉我，是不是还喜欢那个慕千雪？"

东方溯神色一变，别过脸道："胡说什么！"

沈惜君绕到他眼前，咬牙道："既是这样，你为什么不敢看我？那个女人除了一张脸，还有什么好，值得你这样为她神魂颠倒，连命都不要了，别忘了四年前，她是怎么对你的。"

东方溯沉下脸，冷冷道："这是我的事情，与你无关！"

他冰冷的话语刺痛了沈惜君，她声音微哽，"我是替你不值，为什么你就是不明白？"

"你的好意，我心领了，但正如我刚才所言，不论我做什么，都与你无关。"

"你！"沈惜君气得跺脚，她自出生起，就一直被人捧在手中，所有人对她都是千依百顺，无一句拂逆，再加上她长相美艳，还未满十四岁就有许多王孙公子托媒婆上门提亲，就算被拒了，也不死心，想方设法地献殷勤，希望换得美人垂青。

她沈惜君要家世有家世，要容貌有容貌，可东方溯这个木头疙瘩，却总是拒她于千里之外，想想都气。

第六十九章
深情亦无情

沈惜君一咬银牙,用力将东方溯侧着的身子扳过来,大声道:"东方溯,这么久了,我是什么心意,难道你一点也不知道吗?"

这一次,东方溯终于肯正视她了,看到自己身影出现在那双黝黑深邃的眼眸中时,沈惜君不禁心跳加速,两抹红霞飞上粉颊,令她看起来越发娇艳迷人。

"你的心意如何,我不知道,也不想去知道,但我很清楚自己的心意,我与你……不可能!"随着这句话,他拉开沈惜君的手,没有半分不舍。

沈惜君怔怔地看着东方溯,又低头看看自己空空的双手,怎么也不敢相信东方溯竟然拒绝得这样干脆利落,不留半分余地。

在强行压下尖叫的冲动后,沈惜君抬起已经盈满了泪水的双眼,"因为慕千雪?"

"不是。"话音未落,沈惜君已是尖声道:"我不信。"

"信不信由你。"东方溯并没有骗她,就算没有慕千雪,他也不会喜欢霸道任性的沈惜君。

冰冷无情的言语,犹如一把尖刀划过沈惜君心头,令她十八年来第一次知道,什么叫作心痛。

沈惜君努力忍着盈盈欲坠的泪水与胸口一阵又一阵的抽痛,哑声道:"刚才在姨母面前,你为她讽我是恶犬,现在又为她拒绝我,究竟我有哪里不如她?"

东方溯有些头疼,实在想不明白,老九总说他性子无趣,这辈子都不会有桃花缘，可沈惜君偏偏就缠着他不放。

"我已经说得很清楚，若有不是之处，还望宗姬见谅。"说完这句话，东方溯不顾瓢泼大雨，大步走出了亭子。

沈惜君见状，竟也追了出去，在滂沱大雨中拦下东方溯，"我不许你走！"只是这么片刻工夫，彼此的衣衫已是尽皆湿透，紧紧贴在身上。

东方溯没想到她竟会冒雨追出来，急忙喝道："快回去！"

"你不把话说清楚，哪里都不许去！"隔着激落的雨水，沈惜君倔强的声音传入耳中。

这样的纠缠不休，令东方溯越发感到厌烦，"该说的我都已经说了，宗姬又何必苦苦纠缠。"

沈惜君还没来得及说话，东方溯已是绕过她快步离去，这一回，东方溯运起了轻功，任她如何奔跑追逐都只能眼看着那道身影离自己越来越远。

孤身立在漫天大雨中的沈惜君，犹如一只被人抛弃的小狗，是那样无助可怜，一滴泪水缓缓滑过脸颊，下一刻，已是与冰凉的雨水混在一起，仿佛从来没有出现过。

只有沈惜君自己清楚，东方溯下在她心里的"魔咒"，这辈子都解不开了。

"我要的东西，从来没有得不到过，东方溯，你是属于我的，这辈子都是！"

东方溯一路冒雨来到静芳斋，陈氏看到他满身湿透的样子，赶紧让杏儿去烧水备干净的衣裳，待得东方溯梳洗干净，重新出来后，陈氏方才问出心中的疑惑，"怎么淋着雨就回来了，也不打把伞，淋病了怎么办，昌荣呢，不是说好一道来静芳斋的吗？"

"她还有事，先回宁寿宫了。"东方溯轻描淡写地说着，在接过冬梅递来的热姜茶后，他疑惑地道，"母妃，公主呢？"

"公主有些气闷咳嗽，我让夏月扶她去暖阁歇一会儿。"说话时，陈氏的目光一直不曾离开东方溯，后者察觉到她异样的目光，搁下已经空了的姜茶碗，"母妃为何这样看着儿臣？"

陈氏缓缓道："你老实告诉母妃，是不是与昌荣起争执了？"

东方溯沉默半晌，平静地道："也不算争执，只是与她把话说清楚了，以后……应该不会再来纠缠。"

"她人呢？"

"儿臣回来的时候，她还站在雨中，这会儿应该回宁寿宫了。"

一听这话，陈氏顿时皱紧了温婉的秀眉，"你这孩子，怎么能让昌荣淋着雨回宁寿宫呢，雨下得这么大，万一淋病了怎么办？"

提到这个，东方溯也有些内疚，"儿臣有叫她不要淋雨，可她不听，儿臣也没办法。"

"昌荣虽然性子骄纵了一些，但母妃看得出，她本性并不坏，对你也好，你又何必拒人于千里之外。"陈氏心思细腻，早就看出了沈惜君的心思，尽管她也不喜欢这样的儿媳妇，但沈惜君是卫氏族人，且深得卫太后恩宠，万一有朝一日，危难临身，或许可以保东方溯一条性命，故而她一直有意撮合二人。

"母妃什么时候成了昌荣的说客？"

陈氏拍着东方溯的手，温言道："母妃不是任何人的说客，只是不希望你这样一直蹉跎下去，难得昌荣对你有心，何不给彼此一个机会。"尽管慕千雪给了她极大的震撼，但还不足以让她将所有赌注都押在其身上。

东方溯不知陈氏的苦心，皱眉道："昌荣生性霸道，又贪好奢华，甚至视人命如草芥，这样的女子，绝非儿臣良配。"

"殿下……"冬梅是知道陈氏心意的，想要帮着劝说一二，却被陈氏打断，后者徐徐道："有朝一日，太后下旨赐婚，你也打算这么拒绝吗？"

东方溯眉尖微微一蹙，"母后明白事理，当不会勉强儿臣。"

"昌荣是太后最疼爱的晚辈，若她一意如此，怜惜之下太后未必不会答应，到时候你怎么办，抗旨不遵？"

她的话令东方溯眉头皱成了一个"川"字，母妃素来不怎么管他的事，今儿个却一直在帮昌荣说话，实在有些古怪，想到此处，他试探道："母妃，是不是有人与您说了什么？"

陈氏目光平和地道:"没人说什么,母妃只是不想你为了一个不可能相守的女子,误了自己终身。"

"不会。"东方溯低着头,令人看不清他的神色。

陈氏目光沉静而忧伤,"你是母妃十月怀胎所生,你什么心思,母妃最清楚不过,溯儿,虽然慕千雪眼下身在金陵城,但一来她身上背负了太多的血海深仇;二来,她曾为西楚皇后,这是天下皆知的事情,你与她的缘分,早在四年前就已经尽了。"

第七十章
怒其不争

"儿臣知道。"东方溯的声音听起来很是平静,然而修长的双手却在微微发抖。

陈氏将这一切默默收在眼底,"你既知道,就当斩断那些不该存在的念想,早日寻一个能够与你共度终生的女子成亲,也好让母妃安心。"

"儿臣当谨记母妃之言。"这般说着,他起身道,"儿臣想去看看公主。"

"去吧。"

在东方溯身影消失后,冬梅小声道:"太妃,要不要将当年的事情告诉殿下,好让他明白您的苦心?"

"不行!"陈氏想也不想便拒绝了冬梅的提议,"当年之事,溯儿知道得越多就越危险,如果可以,我宁愿他这辈子都不知道。"

大雨如注,浇透了昭明宫每一寸地面,无数花叶被这场大雨打落在地,只剩下光秃秃的茎秆伫立在雨中。

宁寿宫中,平阳王妃接过宫人递来的醒酒茶,亲自服侍卫太后喝下,随即道:"太后可有觉得好一些?"

卫太后抚一抚额头,颔首道:"好些了,不像刚才晕得难受。"

平阳王妃将空盏交给宫人拿下去,轻笑道:"您素来不怎么饮酒,今儿个一下子喝那么多,这身子当然受不住了,往后可不能再这样了。"

卫太后笑斥道:"还不都是你们嘛,一个个的轮流敬哀家酒,你啊,敬得最多!"

平阳王妃替她理一理裙裾，笑盈盈地道："臣妾这不是替太后高兴嘛，欢喜之下，忍不住多敬了几杯，还望太后恕罪。"

"哀家明白。"卫太后望着窗外未止的大雨，感慨道，"真快啊，一晃眼都四十年过去了。"

"还记得太后出嫁那会儿，臣妾攥着您的嫁衣不放，舍不得您走呢。"

卫太后温然笑道："哀家也记得，你那个时候才五岁，家里又只有哀家与你姐妹俩，所以你打小就最喜欢跟在哀家的后面，自是舍不得哀家出嫁，后来你就隔三岔五央着母亲，要她带你来东宫，每回来了，总是赖着舍不得走。"

"母亲若还在世，看到太后今日的风光尊荣，一定会很欣慰的。"平阳王妃的话令卫太后露出哀然之色，"几个兄弟姐妹之中，母亲最疼哀家，可惜受哀家连累，在那场灾劫中早早病逝，未能得享天年，哀家此生最对不起的人就是母亲。"

平阳王妃蹲下身，轻轻握住她戴着通水玉琉璃护甲的手，"母亲从未怪过太后。"

"哀家知道。"卫太后轻吸一口气，拉起她道，"哀家现在最喜欢看到的，就是你们齐齐整整的样子。"

"会的，有太后与陛下庇护，卫氏一族，必会永远昌隆鼎盛。"平阳王妃眼中有着飞扬自信的神采。

卫太后欣然一笑，正要说话，殿外传来宫人的惊呼声，紧接着一个浑身滴水、犹如刚从河里捞出来的人影走了进来。

"惜君？"平阳王妃骇然惊呼，难以置信地看着来人，好一会儿方才回过神来，快步上前，"你这……这是怎么了？"

卫太后也是满脸诧异，"惜君，你不是与溯儿一道去上林苑游赏了吗？何以冒雨回来，溯儿人呢？"

她不说还好，一说立即将沈惜君心里的难过勾了起来，忍不住"哇"的一声哭了起来，眼泪争先恐后涌出来，与脸上的雨水混在一起。

看自己最心疼的女儿哭得这般伤心，平阳王妃心疼不已，不顾她满身冰凉的雨水，将之拥在怀里，迭声安慰。在她渐渐止了泪后，平阳王妃道："告诉母亲，究竟出什么事了？"

沈惜君也不说话，只是低头啜泣，尹秋上前道："王妃，宗姬身上都湿了，还是让她先去换身衣裳吧，以免着凉。"

平阳王妃也是一时情急，忘了沈惜君这会儿还穿着湿衣裳，这会儿听得尹秋提醒，赶紧让沈惜君随宫人去将衣裳换了。

在一番焦灼的等待后，换了一身衣裳的沈惜君终于在宫女的搀扶下走了出来，平阳王妃拉过她依旧冰凉的手，催促道："快告诉母亲，是谁欺负你了？"

卫太后眸光一动，凝声道："可是与溯儿有关？"

听到这句话，沈惜君好不容易止住的眼泪又落了下来，抽泣着将刚才的事情说了一遍，平阳王妃听得又难过又心疼，"这个睿王，难得你肯垂青于他，竟然摆出这么一副态度，实在过分。"说着，又埋怨起沈惜君来，"我早与你说过，睿王不是你的良配，偏就是不肯听，现在好了，自取其辱。"

最后这四个字，深深刺痛了沈惜君那颗高傲叛逆的心，她用力挣开平阳王妃的手，激动地道："对，我自取其辱，我高兴，我乐意，行了吗？"

"你这孩子……"平阳王妃没想到她反应这么大，想过去安慰，可是她进一步，沈惜君就退两步，根本不让她靠近，无奈之下只得朝卫太后投去求救的目光。

卫太后明白她的意思，招手道："惜君，来，到哀家这里来。"

沈惜君犹豫片刻，缓步走过来，伏身于她膝上，卫太后抚着她湿漉漉的乌发，轻声道："睿王既不喜欢你，那就算了，哀家替你指一个比睿王更好的夫君。"

"不要！"沈惜君一口拒绝了卫太后的好意，"惜君就喜欢他，除了他之外，谁也不要。"

平阳王妃怒其不争，恼道："你怎么就是听不进劝，睿王究竟有什么好，让你这样为他神魂颠倒？"

有什么好……

这句话让沈惜君的思绪有些恍惚，同样的问题，她也曾问过东方溯，后者避而不答，现在轮到她自己，竟也是答不上来，只知他是唯

——一个能够影响自己喜怒哀乐的男子。

"他自有母亲不知道的好,总之女儿非他不嫁!"这般说着,她仰头望着卫太后,说出一句令众人吃惊的话来,"姨母,您是太后,也是溯哥哥的母后,只要您下旨赐婚,溯哥哥一定会遵从的。"

"你个丫头,魔怔了是不是!"平阳王妃气得一把将她拉开,斥道,"一个女子,竟然主动求着赐婚,传扬出去,莫说你被人笑,就连我与你父亲的脸也都丢尽了。"

第七十一章
半年之约

"我不管,总之我一定要嫁他!"从小到大的宠爱,养成了沈惜君执拗反叛的性子,平阳王妃越是反对,她就越是坚持。

"你!"平阳王妃作势欲掴,但终归是舍不得,恨恨收回手,冷声道,"总之这件事我说什么也不答应!"

沈惜君也不理她,只是摇着卫太后的手撒娇哀求,"姨母,您一向最疼惜君了,事关惜君终身幸福,您一定会成全的是不是?"

"太后,您……"

卫太后抬手打断平阳王妃的话,垂目温言道:"哀家是可以赐婚,让溯儿娶你为妻,但惜君,俗话说,强扭的瓜不甜,这样勉强得来的婚姻,会幸福吗?"

沈惜君一怔,旋即道:"他现在拒绝惜君,是因为心里还念着南昭那个狐狸精,等我们成亲之后,他自然就会慢慢忘记,知道我才是他应该爱的那个人。"

"如果他一直忘不了呢,又该如何?"

这一次,沈惜君过了很久才吐出两个字,"不会。"

卫太后眼中的神色越发怜惜,"惜君,你是哀家钟爱的孩子,哀家不希望你一时冲动,做下令自己后悔终生的事情,所以这婚,哀家是不会赐的。"

听到这话,平阳王妃松了一口气,沈惜君却不肯就此罢休,狠命咬一咬银牙,倔强地道:"惜君不会后悔,求姨母赐婚!"

越是得不到的东西,她就越是非得到不可!

卫太后神色一冷,凉声道:"此事哀家已经决定了,不必再说!"

"姨母……"沈惜君还要再求,尹秋已是走过来,小声道:"太后决定的事情,是不会更改的,宗姬您还是起来吧。"

见沈惜君不说话,尹秋以为她听了进去,伸手去扶,却不想被她一下拂开,跪在地上一动不动,尹秋无奈地收回手。

看到她这个样子,平阳王妃既恼恨又担心,唯恐她惹怒了卫太后,后者虽然是她嫡亲长姐,但终归君臣有别,一旦惹卫太后动了真怒,就算是她也承受不起。

面对沈惜君无声的抗议,卫太后倒是没有露出什么怒意,垂目半晌,淡淡道:"半年,如果半年后,你还像现在这样坚持要嫁给睿王,哀家就为你们二人赐婚。"

此话一出,殿中二人一惊一喜,喜的自然是沈惜君,"姨母此话当真?"

"哀家何时骗过你?"说着,她抚一抚沈惜君还残留着泪痕的脸颊,"好了,起来吧。"

这一次,沈惜君没有再拒绝,提着裙裳起身,"多谢姨母。"

卫太后笑一笑,对尹秋道:"外面的雨停了吗?"

尹秋开了窗子看了一眼,道:"回太后的话,差不多停了,还有一点零星小雨在下着。"

卫太后微一颔首,对沈惜君道:"你上次不是说想养松狮嘛,哀家让内务府寻了几只来,你随尹秋去瞧瞧,若有中意的,抱走就是了。"

她们二人一走,平阳王妃便迫不及待地道:"太后,您刚才为何要答应惜君,看睿王现在的态度,二人一旦成亲,惜君这后半辈子说不定就毁了,这可万万不行啊。"

"哀家知道,但惜君的性子,你应该比哀家更清楚,一味反对,只会令她更加坚持。倒不如先答应下来,然后再慢慢让她断了对溯儿的念想。"

"也只能这样了。"说着,平阳王妃又埋怨道,"都怪睿王,他既不喜欢惜君,又何必来招惹,现在好了,闹得惜君非他不嫁。"

卫太后睨了她一眼道:"瞧你这话说的,溯儿的性子你又不是不知道，哪会主动招惹惜君，想是惜君她自己看上的。"

平阳王妃也知道自己说得有些过了，但她就是咽不下这口气，正在这时，宫人踩着光滑如镜的金砖走了进来，躬身道："启禀太后，陈太妃来了。"

平阳王妃正在气头上，一听这话，当即没好气地道："她来做什么，还嫌她儿子害得惜君不够，还是说想来看笑话？"

"子钥！"清冷冷的声音并不重，却令平阳王妃激灵灵打了一个冷战，慌忙垂下头，不敢再言语。

卫太后收回目光，对尚候在殿中的宫人道："去请陈太妃进来。"

"是。"宫人答应一声，躬身退了出去，不多时，陈氏扶着冬梅的手走了进来，在殿中央停下脚步，双手搭于腰间，端然行礼，"参见太后，太后万福！"

"免礼。"在陈氏直起身后，平阳王妃也憋着气向陈氏屈一屈膝，毕竟论身份，陈氏要比她高一截。

在命人赐座后，卫太后温言道："这还下着小雨，妹妹怎么就过来了？"

"回太后的话，臣妾……是特意来向平阳王妃还有昌荣宗姬道歉的。"说着，她声音温柔地对尚寒着一张脸的平阳王妃道，"溯儿这孩子性子执拗，一时说了不该说的话惹昌荣宗姬生气，我已经训斥过溯儿了，还望王妃莫要见怪。"

"不敢！"平阳王妃冷冷说着，碍着卫太后，这满肚子的气不得发作，但也没什么好脸色给陈氏。

太妃，哼，还不被她放在眼里。

陈氏对平阳王妃的冷淡不以为忤，接过冬梅手中的食盒，温声道："这是昌荣最喜欢吃的银丝糕，我特意做了带过来，算作是赔礼。"

等了半晌，始终不见平阳王妃派人来拿食盒，陈氏只得让冬梅拿过去放在平阳王妃手边的小几上。

卫太后微笑道："不过是两个孩子一时不高兴，闹些小别扭罢了，你倒认起真来。"

陈氏欠身道："此事确是溯儿不对在先，赔礼是应该的。"说着，她看了一眼四周,略有些疑惑地道:"不知昌荣宗姬去了哪里?"

"哀家让尹秋带她去内务府挑选新呈上来的松狮,看有没有合她眼缘的。"顿一顿,她道,"昌荣什么心思,哀家不说,妹妹想必也猜得到,溯儿……真的那么不喜欢昌荣吗?"

陈氏斟酌着话语道:"倒也并非不喜欢,只是溯儿暂时还不想这么快成亲,所以只能辜负昌荣宗姬一番美意。"

第七十二章
传旨召见

"昌荣倒是没什么，只是溯儿……他也老大不小了，这一年拖一年的，实在不是一回事，就连沣儿都已经成亲了，就他还是孤身一人。"卫太后口中的"沣儿"是承帝最小的子嗣，十三皇子东方沣，今年十七，年前刚刚成亲。

"臣妾明白，臣妾会慢慢劝他的，其实昌荣宗姬性子直率活泼，臣妾也很是喜欢，若能与之结为夫妻，实在是溯儿之福。"

平阳王妃这会儿还是满肚子怨气呢，一听这话，当即冷声道："昌荣何德何能，胆敢高攀睿王。"

卫太后扫了她一眼，淡淡道："好了，事情都已经过去了，你也不要总是揪着不放了，能不能在一起，看他们自己的缘分吧。"

卫太后开了口，平阳王妃就算再有怨气，也只得往肚子里咽，不过她是打定了主意，一定要在这半年内，打消沈惜君嫁给东方溯的念头，她只有这么一个宝贝女儿，绝不能眼睁睁看着她跳入火坑。

一场大雨过后，暑意尽消，慕千雪与东方溯并肩走在朱红的宫墙下，清凉的风从前面扑来，吹起二人一碧一灰的衣衫。

走在后面的夏月望着前头不时绞在一起的衣襟，暗自叹气，如果当年公主选的那个人是睿王，南昭就不会灭，她也不会被迫背负整个国家的仇恨，可惜，如果……永远只能是如果。

"咳咳！"慕千雪掩唇轻咳了几声，东方溯见状，当即停下脚步，"怎么？还是不舒服吗？"

"喉咙有些不舒服，回去喝过药就没事了。"在说这话时，慕千雪回头看了一眼身后幽长的来路，她的样子，似乎是在等什么人来。

很快，东方溯就为自己这个念头感到好笑，慕千雪今日是第一次入宫，在宫中并无一人相识，又能等什么人来。

"走吧，穿过这道宫门，再往前走一阵子，就是宫门了，马车就等在那里。"

慕千雪点点头，跟随他的脚步继续往前走着，走了没几步，后面便有一个尖细的声音传来，"王爷留步！"

东方溯眉宇间掠过一丝讶色，这个声音……是怀恩？

转身望去，怀恩果然带着一个小太监，快步往他们这边走来，待得到了近前，他一甩拂尘，笑眯眯地躬身行礼，"老奴见过王爷，见过公主。"

"免礼。"东方溯打量着他那张总是挂着笑容的脸庞道，"公公怎么到这来了？"

"启禀王爷，老奴奉陛下之命请璇玑公主去承德殿。"怀恩尽管深受两朝皇帝倚重，但并未恃宠生骄，为人处世从来都是礼数周全，能够几十年始终荣宠不衰，与他这个性子分不开。

"皇兄？所为何事？"

怀恩躬身答道："回王爷的话，陛下说有关于西楚的事情，想问一问公主。"

东方溯点一点头，对慕千雪道："走吧，我陪你过去。"

他的话，令怀恩露出为难之色，毕竟周帝的意思是，只传慕千雪一人，正思索着要怎么开口，慕千雪已是先一步道："不必了，我自己过去就行，有公公陪着，王爷还怕我迷路不成？"

"当然不是，只是你身子弱，我怕你走得多了又咳嗽难受。"

慕千雪笑一笑，柔声道："只要走慢一些就没事了，王爷不必担心。"

怀恩适时说道："老奴会好生照顾公主，真要是不舒服了，召个软轿抬公主过去，再不然传太医过来也方便，王爷只管放心。"

见他们二人都这么说了，东方溯也不坚持，正好他军中还有一些事务要处理，"那好吧，我让夏月留下来陪你，见过皇兄后，乘马车回府就行了。"

目送东方溯离去后，慕千雪扶着夏月的手，随怀恩一路来到承德殿，较之富丽堂皇的宁寿宫还有精巧雅致的静芳斋，作为昭明宫三殿之一的承德殿，则要显得庄严肃穆许多，令人不自觉地生起敬畏之心。

在走到汉白玉台阶前时，怀恩停下脚步，回身对夏月道："姑娘请在殿外等候。"

夏月转头望向慕千雪，征求她的意思，后者微微一笑，"听公公的话，我很快就出来。"

"嗯。"夏月乖巧地应了一声，留在原处看慕千雪随怀恩踏上平滑坚硬的台阶。

怀恩将慕千雪引到承德殿西间，此处是东方洄批阅群臣奏折的地方，一天里有大半时间都在此处。

怀恩恭敬地朝坐在御案后的人行礼，"陛下，璇玑公主来了。"

在他言语后，慕千雪也屈膝行礼，"千雪参见陛下，万岁万岁万万岁！"

"平身。"尽管已非第一次相见，东方洄呼吸仍是为之一窒，只是这样静静站着，就已经美如画卷，"倾国倾城"这四个字，用在她身上真是再恰当不过，比当年流传出来的画像更加美得动人心魄，若非他四年前已经成亲，说不定也会前往南昭求亲。

在压下那份心悸后，东方洄温言道："听闻公主身子不好，坐下说话吧。"

"谢陛下。"落座不久，便有一名绿衣宫女端了一盏香茗奉上。

"公主之事，朕都听老七说了，实在令人难过。"

慕千雪低头，黯然道："是千雪有眼无珠，引狼入室，令南昭遭遇亡国灭族之祸。"

"事已至此，还望公主节哀。"说着，他道，"有一件事，朕始终想不明白，不知公主能否为朕解惑？"

慕千雪在椅中欠一欠身，"陛下请说。"

"据朕所知，楚帝原只是一名不受待见的皇子，可就在四年前，突然屡立功绩，将一众皇子甚至太子都给压在了底下，使得庆帝决定改立他为太子，公主可知其中详情？"

"陛下可曾听过曹炳成之名？"

东方洄微一思索，颔首道："朕听过，他是西楚的宰相，怎么了？"

"此人表面看似不偏不倚，其实一直在暗中支持萧若傲，他们早在多年前就开始谋划夺嫡一事，就连前往南昭求亲，也是曹炳成献的计策，好借南昭之势，让萧若傲在众皇子中脱颖而出；对于萧若傲来说，千雪只是他登上帝位的一块踏脚石，一旦得偿所愿，千雪自然就没有继续存在的价值了；与其继续虚与委蛇，倒不如趁着南昭还没有防备，一举攻下，扩充西楚势力；若非睿王冒死相救，按着他的计划，这会儿，慕氏一族已经尽灭。"说到此处，她忽地起身向东方洄端然下拜，肃然道，"多谢陛下遣派使者去西楚营救千雪，陛下隆恩，千雪当铭记于心。"

第七十三章
失 望

"公主言重了。"东方洄起身亲自将她扶起,"朕虽然派了江越去,可真正将公主救出西楚的却是老七,这礼朕受之有愧。"

"陛下与睿王皆对千雪有救命之恩,此恩此德千雪没齿难忘。"

"最重要的是公主平安。"停顿片刻,东方洄缓声道,"公主可曾听闻过'天机卫'之名?"

慕千雪身子微微一缩,眼中露出骇然之色,好一会儿方才带着些许颤抖道:"听过,是萧若傲手里的亲卫近军,只听命于萧若傲一人,行踪神秘,听说……帮着他杀了不少人。这次逃出西楚之时,也曾遭到天机卫的追杀,所幸睿王带去的人武功高强,与天机卫不相上下,这才勉强逃了出来。"

"天机卫都是些什么人?"问这句话时,东方洄眼底有精光掠过。

"据说都是一些江湖人士,是曹炳成帮着招揽来的,具体如何,无从得知,萧若傲对我防备甚深,从不与我说这些,仅知的这些,还是有一次曹氏无意中说漏了嘴,方才知晓。"

"如果我能早点发现萧若傲用心不善,就不会有今时之祸,南昭……还有那些无辜的百姓,都是我害死的!"说到此处,慕千雪难忍心中的悔恨,以手掩面,低低哭泣。

东方洄轻叹一声,怜惜地递过帕子,"楚帝存心算计,又哪里会让公主发现。"

慕千雪拭了拭泪,哽咽地道:"其实四年来,未必就没有半点端倪,是我太相信他,总以为他不会是那样的人,结果……"说到此处,忍不住又落下泪来，过了良久方才止住，那块帕子已是湿了一大半。

待慕千雪平复了心情后，东方洞转过话题道："公主在老七府中住得可还习惯？"

"谢陛下关心，睿王很照顾千雪与三哥。"在短暂的静寂过后，慕千雪有些激动地道："陛下，萧若傲此人野心极大，吞并南昭，只是他计划的第一步，他要的是整个天下，一旦他消化了南昭，大周就会成为他的下一个目标，此人万万留不得。"

东方洞脸色有些古怪，盯了慕千雪半晌，道："公主之意，是要朕举兵伐楚？"

"西楚刚刚攻下南昭，内政不稳，正是陛下进攻的大好时机，大周雄兵百万，攻下西楚绝非难事，一旦控制了西楚，就等于控制了两个国家，到时候大周国力必然大涨，齐国与东凌难望项背。"慕千雪尽管极力压制，言语间仍是透出一丝急切，纤细的十指被她绞得发白。

见东方洞迟迟不语，慕千雪又道："千雪所言，皆是实话，萧若傲确实狼子野心，陛下……"

"朕明白。"东方洞打断她的话，"大周与南昭毗邻而居，世代交好，昭帝仁贤之名，朕亦是早有耳闻，在得知西楚大举进攻南昭之时，朕就想发兵襄助，无奈齐国与东凌一直对我大周虎视眈眈，一旦发兵，两国就会倾巢来攻，到时候不只帮不了南昭，就连大周也会受难。"

慕千雪急忙道："不会，他们国力远不如大周，当不会如此放肆；反倒是萧若傲，一旦让他彻底掌握了南昭，必会成为陛下与大周的心腹之患，远胜东凌与齐国，陛下切莫大意。"

"公主一片苦心，朕自是明白，只是眼下，实在不是时机。"不等慕千雪言语，东方洞又道，"公主放心，朕一定会提防西楚，时机一到，立刻出兵攻伐。只要有朕在，萧若傲的野心就休想得逞。"

"可是……"

未等慕千雪说下去，东方洞已道："公主今日又是给母后祝寿，又是被朕召来承德殿，想必很累了。怀恩，你送公主出宫。"

一听这话，慕千雪顿时急了，"陛下，萧若傲狼子野心，一旦让他成了气候，必会危害大周，不可不防。"

怀恩上前示意，"公主请。"

见东方洄不理会自己，慕千雪只得行一行礼，随怀恩走了出去，在他们身影消失于视线范围后，东方洄轻吐一口气，不无失望地道："所谓璇玑公主，不过如此。"

扮作宫女的绿衣走到他身边，徐徐道："美则美矣，可惜是个木头美人。"

"朕原想着，她若真有帝师之才，就留在身边，助朕平定天下，可惜了。"

"通晓琴棋书画、四书五经之人，天下不知凡几，可有帝师之才的，万中无一，璇玑公主自幼长在深宫，养尊处优，不知人间疾苦，又岂会有那份指点江山的奇才，所谓惊世之才，不过是世人给予她的虚名而已，当不得真。"

东方洄长叹一声，"果然是朕期望太大了，如你所言，帝师之才，万中无一。"

"听她刚才的言语，楚帝能够登上帝位，应该是曹炳成的功劳，与她并无关系，顶多只是借助了一些她的背景。"说到此处，绿衣冷冷一笑，"这般庸碌之才，偏还自作聪明，竟想挑唆陛下出兵伐楚，替她报仇，真是不自量力。"

东方洄冷冷道："确实蠢了一些，不过她说得并非全无道理，西楚是一定要除的，但不是现在。绿衣，你派人去南昭，尽量挑动那些南昭人对楚帝的仇恨，南昭这块肥肉，朕要他咬得下咽不下！"

在绿衣答应后，他又道："老七那边的人安排进去了吗？"

"睿王府极少招人，查得又严，所以一时尚未安排进去。"见东方洄有所不悦，她连忙道，"陛下放心，奴婢会尽快想到办法。"

"最好是这样。"这般说着，东方洄又道，"另外，关于东凌的消息可有传出去？"

绿衣连忙答道："按陛下的吩咐，奴婢已经飞鸽传书给咱们安插在齐、楚、燕三国之中人，应该很快就能散播出去。"停顿片刻，她又道:"奴婢在城中发现几个疑似东凌的人,已派人暗中跟踪调查。"

"东凌……"东方泂屈指轻叩桌案,"笃笃"的声音,在殿中响起,过了许久,东方泂停了手里的动作,凉声道,"最近东凌的动作越来越频繁,这可不是一个好兆头。"

第七十四章
料算人心

绿衣思忖道:"楚帝吞并南昭之举,已经彻底打破了六国维持多年的平静,东凌,怕是也要再次有所动作了。"

东方洄眉头紧紧拧了起来,东凌……实在令他很是担心。

绿衣瞅了他一眼,小声道:"陛下,有一句话,奴婢不知当讲不当讲。"

"讲!"

"东凌素来神秘,不为外人知晓,对他们好奇的应该不只咱们大周,同样,对他们心存忌惮的,也不只大周。"

东方洄双眉一挑,"你是说齐国?"

绿衣点头道:"是!北燕弱小,西楚刚刚崛起,又与东凌隔得远,没那个能力去察探,但齐国不同,他们与东凌接壤,说不定早已经派人去过东凌。"

听到此处,东方洄已明白了她的意思,"你想东凌发难之时,朕联合齐国一道对付东凌?"

"不!"绿衣肃声道,"奴婢更倾向于'先下手为强'。"

东方洄没料到她会突然说出这样的话来,他凝视着透过六棱交花窗棂照进来的昏黄天光,"你想朕先开战?"

"既然两国之间,必有一战,何不先发制人,将局面掌握在自己手中,甚至……"

东方洄幽幽接过她未完的话,"借此耗损齐国国力是吗?"

绿衣垂首道:"陛下英明。"

东方泗负手在室内来回走了几趟,"此事朕再想想,你先下去吧。"

且说怀恩那边,一直将慕千雪送到宫门口方才停下脚步,笑眯眯地道:"公主慢走。"

"有劳公公了。"夏月还了一礼,扶着一言不发的慕千雪往候在宫门外的马车行去,车夫看到她们过来,当即放了小凳子在马车旁边,以便她们上车。

就在一只脚已经踩上小凳之时,慕千雪突然收了回来,挣开夏月的手快步往宫门走去,唤住已经走了一段路的怀恩,"公公留步!"

怀恩意外地转过身,"公主还有什么事?"

慕千雪疾步走到他身前,褪下手里的赤金莲纹镶珍珠镯子塞到怀恩手里,"西楚野心勃勃,假以时日必会成为北周的心腹大患,这句话,还请公公务必告诉陛下。"

怀恩着实没想到,到了这个时候,她竟然还没死心,微一摇头,将镯子递还到慕千雪手中,"老奴身份卑微,万万不敢在陛下面前议论国事,公主这个忙……老奴帮不上。"

见他不肯收,慕千雪急忙道:"公公深得陛下倚重,只要您开口,陛下一定会听,西楚一事只有公公才能劝得了陛下,请公公务必劝陛下除去西楚……"不等慕千雪说完,怀恩已是退后一步,躬身道:"老奴告退。"

"公公!公公!"这一次任凭慕千雪如何呼唤,怀恩都不曾停下脚步,反倒更快了几分,很快就消失在视线中。

夏月早已看怔了,直至这会儿方才回过神来,但她看慕千雪的目光极为陌生,犹如在看一个不相识的人,而非侍候了四年的主子。

慕千雪将她古怪的神情看在眼中,也不说什么,淡淡道:"走吧。"

待得二人登上马车后,车夫收了小凳,扬鞭脆响,车轮平稳地转动起来,轧过湿漉漉的青石地面。

马车里,夏月一直用那种怪异的目光盯着慕千雪,唇几次嚅动,但都没有发出声音。

"想问我为什么贿赂怀恩?"一听这话,夏月连连点头,将盘旋在嘴边的话一股脑儿说了出来,"嗯,公主之前与奴婢说过,周帝与王爷不同,不是一个值得信任的人,还叮嘱奴婢,千万不能将神机营与公主的真实情况告诉周帝,连一个字都不能提,复辟南昭之事,更是不能指望周帝,可现在您却……"她实在无法接受一向冷静自持、运筹帷幄的公主竟做出刚才那样没有章法的事情。

"你以为周帝召我过去,当真仅仅只是为了问西楚的事情吗?他……咳咳!"一连串的咳嗽冲口而出,打断未曾说完的话,与惯常的轻咳不同,这一回咳得很厉害,仿佛要将五脏六腑都咳出来一般,脸色潮红之余又透着层层青白,吓得夏月心慌意乱,不断替她抚背。

过了好半天,慕千雪才渐渐平静下来,软软靠在夏月身上不停喘息,浑身的力气都消耗在刚才那番咳嗽中,这会儿连动动手指的力气也没有。

歇了许久,慕千雪方才轻轻道:"询问西楚不过是幌子,周帝真正的目的,是想知道萧若傲四年来的变化,是否与我有关。"

听得这话,夏月顿时变了颜色,"江大人不是答应了王爷,会帮着隐瞒神机营与公主之事吗,难道他出尔反尔?"知道慕千雪真实情况的,除了东方溯,就只有江越一人,东方溯是绝对不会害公主的,故而夏月第一个想到的就是江越。

"与江越无关。"慕千雪挪动着稍稍恢复了一些力气的身子,靠着软榻道,"萧若傲在我嫁与他之后,势力突飞猛进,连太子也败在他手里,再加上昔年盛传之名,周帝不可能一点怀疑都没有,早在他让睿王带我一道进宫祝寿的时候,就存了试探之心。"

夏月眼皮一颤,急急道:"那……那现在怎么办?周帝会不会对公主不利,我们是不是要马上离开?"

面对夏月一连串的问题,慕千雪笑一笑,安抚道:"我既坐在了这里,自然是没事。"

"那就好!"夏月长舒一口气,抚着这会儿还在胸口里乱跳的心,说实话,她真是害怕了逃亡,自己粗生粗长得跟个野草一样,去到哪里都能活。可公主不一样,她被萧若傲下了整整四年的毒,身子弱得一阵大风都能吹倒,哪里经得起再一次的颠沛流离。

听慕千雪说完承德殿发生的事情后，夏月恍然道："奴婢明白了，公主刚才是故意做给怀恩公公看的，他是周帝的心腹，一定会把您试图贿赂他的事情告诉周帝，这样一来，周帝就会更加认定您不过如此，楚帝夺嫡成功的事情，更是与您没有半分关系。"

第七十五章
惊 闻

慕千雪揉一揉她柔软的发丝，笑道："跟了我几年，聪明了不少。"

夏月嘻嘻一笑，"奴婢再聪明也不及公主之万一，三言两语就将周帝给瞒了过去。"

"周帝……"徐徐念着这两个字，慕千雪眸中露出凝重之色，尽管周帝极力掩饰，她还是在其眼底看到了不逊于萧若傲的野心以及猜忌。

承德殿那番对答，看似轻松，其实每一句甚至每个字，她都在心里再三斟酌，确保周帝不会起疑之后方才出口，只要当中说错一个字，就会招来周帝比之前更深的猜疑，不过一炷香的时间，却耗了许多心力。

静默半晌，夏月忽地道："公主，周帝真的有那么不好吗？可他不是睿王的兄长吗？奴婢看睿王就很好啊！"

"龙生九子，子子不同，睿王好，不代表周帝也好。周帝与萧若傲是同一类人，为了江山社稷，什么都可以牺牲，至亲之人也不例外。今日对我百般礼敬，来日就是刀刃加身，南昭……更是休想复立。"

夏月嘟囔道："怎么天底下的皇帝都是一个样，如果睿王是……"后面的话，想是觉得不妥，未曾说出口，但以慕千雪的心思，怎会猜不出来。

是啊，如果东方溯是这北周的皇帝，事情就会变得简单许多，可惜……

当年，究竟发生了什么事情，令承帝决定将帝位与神机营一分为二，权倾朝野的卫氏一族还有卫太后又在当中扮演了什么角色？

这些问题一直萦绕在慕千雪心头，无法解开！

入了六月之后，天气越发炎热，即便静静坐在屋中，也是一身汗，更不要说出去了。夏蝉躲在被烤蔫的树叶后面，声嘶力竭地叫着，天越热，它们就叫得越起劲，吵得人心烦。

"再拿高一点，上面还有许多。"夏月站在树下指挥着拿粘杆抓蝉的下人，他们一个个都晒得脸通红。

两名下人极力举高了手臂，还是够不着最顶上的树冠，徐立在一旁无奈地道："咱们这杆子不够长了，不然我重新去做一个？"

夏月目光在两支粘竿上打了几个转，计上心头，"拿绳子把这两柄粘杆绑起来，这样就够长了，动作快一些，公主已经被吵得好些天不能午睡，瞧着精神都差了。"

在徐立答应后，正好有侍女端了煎好的药过来，她抹了抹颈间的汗，接过道："我拿进去给公主吧。"

刚推开门，便有一阵清凉扑面而来，令夏月精神为之一振，关起门后，她轻手轻脚地来到桌案前，朝伏首于案前的慕千雪道："公主，药好了，喝过后奴婢扶您去里屋睡一会儿，徐立他们在拿粘竿捕蝉，今儿个应该不会再吵了。"

"好。"在慕千雪喝药的时候，夏月探头往摊在桌案上的纸看去，她曾见过慕千雪绘制南昭地图，所以大致能看得出这是一幅地图，就是不晓得是哪里的地图，上面还用朱砂笔画了几个圈。

夏月接过还剩了一点渣子的药碗，正要问这是什么地图，门突然被人推开，本该在外面捕蝉的徐立快步走了进来，匆匆行了一礼后，慌声道："公主，王爷出事了！"

慕千雪脸色一变，当即道："怎么一回事？"

"小人也不清楚，是阿富回来说的，说王爷刚才回来的时候，肩膀上插着一支箭，满身都是血，很是吓人，蔡总管已经去请大夫了。"话还没说完，慕千雪已是起身往外走去，夏月与徐立赶紧跟上。

东方溯住在中院的南轩之中，因为他生性喜静，故而在此处侍候的人只有寥寥几个，这会儿却是人来人往，但每一个人的脸上都充斥着慌乱之色。

347

慕千雪踏上台阶之时，恰好有人端着一盆殷红的血水出来，触目惊心。

"大夫，王爷就在里面，赶紧的。"蔡总管拖着一个背着医箱的银须老者从后面奔来，在经过慕千雪身边时，脚步一顿，"公主……"

"不必管我，赶紧进去。"得了慕千雪的话，蔡总管不再迟疑，拖着刚喘了一口气的老者奔进去。

避开进进出出的下人，一路来到里屋，东方溯面色苍白地坐在椅中，一支黝黑的小箭插在左肩处，鲜血不断从伤口处流下来，染红了青色的衣衫，之前那个老者正拿着把剪子剪开那里的衣裳，蔡总管等人搓手焦灼地等在一旁。

看到她进来，东方溯忍着肩膀传来的阵阵刺痛道："你怎么来了？"

见他神志清醒，慕千雪松了一口气，上前道："我听说你受伤了，所以过来看看，是谁如此胆大，竟敢在光天化日之下行刺你？"

"我没事，夏月，扶……"大夫刚碰了一下短箭，一阵难以言喻的剧痛顿时随着细细的经络传至全身，饶是东方溯也不禁痛得轻哼了一声，豆大的冷汗从额间滴落，脸色比糊在门窗上的纸还要苍白数分，待得稍稍缓过来一些后，他再次对夏月道："扶你家公主回去。"

夏月还没来得及答应，慕千雪已道："你不必担心我，比这更血腥的我都见过了。"

那厢，蔡总管见老者一直盯着伤口却不动手，不禁催促道："大夫，你发什么愣，倒是赶紧拔啊！"

老者为难地道："不是老朽不肯拔，而是实在不好拔啊！"

"这话怎么说？"

老者拿布小心翼翼拭去伤口周边的血后，指着几个黑点道："你看，这些都是箭头的一部分，形成倒刺钩在皮肉里，一旦强行拔出，承受钻心刺骨的痛苦不说，整块肉都会被生生钩下来，最麻烦的是此处接近颈血脉，万一伤及又止不住血，那王爷可就……"后面的话，他不敢说下去。

蔡总管没想到小小一支箭竟如此诡异，拧眉道："照你这么说，这支箭岂非拔不得？"

"老朽实在没把握，不如……蔡总管请太医来看看，他们或许会有更好的法子，又或者有效果更好的止血药。"要换作个寻常人，他还可试一试，但东方溯身份贵重，一旦死在他手里，莫说医庐开不下去，就连老命也难保，自是想方设法地往外推，说什么也不肯接这烫手山芋。

第七十六章
诸王遇刺

一听这话，蔡总管瞪着一旁的侍从道："没听到吗？还不赶紧去太医院！"

"不用去了。"慕千雪唤住正要离去的侍从，上前亲自检查了东方溯的伤口，蹙眉道："倒刺长在皮肉里，触之即痛，就算太医来了也必然要削掉那一块皮肉，同样有伤及颈血脉的危险，关键在于，一旦出事，能否立即止血。"

蔡总管被她说得没了主意，"这……这可怎么办？"

"几年前，我在一本残缺的医书上看到过一个止血的药方，闲极无聊之时，曾让夏月做出来过，任何皮肉伤都是见药止血，对王爷应该也有效。"

夏月在一旁道："嗯，那个方子很好的，公主当时还特意抄录了一份，让陛……楚帝带去军中，但凡用过的人，都说效果奇好。"

蔡总管精神一振，眼巴巴地望着慕千雪，"公主可还记得方子？"

"记得。"在得到慕千雪肯定的答复后，蔡总管赶紧让人取来文房四宝，让她写下方子，随即拿给老者，"快瞧瞧，这些药你那医庐里有没有。"

老者看了一眼，"有几味药比较刁钻少见，不过老朽那里还凑得出来。"

"那就好。"在安排了人随老者一道去医庐取药后，蔡总管想想不放心，毕竟事关东方溯性命，上前道："王爷，小人去一趟太医院，梅太医这会儿应该在。"

东方溯吃力地摇头道:"太医来了也是一样,有公主的方子足矣。"

"可是……"蔡总管刚说了两个字,有人小跑着奔进来,在他耳边低语几句,前者脸色铁青地道,"知道了,你下去吧。"

在下人走后,东方溯抬起苍白的面容道:"出什么事了?"

"没……没什么。"蔡总管挤出一丝难看的笑容,"就是有个赶车的,经过咱们府门口时,不小心撞到石狮子翻了车,这会儿坐在地上嚎着不肯走,小人已经让人去处理了。"

东方溯盯着他,冷冷道:"看来你是做腻了这个总管之位,胆敢在本王面前撒谎。"

见东方溯沉了脸,蔡总管顿时双腿打战,慌忙道:"王爷恕罪,小人不是故意的,只是……只是……"

东方溯等了半晌也没见他说出个所以然来,左肩又一直传来阵阵疼痛,不耐烦地道:"再吞吞吐吐的,就给本王滚出去!"

"今日遇刺的并不止王爷一人,信王、荣王、安王、恪王还有穆王都先后遇袭,手法与王爷完全相同,应该是同一伙人所为。"蔡总管迅速将自己知道的事情一股脑儿说了出来。

东方溯脸色大变,下意识地想要起身,结果扯动伤口,颊边肌肉因为疼痛不住跳动,待痛意稍减后,他迫不及待地道:"你说什么,先后遇袭?"

"是,荣王、安王、恪王都受了伤,至于信王与穆王,避过了偷袭,只是受了一些惊吓。"

"荣王他们怎么样?"

"都已经送回府中,具体情况,暂时还不知道,京兆府那边已经在追查了。"

夏月暗自扳了扳指头,愕然道:"那加上王爷,岂非总共有六位王爷遇刺?"

蔡总管咬牙道:"也不知是谁吃了熊心豹子胆,居然胆敢在天子脚下行刺诸王,大周立国百年,还从没出过这样的事情!"

慕千雪沉吟片刻,道:"王爷是怎么遇刺的?"

东方溯吸了口气,道:"今日我去健锐营练兵,刚回城不久,便有一名女子拦住,问我倚翠阁在哪里。"

"倚翠阁?"夏月皱着圆圆的脸蛋,疑惑地道,"这名字怎么听着那么像那种……地方?"

徐立听到她的话,压低了声音道:"倚翠阁就是青楼,烟花之地。"

慕千雪敛一敛袖,摇头道:"不对,王爷既是去练兵,一定是策马来去,寻常女子,怎么会拦马问路?"

东方溯颔首道:"我也觉得不对劲,而且……"他沉了眼眸,缓缓道:"那是一个东凌女子。"

"东凌?"慕千雪紧紧蹙了秀眉,当年为了助萧若傲登基乃至来日平定天下,她曾通过古籍史书以及探子传回来的情报悉心研究过各国,不说了如指掌,却也大致有数,唯独这个东凌,南昭、西楚史书之中,关于他们的记载都少之又少,至于探子,倒是派了几拨,可都是有去无回,是生是死也不知道,至少在她离开西楚之前,没有任何关于东凌的消息传回来。

东方溯摊开一直握着的右手,里面是一枚用粉水晶打磨而成的樱花坠子,小巧精致,"几年前,我曾与东凌交战,在他们死去的士兵身上发现过同样的坠子,几经打听,方才知道樱花在东凌属于国花,他们那里很多人都会佩戴这样的坠子,而这枚就系在拦路女子的腰间。"

慕千雪细细记下他的话,"后来呢?"

"我见她可疑,正打算盘问,她突然发难,以袖箭偷袭,不慎被她射中了肩膀,事发匆忙,我只夺下这个。"

跟随东方溯回来的一名参将心有余悸地道:"那东凌女子也不知在袖子里藏了多少柄袖箭,一下子就是密密一片,要不是王爷身手好,又早有防备,远不止是射中肩膀那么简单了,这人毒,连武器也毒。"

"你们没有抓到她?"夏月随口一问,却令那几名武将红了脸,好一会儿方才期期艾艾地道:"那女子身法怪异得很,我们从来没见过,再加上王爷受了伤,所以没……没拦住。"

慕千雪自东方溯手中接过樱花坠子,疑惑地道:"东凌与各国素无往来,怎么这次……他们会派人来金陵?"

参将低头想了一会儿,道:"是不是前几年他们败在王爷手里,心有不甘,所以这会儿派人刺杀?"

"别忘了,共有六位王爷遇袭,睿王可以说是积怨,那其他几位呢?他们可没有跟东凌打过仗。"

参将想想也是,可除了这个原因之外,他们实在想不出来别的,慕千雪也不多言,现在知道的信息太少,就算是她,也推断不出东凌此举用意何在。

第七十七章
绝不会是

过了一会儿，老者带了慕千雪所需的药材回来，因为时间紧迫，没有工夫按着方子去烘干蒸晒，只是简单地将药材研磨成粉，虽然药效差一些，但仍然远胜一般的金疮药。

见药粉备好，东方溯看了一眼血肉模糊的肩膀，咬牙道："拔吧！"

即便蔡总管在旁边百般催促，老者仍是磨蹭着不敢动手，说这药粉有止血奇效的是那两名女子，究竟是真是假，他可不知道，万一没效，又伤及颈血脉，他这条老命非得交待在这里不可。

蔡总管等得心焦，呵斥道："叫你快点没听到吗？"

老者勉强往前走了几步，终归还是没那胆子，颤声道："王爷，老朽年老力弱，实在是拔不动这箭，再加上老眼昏花……还是另请高明吧！"

蔡总管没想到等了半天竟是这么一句话，正要喝骂，东方溯明白他的心思，也不勉强，淡然道："罢了，出去吧。"

一听这话，老者如蒙大赦，赶紧退了出去，连药箱也没拿，蔡总管朝他离去的方向啐了一口，回头道："王爷，小人这就去……"他想说去请太医来，哪知竟看到东方溯自己握住露在外面的半截箭身，连忙道："王爷您要做什么？"

"一块皮肉罢了，本王还舍得起，箭一起出，你就立刻替本王撒药止血。"说完这句话，他左手攥紧箭身，用力往外拔去。下一刻，一种绞肉抽筋的痛楚在体内剧烈翻涌，犹如要把他活生生撕开来一样，这种痛楚，非一般人所能承受，好不容易止住的血再次涌了出来，殷红刺目，莫说是他自己，就连旁人看着也觉得痛。

东方溯死死咬着牙，尽管汗出如浆，攥着箭身的手却没有松，缓慢而坚定地在不断涌出的鲜血中往外拔着，夏月甚至能看到被箭上倒刺带出来的鲜红血肉，胃里一阵翻江倒海，赶紧别过头去不敢再看。

亏得东方溯性子异常坚忍，方才能够忍住这种抽离灵魂似的痛，但意识已经渐渐模糊。

"噗！"随着最后一个倒刺生生将一块皮肉从肩膀上撕扯下来时，一大蓬鲜血从伤口急速涌出，与此同时，东方溯也失去了最后一点意识，昏厥在椅中。

在看到那股异乎寻常的鲜血涌出时，慕千雪意识到不好，这分明就是伤到了颈血脉，她一把从还没反应过来的蔡总管手里夺过药粉，迅速撒在东方溯的伤口上，同时紧紧压住伤口，一直等到鲜血不再涌出，方才渐渐松开手，血果然已经止住，东方溯除了因为失血气息有些微弱之外，并无大碍。

见伤口止血，蔡总管长舒了一口气，赶紧让人拿来纱布替东方溯包扎好伤口，然后小心翼翼地抬到床上。

做完这一切后，蔡总管朝满手血污的慕千雪长施一礼，"多谢公主！"他是个明白人，刚才要不是慕千雪见机得快，自家王爷怕是危险了。

慕千雪点一点头道："王爷失血颇多，你去抓几服补血养身的药来，另外……"她犹豫了一下，道："陛下那里也得派人禀告一声。"

"小人知道。"此事闹得这么大，东方溯更是差点没了性命，就算慕千雪不说，他也是一定要去昭明宫禀告的。

在蔡总管走后，有下人捧了水来让慕千雪净手，一连洗了数盆，方才洗净手上的血污，至于沾在袖间的，却是洗不掉了。

"王爷已经没事了，奴婢扶您回去换身衣裳吧。"夏月侍候了慕千雪四年，知道这位主子素日里最见不得脏。

"嗯。"慕千雪神色复杂地看了一眼昏迷不醒的东方溯，扶着夏月的手走了出去，在踏进东院时，冰冷的声音传至夏月耳中，"去看看十九在不在，在的话让她立刻来见我！"

"是。"夏月应了一声,在扶慕千雪回房后,立即去见了十九,后者有些不情愿地来到西书房,一进来便道:"你说的事情还在调查中,暂时没有线索。"

"我知道,我找你来,是为了另一件事。"慕千雪伸开残留着淡淡血腥味的手掌,将一直握在掌中的樱花坠饰递过去,"我要你与十五全力寻找佩有此物的人。"

"樱花?"在接过坠饰时,十九发现慕千雪袖间大片大片的血渍,惊讶地道,"这是谁的血?"慕千雪身体这么差,如果这些血是她的,这会儿哪里还能坐着与自己说话。

"是睿王!"听得这三个字,十九呼吸一下子变得急促起来,紧紧盯着慕千雪,"王爷怎么了?"

"回府途中,遭人袭击,流了许多血,还好性命无碍,袭击他的人,就佩着这样东西,据王爷所言,此物是东凌独有,会佩这种东西的,也只有东凌人。"

听得东方溯没事,十九稍稍定了心,"金陵城里潜伏了一个东凌奸细。"

"不止一个。"待得听说信王他们也在差不多的时候遭遇了袭击,十九一阵愕然,"他们想做什么?"

"这正是我要你们查出的东西,这么多年,东凌一直封关锁国,除了互市之外不与他国往来,近些年唯一一次算得上往来的,就是与北周那一战。现在他们突然派出那么多人潜入金陵,且在同一日行刺诸王,其背后必有不可告人的阴谋,若不尽早查清楚,恐怕王爷还会有危险。"

"知道了。"事关东方溯性命,十九说什么也不敢怠慢,在她开门将要走出去之时,慕千雪忽地道:"另外再查一下倚翠阁,那名东凌女子行刺之前曾提过这个地方。"

望着重新合起的门,慕千雪抬起双手放在胸口的地方,直至这会儿,她还清楚记得看到东方溯涌血昏迷时,弥漫在胸口的那种心慌与害怕。

还有现在,一向心绪极少波动的她,在这一刻,却对东凌刺客产生了超乎寻常的愤怒，要知道愤怒从来都是布局谋划者最大的敌人，尽管刚才强行压了下去，但还是决定插手这件事，让十九他们全力调查。

从什么时候起，她变得那么在意东方溯，仅仅因为东方溯是她复立南昭的助力，还是……

这个念头还未成形，便被她强行驱出脑海，经过萧若傲那件事，终她这一世，都不想再碰"情爱"二字，更何况现在南昭未复，大仇未报。

她与东方溯可以是朋友、盟友甚至是知己，但绝不会是夫妻！

第七十八章
信 王

承德殿中，东方洄一言不发地盯着跪在殿中的绿衣，面色异常难看，怀恩小心翼翼地走入殿中，"启禀陛下，睿王府派人来报，睿王伤势比其他诸位王爷要重一些，但所幸性命无碍，这会儿正在府中养伤。"

"砰！"青筋鼓起的手掌狠狠拍在桌案上，东方洄咬牙道："好一个东凌，竟然敢在朕的眼皮子底下闹出这等事来，好！真是好！"

"奴婢无能，请陛下治罪！"绿衣的话令东方洄脸色更加难看，朝尚站在一旁的怀恩看了一眼，后者会意，躬身退了出去。

在朱红殿门合起的那一刻，一个白玉镇纸狠狠掷在绿衣身上，东方洄咬牙切齿地道："你什么时候变得这么没用，那么多东凌人潜伏在金陵城中，竟然一个都找不出来，还让他们闹出这样的事来。"

"奴婢该死！"绿衣忍痛道，"自从发现在金陵城中有东凌人的踪迹后，奴婢一直都有派人跟踪，但他们行踪诡异且极为警觉，每次跟到一半，就被他们甩掉。有一次，甚至跟到了一处死胡同里，依旧失去了踪影。为了这件事奴婢曾特意去了一趟那个死胡同，前后左右，只有一个出口，负责跟踪的是追随奴婢多年的老人，他很清楚地记得，那阵子没任何人出来。"

东方洄对她的话嗤之以鼻，"依你所言，难道那个人是凭空消失的吗？"

"奴婢知道这个想法很匪夷所思，但除此之外，奴婢实在想不出其他的解释。"说着，绿衣又道，"其实关于这次行刺，奴婢有一事想不通。"

东方洌抚着隐隐作痛的额头,冷声道:"说!"

"那群东凌人如果存心行刺诸王,想要取他们的性命,应该在武器上抹毒,确保万无一失才对,可他们并没有,奴婢怀疑,他们的目标并不在诸王性命。"

东方洌一怔,拧眉道:"那他们的目标会是什么?"

"这一时之间,奴婢也想不到,很可能是在酝酿什么阴谋。"绿衣能够得到东方洌信任,执掌琉璃坊,自是聪敏非凡,她与慕千雪想到了一起。

东方洌面色阴沉地道:"朕已经下令封锁城门一段时间,在这段时间里,朕不管你用什么办法,一定要揪出那几个东凌人,而且是活捉!"

"咕咕,咕咕咕。"殿外传来鸽子的声音,绿衣知道,那是琉璃坊的信鸽回来了,在得到东方洌的同意后,绿衣起身走了出去,再次走进来时,手里多了一张小小的纸条,恭敬地递给东方洌。

纸上所写的字并不多,只有寥寥几行,却令东方洌一下变了颜色,"信王?"

绿衣点头道:"是,与穆王不同,信王之所以避过东凌刺客的袭击,并非侥幸,而是有人暗中相助,用暗器打伤了刺客,从而偏移射入屋中那支箭,并且在离着十丈远的一处屋顶发现有人蹲伏的迹象。"

"十丈?"东方洌挑眉道,"能够在这个距离击中刺客,此人的武功怕是比你也不遑多让。"

"是。"绿衣沉声道,"诸王之中,信王素来低调,不曾显山露水,若非这次的事情,还不知道他身边竟有这等高手。陛下,您说神机营……会不会在信王手里?"

"信王是父皇长子,颇得父皇喜欢,临终之前他是第一个被召去的,神机营……有这个可能!"东方洌思忖片刻,抬眼道,"派几个人日夜盯着信王府,在查清楚之前,不要打草惊蛇。"

"奴婢明白。"在绿衣准备退下时,耳边再次响起东方洌冰冷的声音,"这两件事若是再办不好,你知道会有什么后果!"

绿衣身子一颤,咬牙道:"陛下放心,奴婢一定会办妥这两件事!"

"很好，下去吧，另外让怀恩进来，朕有事吩咐他。"在绿衣走后，怀恩小步走了进来，恭敬地站在一旁等候东方洄吩咐。

东方洄轻轻敲了几下桌子，淡然道："派几个太医去荣王他们府中，看看他们伤势究竟如何，你也一道去，多带一些补血养身的药材，信王与穆王虽然没受伤，但你也去瞧瞧，顺道问问他们对刺客知道多少。"

"遵旨。"怀恩带着东方洄的口谕退了出去，这会儿，金陵城中因为接二连三的刺杀闹得天翻地覆，街上到处都是巡防营全副武装的士兵，还有京兆府的衙差，正在挨家挨户地搜查。大家都知道，这件事闹得这么大，受伤的又都是一些亲王、郡王，若不抓到刺客，他们都没好果子吃。

至于城门，早在旨意刚下来的时候，就已经关了起来，没有御令，任何人不得出入，可以说整个金陵城处于一个完全封闭的状态，刺客插翅难飞。

东方溯一直昏睡到第二天午后方才醒来，在此处守了一夜的蔡总管看到他睁开了眼睛，欢喜地道："王爷终于醒了。"

"什么……时辰了？"久睡醒来，他的声音粗哑。

蔡总管一边取出用棉衣裹着保温的药盅一边道："您昏睡了一天一夜，这会儿刚刚过了午时。"

在喂东方溯喝过药后，蔡总管絮絮道："昨儿个真是把小人们的魂都快吓没了，那箭拔出来后，血流了好多，亏得公主反应快，及时拿药替您止血，否则还不知道会怎么样，那些刺客真真是该死！"

"公主……"东方溯喃喃念着这两个字，一道纤细柔弱的身影浮现在眼前，"她还好吗？"

"公主没事，就是沾了许多血。"说着，蔡总管有些惊奇地道，"真是没想到，公主看起来柔柔弱弱的，居然一点都不怕血，可比小人们厉害多了。"睿王府里，除了少数几个知情人，其他人都以为慕千雪只是一个普通女子，顶多就是身份不一样罢了。

东方溯扯一扯唇，"从西楚逃出来的时候，几次遭到追杀，见了不少血，自是没那么怕了。"

"这倒也是。"正点头之时，外面传来叩门声，蔡总管过去开了门，说来也巧，来的正是慕千雪，他赶紧侧身行礼。

"王爷醒了吗？"

"回公主的话，刚刚醒转服了药。"

慕千雪点点头，扶着夏月的手走了进去，看到她进来，东方溯挣扎着想要起身，被慕千雪上前按住，柔声道："你失了许多血，又刚刚醒转，不要起来。"

第七十九章
东方泽

东方溯自己也是觉得头晕乏力，遂不再勉强，"昨夜的事，蔡元都与我说了，多谢公主。"

"你没事就好。"慕千雪笑一笑，在她收回按在身上的纤手时，东方溯胸口涌起一种怅然若失的感觉。

明明知道不可能，却还是忍不住去期许……

"情况怎么样了？"

"蔡总管昨日已经将王爷遇袭的事情禀告陛下，陛下正令封锁城门，让巡防营与京兆府全力追查刺客，暂时还没消息；至于其他几位遇袭的王爷，伤势都还好，你不必担心。"

蔡总管在一旁补充道："怀恩公公昨日奉陛下的旨意来过，还带了太医来。另外，信王、穆王、尹秋、冬梅二位姑姑还有……昌荣宗姬都来看望过您。"

东方溯皱一皱浓眉道："连母妃也知道了？"

"太妃虽然幽居宫中，但此事闹得满城风雨，岂会没有耳闻？我仔细与冬梅姑姑说过了，太妃应该能够安心。"说话时，慕千雪不动声色地往蔡总管的方向看了一眼，东方溯明白他的意思，道，"本王有些饿，让厨房去做碗粥来。"

待得蔡元依言离去后，慕千雪轻声道："刺客的事情，我已经让十九他们去查了，还有你之前提过的倚翠阁。我细细想过，他们既然能干出偷袭的事情，用毒想必也不在话下，可他们偏偏没有，是大意忘了，还是……他们的目的，根本不在于你或者任何一位王爷身上。"

东方溯沉吟不语，确实，如果昨日射中他的箭淬有剧毒，怕是还没回府就已经毒发身亡，"那他们的目的是什么？"

慕千雪摇头，"信息太少，暂时推算不出。另外，在擒到那几个人之前，王爷最好加强府中的守卫，毕竟谁也不知道，这样的刺杀还会不会有第二次，最好是从神机营调几个人过来，刺客身手诡异，万一来袭，恐怕也只有他们能够挡得住。"

东方溯自慕千雪看似平静的语调中听出一丝关切，心生暖意，肩膀的痛楚也似减轻了许多，"好，我想办法安排。"

"砰！"门被人猛力推开，一个人影风风火火地闯了进来，"七哥，蔡元说你醒了，怎么样，疼得厉害吗？要不要再让太医来瞧瞧，我把府里上年份的人参都给带来了，要是不够的话，我立刻让人去买，再不然去找陛下要。"

听到这个声音，东方溯脸上一贯冷硬的线条柔和了些许，朝疾奔而来的人影道："我没事，你不必担心。"

"怎么可能没事，蔡元都与我说了，那箭恰好射在肩颈这里，那些倒刺差点要了你的性命。这群该死的贼子，也不知从哪里冒出来的，要是让我找到，非得把他们生撕了不可！"

来者是承帝第九子东方泽，被封为穆王，慕千雪曾在卫太后寿诞上见过，他现年十九岁，却在数年前就封了亲王，爵位比他好几个兄长都要高，因为他是先皇后留下的唯一血脉，论身份之尊贵，连东方洄也逊他半筹，承帝生前对他极是宠爱，曾有朝臣猜测，若非年纪太轻，再加上东方洄生性仁和宽厚，能力也出众，承帝指不定会立他为太子，承继皇位。

东方溯素来寡言少语，不得承帝喜欢，与诸兄弟走得也不亲近，除了东方洄之外，就数与东方泽最为要好，后者与东方溯的性子恰恰相反，冲动、喜欢热闹、嫉恶如仇，不知为何会与东方溯投缘。

在他们说话的时候，两名小厮从外面气喘吁吁地奔了进来，每一个人手里都捧着一堆长长的锦盒，一进来就全部拿给蔡元，后者一时接不过来，不小心将其中一个锦盒掉在地上，掉出一株须发皆全的野山参，看那样子，至少有上百年的年份，拿到外面去，数百两不在话下。

东方泽回头看到蔡元正小心翼翼将人参捡回锦盒，当即道："既是掉出来了，就拿去洗洗，先把这枝炖了给七哥补身子。"

"是。"蔡元应了一声，让人把这枝人参拿到厨房去炖，其他的都收起来。

"你是怎么遇到的偷袭？"

一听这话，东方泽顿时来了火，气呼呼地道："七哥知道，我喜欢收集古兵器，尤其是那些古剑，我听说一字街那里有家兵器铺来了上年份的好货，就过去看看，结果还真有一柄古剑，尽管已经有三百年的历史，可这一出鞘还是寒气迫人，剑声似龙吟，通体无一丝锈意，我想着这是一把好货，就想买下来，哪知店主说这是别人寄放在店里的，究竟卖不卖，他做不了主。我实在喜欢，就问他寄卖的人是谁，他说是倚翠阁的一个姑娘。"

听得"倚翠阁"三个字，慕千雪与东方溯脸色皆是微微一变，后者道："是谁？"

东方泽没好气地道："他也不知道，好不容易遇到一把喜欢的剑，却能看不能拿走，我正憋屈的时候，从剑身里看到一个人影悄无声息地站在我背后，手里不知拿着一个什么东西，我看情况不对，就赶紧让到一边，就是这个时候，一支小箭擦我的手臂飞过，射在柜子上，等我回头的时候，后面已经没人了。"说着他一指站在旁边的两个小厮，恼声道："问他们两个，竟说什么都没看到，也不知这眼睛长了有什么用。"

面对他的斥骂，那名小厮低了头不敢出声，估摸着气消了一些后，其中一人小心翼翼地抬了头，委屈地道："小人实在没想到有人会在光天化日之下行刺王爷，所以……就没往后看。"

东方泽冷哼一声，"亏得本王运气好，否则这会儿已是死了。"

一听这话，两名小厮赶紧跪了下来，不住地请东方泽恕罪，后者虽然生气，却也没打算怎么责罚，否则他们这会儿哪里还能好生生站着。

慕千雪淡淡道："就算真不曾避过，穆王也只是受些皮肉伤罢了，不会有性命之险。"

直至这个时候，东方泽方才发现慕千雪也在，"公主何出此言？"

第八十章
倚翠阁

东方溯怕慕千雪说得太多，会露了锋芒，接过话道："是我与公主说的，刚才正说这事呢，结果你就闯了进来。"顿一顿，他道："刚才你也说了，箭是擦着你手臂过去的，也就是说，刺客本来瞄准的是你手臂，所以我敢肯定，这群东凌人的目的，并不在于咱们几兄弟的性命。"

东方泽睁大了眼睛，满脸惊讶地道："七哥说……那群刺客是东凌人？"

"八九不离十。"一口气说了这么许多，东方溯有些疲惫，歇了一会儿续道，"再告诉你一件事，在遇刺之前，那名刺客曾向我问'倚翠阁'的所在。"

东方泽愕然道："又是倚翠阁？"

"嗯，我之前以为是她随口一问，可你刚才也提了倚翠阁，这绝非巧合，甚至……我怀疑大哥他们，在遇刺之前，也曾听到'倚翠阁'这三个字。"

东方泽挠一挠头，清秀明晰的五官充满了疑惑，"我倒是听过倚翠阁的名字，是一家青楼，跟刺客沾不上关系啊。"

东方溯盯着床边用来钩住帐幔的白铜钩子，徐徐道："会不会……刺客的目的根本在于倚翠阁。"

东方泽不以为然地道："我不是说了嘛，那就是一个秦楼楚馆，除了那些个风尘女子，还有什么好招人惦记的，刺客……"话说到一半，他突然止了话，神色古怪地道："七哥是说，那家青楼有古怪？而刺客就是想要将我们引到那里去？"

"除此之外，我想不出第二个可能。"

东方泽想了半晌，摇头道："不对不对，这说不通。他们要是觉得倚翠阁有问题，自己去查就是了，何必费劲闹这么一出，要知道现在整个金陵都被封锁了，巡防营还有京兆衙门正在挨家挨户地搜查呢，这要是被抓到，就是死罪，谁会那么傻，跟自己的性命过不去。"

"一、他们有把握不让人找到；二、他们来之前已是抱定了必死的信念；这未必没有可能。"

"可……可他们这是图什么呢？"

"不知道，或许倚翠阁可以告诉我们答案。"

东方泽咬一咬牙道："好，我现在就去搜倚翠阁，我倒要瞧瞧，都是些什么牛鬼蛇神。"说完，他又道："那我先走了，改日再来看七哥。"

"去之前不妨先去大哥他们那里问问，看我猜得对不对。"东方泽明白他的意思，应了一声，快步离去，衣袂卷起一阵风。

待屋中静下来后，慕千雪笑一笑，"九王倒是个急性子。"

"九弟前些年性子倒是还算沉稳，哪知年纪越长越急。"说着，他道，"我刚才那番猜测可对？"

"嗯，我之前只是怀疑，这会儿差不多能够肯定了，问题必是出在倚翠阁上，只是不知那里藏了什么样的秘密，令这些人不惜冒险行刺诸王。"

东方溯回答不了，但能够让那些东凌人用这种方法逼迫他们去查的秘密，必然不小！

静默片刻，门口传来脚步声，紧接着蔡元走了进来，躬身道："王爷，昌荣宗姬来了。"

听到沈惜君的名字，东方溯眼底掠过厌烦之色，"就说我还没醒，请她回去。"

蔡元正要答应，一个娇媚的声音自他身后传来，"溯哥哥，你以前可是从来不会对我撒谎的。"

穿着一袭胭脂红刻丝桃叶锦衣的沈惜君笑吟吟地走了进来，丝毫没有不请自入的尴尬，笑意在看到慕千雪时一僵，带着显而易见的敌意走到她身前，"你在这里做什么？"

夏月怕慕千雪吃亏，赶紧护在她身前，"这话该是问你自己才对，王爷可没发话让你进来。"

"大胆！"沈惜君身后一名侍女横眉呵斥道，"小小丫头，竟敢对宗姬这般无礼，还不自行掌嘴！"

见她一开口就是掌嘴，夏月越发反感，"我又没有说错话，为什么要掌嘴？"

"该死！"那名侍女朝沈惜君看一眼，随即走到夏月面前，扬手便要掴下，慕千雪没料到她们一进来便要伤人，一时来不及拉开夏月，眼见她就要受辱，一声厉喝在屋中响起，"谁敢！"

侍女被这声突如其来的厉喝吓得一哆嗦，掴掌的手生生停在半空。

东方溯面色阴寒地撑起身子，冷冷道："昌荣宗姬好大的威风，居然管到我睿王府头上来了。还有你，胆子不小，居然敢当着本王的面放肆，还大言不惭要治本王家奴的罪，你以为有昌荣宗姬护着，本王就奈何不了你吗？"

侍女虽知道东方溯性子冷漠，但这般疾言厉色的样子还是第一次见，一时被吓得魂飞天外，赶紧收回手，慌忙道："奴婢不敢，只是……只是……"

东方溯冷笑一声，接了话道："只是本王管不好自己的家奴，所以要劳你动手是不是？"

侍女哪敢说是，慌忙摇头，"奴婢不是这个意思，还请王爷息怒！"话音未落，脸上已是挨了重重一掌，五个指印瞬间浮现在左颊上。

沈惜君寒声斥道："我是来探望溯哥哥的，你倒好，一进来便闹得不得安生，看来真是我平日里太过纵容你了，令你忘了该有的分寸。"

侍女捂着刺痛的脸颊，委屈道："奴婢没有，是……"

"还敢狡辩！"在沈惜君的瞪视下，侍女无奈收回了到嘴边的话，改而道："奴婢知错，请宗姬恕罪。"

沈惜君冷哼一声，"这一巴掌是让你长点记性，要再有下一次，你也不用在我身边侍候了，滚！"

在侍女走后，她来到床榻边，娇声道："溯哥哥，是我不好，带了这么一个不知分寸的东西过来，我已经罚过她了，你别生气了。"

"假惺惺！"夏月鄙夷地嘟囔了一句，慕千雪瞪了她一眼，敛袖道："千雪不打扰王爷与宗姬了，告辞。"

沈惜君巴不得她赶紧走，抢在东方溯前面朝蔡总管道："还不赶紧送公主出去。"

在他们走后，沈惜君回头见东方溯依旧冷着一张脸，也不在意，细细打量着他缠在肩膀上的厚厚纱布，满脸关切地道："之前听说溯哥哥受伤的时候，真是吓死我了，幸好没有大碍，否则那群刺客就是有十个脑袋也不够砍的。"说着，她又道："对了，我带了一些很好的金疮药来，还有益气补血的药材，配合着用，伤势很快就会好起来。"另一名侍女听到她的话，赶紧将手里的东西放到桌上，大大小小足有十来个锦盒。

第八十一章
赶出府去

东方溯面无表情地道："我没事,你可以走了,另外把你拿来的东西一并带走。"

他的冷漠令沈惜君笑容微滞,不过很快又笑靥如花,"人家可是特意来看溯哥哥的,怎么刚进来就赶人家走,这可不是应有的待客之道。"

"多谢宗姬一番好意,不过你我男女有别,宗姬又是千金之躯,往后还是不要来了,以免坏了宗姬的名声。"他以为上林苑那次后,沈惜君不会再缠着他,哪知还是一样,实在令他头疼。

"你我自幼相识,如今你受了伤,我来看看你,这是理所应当的,能坏了什么,不来才说不过去呢。"这般说着,她又道:"我知道溯哥哥喜欢雕木头,所以托人寻来两块上好的阴沉木,用来雕刻最好不过,他们这会儿正抬过来呢,保准溯哥哥你会喜欢,等伤好了之后,就可以雕刻了。"

这阴沉木又称乌木,极其珍贵,被称为木中之精,其价值甚至还在紫檀沉香之上,素有"纵有黄金满箱,不如乌木一方"之说。也只有平阳王府这种底蕴深厚的富贵豪门,才能随随便便拿出来。

东方溯盯了她半晌,忽地道:"是否我之前说得还不够清楚?如果是的话,我可以再说一遍。"

沈惜君眸光微微一沉,"你一定要这么绝情吗?"

"我与你是不可能的,不论你做多少事,都改变不了这个结果。"

面对他的伤人之语,沈惜君终于无法再维持脸上的笑意,"你怎么想是你的事，但我不会放弃，现在不会，以后也不会。能够与你结为夫妻、白首偕老的那个人，只有我，也只能是我！"

东方溯想也不想便否决了她的话，"不可能！"

这几个字刺激了沈惜君，令她有些激动地道："没什么事情是不可能的。"不等东方溯言语，她又道："我究竟有什么不好，令你如此嫌弃？"

在说这句话时，她心里万般委屈，论家世，论容貌，她都是一等一的，等着娶她的王孙公子足可以从街头排到街尾，唯独这个东方溯，对她始终不屑一顾，实在可恨，几次想要拂袖而去，再也不理会这块又冷又硬的木头，终归是抵不过如潮水一般层层叠叠袭来的相思之念，令她一再放低身段。

"宗姬很好，是本王无福，以后这睿王府，宗姬也不要再来了。"东方溯并非没有看到沈惜君眼里的难过，但这与他无关。

"你！"沈惜君没想到自己低声下气，一再讨好，换来的始终是他冷言冷语的拒绝，涩意在眼底蔓延。此时，屋外传来声音，是负责抬阴沉木的小厮到了，问是否拿进来。

沈惜君深吸一口气，压下那股涩意，"拿进来吧。"

四名小厮抬着两块黑紫色木头来，明明都只有一尺多高，宽也不过两尺，他们却抬得异常吃力。阴沉木并非常见在地上生长的木头，而是久埋于地上却未腐的古木，质量要比一般木头重许多。

东方溯看也不看，径直道："我说过不要，拿出去。"

一听这话，那四名小厮顿时犯起了难，抬在那里放也不是走也不是，不知所措地往沈惜君看去，后者也不理会东方溯的话，自顾自在房中看了一圈，拉开一个柜子，见里面空着，随手一指道："就放这里吧。"

东方溯剑眉狠狠一挑，喝道："我说了拿回去！"不知为何，在沈惜君打开那个柜子时，他的神色看起来有些慌张。

刚挪了两步的几名小厮吓得浑身一哆嗦，又停下了脚步，但沈惜君的声音立刻又传了过来，"按我说的做，放进去。"

"沈惜君！"东方溯真生气了，他还从来没见过这样的女子，全然没有女子该有的矜持。

"不妨实话告诉你,这两块阴沉木是我从姨母那里求来的,你若不要,自己还给姨母去,我绝不阻拦。"扔下这句话,她再次道,"放进去!"

小厮赶紧将木头放好退出去,唯恐遭池鱼之殃,在关起柜门之时,沈惜君眼尖地看到一样东西,伸手拿了出来,待得看清时,沈惜君整个身子都在发抖。

看到她拿在手里的东西,东方溯脸色大变,不顾会否扯动伤口,伸手道:"还给我!"

沈惜君背对着他,没有说话也没有回身,只是死命攥着那个小小的人形雕像,之前压下去的涩意在这一刻变本加厉地蹿了出来,眼眶一下子就红了,泪水含在里面,随时都会落下。

"我叫你还给我!"若非有伤在身,东方溯早就冲过去了。

许久,沈惜君缓缓转过身子,抬起蕴满了泪水的双眸哑声道:"你果然……果然还在想着她!"

东方溯寒声道:"这是我的事情,你没资格过问!"

"我没资格……"沈惜君喃喃重复着他的话,下一刻,声音倏然变得尖利起来,"是,我没资格,但太后、陈太妃还有陛下他们都有资格,他们是绝不会放任你与那个女人在一起的!"那个人形雕像刻的不是别人,正是慕千雪,光滑无尘,显然经常拿在手里。

"她是西楚皇帝不要的弃后,是残花败柳,怎么配跟你在一起!"

"闭嘴!"东方溯面色阴沉如水,"把东西给我,然后滚出睿王府,我不想再看到你,更不想听到你说任何中伤公主的话!"

随着这句话落入耳中,沈惜君的眼眶终于不堪重负,令泪水落下,在脸颊留下两道悲伤的痕迹,心像被人拿刀狠狠在剜一样,连呼吸都带着痛,而她只能眼睁睁看着,什么都做不了。

"我中伤?我说错了什么,她不是楚帝不要的弃妇吗?不是被人玩腻的残花贱柳吗?"恨意与嫉妒,令她冲口说出这些难听到近乎粗鄙的话,她无法接受自己求而不得的那个人,居然对一个曾经嫁做人妇的女子痴心一片!

蔡元在一旁听得心惊肉跳，有心想要劝，又不知从何劝起，只能焦急地瞅着两人。

"蔡元！"东方溯一字一句道，"拿下她手里的东西，然后把她给我赶出去，从今往后，不许她再踏入睿王府半步，谁敢违令，私放她入府，就打断他的双腿，赶出府去，永不叙用！"

第八十二章
伤人伤己

没等蔡总管答应，沈惜君已是厉声道："你敢这么对我，姨母绝不会饶你！"

"我自会去向母后解释！"说完这句话，他再一次对蔡元道，"还不赶出去！"

"是。"蔡总管跟了东方溯好几年，还是头一回见他发这么大的火，哪里还敢怠慢，三步并作两步来到沈惜君身前，"宗姬请将东西交给人！"

以沈惜君高傲的性子，哪里肯这么丢尽颜面地交出木偶，她咬着细细的银牙，举起手里的木偶对躺在床上的东方溯道："想要是吗？有本事你自己来拿，否则休想拿回去！"

蔡元叹了口气，"宗姬这又是何必呢。"

"这里没你说话的份儿！"斥了蔡元一句后，沈惜君扬一扬手里的木偶，冷笑地道，"来拿啊！"

在沈惜君的注视下，东方溯竟然真的慢慢坐了起来，蔡元见状连忙奔过去，扶住他道："王爷您伤势未愈，万万不可下地啊，宗姬那边，小人……小人再想办法！"

东方溯没有理会他，咬牙撑着床沿艰难地站起身，每一个动作都会牵动左肩的伤口，引来一阵阵剧痛，但他不曾停步，缓慢但却坚定地往沈惜君身边走去，甚至不要蔡元搀扶。

望着一步步朝自己走来、肩膀上纱布逐渐被鲜血染红的东方溯，沈惜君泪流满面，东方溯……你究竟有多爱慕千雪，连这样的一个没有生命的木偶也可以拼尽一切去保护。

是痴，是傻，是蠢，是笨。

可偏偏自己就是对这个又痴又傻又蠢又笨的人舍不下，弃不掉！

短短几步路，对于这会儿的东方溯来说，却犹如天梯一般漫长，几次差点摔倒都被他硬生生撑住，代价就是纱布被染红的面积越来越大。

"还我！"在终于走到沈惜君面前时，他勉力抬起止不住颤抖的手，自沈惜君手中夺过木偶。

"东方溯你这个大笨蛋！"扔下这句话，沈惜君哭着离开，随她来的那名侍女赶紧追上去。

在她走后，东方溯亦耗尽力气摔倒在地，蔡元赶紧唤来下人将他抬到床上，在这个过程中，东方溯一直牢牢护着手里的木偶。

沈惜君一边抹泪一边跑了出来，本想就此离开，可跑到一半，又心有不甘，脚步一转，往东院行去，一众侍女小厮不知她要去哪里，只能紧紧跟在后面。

沈惜君不止一次来过睿王府，早就知道东方溯特意安排慕千雪住在东院中，想起这个，她心中妒火更甚。不论在哪个府邸，东院都是给正室夫人居住的，东方溯此举，分明就是将慕千雪当成睿王府的女主人！

她一进去就不顾下人的拦阻直奔正堂，用力推开门，将里面正在与慕千雪说话的夏月吓了一跳，待得看清来人后，顿时沉下了脸，"你来做什么，这里不欢迎你。"

沈惜君根本不理会她，通红的双目死死盯着慕千雪那张超凡脱俗的绝美容颜，嫉妒、愤怒、不甘在胸口如潮水一般翻涌不止。

"不得无礼。"轻斥了一句后，慕千雪敛衣起身，望着脸上泪痕未干的沈惜君道："宗姬此来，不知是为何事？"

沈惜君冷哼一声，扬了尖尖的下巴，"慕千雪，你是什么身份自己最清楚不过，像你这样的人，根本没资格住在此处，若你还要脸皮，就立刻离开这里！"

在她看来，东方溯之所以对她那般冷淡，皆是因为慕千雪之故，只要她离开，东方溯断了念想，自然就会回心转意。

"你这人好生没道理,是王爷让公主住在这里的,你又凭什么赶人?"夏月对她真是反感到了极点,从没见过这样野蛮无礼的人。

"只要你肯离开,我可以给你一大笔银子,保你后半世富贵无忧。"身为平阳王府宗姬的她,自有底气说出这样的话。

"如果我没有记错,这睿王府的主子应该是睿王而非宗姬!"早在宁寿宫那一次,慕千雪就看出了沈惜君的心思,只是不曾说破罢了。

沈惜君面色一寒,咬牙道:"慕千雪,你别敬酒不吃吃罚酒!"

对于她的威逼利诱,慕千雪只是淡淡一笑,"送客!"

"贱人!"刚才那番话,是沈惜君耐着最大的性子说出,却被慕千雪毫不留情地拒绝,自是什么火都冒了出来,她扬手挥过去,手却在半空中被人用力抓住,动弹不得!

沈惜君眸光凶狠地回头朝抓住自己手腕的侍女喝道:"放手!"

"宗姬虽然身份尊贵,但这不是平阳王府,还请宗姬自重!"拦下沈惜君这一掌的,不是别人,正是十九。

沈惜君对她的话嗤之以鼻,"你算什么东西,也敢管我的事!"

十九没有说话,但也没有放开的意思,正在僵持之时,蔡总管带着几名小厮小跑着奔了进来,见慕千雪没有大碍,当即松了一口气,匆匆行了一礼后,看到沈惜君高举的手,哪里会猜不到发生了什么事,赔笑道:"天色不早,宗姬该回去了。"

"我偏不走又怎么样?"

蔡总管搓着手为难道:"王爷刚才说了什么话,宗姬是知道的,如果您执意不走,小人们只有得罪了!"

"你在威胁我?"

"小人不敢。"说着,蔡总管又凑上去几分,低声道,"王爷之前在南轩里说的都是一时气话,大有回转的余地,可您今日若是伤了公主,王爷恐怕当真要与您老死不相往来的,还望宗姬三思,三思。"

听得这话,沈惜君犹豫了起来,她不怕别的,就怕东方溯一人,万一真如蔡总管所言,可就真是后悔莫及了。

许久,她恨恨地收回手,狠狠瞪了慕千雪一眼,拂袖离去。

见终于把这尊菩萨给请走后,蔡总管长出了一口气,抹了抹额上的汗水，回身朝慕千雪道："让公主受惊了。"

"不碍事。"停顿片刻，慕千雪道，"宗姬刚才在南轩，可是与王爷起了争执？"

"谁说不是呢，宗姬她看到……"蔡总管险些将木偶的事情说了出来，想着不妥，赶紧将到嘴边的话收了回来，"宗姬性子倔强，王爷又是个硬脾气，一言不合就争执了起来，并没有什么大事，公主不必担心。"顿一顿，他又道："公主若没别的吩咐，小人先行告退了。"

第八十三章
真正拥有者

沈惜君这一走,也不知是不是真的离开王府了,他得去盯着才行,万一再闹出点什么事情来,他这总管真是做到头了。

"好。"在目送蔡总管离去后,慕千雪眸光一转,落在十九身上,"刚才之事,多谢你。"

十九看了一眼她站的地方,面无表情地道:"就算我没有拦住,那一掌也落不到你身上。"

慕千雪微微一笑,几次接触,令她很清楚沈惜君那骄横跋扈的性子,所以一直暗中提防,在后者刚抬手的时候,就迅速往后退了一步,正如十九所说,纵然那一掌挥下,也伤不到她。

"你过来,可是查到了什么?"

听得这话,十九记起自己此来的目的,肃声道:"倚翠阁确有古怪。"

慕千雪眸光微微一亮,轻摇了泥金团扇道:"说下去。"

"倚翠阁表面看起来仅仅是一家青楼,供客人掷金寻乐,开业七年来,逐渐声名鹊起,成为金陵城排得上号的青楼。可七年以前的事情,却丝毫查不到。"

夏月撇嘴道:"七年前倚翠阁都还没有开张,当然查不到,这有什么好奇怪的。"

十九冷冷睨了她一眼,"金陵是大周帝都,能够在此处开起青楼的,除了大量的钱财之外,还需要足够的关系,否则只是这城中的地痞就能让你做不了生意。倚翠阁黑白两道都没有什么关系,却可以在这七年里一直安安稳稳,没有一个人去找麻烦,还不够奇怪?"

夏月答不上话来，她还真不知道一家青楼背后竟隐藏了这么多门道。

慕千雪抚着坠在扇柄下的紫色流苏，徐徐道："倚翠阁的老鸨是何来历？"

"十五去查过，老鸨阮娘原是汴城一家青楼的姑娘，不算出名，大约七八年前被人赎了身，之后就来金陵开了这家倚翠阁。至于替她赎身的人是谁，开倚翠阁的钱财从何而来，又为何无人去寻倚翠阁的麻烦，暂时还不知道，我会与十五加紧去查。"

慕千雪思忖片刻，道："她应该只是一个幌子。"

十九眼皮一跳，"你是说……阮娘背后藏了一个人？"

"不错，那个人才是倚翠阁真正的拥有者，也是他暗中打通黑白两道，令倚翠阁得以在金陵站稳脚跟。"

十九想了想，不解地道："他既有这样的能耐，为何七年来，一直藏头露尾，还要特意寻一个青楼女子来做挡箭牌？"

"如果他开的当真是一间青楼，当然不必如此，可如果不是呢？"

十九眉心一皱，"那里每到夜里就迎来送往，倚门卖笑，怎么会不是青楼。"

慕千雪微微一笑，"十九，你知道哪里最能打听得到情报吗？"

"朝堂？六部？驿站？"

十九一连说了好几个，都被慕千雪否决，"是客栈还有青楼。"

"不可能，这两个地方根本与情报全然沾不上边。"

"客栈里，天南地北，什么样的人都有，带来的消息自然也是什么都有；至于青楼……能够去得起青楼，尤其是像倚翠阁那样在金陵城中排得上名号的青楼，大多是有身份之人，非富即贵，他们知道的事情，又怎么会少。"

"你是说，倚翠阁从这些人嘴里挖情报？"说到此处，她眼皮狠狠一跳，脱口道，"难道是东凌？"

慕千雪摇头道："不会，那些东凌刺客为了将咱们视线引到倚翠阁，不惜闹出这么大的动静，又岂会是他们呢。"

十九低头想了一会儿，凝声道："我想起一件事来，大约在你来金陵前一日，有人将几个死人扔在倚翠阁门口，听说那些人身上遍体鳞伤，死相恐怖，显然生前应该是遭过凌虐，而且都是女子。

"这几具尸体被带到了京兆衙门，但最后不了了之，她们的身份，杀人弃尸者的身份，都没有查出来。"

慕千雪低头轻轻转着腕间的一只羊脂玉镯，这是上次贺寿之后，卫太后赏下来的，通体莹白，色如凝脂，乃是上等好料。

"看这样子，应该是他们惹怒了东凌，从而招来这疯狂的报复，只是……我想不明白，倚翠阁为何要去招惹东凌。"

慕千雪都想不明白的事情，十九更是不用说了，只能道："我与十五今夜再去查查。"

"不用了。"慕千雪的回答令十九诧异，"为什么？"

"今夜会有很多人去查倚翠阁，咱们就不要去凑这个热闹了。"一缕似有若无的笑意出现在慕千雪唇边。

这日，天色还未彻底暗下，点着绢红灯笼的倚翠阁里已是挤了满满当当一厅人，外头还站了好几个，看来生意很好。只是面对这一屋子的客人，那些花枝招展的漂亮姑娘竟都站得远远的，不敢上前招呼。

一袭银红刺绣长衣的阮娘匆匆自楼上走了下来，没下楼梯，一个龟奴已是走到她耳边低语了几句，后者点点头，待得走下最后一个台阶时，阮娘妆容精致的脸上已经挂满了笑，她带着一股香风来到坐在正当中的一名少年公子身边，"什么风把穆王爷您给吹来了？"

东方泽皮笑肉不笑地道："怎么，不能来吗？"

"怎么会呢，穆王爷肯赏脸来这倚翠阁，奴家不知道多高兴。"说着，取过桌上未曾动过的鎏银酒壶分别倒了两杯酒，笑盈盈地道，"来来来，奴家敬王爷一杯，咱们倚翠阁的酒都是专门酿的，别处可喝不来。您看中哪个姑娘，就与奴家说，奴家一定让她好好侍候您。"

"哐当！"东方泽一把将她递过来的酒杯打落在地，冷声道："废话少说，说，你们与刺客什么关系？"

阮娘眨着那双丹凤眼，一脸茫然地道："什么刺客？"

东方泽冷哼一声，"别在这里装糊涂，每一次动手之前，刺客都会提'倚翠阁'三个字，还不是与你们有关。"

今儿个下午，出了睿王府后，他就直奔信王府，果不其然，信王遇刺之前也听到"倚翠阁"之名，随后是荣王、安王、恪王，答案尽皆相同，这么多的相同绝不是巧合，要说那些刺客与倚翠阁无关，鬼都不相信。

第八十四章
阮 娘

"奴家不知王爷都听了些什么话来,但倚翠阁是让人寻欢开心的地方,怎么可能与刺客扯上关系,还望王爷明察。"

"你老老实实把事情交代了,本王或可从轻发落,否则一定严惩不贷。"

阮娘一脸冤枉地道:"不是奴家不想交代,实在是无从交代,刺客的事情,奴家顶多就是从别人那里听说了一些,其他的什么也不知道。"

"那你倒是说说,为什么刺客动手之前,都要提你们倚翠阁的名字?"

阮娘神色微微一僵,"这……这奴家哪里知道,应该就是巧合吧。"

东方泽冷笑连连,"好一张能说会道的嘴,倒是将事情推得一干二净。"

"不是奴家推脱,而是确确实实无关,奴家还有这楼里的每一个人都是清清白白的,与那些刺客没有半分关系,王爷……"

"给本王仔细搜!"东方泽懒得听她废话,径直下令搜查倚翠阁。

阮娘连忙拦住走在前面的几个人,赔笑道:"王爷您……您这是做什么?奴家说的皆是实话,倚翠阁确与行刺您还有几位王爷的事情无关啊,再说了,这里统共那么大点地方,一眼就能看全,哪里还用搜查。"

"既是无关,那想必是不怕搜了。"别看东方泽性子冲动,也有精细的时候,这句话把阮娘噎得说不出话来,趁着她愣神的工夫,那些人已是冲上了楼。

阮娘脸色发白,她确实与行刺一事无关,但倚翠阁也不像她说的那么简单,一旦被人发现……只是想想,阮娘就惊出了一身冷汗。

在暗暗朝龟奴使了个眼色示意他离去后,阮娘再次挤出笑容朝东方泽道:"王爷,您这么一搜,可让奴家还怎么做生意啊。"

"你还想着做生意?"东方泽冷笑道,"本王告诉你,不论今儿个搜不搜得到,你们都休想做生意。"

缩在角落里的那些姑娘们都听到了他的话,敢怒不敢言,阮娘泪盈盈地道:"这不做生意,您让奴家们拿什么吃饭?"她姿色虽不算顶尖,却别有一番风情,如今这个样子,颇为惹人怜惜。

可惜东方泽只要想到东方溯身受重伤,他自己也险些伤在箭下,就气不打一处来,哪里会吃她那一套,"一日交代不清楚与刺客的关系,倚翠阁就一日休想做生意!"

"王爷……"

东方泽狠狠瞪了她一眼,"再一堆废话,就先把你给抓了。"他身份尊贵,连东方洄都要让他三分,又岂会将一个青楼老鸨放在眼里。

阮娘无奈咽下嘴边的话,忐忑不安地看着在楼上翻箱倒柜的护卫,差不多过了半个多时辰,搜遍了整个倚翠阁的护卫来到东方泽身前,拱手道:"王爷,什么也没搜到。"

东方泽眉尖一拧,"都搜仔细了?"

"楼上楼下,前院后院,包括厨房柴房都搜了,确实什么都没有。"

阮娘暗自嘘了口气,笑道:"王爷您这会儿总该相信了吧,奴家打开门做生意,求的是和气生财,哪里会与那些穷凶极恶的刺客扯上关系,您看……要不……"

东方泽横了她一眼,"本王刚才说得很清楚,你们一天交代不出与刺客的关系,倚翠阁就一天休想做生意!"

"这……这莫须有的事情,您让奴家怎么交代啊。"随着阮娘这话,楼里那些姑娘、龟奴纷纷出声附和。

"我们连刺客是谁,长什么样子都不知道,让我们交代什么?"

"这搜也搜了,找也找了,什么都没有,还围着不让人做生意,实在好生没道理。"

"可不是嘛，就算您是王爷也得讲道理啊！"

见指责的人越来越多，一众护卫有些为难，纷纷往东方泽望来，后者冷着脸狠狠一拍桌子，摆在上面的碗碟被震起老高，怒斥道："再敢吵闹，全部都抓回去！"

听得这话，众人连忙噤了声，唯恐真会被抓回去，阮娘绞着手指，眼角余光不时瞥向门口，像是在等什么人。

"府尹大人到！"听到这话，阮娘脸上浮起一抹喜色，连忙朝正走进来的一名身穿绯色圆领袍衫官服的中年人迎了上去，屈膝道："参见大人，大人万福。"

此人正是京兆府尹魏敬成，京兆府尹可以参与朝议，负责金陵治安，且金陵附近三十余个县府都归其管辖，虽官职只有正四品，论权力却大过一些二三品官员。

阮娘一边说着一边不停往东方泽的方向使眼色，魏敬成不动声色地瞧在眼里，在示意她起身后，快步来到东方泽身前，拱手道："下官给穆王请安，王爷万安！"

东方泽此刻正心气不爽，也不叫起，冷着一张脸道："你来做什么？"

魏敬成对此不以为忤，稍稍直起一些身子，恭敬地道："下官听底下人来禀，说是倚翠阁这里出了一些事情，下官担心会是昨日那群恶徒作乱，所以赶紧带人来看看，没想到是王爷在这里。"

"嗯。"东方泽不咸不淡地应了一声，挥手道，"这里没你的事情，退下！"

阮娘好不容易将魏敬成请来，哪里肯这样放他走，赶紧拦在他面前，"大人，奴家这倚翠楼一向都奉公守法，绝不敢做半点违反法纪的事，可王爷一来，就不问青红皂白地说奴家与刺客勾结，将这倚翠阁里里外外搜了一遍不说，还不让奴家做生意，请大人替奴家做主！"

魏敬成早就从报信的龟奴口中得知此事，不过当着东方泽的面，仍是装作一派惊讶的样子，"王爷，这倚翠阁怎么会与刺客有关？"

"怎么，魏大人觉得本王信口胡说？"

"岂敢！"魏敬成赔了一礼方才续道，"下官只是觉得奇怪，王爷能否告知一二？"

虽然东方泽很不耐烦，但魏敬成毕竟与阮娘不一样，耐着性子道："本王还有七哥他们在遇刺之前，都听到倚翠阁之名，很明显，刺客与倚翠阁有关，就算不是她们派的刺客，也一定晓得刺客的身份！"

阮娘满脸委屈地道："奴家要是知道，早就告诉王爷了，哪里会等到现在。"

魏敬成沉吟片刻，道："王爷，下官倒是觉得，刺客此举，是想故意扰乱我们的视线，好有机会逃走。"

第八十五章
京兆府尹

"逃走?"东方泽嗤笑道,"现在金陵城门尽闭,巡防营、京兆府全城搜捕,他们怎么逃?"

"现在这样子自然逃不走,可城门不能闭一辈子,一旦久搜无果,城门早晚是要开的,只要他们躲过这段时间,就有机会逃出生天。"

被他这么一说,东方泽露出迟疑之色,魏敬成见状,赶紧趁热打铁,"倚翠阁上上下下,王爷您可都仔仔细细搜过了,真要有什么不妥的,早就被发现了,哪里会像现在这样,分明就是那群刺客布下的圈套,指不定他们这会儿正躲在什么地方偷笑呢。"

东方泽毕竟还年轻,见魏敬成说得合情合理,不禁信了他的话,用力一拍桌案,愤然起身,"好一群狡猾的刺客,待本王抓到后,定要将他们扒皮抽筋,以泄心头之恨。"

"王爷一夜辛劳,想来也累了,下官陪您回府,至于刺客的事情,一有什么发现,下官就立刻派人去禀告王爷,您放心,只要他们还在金陵城中,就一定跑不了!"

东方泽犹豫半晌,颔首道:"那好吧。"

魏敬成很好地掩饰住眼底那丝细微的喜色,抬手道:"王爷请!"

"王爷慢走。"阮娘赔着笑将东方泽送出去,总算是把这尊瘟神送走了。

眼瞅着东方泽就要踏出这厅堂,一个幽冷的声音忽地从外面传了进来,"魏大人什么时候与倚翠阁走得这么近了?"

魏敬成脸色一变,下一刻,一个发束紫金冠、蓄着八字须的长脸男子缓步踱了进来。

一见来者，魏敬成连忙躬身行礼，"下官见过信王殿下，千岁千岁千千岁！"

在阻止了欲要说话的东方泽后，来者淡然道："魏大人尚未回答本王的话。"此人正是先帝皇子之中，年纪最长的一个，信王东方洲。

魏敬成暗自叫苦，这位信王可没一根筋的穆王那么好糊弄，该死的，早不来晚不来，怎么偏偏就这个时候过来。

不管他怎么不愿意，人都已经来了，只能硬着头皮应付，"王爷说笑了，下官就是刚刚听底下人来禀，说倚翠阁……"

他话还没说完，信王身边的长史已是将躲在人后的一名龟奴拉了出来，一脸嘲讽地道："什么时候这龟奴成了魏大人的人了？"

魏敬成脸颊一抽搐，"这话从何说起？"

"我亲眼看到他跑进京兆府的后门，紧接着魏大人您就带着人来倚翠阁了，他可不就是魏大人说的那个报信人吗？"

东方泽心头火起，指了一脸尴尬的魏敬成道："好你个魏敬成，竟然敢骗本王？你可真是胆大包天！"

魏敬成硬着头皮道："长史一定是看错了。"既然已经撒了谎，就只能继续撒下去，绝不能承认。

那龟奴倒也机灵，张口道："小人今日一直在楼里面待着，一步也未离开过。"

东方洲抬手制止想要说话的东方泽，淡淡道："既是这样，为何一来就百般哄劝穆王离开？"

魏敬成一脸肃然地道："下官与穆王说的每一个字，都是心中所想，绝无哄劝之说。"

东方洲薄薄的唇角勾起一抹意味不明的笑容，"如此说来，倒是本王错怪魏大人了。"不等后者言语，他又道："此处没事了，魏大人请回吧。"

魏敬成没想到他没说几句就让自己走，踌躇道："可这……"

"魏大人好生去搜查刺客，倚翠阁的事情，自有本王与穆王处理，不劳魏大人费心。"

"是。"见东方洲态度坚决,魏敬成只得不顾阮娘拼命使来的眼色,拱手告退,在将要踏出门槛之时,身后再度传来东方洲的声音,"十年寒窗苦读不易,魏大人要时刻记着自己是金陵城的父母官才好。"

魏敬成身子僵硬地停在了那里,好半天才半侧了身子,木然拱手,"多谢信王教诲。"

望着魏敬成离去的身影,阮娘百般不愿,又不能开口求他留下,只能暗自发急,其实她心里明白,就算自己开口,有这么两尊大神压着,魏敬成也是万万不敢留下的。

在京兆府的人都退去后,东方洲走到椅中坐下,漠然道:"该说的,穆王想必都与你们说过了,不说出实情,倚翠阁不得开张,里面的人也一个都不许出去。"

"王爷……"不等阮娘求情,东方洲已道:"没什么用的话,就不必说了。"

阮娘讪讪地闭了嘴,这下子就连她也看出来这位信王尽管话不多,却比穆王要难对付多了,也不知倚翠阁的秘密能否保住。

在阮娘惴惴不安之时,一个隐藏在暗处的人影悄无声息地离开,一路来到了相隔数条街道的楼里,在走到二楼尽头的一间小屋后,他推门走了进去,朝正在低头看一份份纸张的女子道:"主人,倚翠阁出事了。"

女子陡然一惊,抬头露出明丽的五官,"怎么一回事?"如果怀恩在这里,一定会认出这名女子就是经常跟在东方洲身边的绿衣。

来人将他所看到的事情讲述了一遍,随即道:"两位王爷,一位京兆府尹都先后去了倚翠阁,必是出了大事。"

绿衣今日出宫整理底下人收集到的情报,不承想恰好遇到这桩事,凝声道:"倚翠阁这两日做了什么?"

"与平常一样,并无异常,小人实在想不通,信王他们为何会突然去倚翠阁。"

静默片刻,绿衣道:"你立刻去一趟京兆衙门见魏敬成,问清楚里面所发生的事情,仔细行踪,不要惊动了别人。"

"是。"随着这声答应,他转身离去,留下绿衣一人在屋中出神,这两日事情一桩接着一桩地出，总觉得背后似有什么阴谋，可具体的她又说不出来。

"哐哐哐。"

"天干物燥，小心火烛。"在街上传来打更声时，之前离去的那人也回来了，听完他的话后，绿衣眉头几乎拧成了一团，"你说那些刺客动手之前都提过倚翠阁之名？"

第八十六章
猜　疑

"是，正因为如此，二位王爷才守着倚翠阁不肯离开，非要阮娘说出与刺客的关系，连魏大人也劝不住。"停顿片刻，那人小声道，"主人，万一被他们发现倚翠阁的秘密，又或者追着查到咱们这里怎么办？"

话音未落，绿衣阴寒刺骨的目光已扫了过来，"害怕了？"

那人被她盯得心里发毛，连忙道："不是，小人只怕会坏了主人的大事！"

绿衣面色稍霁，但眸中冷意依旧，"盯住倚翠阁，我明日就进宫见皇上，想办法解决这件事。另外，信王与那群刺客查得怎么样了？"

"暂时没什么进展，唯一可以肯定的是，信王身边不止一个高手。"

绿衣颔首道："这两件事情是当务之急，一定要尽快查清楚，尤其是那群刺客。"倚翠阁已是被搅得天翻地覆，再不抓到刺客，不知还会闹出什么事来。

翌日天一亮，绿衣便去了昭明宫，她有东方洇亲赐下的玉牌，可以随意出入宫禁。

东方洇下朝归来，听绿衣说完倚翠阁所发生的事情，也是满面惊疑，在将事情仔细想了一遍后，面无表情地道："朕明白了，这就是那群东凌刺客的用意。"

绿衣试探地道："他们的目的在倚翠阁？"

东方洇冷冷道："他们知道那两拨人是倚翠阁派去的，却不知道倚翠阁究竟掌握在谁的手里，与其费心费力地去查，倒不如假手于人。"

"几位王爷就是他们看中的棋子?"

"不错,在金陵城中,除了朕之外,论身份还有谁比他们高,一旦受袭,必会拼尽一切去查所有线索,哪怕明知道是刻意留下的也不例外,如此一来,他们的目的就达到了。"

"奴婢进宫之前,让人又去了一趟倚翠阁,虽然信王与穆王昨夜就走了,但二位王爷的人还在,控制着倚翠阁,不让他们与外界有任何接触。"见东方洌不说话,她又道,"倚翠阁一直是咱们三大情报来源之一,里面每个人都是精挑细选来的,就此失去的话,损失实在有些大,陛下您看是不是可以想想办法?"

刺探、追踪甚至暗杀对于琉璃坊来说都不是难事,可这次事情,涉及的都是大周最顶尖的一群人,非她琉璃坊所能解决,否则绿衣也不会向东方洌开这个口。

东方洌也明白这个道理,故而并未斥责什么,负手在光如明镜的金砖上走着,偌大的宫殿里,只能听到一下又一下的脚步声,不知过了多久,脚步声一顿,紧接着他道:"让王良去出这个面。"

"王太傅?"绿衣惊讶地道,"他合适吗?"

"你忘了王良的儿子娶了谁为妾,他出面调和,也不算太过突兀。"东方洌身为九五之尊,当然可以一声令下,让信王他们再也不敢踏足倚翠阁,可这样做,几乎等于明白地告诉全天下,倚翠阁是他的,这是绝对不行的。

被他这么一提,绿衣也想了起来,露出从昨夜到现在的第一抹笑容,"是了,王太傅出这个面最合适不过。"

"而且大哥与老九都曾在他门下受教,多少要给些面子。"顿一顿,他道,"朕不便派人去王府,你走一趟。"

"是。"绿衣应了一声,转而道,"穆王性子冲动,做事不分轻重,不顾前后,他去倚翠阁闹,算说得过去,但信王……奴婢想不明白,怎么也会参与到这件事里来,这可不像他的性子。"

"东方洲!"东方洌缓缓念出这三个字,面色不断变化,许久,他忽地道,"绿衣,如果世人知道,控制着倚翠阁的人,是朕,他们会怎么想?"

听得这话，绿衣慌忙跪下，"请陛下放心，就算当真出了什么事，也自有奴婢担着，绝不会有一丝一毫牵连到陛下！"

"回答朕的话！"

绿衣自他声音里听不出喜怒，又不敢抬头，只得盯着那双玄色绣金龙的千层底靴惴惴不安地道："世人会以为陛下有失……有失仁君风范，从而对陛下心存不满，甚至……甚至……动摇陛下的统治。"

一声轻哼自头顶垂落，令绿衣身子一紧，越发低了头，过了片刻，东方洄的声音再次传来，"待到那时，得益的会是谁？"

绿衣心生疑惑，泄露此事对东方洄的统治有百害而无一利，何来得益之说，正待要问，脑海里蓦然掠过一道锐利的星火，一个名字脱口而出，"信王！"

东方洄眼眸微眯，无数精光在眼底闪过，"他是父皇长子，也是诸皇子之中最善于讨父皇欢心的，如果没有朕，说不定父皇会将帝位传给他。自父皇过世后，他深居简出，极是低调，但他当真没有那样的心思吗？"

绿衣沉眸许久，抬头道："陛下以为，行刺一事，他是幕后主谋？可是前日他也遇刺了。"

东方洄冷笑一声，"他受伤了吗？"

绿衣默然无语，是啊，东方洲虽然遇刺，却仅仅只是受了一些惊吓而已，毫发无损。究竟是暗中护卫他的高手施救及时，还是……根本就早有防备。

绿衣缓缓道："如此说来，信王表面臣服于陛下，其实一直在暗中谋划，想要取陛下而代之？"

东方洄展一展双臂，凉声道："朕早就知道朕那些兄弟，没几个是省油的灯，果然，还没两年工夫，就已经迫不及待地蹿出来了。"

绿衣蹙眉说道："这么说来，信王已经知道倚翠阁是属于陛下的，想借这件事抖搂出来，只是有一事奴婢想不明白。"

东方洄盯着长窗上一个个精巧的格子，淡淡道："那群刺客？"

"是，从奴婢掌握的情况来看，他们必是东凌刺客，信王久居金陵，怎么会与东凌搭上关系？"

"这个就要问他了。"说到此处,东方泂忍不住又是一声冷笑,"懂得勾结外敌来对付朕,真是长进得很。"

绿衣试探道:"那信王那边……"

第八十七章
王 良

东方洄漠然道:"之前安排的那枚棋子,是时候动用了,尽快查出信王与那群东凌人联系的方法,还有他们的藏身之处。"

绿衣神色一凛,当即道:"奴婢明白。"

"让他当心神机营。"尽管还没有确切的证据,但从掌握的情报来看,神机营十有八九在信王手里。

在绿衣下去后,东方洄来到早朝过后空旷无人的前殿,一步步踏上台阶,坐上那张代表至高无上权力的金漆雕龙宝座,双手紧紧握住雕成龙头的扶手,脸上有着一种近乎狂热的执着。

这把宝座是属于他一人的,谁都休想染指!

接下来的几日,倚翠阁依旧被重重围着,无法开门做生意,阮娘嘴皮磨破,好话说尽,东方泽他们始终不肯离开,反倒是围住倚翠阁的人越来越多,原来是荣王他们得知行刺自己的刺客与倚翠阁有关,纷纷派人来守着倚翠阁,监视阮娘与楼里姑娘的一举一动。

阮娘有心想要进屋销毁收藏的情报,偏偏东方洲不知怎么一回事,竟不许她回自己房间,而是另外指了一间空房给她住,令她一直没寻到机会。

在围了三日后,东方洲与东方泽二人再次一起来到倚翠阁,尽管全城搜捕,也关了城门,巡防营与京兆衙门也搜遍了金陵城,却始终没能找到那群刺客,他们好像凭空消失了一般。在这种情况下,倚翠阁就成了他们唯一的线索。

阮娘忐忑不安地看着在她屋中翻箱倒柜的护卫,赔笑道:"二位王爷，奴家这房间，你们前前后后都搜三四趟了，要真有什么东西，早就找出来了，哪里还能藏到现在，天地良心，奴家真的与刺客没半分关系。"

东方泽冷言道："有没有关系，我们自会追查，不用你在这里说。"

阮娘尽管心里气恼，却不敢露在脸上，继续赔着笑道："王爷您怎么就是不相信奴家的话呢，您围了这么几日，咱们楼里面米啊菜啊的都快耗光了，就算您不撤人，好歹也让奴家派人去采买点东西回来，您总不至于狠心看着奴家这楼里百来号人，全部都活活饿死吧。"她适时换了一副可怜的模样，眼里甚至还能看到几丝泪意。

东方泽想想也是，正要答应，东方洲淡如凉水的声音自一旁传来，"缺了多少东西，你列一张单子出来，本王让人采买好了送来。"

阮娘蜷曲在袖中的双手微微一紧，笑容勉强地道："怎么好意思麻烦王爷。"本想趁这个机会把消息传出去，结果一下子给打了回来，这个东方洲还真是麻烦。

"无妨。"东方洲一边说着一边在这间不大的屋子里看着，不过这一次，他将注意力放在四面墙壁上，不时屈指在雪白的墙壁上叩着，显然是在检查墙壁里是否藏有暗格。

看到这一幕，阮娘一颗心几乎快跳出喉咙了，藏在银红刻丝袖中的双手已是攥得发白。

在东方洲走到靠床的那面墙时，"咔嚓"一声细微的响动自袖中传来，半寸多长的指甲被阮娘生生拗断在掌心。

一名护卫走了进来，拱手道："启禀王爷，王太傅来了，说要见您。"

东方洲收回手，惊讶地转过身来，"王太傅？他来做什么？"

"卑职不知，这会儿正在楼下等您。"

"知道了。"在示意护卫下去后，东方洲低头想了一会儿，对东方泽道，"走吧，我们一道下去。"

看到他们走下楼梯，阮娘暗自松了一口气，真是好险，要是继续让信王查下去，墙中暗格的秘密恐怕就保不住了。

只是……他们这样纠缠不休，早晚是要被发现的，这可怎么办啊？

阮娘有心想要毁了藏在暗格里的情报，无奈身后一堆眼睛盯着，只得按下这个心思，装作若无其事地往楼下走去，在阮娘来到楼下时，信王他们已经各自落座，当中一名须发花白、面色红润的老者，正是太傅王良。

在抿了一口下人端上来的香茗后，东方洲开门见山地道："太傅怎么会到这里来？"

"老夫听说二位王爷带人围了倚翠阁多日，便过来看看，不知二位王爷何故要如此大费周章地围着此处？"

东方泽当即将原因说了一遍，临了道："四位兄长皆被刺客所伤，尤其是七哥，差点连性命也丢了，倚翠阁不将此事交代清楚，我等绝不撤人。"

"竟有这样的事。"王良抚一抚颔下黑白掺杂的长须，拧眉道，"可这青楼烟花之地，怎么会与刺客扯上关系？"

"这就要问她们了。"见东方泽目光望过来，阮娘与之前一样赶紧叫屈，事实上，她们与那群刺客确实没有半分关系，只是另外藏着不可告人的秘密而已。

王良沉吟片刻，道："这么说来，二位王爷并无实证，仅只是片面的猜测？"

东方泽眼睛一瞪，"什么猜测，这就是事实，我知道你儿子纳了这里的一个清倌为妾，但你也不能为了这个，就偏帮着倚翠阁。我告诉你，这件事你担不住！"他要是发起火来，谁的账都不买。

"王爷少安毋躁。"王良安抚了一句，道，"老夫明白您的心情，不过有一件事情，您怕是不知道。"

东方泽二人对视了一眼，道："什么事？"

王良没有回答，扬声道："进来吧。"

随着他的话，一个长相温婉的女子走了进来，屈身道："镜玉见过二位王爷。"

东方洲长眉微挑，不等他发问，王良已道："她就是犬子一年前纳的那名妾室。"说着，他道："你将知道的事情告诉二位王爷吧。"

"是。"镜玉应了一声，环视了站在楼里的众人一眼，脆声道，"此事要从两年前说起，当时倚翠阁来了一位面生的客人，口音很是古怪，但他出手阔绰，妈妈就找了烟红与柳翠二位姐姐陪他，原本一夜春风之后，也就没事了，可偏偏这位客人半夜突然暴毙，妈妈知道后，吓坏了，也不敢报官，既怕府尹大人以为是我们害死了客人，又怕其他客人知道咱们楼里死过人后不敢再来，所以几经商议之后，决定将他悄悄掩埋起来。那客人东西不多，除了一些钱财之外，就只有一柄细窄的直刀，全部都埋在了一起。"

第八十八章
牛头山

"埋了那位客人之后，并没有人来找他，我们渐渐地都忘了这件事，直至这次，妾身无意中自亲眼目睹刺杀荣王经过的人口中得知，那名刺客身上也配着一把同样的刀，再加上倚翠阁被您几位给围了，猜着是不是与两年前的事情有关，思来想去，就将这件事告诉了公公。"

阮娘在一旁连连点头，"对对对，是有这件事，奴家记得，烟红她们也能做证。"随着她的话，两名妆容精致的姑娘连连点头，其中一人道："奴家醒来的时候，见他还躺着，以为是睡了，哪知随手一摸，身子冰冰凉的，可将奴家给吓坏了，赶紧叫醒烟红姐一起去找妈妈。"

王良接过话，"老夫仔细问了镜玉那把刀的模样，发现与书中记载的东凌刀很像，所以老夫推测，两年前死在倚翠阁的应该是一名东凌武士。"

东方洲眉间跳了跳，"太傅想说，那群东凌刺客在同一天行刺我们几兄弟，是为了报复两年前的事情？"

"不错，他们不知怎么查到那人死在倚翠阁，故而以行刺为名，将我们引来此处。"

阮娘皱着柳眉插话道："说起来，倚翠阁这阵子是很不太平，先是经常有陌生人来打听，紧接着门口被人扔了好几具尸体，现在又出了这样的事情，早知道这样，奴家当时就不该图省事，自作主张地埋了那个暴毙的客人。"

"不可能！"东方泽梗着脖子道，"如果他们是为了报复，直接闯进倚翠阁，将这里杀个精光不就好了吗？何必闹出这么多事来。"

王良微微一笑，抚须道："九王以为，两年前那个东凌人何故乔装来到咱们金陵？"

"我哪……"东方泽正想说他不知道，话到嘴边，忽地心中一动，拧眉道，"探子？"

"四年前那场交战后，东凌再无动静，但獠牙既已长出，又怎可能收回去，只是潜伏起来，等待更好的机会而已，派探子来金陵打探情况，也是情理之中的事情。"

"那人暴毙一事，阮娘知道，镜玉知道，倚翠阁上下许多人都知道，可那些东凌人不知道，在他们看来，是倚翠阁存心杀害探子，认为倚翠阁不是寻常烟花之地。他们既想报仇，又害怕对付不了倚翠阁，就想出这么一个办法来。"

东方㵆眯着细长的眉眼，不冷不热地道："这一切同样是太傅的猜测，包括……两年前的那桩事。"

阮娘赶紧道："这种关乎人命的事情，奴家怎么敢骗王爷，千真万确。"

镜玉走过来道："两年前掩埋那个人的时候，妾身也在，就在城里，妾身可以带您过去掘出那具尸体以证刚才的话！"

东方㵆面色阴晴不定，显然是在思量镜玉的话，良久，他起身道："好，如果当真起出尸体与那把刀，本王就相信你们的话，立刻撤人！"

"王爷请！"镜玉说着就要往外走，却被东方㵆唤住，"你与王太傅留在此处，让阮娘带本王过去就行了。"

镜玉脸色微微一变，垂目道："那个地方颇为偏僻，只怕阮娘记不得具体在哪处了。"

阮娘连忙附和道："奴家记性素来不好，又过了两年之久，真有些记不太清了。"

东方㵆微微一笑，"不要紧，慢慢找就是了。"

"可是……"镜玉刚说了两个字，便被东方㵆打断，"就这么定了，走吧，早些找到，也好早些洗脱你们倚翠阁的嫌疑。"说着，他示意长史将阮娘带了出去，不给他们继续说话的机会。

镜玉暗暗心急，忍不住朝王良投去焦急的目光，两年前那件事是自己编造出来的，阮娘哪里会知道尸体掩埋在何处，要是找不到尸体，那他们就白费了这番工夫，这可怎么办？

她朝王良投去焦急的目光，后者也是一样心急，可东方洲摆明是对他们的话有所怀疑，这会儿不管他们说什么，都会令东方洲疑上加疑，到时候就算起出尸体，也解不了倚翠阁的围。

过了一会儿，之前带阮娘出去的长史走了进来，悄悄往王良的方向看了一眼，躬身道："王爷，马车安排好了，随时可以动身。"

东方洲点一点头，对一旁的东方泽道："老九，你也一起过去，这里有他们看着就行了。"

在他们离去后，镜玉来到王良身边，压低了声音急切地道："公公，现在怎么办？"

本来同样焦急的王良，这会儿突然变得气定神闲，端起茶盏淡然道："他们这一来一回怕是要费不少时间，坐下等吧。"

见他不答自己的话，镜玉更加心急，待要再说，耳边传来细若游丝的声音，"听老夫的话，安安心心地等着，别让人瞧出异样来，阮娘不会有事的。"

镜玉尽管惊讶，但既然王良这么说了，她也只能耐着性子坐了下来。

且说阮娘那边，攥着绣有粉蔷薇的帕子忐忑不安地坐在东方泽身边，车厢随着车轮的滚动微微晃动。

"去哪里？"东方洲的声音看似温和，实则没有一丝温度。

"去……"阮娘紧张地绞着帕子，好一会儿才在东方泽的催促中接了下去，"牛头山。"

很快，车夫按着她说的地方驶去，约莫过了半个多时辰，马车渐渐慢了下来，在彻底停稳后，车夫打开车门，恭敬地道："王爷，牛头山到了。"

牛头山是唯一一座围进金陵城中的山，其实与其说是山，倒不如说是一个略大些的土丘，高仅只有四五丈，范围也不广，上面长满了杂草树木，在渐暗的天色下看来，透着一种说不出的阴森。

下了马车后，东方泽迫不及待地道："在哪里？"

阮娘眼珠子骨碌碌地转着，不知在想些什么，她磨磨蹭蹭地往前走了几步后,指着山脚一个地方道:"好像是在那里。"

东方泽瞪了她一眼,冷声道:"什么好像,到底在哪里?"

阮娘缩了缩肩膀,小声道:"时隔那么久,奴家真是有些记不清了,之前镜玉说来指路,您二位又不要。"

第八十九章
撤 走

"依你所言，倒还是我们的不是了？"关于这一点，东方泽也想不明白，为何信王放着认路的不要，非要指阮娘这个没记性的过来，见着就来气。

见他语气不善，阮娘哪里敢答话，低头盯着自己镶着银丝的鞋面。

相较之下，信王倒是平静得很，对拿着铁锹过来的护卫道："挖开！"

几名护卫一起使力，没过多久就将阮娘指的地方挖出一个将近三尺深的洞，里面什么也没有。

阮娘赔笑道："是奴家记错了，应该是……"她瞅了四周一眼，又指着半山腰的地方，"那里才对。"

在东方洲的示意下，护卫沿着人为踩出来的蜿蜒小路走了上去，结果与之前一样，并没有尸体。

接连两次指错，令东方泽彻底失去了耐心，"大哥，还是去将镜玉给带过来吧，否则不知要挖到什么时候。"

信王看了一眼背对着他们的阮娘，幽幽道："老九，你相信王良他们的话？"

东方泽一愣，"大哥这是什么意思？"

"你不觉得这件事情太巧了吗？我们围了倚翠阁三日，阮娘半句也没提及倚翠阁死人的事情，结果王良来了，镜玉也来了，突然之间，所有人都想起了两年前那桩事。"

东方泽低头想了一会儿，试探道："大哥是不是怀疑，两年前的事情,是他们杜撰出来的,好替倚翠阁洗脱嫌疑?"

"不错。"信王话音未落,东方泽已是拧了双眉摇头,"不对不对,那个镜玉我不知道,但王太傅教过我们,他的性子大哥应该很清楚,是绝不会撒谎的,就算有镜玉这层关系在也不可能。"

信王拧眉不语,确实,王良不仅是当朝太傅,也是当今天下有名的博学鸿儒,以他的身份地位,是断然不会为一个青楼女子撒这么大的谎,更不要说他一直对独子纳镜玉为妾之事耿耿于怀,当年差点为此断绝父子关系。

"王太傅我不清楚,但镜玉一定是在撒谎。"信王冷冷道,"敢骗本王,哼,本王就要她自己把狐狸尾巴露出来!"

那厢,阮娘还在沿着山路来回绕着,嘴里不知在嘟嚷着些什么,东方泽在得了信王的眼色后,走到她身后,喝道:"想起来了没有?"

阮娘愁眉苦脸地道:"奴家实在有些记不清了,不然……"

"是记不清还是根本没这件事?"火光下,东方泽的表情有些阴森。

阮娘眼皮狠狠一跳,慌意在眸中无所遁形,但还是强打起精神道:"关乎人命的事情,怎么会有假,您再给奴家一些时间,奴家一定能够找到当初埋他的地方。"说着,她匆匆忙忙往前走了一段路,指着一处杂草丛生的地方道:"奴家记得了,是在这里。"

"当真?"在东方泽半真半疑询问之时,信王走过来,盯了阮娘半响,漠然道:"这是最后一次机会,如果还找不到你们说的那个人,本王会让倚翠阁之名,在京城永远消失!"

明明是盛夏夜里,阮娘却不由自主地打了个寒战,不敢与信王对视,后者不动声色地将她这些反应瞧在眼里,唤过两名护卫指着阮娘刚才所说的地方,"把此处挖开。"

"是。"在阮娘忐忑不安的神色中,一锹一锹的泥土被铲掉,一个浅浅的坑洞很快就出来了,且还在不断加深。

在挖到两尺多深的时候,两名护卫神色一动,不约而同地放缓了手里的动作,不再如刚才那般随意,显然这地底下有东西。

又挖了一盏茶的工夫后,一截森白的指骨露在土外,紧接着一只完整的白骨手臂露了出来,一同露出来的,还有一柄裹在黑色刀鞘里的细长窄刀。"

东方洲浓黑的双眉顿时紧紧皱在了一起，他一直觉得两年前的事情，是镜玉为替倚翠阁开脱而撒下的谎言，可眼下竟然真的挖到了尸体，连刀也在，难道这是真的？

思忖之时，东方泽已自坑中捡起了那把刀，握住刀柄微一用力，随着一声清脆的龙吟，一柄长刀出现在众人视线中，尽管埋在土中两年，依旧寒光四射，无一丝锈迹，在刀身的最上端，刻了一个形似蛇头的标记。

"我见过这个标记，四年前七哥与东凌一战得胜后，带回了几把东凌人所用的刀，其中一把就与这个一样。"

东方洲沉着脸没说话，这会儿工夫，护卫已是将整具尸体都挖了出来，两年时间，令尸体的皮肉彻底腐烂，只剩下白骨与头发。

跟随东方洲同来的长史轻声道："王爷，看来镜玉没有撒谎，咱们确实错怪倚翠阁了。"

阮娘适时地凑上来道："王爷，您现在总该相信奴家了吧，奴家真是冤枉的。"见东方洲不说话，她又试探地道："王爷，您之前说过，要是起出尸体与刀，就撤人，您看现在……"

尽管对这件事还有所怀疑，但话是他说的，不能不认，于是便对长史道："你去传本王的命令，所有人撤离倚翠阁！"

听到这话，阮娘总算放下了心头大石，连连道谢，随长史一道去了倚翠阁，东方洲二人则分别策马回了各自王府。

倚翠阁的事情，至此告一段落，但因为那场行刺引起的暗潮还在金陵城中涌动，甚至有愈演愈烈的趋势。

巡防营、京兆府、神机营、琉璃坊以及各王府的人，都在或明或暗地追查刺客，可那群刺客始终销声匿迹，寻不到半分踪迹，令人怀疑他们会不会在封锁城门之前，就已经逃出了金陵城。

"还是没有找到！"橘红烛光下，十九面色发白，眼下有一圈明显的乌青。

十九的回答令慕千雪蹙起秀气的眉尖，一言不发地捧着冰镇过的酸梅汤，在掌心最后一点温度也被冰冷的盏壁吞噬后，道："巡防营与京兆府那边呢？"

"他们比对着户籍册子，搜遍了金陵城每一户人家，但凡年过十岁又不在户籍册子里的，全部带回衙门审问调查，可惜没有任何收获。"

第九十章

藏身之处

听着十九的言语,夏月轻咬着红润的唇,"难不成真让他们逃了?"

十九心头一沉,这正是她最担心的事情,金陵城外,天阔地广,有的是地方躲藏,就算神机营倾巢而出,怕也难以找到。

慕千雪低头盯着青花瓷盏中深红色的液体,不知在想些什么,桌上一盏红烛因为烧得久了,乌黑的烛芯蜷曲着,令火焰的光明微弱了许多,外面不时传来呼呼的风声,看样子,夜里怕是又要下雨了。

"倚翠阁那边怎么样了?"

"昨日夜里,信王的人已经全部撤走了,我刚刚经过那边的时候,看到她们已经开始接客。"

"撤走?为什么?"慕千雪惊讶地问着,按她之前的推断,不查出倚翠阁的问题,信王他们是断然不会撤走的。

十九将打探到的事情说了一遍,随后道:"信王在牛头山挖出了白骨与东凌刀,证明镜玉所言非虚,倚翠阁是遭那群东凌人陷害,故而下令撤走。"

"王良……魏敬成……"慕千雪徐徐念着这两个名字,在连念数遍后,绛唇微勾,噙着淡漠的笑意,"我大概知道在背后控制倚翠阁的人是谁了,他果然用了这种方法去代替。"

"谁?"在十九惊疑的目光中,慕千雪缓缓吐出两个字,"周帝!"

"陛下?"十九与夏月同声惊呼,无论如何都想不到竟会是东方洄,夏月反应过来后,连连摇头,"倚翠阁是青楼妓院,陛下身为九五之尊,怎么会与之扯上关系,这不可能。"十九尽管没说话,但看她神情，显然与夏月一个想法。

"魏敬成也就算了，可王良是历经三朝的太傅，你们觉得，除了周帝之外，还有谁能差得动他。"

"王良是因为听镜玉说了两年前的事情，这才会去倚翠阁，并非像你说的那样，受人差遣。"

慕千雪微微一笑，"王良是什么身份，岂会凭镜玉一面之词，就去倚翠阁？镜玉……说穿了，不过是一个能够让王良顺理成章插手倚翠阁事情的棋子罢了。"

"这不可能，镜玉嫁入王宅是一年前的事情了，除非陛下能够未卜先知，否则怎么会知道一年后的事情？"

慕千雪没有回答她的话，而是道："倚翠阁在京城七年，这七年间，想必从良的女子，远不止镜玉一个，对吗？"

"这是自然，你问……"话说到一半，十九突然变了颜色，"你认为倚翠阁那些女子的从良是有预谋的？"

慕千雪颔首道："正如你们所言，周帝是九五之尊，绝不能与倚翠阁扯上关系，在这种情况下，想要护倚翠阁在京中周全，最好的法子就是将那些女子嫁入各府宅为妾，形成一股隐秘而庞大的力量；一旦有人对付倚翠阁，这股隐秘的力量就会露出来，替其避劫挡灾，王良还有魏敬成都是其中之一。"

十九思忖片刻，沉声道："这么说来，王良与魏敬成都是陛下的心腹？"

"一个是享有盛名的太傅，另一个是掌控京畿安危的京兆尹，不将他们二人笼在麾下，周帝如何能够安心待在昭明宫中，同理，巡防营统领也必定是周帝的心腹。"

十九默然不语，在之前的调查中，王良与魏敬成都与周帝或者卫氏一族没什么关联，眼下看来，他们的手远比自己以为的还要长。

"这么说来，东凌是知道了周帝与倚翠阁的关系，想借诸王的手，暴露此事，可这对他们有什么好处？仅仅只是为了破坏周帝的名声？"

慕千雪抿了一口已经变温的酸梅汤，凝声道："金陵城中每一户人家都搜遍了吗？"

十九肯定地道："嗯，挨家挨户搜的，连废弃的破屋旧房都搜了。"为了追查此事，东方溯又特意调了二十名神机营的人供慕千雪差遣，日夜调查。

"各官宅王府呢？"

"这倒是没有。"说话间，十九猜到了她的意思，"难不成你怀疑那些东凌刺客藏身于京中的官宅王府之中？"

慕千雪起身徐步走到紧闭的朱红长窗前，外面除了依旧嘶吼猛烈的风声外，还多了雨打树叶的沙沙声，并且越来越大，显然今晚又会有一场大雨。

"我让夏月去问过当时看守四方城门的士兵，皆说在行刺至城门关闭这段时间，没有见过行踪可疑的人出城，也不曾见过类似于这枚樱花坠子的饰物，所以我有理由相信他们仍在城中，只是藏在了一个谁也想不到的地方。"

十九紧紧蹙了眉尖，"若真是这样，朝臣之中岂非有东凌奸细？"

"或者……不是朝臣。"这句话令十九眼皮狠狠一跳，没有搜的只有官宅王府，若非官宅，那就是王府，皇族与东凌勾结，这……怎么可能。

十九嘴唇刚一动，慕千雪已是看穿了她的心思，"我知道大周与东凌世代为敌，四年前更爆发过一场战争，可是十九，你仔细想一想，若世人知道倚翠阁是周帝所有，会怎么想？"

这一次夏月倒是十分机灵，当即接过话道："他们一定会觉得周帝假仁假义、虚伪透顶，就算嘴里不说，心里也会认为他不配为大周君主。"

慕千雪赞许地点点头，"正是这个道理，而且以周帝的为人，手里的暗势力绝不会只有一个倚翠阁，一旦全部被牵扯出来，周帝可就真要坐不稳那张龙椅了。"

"会是谁？"

"谁在这件事中得益最大，谁就最有可能是隐藏在幕后的那个人。"

十九低头想了一会儿，点头道："我知道了，我这就去通知十五他们盯死信王！"说完这句话，她转身离开，在快要走到门口时，忽地双腿一软，不由自主地跪在地上，眼前一阵阵发黑，脸色难看得很。

看到她这个样子，夏月顾不得二人之间的不快，忙上前扶住她，"你这是怎么了？"

"突然有些头晕，没事。"十九一边回答，一边借着夏月的搀扶，艰难站起身来。

第九十一章
金陵某处

在示意夏月将十九扶到椅中坐下后,慕千雪打量着她异常苍白的脸色,道:"你是不是好些天没休息了?"

"我撑得住。"十九双手颤抖地接过夏月递来的茶水,还没送到唇边,就已经洒了三分之一在手上。自从东方溯遇刺后,她一直在日夜不休地追查刺客踪迹,只有在困得熬不住时,才会小睡一会儿,但最多不会超过两个时辰,多日下来,就算是自幼接受高强度训练的她,也有些受不住。

"我明白你想尽快抓到行刺睿王的凶手,我又何尝不是,但一个连自己都照顾不好的人,又凭什么去襄助别人?"

"就是,你把自己累倒了,还怎么去追查凶手?"夏月也在一旁帮着劝说,平日里,她与十九可是最不对付的,二人经常因为一点小事针锋相对。

"一日抓不到刺客,我就一日难以安枕。"十九曾悄悄去南轩看望过东方溯,想到后者差一点死在东凌刺客的箭下,她就心慌异常。这一次,那群东凌刺客只是为了挑事,不曾狠下杀手,但下一次,再下一次呢?

或许这一切都是她杞人忧天,但她真的不敢将东方溯的安危交托给未知的明天,唯一能令她安心的办法,就是尽快抓到那群人,揪出幕后主使者,消除潜藏的危险。

慕千雪默默望着她,许久,她道:"我明白了,去吧,每隔两个时辰,将查到的情报,还有诸王的动向告诉我一次。另外,倚翠阁那边也继续盯着,既然那群人将主意打到了倚翠阁去,就不会轻易罢手。还有……"她低头走了几步,续道:"王良那边也让人盯着一些,他这一次出面,虽然找了镜玉托词,但未必能瞒过对方,一旦对方发现他是周帝的人,恐怕会针对他。"

"好。"简洁地应了一声后,十九撑起恢复了一些的身子往外走去,在将要踏出门槛时,她忽地停下脚步,侧头道:"或许你说得没错。"

一阵夹杂着雨水的夜风拂过,门槛处已不见了十九的踪迹,让夏月连问的机会都没有,只能在关了门后,转而问慕千雪,"公主,她后面那句话是什么意思?"

"她已经开始意识到金陵城潜藏在平静表面下的危机,单凭睿王一人,就算手握神机营,想要熬过去也很难,更何况……"慕千雪蹙眉揉着不断传来刺痛感的太阳穴,"眼下的危机,只是冰山一角罢了。"

夏月惊声道:"公主是说……以后还会有更大的麻烦?"

慕千雪停下手里的动作,默默听着外面愈来愈激烈的雨声,"除了周帝与卫氏一族之外,那几位王爷一个个也都不是省油的灯,为了帝位,怕是什么样的手段都会使出来。而睿王……从执掌神机营的那一刻开始,就注定危险如影随形,不能置身事外,除非……他能够走到承德殿尽头。"

"承德殿尽头?"夏月一时没反应过来,待得明白慕千雪话中之意后,圆圆的脸庞被骇意笼罩,头发丝都差点竖了起来,她咽了口唾沫小心翼翼地道:"公主,你想……想……扶持睿王继位?"

"不好吗?"

"不是不好,而是……"夏月努力组织了一下语言,"睿王虽然为人正直,也很重情重义,但他非嫡非长,陈太妃在朝中又没什么势力。恕奴婢直言,就算周帝退位,承德殿那个位置,也轮不到睿王。"

"可是……"慕千雪望着桌上微微跳动的烛光,徐徐道,"想保睿王无事,想复立南昭,就只有这么一条路可走,再艰难也要试上一试。"

夜雨滂沱,笼罩了整个金陵城,街道上更夫穿着蓑衣,拿梆子随意敲几下,便匆匆顶着雨往家里赶,尽管极力撑开蓑衣,雨水还是不断往用野猪皮做的雨鞋里面灌进去,每一步都像赤足蹚在水里。

金陵某一处宅院中，一个人影撑着一把油纸伞来到后院一间透着微弱光线的平房前。

"笃—笃笃—笃！"在四下长短不一的叩门声后，门悄无声息地开了一条缝，那人收了伞，侧身入内。

"为什么撤走？"屋内只有一盏小小的油灯点着，光线异常昏暗，桌边坐了一个娇小的人影，她的五官精致小巧，若是东方溯在这里，一定会认出此人就是那天拦路行刺的东凌女子。

那人搁下还在滴水的伞，走到那名东凌女子身边坐下，沉声道："他把王良请来了，又起出尸体与那把东凌刀，我不得不撤。"

女子盯了他片刻，凉声道："所以你打算放弃计划？"

那人冷冷道："当然不是，东方洄连同卫氏一族夺我帝位，不将这个卑鄙小人赶出承德殿，我绝不罢休！"顿一顿，他又道："尽管倚翠阁暂时动不了，但你不觉得王良是一个更好的目标吗？"

女子露出一抹讶色，"怎么说？"

"这一次，王良虽然解了倚翠阁之围，却也暴露出他与魏敬成一样，都是东方洄的走狗，如果他死了，镜玉又恰好在这个时候不见了，你说世人会怎么想？"

"认为是镜玉杀了王良？"

"若是王良身上还有伤呢？"

"你想说什么？"女子蹙起了细细的柳眉，一时有些摸不清他的用意。

那人唇角微弯，一抹冰冷的笑意出现在那张俊秀的脸庞上，"他们会觉得，王良之所以去倚翠阁，是受镜玉胁迫。如此一来，那具尸体与东凌刀，也就不再是什么证据了，所有人的视线会再一次集中到倚翠阁……哼，本王倒要看看，到时候东方洄还怎么解这个围！"

女子似笑非笑地道："据我所知，这个王良可是教过你，你当真打算杀他？"

"从他跟随东方洄的那一刻起，就已经是一个死人了，这是他自己选择的路，怪不得我。"

"我记得你们北周有句话叫作'一日为师，终身为父'，王爷这心可真够狠的。"

"难道本樱小姐希望本王对王良心慈手软？"

"当然不是，不过我当真有些担心，有朝一日，王爷会不会也这样对我们？"

第九十二章
东凌杀手

"心狠手辣是用来对待敌人的，本王与本樱小姐，可一直都是盟友，除非本樱小姐打算背弃我们的盟约。"

"当然不会。"女子笑盈盈地说着，深切的忌惮在眼底一闪而逝。

"此事宜早不宜迟，如果本樱小姐这边方便的话，本王希望今夜就动手。"

"王爷倒是心急。"话虽如此，女子还是扬脸朝某一处无人的角落道，"一刀。"

随着女子的话，一个全身笼罩在黑暗中的人影诡异地出现在视线中，之前进来的那名男子呼吸微促，这样的情形已非第一次见，可至今仍觉得不可思议，那人究竟是怎么做到凭空出现的，屋中尽管光线昏暗，却也不至于漏看这么大一个人。

东凌之术，确实有很多匪夷所思之处，他不敢肯定，室内还有没有隐藏起来的人，又或者……就在自己旁边。

在他心思飞转之时，被唤作一刀的人已是来到女子身前，垂目道："请小姐吩咐。"说来也奇怪，明明已经处于烛光范围内，却仿佛有一层黑纱始终笼罩着他，令人看不真切。

"知道王良吗？"在一刀点头后，女子弹一弹半透明的指甲，淡淡道，"去把他给杀了，杀之前先弄些伤，然后把一个叫镜玉的女子带来，记着，此事要做得干净利落，不要让别人发现了。"

"遵命！"一刀拱手答应之后，往后退去，重新没入黑暗之中，也不知是仍留在屋中，还是已经离去了。

"王爷，我遵父亲之命，全力辅助于你，你可莫忘了答应过的事情。"

那人收回心神，噙着一缕完美无瑕的微笑道："只要大事可成，本王一定兑现之前的诺言。"

这场倾盆大雨，在三更时分渐渐止住，只是零星的小雨还在继续滴滴答答地下着，黑暗中的金陵城，静谧安宁，这个时辰，家家户户的人都已经熟睡了，空旷的街道上空无一人，偶尔有几只流浪的野狗"呜呜"地低叫着经过。

几道黑影在屋顶悄无声息地穿掠着，最后落入西边的一间宅院中，很快，他们又重新蹿了出来，按着原路返回；其中一个人腋下夹了一个人，这个人一动不动的，应该是昏过去了。

在飞掠过又一重宅院时，领头的黑衣人突然停下了脚步，紧接着左手一甩，一道寒光往虚空处飞掠而去。

"叮！"一轮青月似的光芒在黑夜中乍现，击飞了那道寒光，寒光在空中划过一道诡异的痕迹后，又重新回到了黑衣人手里，至此方才看清，是一个以精钢打造的回旋镖，而这名黑衣人，正是奉了本樱之命行事的一刀。

与此同时，在一刀等人的左侧出现两个同样全身笼在黑衣中的人，一刀辨不出来者的身份，警惕地道："你们是什么人？为什么跟着我们？"

"被发现了，怎么办？"十九低声与旁边的十五说着，她离开睿王府后，就将慕千雪的话告诉了十五等人，一番安排后，她和十五负责监视王良府邸。

他们赶到的时候，恰好瞧见一刀他们出来，本打算悄悄跟在后面，看他们去哪里，岂料竟被发现了行踪。

十五神色凝重地盯着对面的一刀等人，他的跟踪术尽管不是神机营顶尖的，却也在中上之列，自七年前出任务以来，还是第一次被人发现行踪，这群人……究竟是何来头？

那厢，一刀迟迟不见十五他们回答，失去了耐心，唤过两个人，"去将他们杀了。"来之前，本樱小姐可是下了死令，这件事不能让任何人知道，既然他们瞧见了，那就只有杀了。

此时，十九已看清了被夹在腋下的那个人的模样，轻声道："是镜玉！"

十五微一点头，双目紧紧盯着往他们这边走来的两个黑衣人，沉声道："你看他们手里的刀。"

在顺着他的目光看去后，十九瞳孔倏然一缩，寒意在眼底凝聚，"是东凌刀！"

"这群人应该就是我们要找的东凌刺客，放……""穿云箭"三个字还没说出口，对面那两个人突然失去了踪迹，令他整个人寒毛直竖，急忙将十九护在身后。

自四岁入神机营始，见多了形形色色的事情，但这样古怪的，还是头一回见，不是藏匿也不是轻功，就这么凭空消失，实在是太过诡异了，东凌竟有这样神鬼莫测的功法？

看到了这一幕的十九，同样寒意直冒，与十五背贴着背，全神贯注地盯着四周。

"咻！"一道寒光伴随着破空声以迅雷不及掩耳之势自十九左前方袭来，划破了她的衣袖，与此同时，另一个人也自黑夜中出现，与十五缠斗在一起。

这二人身法极为诡异，东凌刀在他们手中犹如草地中刁钻的毒蛇，如影随形，稍一不小心，就会被它划开一道口子，且时不时地失去踪迹，令人防不胜防；十九几次想取出穿云箭，召唤位于金陵城中的同伴前来，都被对方的攻势打断。

在他们几次消失又出现后，十五发现，他们并不是真的能够隐匿身形，而是与周围环境融为一体，令人难以发现，只要静下心来观察，多少还是能够发现一些端倪的。发现这一点后，十五开始渐渐占据了上风。十九尽管近身战术不强，但胜在轻功了得，一时倒也撑得住。

一刀紧紧拧着双眉，这是他麾下最强的两个人，自从离开东凌之后，经历数战而未逢敌手，现在却奈何不得对面那两人，他们……究竟是何来历？

尽管好奇十五他们的身份，但一刀清楚，眼下最要紧的是杀了他们，否则引来官府或者巡防营的人，那可就麻烦了。

想到此处,一刀双手握住寒光凛凛的窄刀,加入到这场战斗中。他的加入,令十五二人压力大增,此人不论藏匿还是刀法,都比之前两人胜了一筹,死死压着他们,形势十分危急!

"嘶!"十九倒吸一口凉气,手臂出现一道刀伤,鲜血自薄如柳叶的伤口中不断涌出来。

十五心中大急,无奈他被那两个人死死缠着,自保都难,更不要说分身去救被一刀盯住的十九了,只能急声道:"快放出穿云箭!快!"

第九十三章
千代本樱

十九何尝不知，但对方刀刀要命，她只能拼命躲避，根本腾不出空来放穿云箭，但不放，她与十五在这群人的围攻下必死无疑！

一刀挽手抖出一个奇异的刀花，紧接着那把刀带着嗡嗡声自刁钻的角度往十九刺去，面对迎面而来的寒刀，十九疾步后退，可是她忘了，身后是屋檐，一脚踏空，顿时整个人仰面往后倒去。

一刀冷冷看着这一幕，尽管十九避开了他的攻击，但此处离地差不多有两丈，这样摔下去，不死也得重伤。

"十九！"十五双目通红地吼着，用力一振长剑，生生逼开缠着自己的两个人，飞快往十九摔下去的方向奔去，可没奔几步，便又被后面追上来的两人缠住，寸步难行！

正当一刀准备下去补一刀的时候，一道刺目的亮光带着尖锐的破空声飞上夜空，在漆黑一片的天空中炸开，在化作一片绚烂的五色光雨后归于无形，仿佛从来没有出现过，只有淡淡的火药气息残留在空中。

一刀额上青筋暴跳，到了这个时候，他哪会不明白自己中了十九的计，后者根本就是存心摔下去，好让自己放松警惕，借机放出穿云箭。

刚才那阵动静，惊动了屋里的人，在他们点灯出来察看之前，十九跃身重新上了屋顶，与一刀等人无声对峙！

几道黑影自远处向这边掠来，一刀知道，这些必是看到穿云箭赶来的救兵，一旦让他们近前，吃亏的就是自己这边了。

想到此处，一刀当机立断，下令撤退，十九想要追上去，却被十五拦住，"没用的，你跟不住他们。"

十九咬牙道："他们伤了王爷，无论如何，都要找出他们的藏身之处。"

"我知道，所以我去，等十四他们到了之后，你赶紧包扎一下伤口，然后把这件事告知公主。"扔下这句话，十五迅速离开，追上勉强还能看到一点影子的那群东凌人。

有了之前的教训，这一次十五没敢跟得太近，远远吊在后面，到底是神机营出身，在全力追踪藏匿的情况下，并未被那群东凌人发现。在差不多绕了大半个金陵城后，那群东凌人消失在一处深宅大院。

十五伏在不远处的屋顶上，怔怔地看着他们消失的方向，如果他没有记错，那里应该是……这么说来，他才是那个将金陵搞得风起云涌的幕后主使者？

隐藏得可真深！

压下心中的惊诧，十五准备离去，刚一转身，脸色立刻变了，足尖在瓦片上一点，迅速退出数丈远，死死盯着不知何时出现在屋顶上的娇小女子。

本樱轻嗅着拈在指尖上的一朵粉红樱花，樱花娇嫩的花瓣上还残留着细小的雨珠，本樱带着一丝魅惑的声音在这片夜色中幽幽响起，"一见到我就退这么远，怎么，我很丑吗？"

"你是什么人？"十五紧紧攥着手里的长剑，能够悄无声息地出现在他身后，这个女子分明比刚才那群东凌人还要可怕。

"我不就是你要找的人吗？"在嫣然的笑意间，本樱抬起小巧的双足，一步步往十五处走来。

十五鼻尖冒出细微的汗珠，这个女子看似弱不禁风，却给他带来前所未有的压力，樱花……呃，王爷说过，樱花是东凌的国花，如此说来……

"你也是东凌人？"

本樱笑意一深，"总算不是太笨，难怪能够瞒过我的手下来到此处，说吧，你是什么人，又是谁派你跟踪我们的？"

"那你呢？为什么不好好待在东凌，要来金陵城中作乱，还与他勾结在一起？"说话之时，十五一直戒备地盯着本樱，以防后者突然发难。

本樱停下脚步，微笑道："罢了，等擒下你之后，再慢慢审问吧，很巧，我千代一族最擅长的就是审讯，一定会令你很满意的。"随着最后一个字的落下，她手里的樱花花瓣突然化作几道流光，迅速朝十五射来，尽管后者早有防备，得以及时避过，仍是被其中一片花瓣在颈间划出一道细细的伤痕，殷红的鲜血顺着伤口滴下。

花瓣力尽之后，轻飘飘地落在屋顶上，娇嫩轻薄，风吹即起，丝毫看不出刚才就是这几片花瓣，差一点要了十五的性命。

十五尚未自惊魂中定下神来，眼角余光瞥见一道寒光无声无息地朝他挥下，连忙就地一个打滚，堪堪避过，之前所在之处的瓦片在寒光中碎裂成无数小块，最诡异的是，这一切竟然没有发出任何声音，包括瓦片碎裂，仿佛所有声音在出来之前，就被寒光吞噬殆尽。

寒光如影随形，招招夺命，压得十五全无还手之力，除了躲避还是躲避，自出神机营以来，他还从未这样狼狈过。

久攻不下，令本樱眉尖微蹙，她所使的是家族世代相传的流风刀法，这套刀法以力道阴柔、攻势狠厉见长，本樱资质奇高，又自幼习刀法，已得其精髓，寻常武人，在她手上连三招也走不出，这也是她父亲放心让她来金陵的原因所在。可是眼下刀法已过十余招，竟还不能擒下此人，尽管因为要生擒，而不曾狠下杀手，但也足够令人惊奇了。

不过，惊奇归惊奇，本樱可不打算放过十五，相反，在她看来，这样身手高超又来历不明的人是一定要擒住审问清楚的。

本樱眸光一冷，攻势较之刚才又凌厉了几分，尽管十五拼命格挡，刁钻狠厉的东凌刀仍是在他身上留下数道伤口，洒下一片片温热的鲜血。

十五边退边挡，脸色难看至极，难道今夜……真要死在这里？

神机营里有一条规矩，但凡神机营之人，若是对战不敌，只可死不可被擒，故而每一个神机营死士的牙里，都会藏着一颗毒药，以便他们在被擒之时，服毒自尽。

十五清楚自己的身份，也知道自己随时会死去，可他……始终是人，是人就会有牵绊与不舍，一张清丽冰冷的脸庞浮现在脑海中，十九……再也见不到了吗？

第九十四章
神秘人

当所有寒光消失时,十五已倒在了地上,一把细长锋利的东凌刀抵在他的颈间,笑意重新出现在本樱脸上,"好了,随我走吧。"

十五在心里叹了口气,再舍不得,也终归是要舍下,下一世,他还能再遇见十九吗?

舌尖舔到了藏在最里面一颗牙齿里的毒药,正当他准备用力咬开之时,一只纤手突然扣住他的下颌,用力一扳,竟是生生扳得脱了臼,上下牙齿无法合在一起。

"既是落到了我的手里,生死可由不得你决定。"正如她之前所言,千代一族在东凌善于审讯逼供,曾见过咬破牙里藏毒从而自尽的人,故而十五嘴刚一动,本樱就有所察觉,先一步令他下颌脱了臼,无法自尽。

随着这话,那双细细的纤手又在十五两肩动了几下,后者闷哼一声,冷汗如黄豆一样落下,两条手臂呈一种古怪的姿势垂落在身侧;继下颌之后,本樱竟又将他的双臂弄脱臼。

做完这一切,本樱收回东凌刀,拍一拍手正要带十五回府,突然面色一寒,回身抬手迎去,与一只手掌碰在一起,发出"砰"的一声闷响,下一刻,本樱捂着胸口连退数步。几乎是在同一时刻,一道黑影自她身边掠过,拎起十五往远处飞去,速度之快犹如一道急速消失的青烟。

"好大的胆子,敢在本小姐手上抢人!"本樱娇喝一声,压下翻腾的气血,追着那条黑影掠去,然而越追越心惊,不论她如何施展轻功,始终追不上前面的人,甚至离得越来越远,在追过半个金陵城时,更是彻底失去了对方的踪迹。

本樱面色沉沉地站在屋顶,金陵……竟还有这样的高手,究竟是何来头?

随着天际露出第一道曙光,漫长的一夜终于过去了,可这一夜带来的风波,却远远没有静止!

本樱一回府宅,便立刻去见了那个人,后者听完她的描述,面色异常难看,"你说他知道了你们在此处的事情?"

本樱脸色也不太好看,"我本已经擒住了那个人,岂料突然又冒出一人来,将他救走!"

那人双手一紧,冷言道:"一旦消息泄露出去,你我可就都完了!"

"我已经尽力了,但那人武功绝顶,实在无法追上。"这般说着,本樱又道,"可知他们是什么人?"

那人狠狠咬着牙,好一会儿方才自牙缝里挤出一句话来,"如果我没有猜错,他们应该是神机营的人!"

本樱眼皮狠狠一跳,"周帝的人?"神机营实在太过有名,就算她这个异国之人,也自幼耳闻。

那人不安地在屋中走着,好一会儿方才停下脚步,"眼下东方洇必然已经知道你们是我的人,以他的性子,绝不会放过我,唯一的办法,就是先下手为强!"

本樱心思一转,已明白了他的意思,"你准备直接对周帝下手?"

"难道你还有更好的法子吗?"那人脸色有些狰狞,缓了口气,他又道,"这件事是你们闹出来的,所以这件事你们一定要帮我。"见本樱不说话,他寒声道:"我知道你们的本事,可东方洇手里握着的是整个神机营还有巡防营甚至城外的健锐营,就算你们有三头六臂,也闯不出金陵城。"这句话既是提醒,也是威胁,双方现在坐在一条船上,一荣俱荣,一损……俱损,谁也逃不了!

在一番权衡利弊后,本樱笑吟吟地道:"王爷说到哪里去了,你我可是盟友,焉有不帮之理,只是不知王爷是否已经有了计划,我也好安排人手。"像她这样的人,不论心里怎么想,面上的话,永远都是漂漂亮亮的。

她的话令那人神色稍缓，将想到的计划细细说了一遍，本樱仔细记下后，颔首道："好，我这就去安排！"

在本樱离去后，那人推门来到屋外，阴沉沉望着昭明宫的方向，咬牙切齿地道："东方洄，就算是死，我也要将你从帝位上拉下来！"

睿王府东院，慕千雪静静地坐在桌前，桌上的灯烛已经熄灭，焦黑的灯芯蜷曲在剩余的半截蜡烛上。

夏月端着早膳进来，在盛了一碗百合粥递给慕千雪后，"公主您昨儿个一夜没睡，用过早膳后去歇一会儿吧，有什么事情奴婢叫您。"

"我没事。"慕千雪舀了一勺粥，道，"十五回来了吗？"

"还没有。"夏月的回答令慕千雪心中一沉，昨夜她准备更衣歇息之时，十九带伤进来，将遇到东凌刺客的事情说了一遍，在得知他们掳走镜玉之后，她当即派人又去了一趟王良家中，发现王良死在内室之中，身上有多处伤痕。

在将两者联系起来后，慕千雪猜到了这背后的用意，唯一猜不出的，就是藏在这群东凌刺客背后的人，是信王还是……另有其人？

唯一的线索就是十五那边，可后者迟迟未归，令人既心焦又着急。

十九默默地站在东院中，一言不发地盯着前方的垂花拱门，袖端露出一截包扎伤口的白纱布。

夏月走到她身边，轻声道："你在这里站了很久了，进去歇一会儿吧，十五吉人自有天相，不会有事的。"

十九嗤笑一声，摇头道："我们从来都不是什么吉人，上天又怎么会保佑我们。"

她的话令夏月一怔，是啊，神机营出来的人哪一个手上不曾沾染过鲜血，不管出于什么样的原因，他们都算不得吉人。

"总之，我相信十五一定不会有事，说不定这会儿已经在回来的路上了，你别太过担心。"

十九转过头看了她很久，盯得夏月莫名其妙，难不成自己说得不对，可……怎么想都不觉得刚才那句话有问题啊。

这个时候，两个细如蚊蚋的字眼传入夏月耳中，"谢谢！"

这下轮到夏月诧异地盯着十九,自相识以来,她与十九一直都看对方不顺眼,时不时地起争执,道谢还是头一遭。

夏月不自在地清咳一声,正想说什么,一个满身血污的人影自院门外走了进来。

"十五!"十九又惊又喜,连忙奔过去扶住他,悬了半夜的心总算是落了地,待看到他身上一道道被利刃划开的衣裳以及露出来的伤痕后,十九惊声道:"被他们发现了?"她记得很清楚,十五离去的时候,并没有这么多的伤痕。

第九十五章
尊 者

"只是皮外伤,不要紧。"十五缓了口气,急切地道,"快扶我去见公主,我知道那些东凌人藏在哪里了。"

十九点点头,与夏月一起扶了他入内,慕千雪看到十五的模样也是吃了一惊,赶紧让夏月去拿止血散来。

"可是查到了?"

十五喘了几口气,点头道:"查到了,公主,我们之前都猜错了。"

慕千雪眉尖微微一蹙,"你是说……藏身于幕后的,并不是信王?"

"嗯。"十五神色凝重地吐出一个所有人都始料未及的名字来,"是穆王!"

正在替他上药的夏月愕然抬头,待得回过神来后,连连摇头,"怎么会是穆王,这不可能!"

她虽然来金陵日子不久,但耳濡目染之下对城中几位王爷也略有所知,穆王性子冲动热心,胸无城府且好打抱不平,这样的人,怎么看都不像是策划这场惊动整个金陵城的阴谋之人。

十五沉声道:"千真万确,我亲眼看到他们进了穆王府,之后就再没有出来,在我准备离开之时,遇到一个手持樱花的女子,她虽身形娇小,但内力很强,不仅会摘花飞叶,而且一手刀法也很恐怖,我在她手下竟然全无招架之力。"

"也是东凌人?"面对慕千雪的言语,十五点头道:"她用的是东凌刀,应该没错,她曾提及自己是千代一族!"

十九疑惑地道:"她为什么会放过你?"

十五摇头道："她没有放过我，被她擒住之后，我本打算咬破牙中的毒囊自尽，岂料被她发现，先一步卸了我的下颌，双手也被她弄脱了臼。我本已经绝望，岂料突然出现一个人，将我从那名东凌女子手中救走！"

慕千雪黛眉微扬，追问道："什么人？"

"我不知道，只知他武功比我高许多，恐怕……"十五低头想了一会儿，道："连阿四他们都不是对手。"

十九被他的话吓了一跳，迭声道："你确定吗？"阿四是神机营排名第四的高手，一身武功炉火纯青，论身家功夫，神机营中无人是他对手，若非隐身于暗处，北周十大高手榜上，必有他一席之地，阿四还有排在他前面的几个人，都是神机营众人需要仰视的存在，现在十五说救走他的人，武功比阿四更高，十九自是万般吃惊。

"确定！此人可以一掌逼退东凌女子，内力深厚可见一斑，还有他的轻功之高，更是前所未见，而且……"十五紧紧拧了眉心，不确定地道，"他似乎知道我是王爷的人。"

慕千雪神色一紧，肃声道："他与你说了什么？"

"倒是没说什么，但他把我放下的地方，恰好就在睿王府旁边，所以有些怀疑。"那人放下十五后，又替他接好了脱臼的下颌与双臂方才离去。

十九疑惑地扬起头，拢住乌黑长发的平纹银簪在空中划过一道转瞬即逝的痕迹，"这怎么可能，知道咱们归属于睿王的人少之又少，公主与夏月……"她看了一眼二人，道："是不会说出去的。"

"我知道，所以才不敢确定。"

慕千雪思量着道："他会否是你们神机营的人？"

"不会，神机营的人，我都……"话说到一半，十五忽地止住了声音，过了一会儿，他道："神机营里旁的人我都见过，包括阿二阿三他们，只除了一个。"

十九与他同为神机营之人，自知道他说的人是谁，"尊者？"

"不错，自我入神机营以来，从来没有见过真正的尊者，即便是有什么命令，也都是让阿二阿三他们转达；神机营中见过尊者的，恐怕不会超过五个。"

夏月好奇地道:"尊者是谁?"

"尊者是神机营的统领,整个神机营中以他为最尊,但他很神秘,我们从来没见过,不知道他长什么样子,身在何处,可以说对他一无所知。"说到此处,十九眸光一动,盯着默默舀动着百合粥的慕千雪道,"你怀疑救十五的那个人,是尊者?"

慕千雪徐徐道:"会救十五,又知道他归属于睿王的,只能是神机营的人,至于是不是你们口中的尊者,就不得而知了,除非能够找到救了十五的那个人,亲口问一问他。"

"穆王一事,公主打算怎么办?"十五沉沉问着,那个人来去无踪,除非他自己愿意现身,否则根本无从找起,当务之急,还是穆王那桩事情。

慕千雪默默走到朱红菱格轩窗前,一盆吊兰挂在窗边,清晨的霞光透过窗纸照在那一条条修长的枝条上,很是碧绿可爱。

十九望着那道纤细的背影,迟疑地道:"事到如今,公主还打算瞒着王爷?"

莹白手指抚过那一片片翠绿细长的叶子,若有似无的叹息在室中响起,"该是时候让他知道了,毕竟……往后还有更艰难的时候。"

东方溯筋骨结实,经过数日的调养,已是好得差不多了,只是脸上还没什么血色,毕竟之前失了那么多血,得慢慢补回来。

这日太医换药离去后,东方溯见外面空气清新,不似往常那般炎热,一时手痒,忍不住在院中打了一套拳,松松在床上躺了多日的筋骨,在他打完最后一招时,慕千雪恰好踏入院落,微笑道:"看来王爷恢复得很好。"

"本王能好得这么快,多亏了公主的奇药,太医刚刚还夸了半天呢,说如果军中多一些这样的药,士兵因伤而亡的情况就会好许多。"

慕千雪笑一笑,"药方我已经给蔡总管了,王爷若觉得好用,拿去就是,那本古医书里还记载了几个不错的方子,到时候我一并写出来给王爷,说不定会有用。"

"那本王先谢过公主。"这般说着,他将慕千雪迎了进去,在命奉茶的侍女退下后,东方溯道:"公主此来,可是有了那群东凌人的线索?"

慕千雪微一点头,"昨夜十五与十九在王良府邸附近遇到了那群东凌人。"

第九十六章
旧 事

"王太傅？他们去做什么？"东方溯眉头微皱，虽然他这几日一直在府中休养，但并未漏了城中的消息，每日早晚，蔡元都会将金陵城最新动向告诉他，故而知道王良与镜玉曾去倚翠阁劝东方泖一行撤走的事情。

"他们杀了王良，并掳走镜玉。王良的死讯，应该很快就会在金陵城中传开。"

听到王良被杀，东方溯脸色异常凝重，"他们要做什么？"之前中箭时，慕千雪的一番分析，已是令他明白，那群东凌人走的每一步背后，都有其深意，这次想必也不例外。

"因为倚翠阁。"在东方溯不解的目光中，慕千雪徐徐道，"王良的出现，令他被迫撤走围住倚翠阁的人，但他并不甘心，故而想要将王良之死嫁祸到'失踪'的镜玉身上，从而将整个金陵城的目光再次带回到倚翠阁！"

东方溯凝视着那张秀美绝伦的脸庞，道："你口中的'他'是谁？"

慕千雪听出他隐藏在平静下的那一丝颤抖，心知他对自己的话猜到了几分，但……真相远比他以为的还要残酷许多！

慕千雪取过一旁的茶水，轻啜了一口，忽地道："王爷与信王以及穆王二人关系如何？"

"你……"

"请王爷回答千雪的问题。"在她的坚持下，东方溯压下盘桓在心中的重重疑虑，道："大哥年长我许多，所以少有往来，他是个喜好读书之人，家中藏书万卷，平日没什么事情，就在府中看书，深居简出；至于九弟，倒是与我很亲近，上次公主也见过了。"

"穆王的性子……一直都是这么冲动吗？"

东方溯低头想了一会儿，道："倒也不是，九弟以前性子还算沉稳，就这两年，不知怎么一回事，越来越控制不住脾气，跳脱得很。"

"这两年……"慕千雪重复了一遍，扬眉道，"如此说来，穆王性子的转变，是从周帝登基以后开始的？"

东方溯听着不对，道："公主想说什么？"

慕千雪深深看了他一眼，凝声道："王爷可曾仔细想过，承帝当年，为何要立周帝为太子，将帝位传给他？"

东方溯不假思索地道："皇兄是父皇的嫡长子，且性情宽厚仁慈，有仁君风范，于情于理，皇兄都应该承继帝位。"

"于情于理？"慕千雪唇角微微一扬，带着一抹讽刺的笑意，"于情如何，我不知晓，但于理……周帝并不算是承帝的嫡长子。"

东方溯眸中露出惊讶之意，旋即似乎明白了什么，"你指老九？"

"不错，九王之母是承帝的结发之妻，卫太后说到底只是继后，所以真正的嫡长子，应该是九王而非周帝。"

"九弟虽然天资不错，但他年幼好动，性子不够沉稳，难以担负起大周江山。"东方溯话音未落，慕千雪已是接了上来，"那神机营呢，承帝又为何不肯传给周帝？"

东方溯双瞳微微一缩，视线紧紧锁在慕千雪脸上，再一次道："公主究竟想说什么？"

慕千雪展一展银丝滚边的广袖，叹惋道："有些话，我一直想与王爷说，却又一直不知该如何开口。"

"是什么？"在问这话时，东方溯心头无端生起一股恐慌，甚至莫名有一种离开这里的冲动。

"承帝册立周帝为太子，并非因为他嫡长子的身份，也不是因为能力性情，只是因为……除他之外，任何一位皇子都活不到继位之时，包括你或者九王。"

东方溯眼皮狠狠一跳，"这怎么可能！"

"据我所知，这一朝有五位将军，因为军功卓越而被封为异姓王，其中平阳王娶了卫太后的幼妹为妻，汾阳王的儿子娶了卫太后的侄女为妻，其余几位，也或多或少与卫氏一族有姻亲关系，我说得可对？"待东方溯点头后，她又道，"你再想一想朝中的文武百官，同样地，十之六七与卫氏一族有关。并且这种局面，早在许多年前就开始出现了。"

东方溯紧紧拧着双眉，他以前还真未曾留意过这些，如今想来，确如慕千雪所说，不论是文武百官，还是王公贵族，在他们中间都或多或少有卫氏一族的影子，"那又如何？"

慕千雪凝声道："徐、李、卫、南宫四大家族，百多年前随太祖皇帝打下大周江山，之后其余三族先后落魄，独剩卫氏一族，人丁兴旺，一代胜过一代，不过势力还没有现在那么大，在二十几年前，卫氏一族更是遭到了一场大劫，百年基业险些毁于一旦。"

一口气说了这么多，慕千雪有些气喘，在平息了一下气息后，徐徐道："二十几年前，承帝刚刚登基，先皇后遭人下毒，性命垂危，承帝与先皇后少年夫妻，鹣鲽情深，得知此事，自是龙颜大怒，命人搜宫，结果在卫贵妃宫中搜出相同的毒药，承帝大怒，将卫贵妃打入冷宫，卫氏族人也尽皆被打入大牢。"当年在卫贵妃宫中服侍的一位宫女，年纪大了之后，被遣出宫廷，因家乡已无亲人，故而在金陵城住了下来，以替青楼女子绞面度日，这件事，就是十九从她嘴里问出来的。

"尽管在太医的精心救治下，先皇后转危为安，但承帝仍是打算下旨处死卫贵妃，可就在传旨前夕，承帝意外得知，下毒者另有其人，卫贵妃是遭人陷害。

"得知自己冤枉了卫贵妃后，承帝将她放出冷宫，卫氏族人也尽皆释放，官复原职，但卫贵妃的母亲却没能活着走出牢房，出事之时，她正好染病在身，关入牢房之后，无人理会，使得病情越来越严重，在承帝下旨释放的前一刻，撒手人寰。卫贵妃得知生母病逝，悲痛欲绝，大病一场。而承帝在这件事情后，出于内疚，对卫贵妃百般怜爱，先皇后过世后，册立她为继后。除此之外，他对卫氏族人也是极尽扶持照顾，令卫氏一族的势力在那段时间迅速扩张，等到承帝发现不对的时候，已经来不及了，卫氏一族把持了北周半壁江山，一旦动他们，大周必将内政动乱，给东凌与齐国可乘之机，为了大周的安定，承帝选择了屈服，册立他并不喜欢的东方洄为太子。"

第九十七章
残酷真相

"不可能！"东方溯紧紧攥着扶手，脸色难看地道："我不知道你从哪里听来这些，但父皇对皇兄一直都很器重，皇兄尚未及弱冠，就已经开始学习批阅奏折，处理政务。"

"你凭什么肯定承帝是真心教他这些？若当真如此，为何不将神机营一并传给他？"

"总之绝不会是你说的那样。"尽管答不出慕千雪的话，但东方溯态度异常坚决，说什么也不相信承帝是被迫册立东方泂为太子。

"那么，请王爷再仔细想一想，陈太妃面对卫太后之时，究竟是敬多一些，还是畏多一些？"

"自是……"他本想说自是敬多一些，但多年前看到的一幕突然自脑海深处浮现，打断了他的话。

差不多是在十多年前，有一次他狩猎归来，因为很累，所以晚膳都没用，就直接睡下了，直至半夜时分方才醒，因为腹中饥饿，便起来找吃的，在经过陈氏宫室之时，发现灯还亮着，便推开虚掩的门走了进去，陈氏正伏首案前在誊抄经文，冬梅也在，劝说天色已晚，待明日再抄写，可陈氏不肯，说这些经文是当时已被册立为继后的卫氏所要，一早就要呈上去，耽搁不得。

细细回想，母妃说话之时，脸上确实透着几分恐惧，仿佛……很害怕卫氏。可明明卫氏一直对他们母子很好，即便她后来贵为皇后，也处处照拂，为何母妃要露出那样的表情，难道……真如慕千雪所说？

虽然不知东方溯在想些什么，但慕千雪从他的表情变化间，大概推测到了一些,"我说对了是吗?"

尽管心中有疑,但东方溯仍是道:"由敬生畏,是再正常不过的事情,并不能说明什么。"

"到了这个时候,王爷还要一力维护他们吗?"

"不是维护,只是公主单凭这么几句话,就要本王否定相处了二十几年的人,实在很难。"

慕千雪轻叹了口气,"重情是王爷的优点,但同样,也是王爷最大的弱点,在你对他们手下留情之时,却不知,他们正在对你赶尽杀绝。王爷当真想与陈太妃一起做这砧板上的鱼肉吗?"

东方溯紧紧抿着苍白的唇,许久,他开口打破了这份沉寂,"母后慈祥,皇兄仁厚,我相信他们不会如你所言的那样。"

慕千雪点一点头,声音清淡如山涧流水,"王爷的决定,千雪自是没资格说什么,但千雪要提醒王爷一句,一旦错了,死的那个人,可就是九王!"

此言一出,东方溯霍然色变,"你说什么?"

慕千雪抬起眼帘,在他难以置信的目光中一字一句道:"十五昨夜跟踪那群东凌人,发现他们最终进了穆王府,而十五更险些遭一名东凌女子杀害,从十五的描绘来看,这名东凌女子,很可能就是当日行刺王爷之人。"

东方溯连连摇头,"不可能,不会是九弟,他不会做这样的事。"

"十五这群人是什么性子,王爷比千雪更清楚,他们是绝不会撒谎的,与东凌人勾结的,不是别人,正是九王!"

东方溯用力咬着一口森白牙齿,他何尝不知十五等人的脾性,但……实在无法相信,东方泽就是这一切的始作俑者,他明明那样痛恨那些东凌人,又第一个带人围了倚翠阁,怎么就……要说是信王,他倒还容易接受一些。思虑许久,东方溯松开被咬得发酸的牙齿,他抬眼道:"会不会是那群东凌人发现十五暗中跟踪,故意进到穆王府,毕竟……老九没有理由做这样的事情。"

"论身份,九王才是应该继承帝位的嫡长子,却被周帝所夺,岂会不怨恨?这份怨恨,足以成为理由。"

"你是说,老九做这些,是为了帝位?但倚翠阁……"

慕千雪知道他要问什么,"倚翠阁是周帝用来收集情报的。"

"皇兄?"今日慕千雪说的每一句话,对他来说都是一个极大的冲击。

"周帝手上没有神机营,必然要用其他东西来替代,倚翠阁应该只是其中之一。九王不知怎么发现了这件事,就打算利用东凌人来扯出此事,坏了周帝的名声,然后再一步步将周帝赶下帝位,取而代之。"说到此处,慕千雪摇头道,"九王终归还是年轻,将事情想得太过简单,就算这一切当真扯出来,撕下周帝伪善的面具,只要卫氏一族还盘踞在朝堂里,承德殿的位置,就轮不到他去坐,还有东凌,百多年来,一直闭关锁国,不与他国往来,如今突然与穆王联手,其背后,必有阴谋。"

东方溯在屋中来回不停走着,努力消化着慕千雪的话,卫太后……皇兄……老九,这一切完全颠覆了他二十几年来的认知。

足足过了一炷香的时间,他方才停下脚步,"为什么你说老九会……死?"直至这会儿,在说出那个"死"字时,依旧一阵心惊肉跳。

"天下人皆知神机营是属于周帝的,所以……九王不猜出十五他们的身份便罢,一旦猜出了,就会误以为周帝知晓了他勾结东凌人一事,从而改变计划。虽然我不知道他改变后的计划是什么,但我知道,人在害怕之下,往往会做出错误的决定。九王现在犹如行走在悬崖边,一个小小的错误,就足以让他摔得粉身碎骨,永不超生!"

东方溯清楚慕千雪的能耐,她说得这样严重,东方泽必是已经站在了最危险的地方。

慕千雪凝声道:"我知道王爷与九王交好,但有一件事,我要提醒王爷,一旦你决定救九王,神机营的秘密可就又要多一个人知晓了。若九王与您从此一心便罢,否则一旦被周帝与卫太后知晓……后患无穷!"

东方溯用力攥一攥双手,努力让自己冷静下来,在一番长久的沉寂后,他扬声唤道:"蔡元!"

过了一会儿,蔡总管开门走了进来,恭敬地道:"王爷有何吩咐?"

"你立刻去一趟穆王府,请九王过来,就说我有要事相商。"

"是。"蔡元应了一声，躬身退下，在一只脚踏出门槛时，耳边再次传来东方溯冷肃的声音，"不论九王在做什么，都让他给我放下过来，一刻都不得耽搁！"

《网络文学名家名作导读丛书》已出版书目

第一辑:

辰东与《遮天》/ 肖惊鸿 著

骷髅精灵与《星战风暴》/ 乌兰其木格 著

猫腻与《将夜》/ 庄庸 著

我吃西红柿与《吞噬星空》/ 夏烈 著

血红与《巫神纪》/ 西篱 著

第二辑:

子与2与《唐砖》/ 马文运 著

林海听涛与《冠军教父》/ 桫椤 著

忘语与《凡人修仙传》/ 庄庸 安迪斯晨风 著

希行与《诛砂》/ 肖惊鸿 薛静 著

zhttty 与《无限恐怖》/ 周志雄 王婉波 著

第三辑:

天蚕土豆与《斗破苍穹》/ 夏烈 著

萧鼎与《诛仙》/ 欧阳友权 著

耳根与《一念永恒》/ 陈定家 著

蝴蝶蓝与《全职高手》/ 张慧伦 张丽军 著

蒋胜男与《芈月传》/ 肖惊鸿 主编

第四辑：

更俗与《楚臣》/ 西篱 著

烽火戏诸侯与《剑来》/ 庄庸 著

梦入神机与《点道为止》/ 周志强 李昕 著

无罪与《剑王朝》/ 许苗苗 著

乱世狂刀与《圣武星辰》/ 房伟 著

第五辑：

任怨与《神工》/ 马季 著

唐欣恬与《恩将求抱》/ 汤俏 著

解语与《盛世帝王妃》/ 乌兰其木格 著

暗魔师与《武神主宰》/ 陈海 著

六道与《汉天子》/ 禹建湘 著

第六辑：

怀愫与《庶得容易》/ 王玉玊 著

安静的九乔与《我在红楼修文物》/ 桫椤 著

墨书白与《山河枕》/ 许苗苗 著

三水小草与《还你六十年》/ 王文静 著

关心则乱与《知否？知否？应是绿肥红瘦》/ 肖惊鸿 李伟元 著

图书在版编目（CIP）数据

解语与《盛世帝王妃》/ 乌兰其木格著．－－北京：作家出版社，2023.5

（网络文学名家名作导读丛书）

ISBN 978－7－5212－2252－4

Ⅰ.①解… Ⅱ.①乌… Ⅲ.①网络文学－长篇小说－小说研究－中国－当代 Ⅳ.①I207.425

中国国家版本馆 CIP 数据核字（2023）第 055510 号

解语与《盛世帝王妃》

作　　者：	乌兰其木格
责任编辑：	王　烨　袁艺方
装帧设计：	天行云翼·宋晓亮
出版发行：	作家出版社有限公司
社　　址：	北京农展馆南里 10 号　　邮　编：100125
电话传真：	86－10－65067186（发行中心及邮购部）
	86－10－65004079（总编室）
E－mail:	zuojia@zuojia.net.cn
http:	//www.zuojiachubanshe.com
印　　刷：	中煤（北京）印务有限公司
成品尺寸：	152×230
字　　数：	390 千
印　　张：	28.25
版　　次：	2023 年 5 月第 1 版
印　　次：	2023 年 5 月第 1 次印刷
ISBN	978－7－5212－2252－4
定　　价：	48.00 元

作家版图书，版权所有，侵权必究。

作家版图书，印装错误可随时退换。